órfã
#8

órfã #8

kim van alkemade

Tradução de
Edmundo Barreiros

FÁBRICA231

Título original
ORPHAN
8

Esta é uma obra de ficção. Nomes, personagens, lugares e incidentes são produtos da imaginação da autora ou foram usados de forma ficcional e não devem ser interpretados como reais. Qualquer semelhança com acontecimentos reais, locais, organizações, pessoas, vivas ou não, é mera coincidência.

Copyright © 2015 *by* Kim van Alkemade

Todos os direitos reservados, incluindo o de reprodução
no todo ou em parte sob qualquer forma.

Edição brasileira publicada mediante acordo com a HarperCollins Publishers.

FÁBRICA231
O selo de entretenimento da Editora Rocco Ltda.

Direitos para a língua portuguesa reservados
com exclusividade para o Brasil à
EDITORA ROCCO LTDA.
Av. Presidente Wilson, 231 – 8º andar
20030-021 – Rio de Janeiro, RJ
Tel.: (21) 3525-2000 – Fax: (21) 3525-2001
rocco@rocco.com.br | www.rocco.com.br

Printed in Brazil/Impresso no Brasil

Preparação de originais
GUILHERME KROLL

CIP-Brasil. Catalogação na fonte.
Sindicato Nacional dos Editores de Livros, RJ.

A77o	Alkemade, Kim van
	Órfã #8 / Kim van Alkemade; tradução de Edmundo Barreiros. – 1ª ed. – Rio de Janeiro: Fábrica231, 2017.
	Tradução de: Orphan #8
	ISBN: 978-85-9517-012-4 (brochura)
	ISBN: 978-85-9517-013-1 (e-book)
	1. Ficção americana. I. Barreiros, Edmundo. II. Título.
17-40324	CDD - 813
	CDU - 821.111(73)-3

O texto deste livro obedece às normas do
Acordo Ortográfico da Língua Portuguesa.

À memória de meu avô Victor Berger,
"o garoto sempre eficiente do orfanato".

Capítulo Um

DE UMA CAMA DE PILHAS DE JORNAIS EMBAIXO DA MESA DA COzinha, Rachel Rabinowitz observava os pés descalços da mãe se arrastarem até a pia. Ela ouviu a água encher a chaleira, depois viu os calcanhares da mãe se erguerem quando ela se esticou para depositar uma moeda no medidor de gás. Ouviu o chiado de um fósforo riscado, o sibilar do queimador, o ruído de chama se acendendo. Quando a mãe passou pela mesa, Rachel estendeu a mão para agarrar a barra de sua camisola.

– Já acordada, macaquinha? – Visha olhou para baixo, o cabelo negro caindo em cachos soltos. Rachel balançou a cabeça afirmativamente, olhos abertos e ávidos. – Fique aí até que os hóspedes saiam para o trabalho, está bem? Você sabe que fico nervosa quando tem gente demais na cozinha.

Rachel mostrou o lábio inferior. Visha ficou tensa, ainda com medo de provocar um dos ataques da filha, apesar de terem passado meses desde o último. Então, Rachel sorriu.

– Está bem, mamãe, eu fico.

Visha soltou um suspiro.

– Boa menina. – Ela se ergueu e bateu na porta da sala da frente, dois toques curtos. Depois de ouvir as vozes abafadas dos hóspedes, que lhe asseguravam de que estavam acordados, ela atravessou a cozinha e saiu do apartamento. Enquanto descia o corredor do prédio para usar o banheiro, ela se permitiu pensar que seu problema com Rachel tinha realmente acabado.

Havia começado com a cólica, mas ela não podia culpar a bebê por isso, apesar de Harry parecer fazer isso. Por meses, a bebê berrava em todas as horas da noite. Somente quando a segurava nos braços e caminhava pela cozinha o choro se acalmava em soluços com os quais ao menos os vizinhos conseguiam dormir. Na época, eles não conseguiam manter hóspedes – quem ia pagar para dormir perto daquela confusão? – e Harry resolveu trabalhar até tarde para complementar a renda. Para evitar o bebê, ele começou a passar mais noites em suas reuniões da Sociedade. Aos domingos, ele também escapava, subindo com Sam até o Central Park ou descendo até as docas para observar os navios. Visha podia ter enlouquecido, enfurnada naqueles três aposentos com um bebê que parecia odiá-la. Só a ida diária da sra. Giovanni – que a visitava para que Visha pudesse falar como uma pessoa, ou para cuidar da bebê por uma hora para que ela pudesse descansar – fez com que ela superasse aqueles meses longos.

De volta à cozinha, Visha derramou água fervente no bule e também em uma bacia no fundo da pia antes de tornar a encher a chaleira e a colocar de volta no fogo. Ela misturou com um pouco de água fria da bacia e separou um pedaço quadrado e duro de sabão e uma toalha puída. Ela pôs o bule, duas xícaras, um pote de geleia, uma colher e as fatias do pão da véspera na mesa. Na sala, móveis arranharam o chão, então a porta se abriu, e os hóspedes, Joe e Abe, surgiram. Os rapazes estavam sem camisa, com os suspensórios dependurados da cintura de calças amarrotadas, os cadarços dos sapatos deslizando enquanto caminhavam. Visha pôs duas camisas úmidas nas costas das cadeiras da cozinha. Ela as havia lavado tarde na noite anterior, mas pelo menos estavam limpas se alguém reclamasse. Abe saiu pelo corredor enquanto Joe debruçou sobre a pia para se lavar. Visha se espremeu e passou por ele, entrou em seu quarto e fechou a porta.

Ela tirou a camisola e a pendurou em um prego na parede, em seguida abotoou uma camisa branca sobre a combinação e vestiu uma saia comprida. O marido bocejou quando Visha sentou na cama para calçar as meias. O braço de Harry ainda estava esticado sobre o travesseiro desde a noite passada, quando ele acariciara o ombro dela e sussurrara em seu ouvido:

– Logo, minha Visha, logo, quando eu for um fornecedor com meu próprio negócio, nós vamos sair deste cortiço e nos mudar para o Harlem, talvez até o Bronx. As crianças vão ter o próprio quarto, nós não vamos ter de aceitar hóspedes, e você vai poder passar a tarde inteira sentada com as pernas para o ar como se fosse uma rainha, minha rainha. – Enquanto ele falava, Visha se viu no quarto silencioso de um novo prédio residencial, com as janelas abertas para o ar fresco do exterior. Ela se imaginou enchendo uma banheira em um banheiro azulejado com água quente à espera apenas de que ela abrisse a torneira.

Visha, então, tinha se virado para Harry, convidativa. Ele subiu sobre ela em silêncio como ela gostava, não como o sr. Giovanni, no apartamento vizinho, cujos grunhidos ecoavam pelo poço de ventilação fétido. Ela o manteve em seu interior até o fim, com os calcanhares pressionando a parte de trás de seus joelhos, a perspectiva de seu sucesso provocando o desejo dela por outro bebê. Rachel já estava com quatro anos de idade; as noites sem dormir eram uma lembrança distante; os ataques pareciam terminados. Depois que Harry rolou de cima dela, Visha sonhou com o peso leve de um recém-nascido nos braços.

Rachel começou a ficar irrequieta enquanto os hóspedes estavam sentados na cozinha, botando e mexendo geleia em seus chás e molhando seus pães para amolecê-los. De baixo da mesa, ela estendeu as mãos e emaranhou os cadarços de Joe.

– O que está acontecendo agora? Tem ratos roendo os cadarços da minha bota?

Rachel riu. Ela cutucou o irmão ao seu lado para acordar.

– Amarre-os com nós, Sam, para que ele caia – sussurrou ela. – Ainda não sei dar nós.

Joe a escutou.

– Por que você quer que eu caia, é para que eu quebre o pescoço, será? Cuidado senão tiro você daí de baixo e arranjo problema com a sua mãe.

Sam envolveu a irmã com os braços.

– Não comece agora, Rachel. Seja boazinha e fique quieta, e ensino a você que número vem depois do cem.

Rachel soltou os cadarços.

– Há mais números *depois* de cem?

– Você promete ficar quieta até mamãe dizer que podemos sair?

Rachel balançou a cabeça vigorosamente. Sam sussurrou em seu ouvido:

– Repita. – Rachel riu como quando comia algo doce.

– Cento *e* um cento *e* um cento *e* um. – Sam deitou a cabeça sobre os jornais e ouviu, satisfeito, a ladainha da irmã.

Em setembro do ano anterior, quando ele começou a cursar o primeiro ano, Rachel pusera na cabeça que ia para a escola com Sam. Quando o irmão saiu pela porta sem ela, Rachel teve um ataque, que ainda não tinha passado quando ele voltou para casa para almoçar. Os gritos de Rachel expulsaram até a sra. Giovanni, e Visha estava fora de si.

– Veja o que você consegue fazer com ela – disse Visha para Sam, depois se fechou no quarto.

Sam conseguira acalmar a irmã ensinando a ela as cinco primeiras letras do alfabeto. Antes de voltar para a escola à tarde, com o estômago revirando de fome, ele fez um acordo com ela. Para que ficasse quieta e comportada, Sam pagava a Rachel com letras e números. Agora era abril, e ela já sabia tanto quanto fora ensinado a ele. Naquele primeiro dia, Visha compensou pelo almoço que ele perdeu preparando para Sam seu jantar favorito, macarrão com molho de tomate igual ao da sra. Giovanni.

– Você hoje salvou minha vida – dissera ela ao filho, beijando o alto de sua cabeça.

Visha, vestida, saiu do quarto para preparar o almoço dos hóspedes, embalando em jornal batatas assadas frias e gordos pepinos em conserva. Pés de cadeira foram arrastados e xícaras chacoalharam quando Joe e Abe se levantaram da mesa, puxando os suspensórios por cima de camisas úmidas e, ao pegar os paletós, eles enfiaram a comida no bolso e saíram pela porta.

– Saiam daí agora, seus macaquinhos – chamou Visha. O cobertor voou, e Rachel levantou depressa, seguida por Sam. Visha deu em cada um deles um beijo na cabeça, depois Sam pegou a irmã pela mão, a puxou da cozinha e a levou pelo corredor. Enquanto eles se revezavam no banheiro, Visha fez um segundo bule de chá, tornou a encher a chaleira, lavou as xícaras e as pôs outra vez na mesa.

Quando as crianças entraram correndo na cozinha, Visha pegou Rachel e levantou a menina no colo, enquanto Sam ficou na ponta dos pés para alcançar a bacia e se lavar na pia. Ele já era alto para um menino de seis anos e parecia para Visha uma versão em miniatura do homem em que um dia iria se transformar. Seu cabelo castanho-claro era, sem dúvida, de Harry, assim como os olhos cinza pálidos, e faziam com que o pai de Visha desconfiasse se Harry era realmente judeu. Mas enquanto Harry era tranquilo e de fala mansa, Sam era esperto e agitado, já se metendo em brigas na escola e rasgando a calça jogando taco na rua.

Rachel pôs as mãos no rosto de Visha para chamar a atenção da mãe. Visha contemplou seu reflexo nos olhos da filha, tão castanhos que eram quase negros. Quando Sam terminou, Visha arrastou a cadeira até a pia para que Rachel pudesse ficar de pé sobre ela e se lavar. Depois que as duas crianças estavam à mesa bebendo chá e molhando seus pães, Visha colocou um ovo inteiro na chaleira para cozinhar e entrou no quarto para chamar o marido.

Com o hálito ainda forte do sono, Harry murmurou no ouvido de Visha:

– Então, acha que fizemos um bebê ontem à noite?

Visha sussurrou em resposta:

– Se fizemos, ele vai precisar de um pai que seja trabalhador, por isso levante já da cama. – Visha chegou à cozinha com um sorriso tímido no rosto, seguida por Harry.

– Papai! – disseram em coro Rachel e Sam. O pai pôs as mãos em seus ombros e os puxou para perto, de modo que pôde beijar os dois no rosto ao mesmo tempo.

– Deem a ele um minuto de paz. – Visha riu. Ela levantou a tampa da chaleira para conferir o ovo boiando enquanto Harry saía pelo corredor. Aquilo era um luxo, um ovo inteiro de manhã para Harry, mas ele dizia que precisava da força. Se Visha precisasse comprar um osso com menos carne para sua sopa, ou comprar seu pão já dormido para poder pagar pelos ovos, bem, tudo estaria melhor quando Harry progredisse.

Quando voltou, Harry ergueu Rachel sobre o joelho e tomou seu lugar. Visha pôs uma xícara de chá diante dele e mais um pouco de pão, depois pescou o ovo com um garfo e o colocou sobre o prato de Harry para esfriar. Ela debruçou sobre a pia, com a mão descansando distraidamente sobre a barriga, observando o marido com os filhos.

– Então, Sammy, o que você aprendeu ontem na escola? – Harry não via as crianças desde o café da manhã da véspera. Ele trabalhara até tarde, depois tinha ido direto para sua reunião da Sociedade, chegando em casa depois que até mesmo os hóspedes estavam dormindo para sussurrar no ouvido de

Visha. Ela costumava não gostar daquelas Sociedades dele, com taxas tão pesadas para os bolsos deles, até que Harry a convenceu de que a Sociedade iria apoiá-lo quando ele tivesse seu próprio negócio.

Sam estreitou os olhos.

– P-A-O-til – disse ele. – C-H-A-acento no A.

– E o que é isso? – perguntou Harry, olhando para Visha com olhos brilhando.

– É assim que se escreve *pão* e *chá*, pai! Já aprendemos o alfabeto inteiro, e agora todo dia aprendemos a escrever palavras novas. G-A-T-O. Assim se escreve *gato*, papai.

– Já é um gênio! – exclamou Harry, revirando o ovo no prato para descascá-lo. Às vezes, ele guardava um pedaço para Rachel, empurrando a clara arredondada entre seus lábios com o dedo, mas naquela manhã ele o enfiou inteiro na boca.

– O que você vai cortar hoje, Harry? – perguntou Visha.

Rachel imitou a mãe.

– É, papai, o que você vai cortar hoje?

– Bom – disse ele, dirigindo-se à filha. – Recebemos os moldes para as blusas novas ontem, e tive de descobrir como fazer o encaixe. O patrão gosta de como eu corto porque não deixo muitas sobras, mas o material para as novas blusas tem uma pequena costura passando pela trama, e eu tive de encaixar o molde de modo que o pequeno ponto se encaixasse em todas as emendas. Levei um bom tempo, por isso perdi o jantar ontem à noite. – Ele olhou para Visha. – Mas consegui resolver tudo, por isso hoje vou fazer os cortes.

– Posso ser cortadora, também, quando crescer? – perguntou Rachel.

– Por que trabalhar em uma fábrica? É por isso que eu trabalho tanto, para que vocês não tenham uma vida como essa. Além disso, meninas não são cortadoras. As facas são grandes demais para suas mãos pequenas. – Harry pôs os dedos de Rachel em sua boca e fingiu mastigá-los até que ela riu.

Harry virou-se para Sam.

– É melhor você ir, agora, geniozinho, ou vai se atrasar para a escola.

Sam pulou da cadeira e saiu correndo até a sala para se vestir. Quando voltou, Visha lhe entregou seu casaco.

– E não desperdice toda a hora do almoço brincando na rua, venha direto para casa comer! – gritou ela enquanto ele batia a porta e descia ruidosamente os dois lances de escada.

Visha foi até a sala abrir as janelas. A manhã de abril estava clara e fresca. Ela se debruçou para fora e viu um policial ainda usando máscara contra gripe, mas Visha sentiu que eles estavam seguros, agora que o inverno tinha terminado. Ela bateu na madeira quando o pensamento agradável lhe passou pela cabeça. Então viu Sam sair correndo pela frente do prédio, desviando de carrocinhas de ambulantes, de automóveis e do velho cavalo da carroça do leite. Ela ficou impressionada que um garoto tão pequeno pudesse encarar o mundo de um jeito tão impetuoso.

Visha deu as costas para a janela e soltou um suspiro. Os hóspedes haviam deixado o quarto uma bagunça: cobertores jogados sobre sofás, roupas sujas no chão, seu baú aberto no canto. Ela passou alguns minutos arrumando o quarto antes de voltar à cozinha. Harry tinha entrado para se vestir. Rachel estava à mesa, jogando pedaços de pão velho em sua xícara de chá frio e os pegando com um garfo. Ela apertava os pedaços gotejantes de pão contra o céu da boca com a língua, espremendo o chá e saboreando a maciez do pão.

Visha estava embalando o almoço de Harry quando ele a chamou do quarto.

– Venha cá um instante, está bem?

– Você agora fique aqui, Rachel – disse Visha, deixando a batata e o pepino em conserva embrulhados no escorredor. – Eu já volto.

– Está bem, mamãe.

– Feche a porta, Visha – disse Harry. Ela fechou. Ele a pegou antes que ela conseguisse terminar de se virar, suas mãos descendo pelos quadris dela.

– Harry, não. Eu já estou vestida. – Ele encheu as duas mãos de tecido e levantou sua saia até a cintura. – Você vai se atrasar. – Ele a conduziu na direção da cama, virou-a de costas e a empurrou para baixo, puxando suas calçolas. – Rachel vai escutar! – Segurando-a com uma mão pesada, ele conduziu-se para o interior dela com a outra. Foi, Visha, agora, quem teve de segurar um grunhido. Ela afundou o rosto no colchão enquanto Harry se movia atrás dela.

– Você quer outro bebê, não quer? – O colchão engoliu sua resposta de sim, sim.

Na cozinha, Rachel terminara sua xícara de chá, mas ainda havia um pedaço de pão na mesa. O bule estava vazio. A chaleira estava no fogão, a cadeira ainda perto da pia. Ela olhou para a porta do quarto, sabendo que devia esperar pela mãe, mas queria o chá naquele momento. Ela pegou o bule na mesa e, de pé sobre a cadeira, o pôs sobre o escorredor, retirou sua tampa e botou em seu interior um pouco de chá da lata. Depois, com as duas mãos, pegou a chaleira como havia visto a mãe fazer mil vezes.

A chaleira era mais pesada do que ela esperava. Quando a inclinou, o bico atingiu o bule e o derrubou. Com as duas mãos ainda segurando a chaleira, Rachel observou, sem poder fazer nada, o bule cair e se espatifar. Quando largou a chaleira outra vez sobre o fogão, a água se derramou e fervilhou na chama. Assustada, Rachel perdeu o equilíbrio. A cadeira balançou e a derrubou no chão. Por um segundo, ela sentou como se não conseguisse respirar. Em seguida, engoliu algum ar e soltou um grito que parecia um gato caindo.

No quarto, Visha ficou tensa com os sons de coisas quebrando e caindo. Ela fez força na cama para se levantar, mas Harry, que não tinha terminado, segurou-a. O grito agudo da filha foi levado através da bandeira da porta.

– Harry, chega. Ela está machucada! – Com um espasmo, ele penetrou-a ainda mais. Quando finalmente saiu, Visha cambaleou de pé, puxando as roupas de volta para o lugar por cima das coxas escorregadias.

Visha encontrou Rachel no chão com a cadeira em cima dela.

– Harry, venha cá!

Harry a seguiu, abotoando a calça. Ele ergueu a filha aos berros e chutou a cadeira caída para o lado.

– O que aconteceu aqui? Tem alguma coisa quebrada?

Visha passou as mãos pelas pernas, os joelhos dobrados e os tornozelos de Rachel, depois ergueu um de seus braços de cada vez, verificando os cotovelos e os pulsos. Rachel mantinha um choro constante cuja altura nunca vacilava enquanto Visha examinava suas juntas.

– Acho que não, Harry, ela caiu, só isso. – Visha viu os cacos espalhados pelo chão. – E olhe só para meu bule! Eu não disse a você para ficar na sua cadeira?!

Harry acariciou o cabelo da filha, mas agora que ela estava em um de seus ataques, nada parecia acalmá-la. Ele a entregou a Visha.

– Eu não tenho tempo para isso, já vou chegar atrasado! – gritou ele em meio aos berros de Rachel.

– Como se não fosse sua própria culpa!

Harry franziu o cenho enquanto arrancava o paletó de seu gancho e enfiava o chapéu fedora na cabeça. Visha, arrependida das palavras duras, ergueu o rosto para ser beijada, mas ele virou a cara e saiu pelo corredor.

– Quando você volta para casa? – gritou Visha para ele.

– Você sabe que eu tenho de terminar aquele corte. – Ele fez uma pausa na porta. – Você só tome conta disso aqui. Eu vou chegar em casa quando tiver de chegar.

Rachel estava ficando pesada nos braços da mãe, os gritos enervantes. Visha levou a filha para o quarto e a sentou no meio da cama.

– Se acalme, agora. – Ela olhou ao redor à procura de algo que pudesse distrair Rachel, pensando em como Sam conseguia acalmá-la. Visha pegou o pote de dinheiro sobre a cômoda.

– Rachel, pode contar isso para a mamãe? Depois você pode ir às compras comigo. Não estou com raiva por causa do bule, é sério. Por favor?

Milagrosamente, Rachel parecia disposta a se acalmar. Prendendo os soluços, ela pegou o pote e o derramou sobre o cobertor. Moedas de um centavo enferrujadas, de cinco sem brilho, de dez polidas, e até algumas de 25. Ela começou a fazer pilhas pequenas, juntando as iguais.

Visha saiu cautelosamente para a cozinha. Ela sentou e levou alguns minutos para acalmar os nervos. A cabeça da sra. Giovanni surgiu no corredor, com um lenço florido amarrado em volta dela.

– Posso ajudá-la, Visha? – ofereceu ela.

– Não, obrigada. Ela está quieta outra vez. – Visha olhava pesarosamente para o bule quebrado. – Viu o que ela fez?

– Precisa de um bule emprestado?

Visha sacudiu a cabeça, e apontou com ela para uma prateleira alta acima da pia.

– Vou usar um bom da louça de *seder*.

– Volto para visitar você mais tarde, está bem?

– Até logo, Maria. – Visha varreu os pedaços quebrados de louça e os jogou na lata de lixo.

– Olhe, mamãe! – chamou Rachel do quarto. – Podemos comprar pão de centeio, hoje?

Visha foi até lá e olhou para as moedas separadas, calculando o valor.

– Hoje não. Amanhã, quando papai trouxer o salário para casa vamos comprar pão de centeio fresco e peixe. Mas hoje ainda vem o homem do seguro receber as moedas de dez, preciso de uma de cinco centavos para comprar gás para fazer a sopa, e outra para amanhã de manhã. – Visha jogava moedas no pote enquanto recitava a lista de obrigações, em seguida olhou para o que restou na cama. – É o suficiente para um pão de ontem, algumas cenouras, um osso para sopa. Ainda tenho uma cebola. E alguns belos pepinos em conserva, não é isso, Rachel? – No primeiro andar de seu prédio, havia uma loja onde o homem dos picles mantinha barris de salmoura e recebia entregas de pepinos de um fazendeiro de Long Island; todos os corredores do prédio cheiravam a endro, alho e vinagre.

Visha guardou as moedas no bolso e ergueu Rachel da cama.

– Vamos, vou vestir você para que possamos fazer nossas compras.

Quando passavam pela cozinha, Rachel parou e apontou para o embrulho em cima do escorredor.

– O almoço do papai!

– Ah, viu o que você o fez esquecer com seu choro? Agora, o que ele vai comer? – No mesmo instante, Visha se arrependeu das palavras duras. Rachel fez um bico com os lábios, que começaram a tremer. Logo, os gritos iam recomeçar. – Não estou com raiva, Rachel. Não chore, por favor. Escute, o que acha de levarmos o almoço para ele na fábrica?

Rachel levou a mão à boca. Ela nunca tinha ido à fábrica.

– Posso ver de onde vêm os botões? – Na maioria das noites, Harry levava para casa um punhado de botões embrulhados em um retalho de tecido, e era o trabalho de Rachel durante o dia sentar no chão na sala principal e separá-los em pilhas por tamanho e cor.

– Pode, e as máquinas de costura e tudo mais. Agora, você acha que consegue se vestir? – Rachel saiu correndo até a sala, abriu rapidamente uma gaveta na cômoda que ela dividia com Sam, calçou meias e um vestido sem mangas pela cabeça.

Visha sorriu com seu plano, depois hesitou. Harry lhe dissera que não queria que ela fosse à fábrica.

– Um cortador está acima dos outros trabalhadores, Visha, você sabe disso – explicara ele. – Preciso manter meu respeito, não posso parar de trabalhar só para exibir minha esposa bonita. – Mas depois da noite da véspera, e dessa manhã no quarto, ele não ficaria feliz por vê-la?

— Então, Rachel – disse ela, afivelando os sapatos da menina –, você vai se comportar?

– Vou, mamãe, eu prometo.

– Então está bem, vamos levar o almoço do papai, e vamos fazer nossas compras na volta para casa. – A fábrica ficava a uma boa caminhada de seu cortiço. Harry tomava o bonde quando o tempo estava ruim, mas hoje estava uma manhã bonita que prometia que o inverno havia acabado de vez. Visha segurou firme a mão de Rachel enquanto abriam caminho através das pessoas que se aglomeravam em volta das carrocinhas dos ambulantes. Elas dobraram a esquina e esperaram que o bonde passasse, com sua haste elétrica soltando faíscas e batendo nos fios acima. Ao atravessar a rua Broad, Visha levantou Rachel por cima de uma pilha de esterco de cavalo, depois a puxou para perto quando um caminhão de entregas passou roncando, com pneus de borracha mais altos que sua menininha. Por fim, Visha apontou para um prédio de tijolos muito maior que seu cortiço. – Lá está ela. – Atravessaram a rua correndo quando o policial no cruzamento apitou para que o trânsito da Broadway parasse.

No saguão do prédio, Visha conduziu Rachel a uma porta larga e parou imóvel diante dela.

– Precisamos pegar o elevador – explicou ela. A porta se abriu, deslizando para os lados, revelando um rapaz no interior. Feito para transportar carga e trabalhadores às dezenas, o carro do elevador era maior que a cozinha de Visha.

– Que andar? – perguntou ele quando elas entraram.

– Blusas femininas Goldman.

– Fábrica ou escritórios?

– Fábrica.

– Fica no sétimo. – O rapaz puxou e fechou a porta, e o elevador começou a tremer e a balançar. Rachel soltou um gritinho.

– Primeira vez em um elevador? – perguntou ele. Rachel olhou para Visha, que balançou a cabeça afirmativamente para ela. – Bom, você se comportou bem! – O transporte deu um último solavanco. – Goldman.

Visha conduziu Rachel para o ruído da fábrica. O andar aberto era pontuado por colunas de ferro que se erguiam até o teto. Sem paredes para bloquear as janelas grandes, o espaço era claro, com poeira e fiapos flutuando através de faixas de luz do sol. Mesas grandes se estendiam pelo chão, com uma máquina de costura emparelhada à outra, em cada uma delas uma mulher curvada sobre seu trabalho. Havia mensageiros circulando pela fábrica, levando tecido para as costureiras e pegando cestos com produtos acabados a seus pés. No canto, havia algumas garotinhas sentadas no chão, as mais novas enfiando linha em agulhas, e as mais velhas prendendo botões nas blusas finas em torno delas.

As máquinas faziam tamanho barulho e zuniam tão alto que Visha precisou gritar no ouvido de Rachel:

– Olha lá o papai! – Ele estava parado junto à mesa de corte, de costas para elas. Acima dele, gabaritos cortados em metal pendiam do teto como pele descamada achatada. Rachel inclinou-se para frente, pronta para correr em sua direção, mas Visha não soltou sua mão. – Ele está cortando! As facas são afiadas, não podemos surpreendê-lo. – Rachel recuou. Ela já havia causado problema uma vez naquele dia. Juntas, elas passaram caminhando com cuidado pelas máquinas de costura até chegar à mesa de corte.

Harry olhou ao redor e as viu se aproximar. Seus olhos foram direto além dos ombros de Visha, até uma das costureiras, uma jovem bonita com uma gola de renda abotoada até o pescoço. O olhar dela encontrou o dele, com as mãos congeladas na máquina e o rosto branco. Ao ver que ele tinha largado a faca, Visha soltou a mão de Rachel. Ela correu alguns passos e saltou nos braços do pai. Ele a pegou distraidamente enquanto observava a moça se levantar da máquina. Movendo-se o mais rápido que podia pela fileira cheia de gente, a garota correu pelo chão da fábrica e desapareceu atrás de uma porta, com seu chefe correndo atrás dela.

Visha agora estava parada em frente a Harry, com a boca erguida para um beijo.

– O que você está fazendo aqui? – reclamou ele. Ela baixou o queixo.

– Nós trouxemos seu almoço, papai. Você deixou em casa esta manhã.

– Ela ficou tão preocupada por você ter esquecido, que achei que fosse ter outro ataque. Disse a ela que se fosse boazinha nós íamos trazer para você.

– Visha ofereceu o pacote embrulhado.

– Está bem, Visha. — Harry enfiou o almoço no bolso, pegou a mulher pelo cotovelo e a conduziu na direção do elevador, carregando Rachel. – Mas eu disse a você que estou com uma encomenda grande, não tenho tempo para isso.

Os lábios de Rachel começaram a tremer.

– Você não está feliz em nos ver, papai?

– Eu sempre fico feliz em ver você, macaquinha, não fique chateada. Eu só tenho muito trabalho a fazer, hoje. Vejo vocês em casa, mais tarde.

Ele pôs Rachel no chão e as deixou para voltar à mesa de corte. Quando o elevador abriu, estava repleto de caixas cheias de pequenos retalhos de tecido.

– Será que vocês podiam descer a pé? O homem que compra as aparas está aí.

Visha e Rachel foram até a escadaria e empurraram a porta para entrar. Na plataforma da escada, uma costureira estava apoiada na parede, chorando. Era apenas uma garota, pensou Visha, no máximo dezessete anos, e parecia ser italiana. Visha se perguntou que tragédia a levara às lágrimas. Visha pôs a mão no ombro da moça, mas ela a tirou com um tremor e subiu correndo de volta à escada. Visha deu de ombros e pegou a mão de Rachel, guiando-a para baixo. Eram doze degraus, com uma curva entre cada andar; quando chegaram ao saguão, a cabeça de Rachel estava girando.

O braço de Rachel pendia pesado da mão de Visha enquanto faziam suas compras; o osso de carne no açougueiro na rua Broad, um pão dormido na padaria da esquina. Em uma carrocinha em frente a seu prédio, Visha pechinchou por um maço de cenouras feias e algumas batatas com olhos brotando. Só quando entraram no prédio e pararam na loja de picles do sr. Rosemblum que Rachel se animou.

– Vejam quem está aqui para iluminar meu dia. – Os olhos sorridentes do sr. Rosenblum enrugaram seu rosto. Ele falava iídiche com a maioria de seus fregueses, mas com as crianças ele treinava seu inglês.

– Sr. Rosenblum, nós fomos à fábrica de blusas!

– Foram? Você gostou da fábrica? Você vai trabalhar lá, um dia, com o papai?

– Não, eu não quero trabalhar lá. É barulhento demais, faz as costureiras chorarem.

– Ah, pepinos em conserva nunca fazem chorar. Pegue um pepino, Ruchelah. – O sr. Rosenblum levantou a tampa de madeira de um barril de conserva e Rachel escolheu um pepino grande e gordo.

– Prove – disse ele. – Ela deu uma mordida, franzindo os lábios. – Quanto mais azedo o picles, mais ele faz bem a você.

– Muito bom, sr. Rosenblum, obrigada.

– E o que vai querer, sra. Rabinowitz? – Visha pediu meia dúzia de pepinos. O sr. Rosenblum lhe deu sete. – Um para o menino – disse ele, piscando para Rachel. – Para que ele não fique com ciúmes da irmã.

Em seu apartamento, Visha deu a Rachel uma fatia de seu pão recém-comprado.

– Olhe aqui, o meio ainda está macio. Leve lá para frente e vá brincar com seus botões. Agora vou preparar a sopa.

No quarto silencioso, Rachel levou o pote de botões até perto da janela, onde a luz quente se estendia sobre o linóleo estampado. Ela enfiou a mão no pote e pegou um punhado dos disquinhos. Ela os espalhou no chão, depois começou a separar os botões pela cor, separando os pretos dos marrons e dos brancos. Depois agrupou-os com base naquilo de que eram feitos: madrepérola separados dos de marfim e osso, casco de tartaruga de azeviche e chifre. O último seria o tamanho, apesar de Harry levar para casa principalmente pequenos botões de camisas. Às vezes, Rachel encontrava um botão robusto de casaco misturado, tão grande que ela podia girá-lo como um pião. Enquanto trabalhava, ela recitava as letras do alfabeto que Sam lhe ensinara, todas, do *A* até o *Z*.

Visha sorria com o som da cantilena da filha enquanto cortava os legumes. Ela largou a faca na bancada, botou uma moeda de cinco no medidor de gás, riscou um fósforo e botou a panela no queimador. Em um resto de gordura escumada da superfície de sua última sopa, ela fritou a cebola picada, acrescentou as cenouras fatiadas e verduras picadas e um pouco de sal. Botou o osso e deixou refogar até que quase podia sentir o cheiro de carne, em seguida enrolou as mãos em panos para segurar a panela embaixo da torneira enquanto a enchia de água. Botou-a pesadamente sobre o fogão, acrescentou as batatas cortadas e pôs a tampa para que a sopa fervesse em fogo baixo.

Não era uma grande refeição, mas era quase dia de pagamento. No dia seguinte, depois de pagar as taxas de suas Sociedades, Harry ia tornar a encher o pote de moedas. Depois que tivesse economizado o suficiente para comprar os tecidos e os gabaritos e pagar alguns trabalhadores por produção, ele ia conseguir um contrato para si mesmo, entregar os produtos acabados por mais do que gastara em matéria-prima e trabalho, reinvestir os lucros. Ele seria um fornecedor de camisas, e ela seria sua esposa, com um bebê novo quente nos braços, a boca ávida em torno de seu mamilo.

Sam chegou subindo ruidosamente as escadas e entrou na cozinha, assustando Visha de seus devaneios.

– Já em casa – disse ela, pegando seu almoço. Rachel deixou os botões em suas pequenas pilhas e subiu em uma cadeira ao lado do irmão. Enquanto ele comia a batata e o pepino em conserva frios, Rachel contou a ele tudo sobre a ida à fábrica. Quando a mãe saiu pelo corredor, Sam disse:

– Um dos garotos ganhou uma bola de beisebol de verdade. Vamos jogar antes das aulas da tarde, e eu sou o receptor. – Sam já estava de pé quando Visha voltou. – Preciso ir cedo, mãe, para poder treinar minha ortografia. – Ele piscou para a irmã e então saiu correndo pela porta.

Rachel voltou para seus botões. Pouco depois que Sam saiu, foi o homem do seguro que apareceu, com um sobretudo folgado que chegava até os tornozelos, apesar da tarde quente. Visha foi até o quarto e voltou com as duas moedas de dez centavos. Ele pegou uma caderneta no bolso do sobretudo e anotou seu pagamento.

– Ainda não fez seguro para os pequenos? – perguntou ele, dando uma olhada para Rachel lá dentro.

– Se Deus quiser nada vai acontecer – disse Visha, batendo os nós dos dedos na mesa de madeira. – Por enquanto, só temos dinheiro para seu papai e para mim.

– Se Deus quiser – concordou ele, fechando a caderneta e jogando as moedas em outro bolso. Elas tilintaram contra as moedas que ele já tinha coletado em suas subidas e descidas pelas escadarias dos cortiços. Visha o acompanhou até a saída, depois voltou para sua sopa, com pensamentos de família se revirando em sua mente.

Rachel contou e separou dez botões de madrepérola, um para cada dedo. Eram todos do mesmo tamanho, redondos e chatos com dois buraquinhos furados através da concha com traços arroxeados. Sempre que ela tinha dez iguais, ela os embalava juntos em um pedaço de pano para dar ao papa. Aos sábados, quando ele recebia o pagamento, dava a ela um centavo por separar os botões, e um para Sam por ir à escola todos os dias, e Sam levava a irmã ao vendedor de balas para gastar sua fortuna. Rachel separou botões até sentir sono, aí se encolheu no sofá para um cochilo. Visha entrou na sala e sentou na luz perto da janela para remendar roupas. A tarde, agora, ficaria silenciosa, a quietude na sala tornada mais especial pelo barulho que emanava da rua abaixo.

UMA BATIDA FORTE na porta da cozinha assustou Visha e despertou Rachel. Vozes no corredor penetraram no apartamento antes mesmo que ela atendesse. Uma mulher, gorda e suada, entrou apressada na sala, empurrando Visha para trás contra a mesa.

– Onde está ele, aquele safado, aquele mentiroso?

– De que você está falando? Quem é você? – Visha achou que aquilo devia ter algo a ver com os vizinhos, a mulher falava como a sra. Giovanni, porém mais alto, com mais raiva. Visha não estava preocupada. Ainda não. Aí ela percebeu, parada no corredor, a garota bonita da fábrica, a que estava chorando na escada. Uma sensação de enjoo brotou em seu estômago.

– Hah-ri Rah-bin-o-wits, é do que estou falando. Você venha aqui fora, seu safado mentiroso! – A mulher deu uma olhada ao redor da sala, atravessou a cozinha até a porta do quarto, empurrou-a e a abriu, olhou lá dentro e a fechou com força. – Onde ele está escondido?

– Ele está trabalhando, na fábrica – disse Visha.

– Nós já fomos na fábrica, o que você acha? Ele saiu depressa de lá, não foi, Francesca? – A mulher dirigiu a pergunta para trás, na direção da garota escondida no corredor. – Aí ela vem correndo para casa para sua *mamma*, me dizendo que a mulher do Harry, a *mulher* dele, ela foi na fábrica hoje, e já com uma filha. É verdade? Ele tem mulher?

– Eu sou a mulher dele. Minha filha está aqui, e nosso filho está na escola. – Visha tomou coragem e a canalizou em um grito. – Nós não temos nada a ver com você, saia da minha casa!

– *Sua* casa, *sua* filha, mas como fica a *minha* menina, hein? – Todo o barulho atraiu a sra. Giovanni até o corredor. Ela começou a falar em italiano com a garota, que começou a chorar outra vez, as lágrimas escorrendo de seu rosto sobre a gola rendada. Suas palavras, uma ladainha estrangeira, circulavam pelos ouvidos de Visha. Sua face empalideceu. Ela fez a pergunta para a qual já tinha a resposta:

– O que ela tem a ver com meu Harry?

– Ele prometeu se casar com ela, é isso o que ele tem a ver com ela! E a visita depois do trabalho duas vezes por semana e a leva para dançar. Ele tem olhos tão claros, acho que ele é algum tipo de americano, não um judeu sujo que veio fazer mal a minha Francesca. Aí ele faz um filho nela, garota burra, e diz que vai se casar com ela.

A sra. Giovanni ia se aproximando aos poucos a cada palavra, puxando a garota com ela. Agora, todas as mulheres estavam na cozinha, Francesca tão abalada que a sra. Giovanni puxou uma cadeira e a fez se sentar. Ela fez uma pergunta à mãe de Francesca em italiano, e toda a história foi contada outra vez na língua da ópera.

Visha recuou para o corredor que levava à sala da frente. Rachel se aproximou em silêncio e espiava por baixo da saia da mãe para a mulher que gesticulava e falava na cozinha. Visha acariciava distraidamente o cabelo de Rachel. Isso parecia lhe dar força.

– Parem, todas vocês! – gritou ela. A sra. Giovanni se aproximou e pegou uma de suas mãos. A mãe de Francesca sentou-se ao lado da filha que chorava. – Harry se casou comigo há sete anos. Tenho dois filhos com ele. O que você diz é um erro. – Visha respirou fundo, escolhendo as palavras para dizer àquela mulher que Harry não podia ter levado sua filha para dançar, porque estava ocupado com suas Sociedades, poupando dinheiro para ser um fornecedor.

Aí a verdade se encaixou no lugar, como as travas de uma fechadura. Não havia Sociedades. Não havia poupança. Ele estava saindo com aquela garota, gastando dinheiro com ela, deixando Visha em casa para fazer sopa de ossos. Seus joelhos cederam. A sra. Giovanni a pegou pela cintura e a conduziu até uma cadeira.

Visha afundou o rosto entre as mãos.

– Antes de casar comigo, ele também me levava para dançar.

– Sabe o que vai acontecer se ninguém se casar com ela? – disse a mãe de Francesca. – Ela agora é produto com defeito. Está arruinada.

– Eu estou arruinada – disse Visha de maneira tão delicada e triste que Rachel correu e se jogou no colo da mãe.

A mãe de Francesca se debruçou sobre a mesa, apontando para Visha.

– Você diga a Harry, aquele safado, que precisamos de dinheiro para mandar Francesca para o norte do estado. Há um convento que recebe garotas assim. Digo que ela vai viajar por seis meses, para visitar uma prima. Seu bastardo vai para o orfanato católico. Quando ela voltar para casa, talvez as pessoas falem, mas vai ser apenas conversa, *si*?

A sra. Giovanni balançou a cabeça.

– Ela é tão jovem e bonita, algum homem ainda vai querê-la.

– É sua única chance. Se Harry não pagar, diga a ele que na próxima vez não sou eu que venho aqui atrás dele. – A mulher olhou para a sra. Giovanni. – Diga a ele o que vai acontecer quando os irmãos de Francesca começarem a ver o que Harry fez com ela. Ela tem de ir embora antes que comece a aparecer. Você diga a ele.

A mulher levantou, puxou a filha para o corredor e escada abaixo. A sra. Giovanni tentou confortar a vizinha, mas Visha a afastou.

– Deixe-me sozinha, agora, Maria, por favor. – Depois de extrair de Visha a promessa de chamá-la se precisasse, a sra. Giovanni foi embora. A cozinha, agora, parecia silenciosa demais. A sopa borbulhava no fogão. Rachel se remexia no colo da mãe. – Volte para seus botões – disse Visha, empurrando a menina de cima dela. – Continue o que estava fazendo. – A garota foi com relutância para a sala da frente. – E feche essa porta.

Na cozinha, Visha respirava com dificuldade, com o peito apertado em torno do coração inchado. Ela queria quebrar tudo à vista, partir as pernas da cadeira, espatifar o bule bom também, como o que já havia quebrado naquela manhã. Ao se lembrar da manhã, levantou-se de repente, pegou uma xícara, virou bruscamente e a atirou na pia, onde a louça de estilhaçou contra o ferro fundido. Em seguida, debruçou-se sobre a pia e vomitou, enjoada com a lembrança de Harry dentro dela, purgando-se das desculpas que inventara para o marido.

Rachel estava tentando contar botões, mas o som de coisas quebrando a assustou. Seu lábio projetou-se para fora e tremeu, mas algo a impediu de liberar a angústia em seu interior. Usando o braço como travesseiro, deitou encolhida no chão e enfiou o polegar na boca, cercada por pilhas de botões que lembravam montes de pedras.

Visha desabou em uma cadeira na cozinha e olhou fixamente para a parede, os olhos pretos vazios. Agora se sentia congelada, os membros dormentes. Se Rachel tivesse tido um ataque, se a sra. Giovanni tivesse aparecido para visitar, talvez Visha houvesse surtado como uma louca. Em vez disso, ficou sentada imóvel como um fantasma, com os sons do corredor e da escadaria e lá de fora na rua abafados pelas arrebentações em seus ouvidos.

Visha não fazia ideia de quanto tempo havia passado até que a porta do apartamento se entreabriu e Harry entrou na cozinha. Ele pôs a palma quente da mão em seu rosto e murmurou:

– Visha, minha Visha, qual o problema?

Do ponto onde a mão a tocou, um tremor começou e se espalhou pela pele de Visha e através de seus músculos até que suas mãos começaram a tremer. Como se libertada de um feitiço, Visha pulou da cadeira, afastando-se do marido.

– Qual o problema? Você tem a coragem de me perguntar qual o problema? Eu sei de tudo! Ela esteve aqui na minha própria cozinha, aquela puta italiana! Todas as suas promessas, elas eram mentiras. Tudo mentira! – Atrás dela, podia sentir a borda fria da pia. Tateou para trás e para baixo, e sua mão se fechou em torno da faca, a lâmina suja de vômito. Com o cabo firme em seu punho, Visha se aproximou de Harry. A mão dela se lançou para a frente. A faca atingiu o braço dele, cortando a carne. Uma linha vermelha brotou por baixo de sua manga.

Harry a agarrou pelo pulso, levantando seu braço e a faca para longe dele.
– Sua vagabunda maluca!
– Seu safado, seu mentiroso!

Rachel, ouvindo os pais gritando e brigando, entrou correndo na cozinha. Em sua pressa, chutou uma pilha de botões. Os discos minúsculos se espalharam pelo chão da cozinha. Ela viu o sangue no braço do pai, a faca na mão erguida da mãe. Seu lábio tremeu, e um uivo irrompeu de sua garganta. Agora a sra. Giovanni, atraída pelos gritos, surgiu à porta. Ela não podia ver a faca, sabia apenas que Harry e Visha estavam brigando, e não era surpresa, depois do que aquele homem tinha feito. Ela entrou na cozinha para tomar Rachel pela mão e puxá-la na direção do corredor, achando que pelo menos a garotinha não devia ver os pais daquele jeito. De repente, Sam entrou na cozinha abarrotada, ofegante de brincar na rua. Ele congelou por um segundo, confuso com a comoção. Harry virou para ver o que estava acontecendo. Sam viu o brilho de uma faca, o rosto distorcido da mãe. Ele se lançou para frente, se pendurou no braço do pai. Rachel se contorceu, escapou da sra. Giovanni, correu para a mãe e segurou sua saia. Visha perdeu o equilíbrio, tombou para a frente. Harry puxou e soltou o braço de Sam.

O braço, aliviado do peso de Sam, projetou-se para cima. A faca, agarrada ao mesmo tempo pelo marido e a mulher, moveu-se pelo espaço entre eles. A lâmina cortou a lateral do pescoço de Visha, abaixo de sua orelha. Parecia um arranhão, mais nada. Em seguida, uma fonte de sangue jorrou contra a parede da cozinha. Harry, surpreso, recuou. A faca caiu no chão. Visha caiu de joelhos, engolindo Rachel em sua saia. Sam golpeava o peito do pai com os punhos até ser enxotado por Harry, cuja potência de homem fez com que o menino acertasse a parede com força.

– Assassino! Polícia! – gritou a sra. Giovanni. Ela saiu correndo da cozinha, com suas palavras ecoando pela escadaria abaixo.

Harry lançou um olhar selvagem ao redor. Ele entrou correndo no quarto, pegou uma caixa embaixo da cama e começou a enfiar coisas dentro dela. Sam rastejou pela cozinha. Pegou o pano de prato e o apertou contra o pescoço da mãe. Ele estava encharcado e pingando instantes depois, quando o pai voltou com a caixa embaixo do braço.

– Papa! – chamou Sam. – Ajude!

Harry observou atento a mulher, os filhos e as marcas de sangue na parede. Ele não perdeu tempo com sentimentos.

– Cuide de sua irmã, Sam. Você agora é o homem, aqui.

Harry virou e desceu as escadas voando, saiu correndo pela rua e se escondeu em um beco antes que o policial virasse a esquina soprando seu apito.

Visha caiu sobre o chão da cozinha, com a cabeça virada de lado. A poça de sangue que se espalhava ergueu os botões espalhados. Eles flutuavam como barquinhos brancos.

Rachel engoliu os gritos com respirações entrecortadas. Ela pôs as mãos nas faces pálidas da mãe. Seus olhos se cruzaram. Visha falou, mas as palavras eram um gorgolejar. Rachel tentou ler os lábios da mãe. Então a boca parou de se mexer, e seu rosto ficou imóvel, os olhos botões pretos na margem distante de um mar terrível.

Capítulo Dois

PARECIA QUE O METEOROLOGISTA DO RÁDIO TINHA ACERTADO UMA vez, ia ser mais um dia muito quente. Mesmo às 6h30 da manhã, a umidade estava tão asfixiante quanto um casaco de lã fora da estação. Eu só tinha caminhado três quadras do metrô e gotas de suor já estavam se formando atrás de minhas orelhas e escorrendo pelo meu pescoço. Eu temia pensar como ia ficar ruim com o passar do dia.

Por fim, o Lar Hebraico de Idosos surgiu à minha frente. Enquanto esperava para atravessar a rua para o trabalho, contemplei o prédio, tão deslocado em meio aos novos edifícios residenciais que haviam sido erguidos por toda a sua volta, como se uma cidadela medieval europeia tivesse sido jogada em Manhattan. Em me perguntei, não pela primeira vez, se ela tivera o mesmo arquiteto de meus outros lares. De quem tinha sido a ideia de construir esses castelos para cuidar de judeus órfãos e idosos? Talvez estivessem se exibindo, aqueles banqueiros e magnatas prósperos de lojas de departamentos que participavam de comitês de construção e conselhos de diretores. Para eles, os telhados íngremes e torres redondas deviam parecer monumentos à sua caridade magnânima. Ou talvez estivessem se sentindo sitiados, os judeus ricos de Nova York, indesejados nos iate clubes e hipódromos, por mais cheios que fossem seus bolsos, suas esposas excluídas das páginas sociais, seus filhos recusados pelas universidades da Ivy League, as melhores do país. Imaginava que eles achassem estar nos fazendo um favor ao nos cercar de muralhas de fortaleza. Ao crescer, porém, aquelas paredes pareciam projetadas para nos prender do lado de dentro, não para nos manter seguros.

O saguão do Lar Hebraico de Idosos estava mais fresco que no exterior, os tetos altos e piso de mármore aliviavam o calor. Acenei para a recepcionista atrás da mesa e para a telefonista em seu cubículo. O som de meus sapatos passou pelo piano, um ¼ de cauda reluzente doado por algum maestro famoso. Eu costumava ir pela escada, ampla e em curva como o palco de um musical, mas hoje estava cansada demais. Dormira mal na noite anterior, revirando-me sozinha nos lençóis, os gritos das pessoas na montanha-russa Cyclone interrompendo meus sonhos. Estava prestes a apertar o botão do elevador de passageiros quando as portas se abriram. Não fui reconhecida por nenhum dos pacientes internos que saíram. Sem meu uniforme, eles provavelmente supuseram que eu era uma visitante, a filha dedicada de alguém passando para ver como estavam seus pais. Eles desceram se arrastando pelo corredor para esperar pela abertura do refeitório às sete, o cheiro de café e ovos já no ar. Como eu, eles provavelmente estavam acordados desde as cinco, mas enquanto eu passara a última hora batendo cabeça no metrô, eles estavam sentados nos quartos, vestidos e alertas, assistindo aos minutos passarem até poderem descer para o café. Prometi a mim mesma que, quando viesse a me aposentar, dormiria todas as manhãs, e levariam meu café na cama.

Subi até o quinto andar e me escondi na sala dos enfermeiros para tirar minhas roupas grudentas de rua. Como estava muito cedo para a mudança de turnos, achei que teria a sala só para mim por alguns minutos, mas Flo estava lá, junto da janela aberta, com a touca branca balançando no alto de seu penteado bolo de noiva.

— Veja quem está aqui — disse ela, tirando um Chesterfield do maço e o acendendo com um isqueiro de ouro. Ela projetou os ombros para fora da janela e soprou a fumaça na direção do céu. — Eu adoro fumar em um dia quente, você não, Rachel? De algum jeito, é refrescante.

— Se você diz. — Eu me juntei a ela na janela. Dividimos o cigarro, seu batom migrando para minha boca. Não subia nenhuma brisa com o calor que se erguia, só o chiado dos ônibus que paravam e o barulho eventual da buzina de um táxi. — Ouvi dizer que vai ser um dia muito quente.

— Parece que vai. — Ela terminou o cigarro, amassou a guimba no batente e a jogou pela janela. — O sr. Mendelsohn morreu ontem à noite.

— Ah, Flo, que triste, isso. Você tinha ficado próxima dele, não tinha?

Ela deu de ombros.

– Ossos do ofício. – Ela tentou parecer dura, mas ouvi a emoção em sua voz.

Alguns de nossos pacientes se agarravam com unhas e dentes até o fim. Absortos em seu próprio sofrimento, derramavam sua amargura sobre nós: impacientes, exigentes, cheios de reclamações. Não o sr. Mendelsohn. Durante os meses em que ficara no Quinto, ele tinha se tornado um favorito das enfermeiras, agradecendo-nos por tudo o que fazíamos por ele, grato por nossa gentileza. Apesar de fazer, agora, nove anos desde o fim da guerra, ele foi meu primeiro paciente com aqueles números tatuados no braço. Eu hesitei, quando lhe dei banho, quando minha esponja passou por sua pele marcada.

– Não se preocupe, Rachel, não dói – tranquilizou-me em sua voz ofegante. Alguma coisa em seu sotaque fazia com que eu me sentisse muito jovem. Quando perguntei o que podia fazer para deixá-lo mais confortável, ele disse que tudo o que queria era olhar para o céu. Eu abri mais sua janela, movi sua cama para que pudesse ver as nuvens. À noite, disse-me Flo, ele observava a lua, dando nome às fases enquanto ela passava sobre a cidade.

– O coração parou enquanto ele dormia – contou ela. – É a melhor maneira de ir. Ele mereceu, também, depois de tudo pelo que tinha passado.

Eu balancei a cabeça afirmativamente.

– Ele ainda está lá?

Ela sacudiu a cabeça.

– O médico de plantão assinou o atestado de óbito. Vieram buscar o corpo hoje de manhã cedo. Acho que você vai receber um paciente novo, hoje.

– Gloria disse que passaram a semana inteira ligando lá de baixo, querendo um leito.

– Por falar no diabo – sussurrou Flo quando a porta grande abriu, e Gloria Bloom entrou. Ela sempre ia de uniforme para o trabalho, com meia e tudo. Eu nunca a vira usando outra coisa além de branco dos pés à cabeça, seus únicos adornos uma aliança fina de casamento, um relógio discreto e os diamantes falsos em seus óculos de gatinho.

– Bom dia, Rachel. Já bateu o ponto, Florence?

– Quase na hora, Gloria. – Flo atravessou até os cartões de ponto. – Quer que eu bata o seu, Rachel?

– Claro, obrigada. – Flo marcou a saída dela e a minha entrada enquanto Gloria pegou sua touca em seu armário e o prendeu com grampo sobre o coque grisalho.

– Você já vem, Rachel? Precisamos preparar o quarto do sr. Mendelsohn para um paciente novo.

– Estarei lá assim que me trocar, Gloria.

Quando a porta se fechou às suas costas, Flo murmurou:

– Nenhum respeito pelos mortos.

– Você sabe que não é isso. Ela só está fazendo o trabalho dela.

Fui usar o banheiro. Flo, ansiosa para voltar para casa, já tinha se trocado quando eu voltei.

– Não esqueça sua touca – avisei.

Ela riu, tirou-a do cabelo e a guardou no armário.

– Eu esqueceria minha própria cabeça se não estivesse presa no lugar. Ah, escute, estou pra lhe contar, meus filhos não param de falar sobre aquele dia com você na praia. Eu só escuto: "Quando podemos visitar a enfermeira Rachel?". Acha que pode aguentar nos receber de novo alguma outra vez?

– Claro, foi divertido. Deixe-me conferir os horários. – Fui até o calendário na parede onde Gloria anotava nossos turnos, doze horas a cada dois dias, dias extras surgindo com tanta imprevisibilidade quanto feriados judaicos.

Flo se aproximou para olhar por cima de meu ombro.

– Por quanto tempo mais essa sua colega de apartamento vai ficar fora da cidade?

Hesitei, mantendo o rosto na direção da parede para que Flo não conseguisse ler minha expressão de pânico. Ainda me pegava de surpresa, às vezes, ter minhas próprias mentiras repetidas de volta para mim.

– Mais algumas semanas – falei.

– Para onde ela viajou, mesmo?

– Para Miami, visitar o tio. Olhe, não estou vendo um dia bom. Enfim, com este calor, a praia vai estar cheia demais. Eu digo a você. – Eu me senti mal pela virada fria que assumira meu tom de voz. Eu me perguntei se ela havia percebido, mas Flo estava fechando o armário e acendendo outro cigarro.

– Quer que eu deixe uns com você? – perguntou ela, batendo no maço.

— Não, obrigada, não quero pegar o hábito. Você mesma não devia fumar tanto. Você não leu sobre esse estudo que fizeram com os camundongos? Como o alcatrão dos cigarros provocou câncer neles?

— Ah, vai, eles são bons para mim. Me deixam magra. Me acalmam. Me animam. Eles são pequenos milagres.

Tive de sorrir.

— Você que sabe, Flo.

Finalmente sozinha, tirei os sapatos e levantei o vestido. Minhas coxas acima das meias estavam rosadas e úmidas. Foi um alívio desabotoar as ligas e desenrolá-las perna abaixo. Eu as deixei jogadas aos meus pés enquanto tirava cuidadosamente o vestido pela cabeça. Minha combinação estava molhada de transpiração. Irritada, afastei o tecido de minha pele enquanto atravessava a sala, as solas dos pés grudando no chão. No espelho acima da pia, vi que minhas sobrancelhas feitas a lápis estavam borradas de esfregar suor da testa. Irritou-me que Flo não tivesse dito nada. Sem o peso de sobrancelhas ou a moldura de cílios, meus olhos castanhos quase negros ficavam grandes demais, deixando meu rosto sem expressão como uma boneca de criança. Dando de ombros para minha irritação, dirigi o olhar para o cabelo. Depois de todos aqueles anos, ainda não podia acreditar que ele fosse meu, pilhas de cachos ruivos profundos entremeados de fios dourados e vermelho-escuros como brasa. Eu havia perdido a conta de quantas mulheres haviam me parado na rua para comentar sobre a cor dele, quantos homens ouvira murmurar para ninguém em especial: *Olhe aqueles cabelos!* Era, sem dúvida, a coisa mais bonita em mim.

Abri a torneira fria, debrucei-me e encostei o rosto na pia de louça. A sensação da água caindo sobre meu rosto e descendo pelo pescoço era maravilhosa. Eu respirava em haustos curtos, como os peixes dourados em aquários que crianças ganham em Coney Island. Um ventilador elétrico na mesa girava de um lado para outro. Fui parar diante dele até que o frio da água evaporando me deixou arrepiada. Depois de me dar ao luxo de uma boa empoada de talco, vesti meu uniforme, alvejado e engomado pelo serviço de lavanderia. Enquanto o abotoava na frente, minhas mãos fizeram uma pausa para se espalmarem sobre os seios. Meu toque deve tê-los lembrado do prazer de que sentiam falta; sob minhas palmas, os mamilos se contraíram.

Com um suspiro, ajeitei a gola do uniforme. Só mais algumas semanas, disse a mim mesma. Remexi em minha bolsa à procura do lápis de olho e um espelhinho de mão, desenhei minhas sobrancelhas elegantes que davam a meu rosto uma expressão alerta e compassiva. Prendi a touca branca, abotoei as meias brancas nas ligas penduradas, amarrei os cadarços dos sapatos brancos. Arrumei minhas coisas no armário e o fechei com uma batida metálica.

Gloria ergueu os olhos quando me aproximei do posto de enfermagem, aqueles óculos de gatinho equilibrados na metade de seu nariz.

– Lucia, você pode ir, agora – chamou ela, olhando para trás para a outra enfermeira noturna. – Rachel, você apronta o quarto do sr. Mendelsohn para nosso novo paciente? Quando terminar, pode preparar o carrinho para as rondas das oito horas.

Desci o corredor comprido do quinto andar. As portas dos pacientes estavam abertas para atrair uma brisa que entrava pelas janelas de cada quarto, mas o ar se movia lentamente, carregado de umidade. O quarto do sr. Mendelsohn ficava no fim, perto do velho elevador de carga. O faxineiro da noite já tinha terminado seu serviço: o piso reluzia após uma lavagem recente e o quarto cheirava a desinfetante. Ainda assim, era preciso virar o colchão, fazer a cama, reabastecer a mesa de cabeceira. Os cartões dos filhos e netos do sr. Mendelsohn ainda estavam presos com fita adesiva à parede. Eu os tirei um a um, pensando outra vez em como era impressionante ele ter tido a perspicácia de mandar os filhos embora antes que ir embora se tornasse impossível, a boa sorte de ter um parente em Nova York com influência para apadrinhá-los, a sorte de lhes conseguir documentos apesar da cota. Flo disse que isso fez com que ela acreditasse em milagres, mas eu não encarava desse jeito. Pois uma pessoa ter sobrevivido, uma família, isso apenas me lembrava dos milhares, dos milhões, que não sobreviviam. Lembrei-me do silêncio sufocante no cinema quando eles passaram cinejornais sobre os campos, aqueles olhos observando desesperados de rostos esqueléticos.

Empurrei a cama de volta para o lugar, pus a cadeira de visita de volta contra a parede, empurrei o cartão com o nome do sr. Mendelsohn do suporte ao lado da porta. Eu me perguntei quantas vezes tinha feito isso no ano desde que estava trabalhando no Quinto, mas não era um número que desejava calcular. Eu só tinha sido transferida ali para cima devido ao horário. Lá embaixo, onde cada dia era dividido em segmentos de oito horas, eu gostava de revezar pelos vários turnos: dia, noite, madrugada. Mas, depois de me mudar para o Brooklyn, achei que trabalhar jornadas mais longas, porém menos dias, no Quinto, iria me poupar das horas que passava no metrô. Esse verão, porém, vivendo sozinha no apartamento grande, eu me perguntava para que precisava delas.

Eu gostava de trabalhar lá embaixo. Ainda podia visualizar como era. No refeitório, os pratos do café da manhã, a essa altura, teriam sido limpos, haveria alguns residentes ainda parados diante de suas xícaras de café frio, com o jornal aberto nos obituários. No solário iluminado, homens gregários embaralhavam cartas para jogar canastra enquanto mulheres conversavam e empilhavam peças de mahjong. Eu os imaginei ao dar cartas pulando o lugar vazio destinado para o novo paciente onde antes sentava o sr. Mendelsohn, a ausência explicada com um olhar para o teto e a expressão familiar: "Subiu para o Quinto." Mais tarde, haveria um filme ou palestra, lições de dança ou clube do livro, o rabino no sábado, visitas no domingo, distrações para tirar seus pensamentos do inevitável. Porque, por mais agradáveis que transcorressem seus dias lá embaixo, os residentes entendiam que as atividades sociais durariam apenas o quanto a saúde permitisse. Quando ficassem senis, entrevados, terminais, seriam empurrados para o elevador de carga e trazidos aqui para cima. A menos que alguma crise exigisse hospitalização, o Quinto era onde eles morreriam.

– O quarto está pronto – falei para Gloria ao voltar para o posto de enfermagem. – Devo começar com a medicação?

– Sim, por favor. Quero terminar com isso antes que os médicos subam para as rondas da manhã. – Ela pegou um chaveiro tilintante do bolso e abriu a sala de medicamentos. Empurrei o carrinho e comecei a arrumá-lo: os copinhos de comprimidos em fileiras organizadas, seringas em linhas paralelas, prontuários seguindo a ordem dos quartos dos pacientes subindo e descendo o corredor.

– Pronta para a morfina? – perguntou Gloria. Eu balancei a cabeça afirmativamente. Com outra chave, menor, ela destrancou o armarinho de substâncias controladas e observou enquanto eu espetava seringas em frascos cuidadosamente contados e extraía doses medidas. Ela aprovou e retrancou o armário, seguindo para os procedimentos burocráticos criados para evitar o furto de opiáceos.

Quando meu carrinho ficou pronto, eu o empurrei pelo corredor. O quarto do sr. Bogan seria o primeiro. Ele estava sentado na cama, com anotações e papéis espalhados pelos lençóis. Com mão trêmula, ele jogou na boca os comprimidos que lhe dei e aceitou o copo d'água que ofereci.

– Como está indo o livro, sr. Bogan?
– Está indo devagar, devagar. Mas não se pode apressar um li-li-li-livro.
– Não um bom. E tenho certeza de que o seu vai ser ótimo, sr. Bogan.
– Obrigado, Rachel. Você é mesmo uma que-que-querida por dizer isso.

Eu o ajudei a arrumar os papéis e botei o bloco de anotações em seus joelhos dobrados. Entrei e saí de quartos empurrando o carrinho, costurando meu caminho pelo corredor. Assim que voltei ao posto de enfermagem, os médicos chegaram ruidosamente pela escadaria, suas vozes graves oscilando pelo ar úmido. Gloria olhou para mim com aprovação por cima dos óculos.

Foi logo depois do almoço – as bandejas dos pacientes estavam organizadamente empilhadas no carrinho alto que eles haviam mandado ali para cima da cozinha, restos de suas comidas moles espalhado pelos pratos – que Gloria recebeu a ligação lá debaixo.

– Finalmente – eu a ouvi dizer. – Nós estamos com o quarto pronto há horas. – A outra enfermeira da manhã estava em horário de folga, por isso Gloria me mandou esperar junto do elevador de carga que um auxiliar de enfermagem trouxesse nosso novo paciente para o Quinto. Pela porta de metal do elevador, ouvi música de piano subindo pelo poço. Eu me inclinei para mais perto, tentando identificar a melodia. Visualizei um acompanhador aposentado ou um professor de música idoso sentado no piano de cauda no saguão, as mãos com manchas escuras à procura de uma melodia familiar.

Escorria suor por meu pescoço. Eu me abanei com a mão, como se esse pequeno gesto pudesse derrotar o calor. A temperatura havia piorado com o passar do dia, o sol assando os tijolos do lado leste do prédio antes de subir até o telhado de ardósia. Os tetos altos, janelas abertas e ventiladores girando não eram páreo contra o calor. Conferi meu relógio. Meu intervalo ia começar em cinco minutos. Visualizei o pessoal da cafeteria no térreo, como deveria estar mais fresco lá embaixo, e me perguntei o porquê da demora.

Por fim, as engrenagens começaram a girar. A seta acima do elevador passou pelos números até que sua ponta apontou para o cinco. Puxei e abri a porta de metal enquanto o auxiliar de enfermagem erguia a porta interna. Era Ken, o jovem veterano de guerra com o braço mecânico, um gancho reluzente onde antes ficava sua mão. Entrei no elevador para ajudá-lo a manobrar a maca.

– Está tudo bem, enfermeira Rabinowitz, eu dou conta. – Ele segurou a barra da maca, seu gancho servindo de eixo, e a girou e empurrou para o corredor. – Pronto.

– Obrigada, Ken. E quem nós temos aqui? – A mulher na maca parecia velha: cabelo grisalho liso e gorduroso, o rosto fundo por trás do nariz adunco, a pele de seus braços magros ressequida como papel encerado. Debrucei-me para ler o nome no prontuário. Mildred Solomon. Eu me ergui depressa demais e esbarrei no tubo endovenoso que ia de seu braço ressequido até o frasco de vidro acima da maca. Ela gemeu.

– Desculpe por isso, Mildred – eu pedi.

– Doutora. – A voz dela era rouca e insistente.

– O médico vai fazer outra ronda depois, esta tarde. Vou me assegurar que ele veja você, Mildred.

– Doutora! – Suas pálpebras se afastaram por um instante, fendas úmidas.

– Ela não quer ver um médico – disse Ken. – Ela quer que você a chame de doutora. Ela era médica. Pelo menos foi o que eu soube.

– Ah. – Meu estômago se revirou. Àquela altura, eu já devia ter comido. – Tem mais alguma coisa?

Ele deu de ombros.

– Acho que não. Ela está com a medicação atrasada, eu acho. Eles não conseguiam decidir se queriam que eu esperasse pela medicação para trazê-la aqui para cima, então me disseram para ir em frente, por isso, aqui está ela.

– Eu assumo a partir daqui. Obrigada, outra vez.

– Sem problema. – Ele voltou para o elevador, usando a mão boa para puxar e fechar a porta externa, depois levantando o gancho para baixar a porta interna. Eu virei o rosto, na direção de minha nova paciente.

– Vamos lá, então. – Pensei que não haveria problema em agradá-la. – Vamos instalá-la, doutora Solomon.

Um leve sorriso se abriu em seus lábios finos.

– Boa garota.

Deve ter sido o calor, porque de repente fiquei tonta. Meus olhos me pregaram uma peça, estendendo o corredor como um espelho de casa de espelhos. Segurei a maca para me equilibrar, respirei fundo algumas vezes até o corredor recuperar a forma normal. Mesmo assim, enquanto empurrava Mildred Solomon para o quarto do sr. Mendelsohn, tinha a sensação estranha de ir no sentido errado de uma escada rolante em movimento.

– Está tudo bem? – Gloria botou a cabeça para dentro. – Você não parece muito bem.

– É esse calor. Infelizmente, estou um pouco tonta.

– Ajude-me a movê-la, depois vá tirar seu intervalo. Eu vou instalá-la. – Gloria posicionou a maca ao lado da cama. Eu fui até o outro lado e me debrucei sobre ela. Ao contar três, Gloria a levantou, e eu puxei, transferindo a idosa para o colchão.

– Você pode ir agora, Rachel. Aqui, leve também a maca com você. – Gloria transferiu o frasco de soro para o suporte ao lado da cama, pegou o prontuário e o examinou. – E quem nós temos aqui? Mildred, é isso? Bem-vinda ao Quinto, Mildred.

Eu saí, empurrando a maca para fora do quarto até o elevador. A voz aguda de Gloria saía pelo corredor:

– Doutora? O médico vai vê-la quando vier fazer a ronda.

Eu não era de estender meus intervalos, mas naquele dia permaneci na cafeteria dos funcionários, bebendo copo atrás de copo de chá gelado até provocar em mim mesma uma dor de cabeça. Doutora Mildred Solomon. Revirei o nome em minha mente, tentando descobrir onde se encaixava, como aqueles jogos de *pinball* que você ganha em uma caixa de doces. Uma lembrança se acendeu nas profundezas de meu cérebro: um rosto de mulher, debruçando sobre mim; eu parada de pé em um berço, meus olhos erguidos até os dela; minhas mãos se dirigindo à gravatinha em torno de seu pescoço; uma voz, a voz dela, perguntando se eu tinha sido uma boa menina. O rosto não passava de um borrão, mas o nome, doutora Solomon, encaixou-se no lugar.

Se alguém tivesse me perguntado naquela manhã se eu me lembrava do nome da minha médica no Lar Infantil Hebraico, se eu me lembrava de alguma coisa antes da sra. Berger e da Recepção no Orfanato, eu teria dito não. Agora, eu tinha certeza disso. Mas se a paciente ressequida na cama do sr. Mendelsohn era aquela mesma mulher, ou apenas tinha o mesmo nome, eu não sabia.

– Melhor? – perguntou Gloria quando eu voltei.

– Estou, obrigada – menti, com os olhos apertados devido à dor de cabeça da qual não conseguia me livrar. – Como está nossa nova paciente?

– Ela está instalada, mas parece que não almoçou. Eu pedi uma refeição líquida, e levou esse tempo todo para eles mandarem subir. – Gloria me entregou uma bandeja com uma tigela de caldo. Ao lado dela, uma seringa cheia rolava sobre o guardanapo dobrado. – Percebi que ela estava com outra medicação atrasada. Eu medi a dose receitada, mas ela deve estar com uma dor terrível para precisar de tanto. Veja se você consegue que ela tome um pouco de sopa, antes. Essa morfina vai derrubá-la. Ah, e escute essa. Ela me disse que eu devo chamá-la de doutora Solomon. Essa eu nunca ouvi antes.

Peguei a bandeja, fazendo um esforço para manter as mãos firmes.

– O auxiliar de enfermagem disse que ela era mesmo médica. Pelo menos, ele achava que ela pode ter sido.

Gloria ergueu as sobrancelhas.

– Eu não tinha pensado nisso. Achei que ela estivesse confusa. Você sabe como eles ficam.

Eu sabia. Não era estranho que pacientes nos confundissem com suas mães ou suas criadas, até mesmo seus filhos. Talvez eu também estivesse confusa.

Capítulo Três

A SRTA. FERSTER ERGUEU OS OLHOS DE SUA MESA NA AGÊNCIA para a Infância Judaica para ver a srta. Jones, uma assistente social da justiça, entrar no escritório com duas crianças pequenas, um menino e uma menina. Eles eram mais bem cuidados do que os moleques desgrenhados que estava acostumada a ver – os rostos lavados, as roupas cuidadosamente remendadas, aparentemente bem alimentados, pelo menos as pernas não eram curvadas com raquitismo. Obviamente não tinham sido varridos das ruas nem removidos de algum barraco de imigrantes. A srta. Ferster se perguntou que tragédia os havia levado até ela.

– Os meninos Rabinowitz – anunciou a srta. Jones, puxando as luvas. A pasta deles, ainda fina, estava embaixo do braço dela: a devolução do processo pelo plantão do tribunal, uma cópia em carbono do boletim policial, um mandado nomeando a agência como tutora provisória. A srta. Jones acrescentara algumas anotações sobre sua vizinha, a sra. Giovanni, que afastara as crianças do corpo da mãe, os banhara, vestira e os abrigara pela noite. Quando a srta. Jones chegou ao endereço nos documentos do tribunal, os hóspedes tinham desaparecido e o zelador estava de joelhos esfregando o chão no apartamento dos Rabinowitz, bolhas rosa espumando em torno do escovão. A sra. Giovanni reunira as coisas das crianças: algumas roupas, uma escova de cabelo, uma cartilha, a foto do casamento de seus pais, uma caixa de sapato com papéis com aparência oficial. A srta. Jones tinha pegado alguns documentos da caixa, mas educadamente se recusou a pegar qualquer outra coisa, dizendo que a agência iria fornecer tudo de que eles precisassem.

Para Sam e Rachel, sua primeira viagem em um carro de passeio passou em um borrão de preocupação. Agora, na agência, eles estavam de mãos dadas e olhavam ansiosamente ao redor do escritório abarrotado para as mesas atulhadas de papel, algumas máquinas de escrever barulhentas, uma lousa grande na parede.

A srta. Ferster, com seu rosto redondo e os óculos ainda mais redondos cercados por cachos, estendeu a mão para pegar a pasta. Ela deu uma lida nos papéis e estalou a língua.

– Pobrezinhos – disse ela, apertando os olhos na direção das crianças. – Você vai fazer o acompanhamento inicial, srta. Jones?

– Estou indo entrevistar os avós, mas se a situação for inadequada ou se os parentes os rejeitarem, vou levar o caso de volta ao tribunal para julgamento. As crianças vão com certeza ser encaminhadas à sua agência, o censo lista os pais como iídiches, para que não haja contratempos na criação. Nesse momento, o pagamento do governo vai começar a chegar para você. Se o pai for ou não capturado, não vai fazer diferença. Esteja foragido ou preso, as crianças são como órfãs.

– Que vergonha! – exclamou a srta. Ferster. – Bom, obrigada, srta. Jones.

– Boa sorte para você, Samuel. – A srta. Jones ofereceu a mão para apertar a do menino, mas ele virou o rosto, preocupado com as palavras que ela usara para falar sobre seu pai.

– E boa sorte para você, Rachel. – Ela passou os dedos pelo rosto da garotinha. – Você é muito corajosa. Foi um prazer conhecê-la.

Enquanto observava a srta. Jones deixar a sala, Rachel não se sentia corajosa, mesmo que parecesse ser. A briga de seus pais, a morte de sua mãe, a invasão da polícia, aquilo a chocou tanto que ela se esqueceu de ter um ataque de gritos. Mais tarde, quando viu como Sam estava extremamente nervoso, ela ficou quieta pelo bem dele. Mas, sob a calma que era confundida por coragem, por dentro estava tão embaralhada quanto um vidro de botões.

A srta. Ferster saiu de trás da mesa para cumprimentar as crianças.

– Vocês já comeram hoje?

Rachel olhou para Sam, que disse:

– A sra. Giovanni nos deu pãezinhos com mel e café de desjejum. E manteiga.

– A sra. Giovanni é sua vizinha? – A srta. Ferster tornou a olhar para a pasta. – Ela parece ser uma senhora muito simpática. Agora, Sam, você tem seis anos e está no primeiro ano, certo? E, Rachel, você tem quatro?

Sam respondeu por ela:

– Ela vai fazer cinco em agosto.

– Muito bem, por que vocês dois não sentam ali, e vou ver o que posso fazer. – A srta. Ferster indicou um banco junto à parede. Sobre ele, alguma outra criança deixara um pedaço de barbante.

Para se distrair, Rachel esticou bem o barbante entre os dedos e o estendeu para o irmão.

– Brinca de cama de gato comigo, Sammy. – Apesar de meninos de sua idade terem trocado cama de gato por bolas de gude ou taco muito tempo atrás, Sam enfiou o dedo entre o barbante e o puxou das mãos da irmã.

A srta. Ferster remexeu os papéis em sua mesa, em seguida foi até a parede e pegou o fone do telefone que havia pendurado ali. Ela falou no bocal por um bom tempo. Depois de pôr o fone no gancho, ela foi até a mesa de outra mulher.

– Não tem nenhum lar adotivo disponível, Miriam, você pode acreditar? Vou ter de mandá-lo para um dos orfanatos.

Miriam olhou para a lousa. Havia uma coluna para cada orfanato judaico da cidade de Nova York. Abaixo de cada título, descia uma lista de nomes de crianças, mantida cuidadosamente equilibrada até o pé.

– O último garoto foi para o Lar de Órfãos Hebraico, no Brooklyn – disse ela. – Vamos ter de mandar esse para o Asilo de Órfãos Hebraico, em Manhattan. Para a menina, na idade dela, o Lar Infantil é a única opção.

– Eu queria botar esses dois em lares adotivos com a Sociedade de Acolhimento. – A srta. Ferster tirou os óculos e esfregou a ponte do nariz. – Eles já passaram pelo suficiente sem terem de ser separados, também.

– Você quer que todos eles vão para lares adotivos, esse é seu problema.

– Esses orfanatos – murmurou ela. – Eles ficaram tão lotados neste último ano, com a gripe, sem falar na Grande Guerra. Quantos estão, agora, no Lar dos Órfãos Hebraicos? Mais de mil, não é? Isso não é vida para uma criança.

– É melhor que as ruas, ou o orfanato público, você sabe disso – lembrou--a Miriam. Ela era mais velha que a srta. Ferster, ainda lembrava quando os grandes orfanatos institucionais eram apregoados como a solução mais eficiente para a crise de cuidado infantil.

– Quando as cabanas forem construídas, vamos poder começar a mandar crianças para Westchester.

– Espero ansiosamente por isso. As casas comunitárias vão ser muito melhores para as crianças que esses alojamentos nos orfanatos. – A srta. Ferster olhou para as crianças no banco e deu um suspiro. – Suponho, porém, que não haja mais nada que possa ser feito por eles. Você pode cuidar do escritório, Miriam? Eu mesma quero levar a garotinha. Se você ligar para o sr. Grossman, ele manda um conselheiro buscar o menino.

Pequenas irritações começavam a brotar nos dedos deles quando a srta. Ferster se aproximou de Sam e Rachel. Ela se sentou no banco para explicar a situação.

– Não consegui encontrar um lar adotivo que pudesse receber vocês dois, ainda não, mas vou continuar tentando. Por isso, só por enquanto, Sam, você vai ficar no Lar de Órfãos Hebraico, que é só para crianças que já têm seis anos de idade. Isso significa que você, Rachel, vai para o Lar Infantil Hebraico.

– Por que não podemos ficar com a sra. Giovanni até o papai voltar para nos buscar?

– Não é assim que as coisas funcionam, infelizmente.

Os lábios de Rachel ameaçaram tremer.

– Eu quero ficar com Sam.

– Eu sei, querida, e sinto muito, mas vai ser só por pouco tempo, vou continuar tentando encontrar uma família adotiva, alguém simpático como a sra. Giovanni. Se vocês puderem ser corajosos e bons por mais alguns dias, e fizerem o máximo para conseguirem aguentando sem um ao outro, vou fazer o possível para juntar vocês outra vez. Temos um acordo?

Os dedos de Rachel estavam entrelaçados com os de Sam na cama de gato. Ela olhou para o irmão com olhos assustados.

– Mas eu devia tomar conta dela. Papai disse isso.

– E você vai. Só me dê alguns dias para encontrar um lugar para vocês dois juntos. Vou levar Rachel para o Lar Infantil e quando eu voltar lhe conto tudo a respeito.

A srta. Ferster puxou o barbante para separar as mãos das crianças. Rachel agarrou os dedos de Sam e não queria soltar. A srta. Ferster a levantou e tentou afastá-la do irmão. Rachel não podia mais segurar o pânico que se erguia do fundo de seu estômago. Ele irrompeu de sua garganta em um uivo que fez vibrar o ar por todo o escritório.

– Ora, ora, Rachel, ora, ora. – A aflição nos olhos da srta. Ferster fez com que Sam tivesse vontade de ajudá-la.

– Rachel, escute. Logo nós vamos estar juntos de novo, mas só se você for boa com a senhora. – Sam se soltou dos dedos da irmã. – Quando você conseguir contar até cento e um, vou ver você de novo. Você pode contar para mim, Rachel?

Rachel tentou.

– Um. Dois. – Cada número pronunciado era engolido por um soluço. – Três. – A srta. Ferster a levantou no colo. – Quatro. – A srta. Ferster atravessou o escritório, com a garota se debatendo nos braços. – Cinco. – A porta do escritório se abriu, e Rachel foi levada para fora. – Seis. – A porta se fechou atrás delas.

Lá dentro, no banco, à espera do conselheiro que iria levá-lo para o orfanato, Sam contava baixo seus números acompanhando os da irmã. Quando chegou a cento e um, ele continuou.

RACHEL PERDEU A conta quando chegou ao dez. Ela continuou tentando recomeçar, mas era difícil demais se concentrar. Houve o táxi que parou junto ao meio-fio, depois a viagem através do Central Park, a srta. Ferster chamando-a para ver as carruagens puxadas por cavalos. Depois do parque, o táxi atravessou uma ponte com torres de pedra, e pela janela Rachel viu água, navios e aves brancas subindo e mergulhando no ar. Elas viajaram até que as casas ficaram espaçadas por quintais e árvores. Finalmente, o táxi parou.

– Aqui estamos – disse a srta. Ferster. Havia uma fila comprida de carros pretos estacionados junto ao meio-fio diante de um prédio tão alto que Rachel só conseguia ver o telhado se torcesse o pescoço.

– É uma fábrica? – perguntou ela.

– Não, querida, não é uma fábrica. Aqui é o Lar Infantil. É onde você vai morar até eu conseguir encontrar uma família adotiva para você e seu irmão. Venha comigo.

A srta. Ferster tomou a mão de Rachel e a conduziu por um caminho largo que levava à porta grande em arco. Rachel pensou na cartilha de Sam: C de *cachorro. Caramelo. Canário.*

– É um *Castelo*?

– Parece um – reconheceu a srta. Ferster. – Vamos entrar e ver. – O saguão do Lar Infantil era uma torre alta em torno da qual se erguia uma escada em espiral, andar por andar, até alcançar uma claraboia no teto muito acima delas. Rachel ficou tonta de olhar para as nuvens no alto enquanto a srta. Ferster foi até a mesa da recepcionista, localizada em um nicho. – Eu telefonei da agência. Trouxe Rachel Rabinowitz para vocês.

A recepcionista ergueu os olhos, como se tivesse levado um susto.

– Você chegou muito cedo. O comitê feminino acabou de chegar. A própria sra. Hess está aqui. Sabe quem é ela, não sabe? – A srta. Ferster sacudiu a cabeça. A recepcionista sussurrou de modo conspiratório. – O pai dela era o sr. Strauss, que fundou a Macy's. Os pais dela naufragaram com o *Titanic*.

– Ah, a família Strauss. – A srta. Ferster tentou parecer impressionada, mas não tinha certeza do que nada daquilo tinha a ver com sua pequena incumbência. – Bem, aqui está o arquivo dela. Eu devo deixá-la com você?

– Não, agora não, é isso o que estou lhe dizendo. As senhoras vão querer passar algum tempo com as crianças na sala de recreação antes de sua reunião do comitê. Eu não tenho condições de levar uma criança nova até o isolamento nesse momento. Talvez você pudesse levá-la até lá? Fica no fim deste corredor, subindo a escada preta. Todas as crianças novas começam no isolamento. – A recepcionista tornou a sussurrar: – Tivemos um problema terrível tentando conter um surto de sarampo, sabia? – Ela olhou para Rachel, como se ela pudesse ser contagiosa.

A srta. Ferster pensou no carro à espera do lado de fora, com o taxímetro rodando. Ela estava ansiosa para retornar à agência antes que Sam fosse levado para o orfanato, mas não parecia haver alternativa.

– Então eu a levo. Você quer ficar com a pasta?

Nesse momento, um grupo de mulheres entrou no saguão. A srta. Ferster percebeu o lustro de suas estolas de mink, o brilho dos sapatos elegantes, as penas iridescentes presas nos chapéus. Ela ajeitou o próprio vestido de algodão e se perguntou como seria ter toda a Macy's à disposição.

– Leve a pasta com você, a enfermeira do isolamento vai ficar com ela. – A recepcionista se levantou e se aproximou das mulheres. – Bom dia, senhoras. É por aqui.

– E quem nós temos aqui? – Uma das mulheres se debruçou sobre Rachel, estendendo a mão enluvada até o queixo da menina.

– Sra. Hess, por favor, não. Ela pode estar contagiosa. – A mulher se aprumou e recuou. – Ela está sendo levada para o isolamento agora. – A recepcionista apontou para a srta. Ferster, que segurou a mão de Rachel e saiu apressada com ela pelo corredor.

– O que é *contagiosa*? – perguntou Rachel.

– Significa que pega – disse a srta. Ferster.

– Como pegar uma bola?

– Não se preocupe com isso, querida.

Depois de subir a escada dos fundos, a srta. Ferster empurrou e abriu a porta no primeiro pavimento, dizendo:

– Deve ser aqui.

Elas entraram em uma sala comprida bem iluminada por uma fileira de janelas altas. Em frente às janelas havia uma série de cubículos envidraçados, cada saleta transparente grande o suficiente apenas para uma mesa pequena e um berço de vime em forma de cesto. Dentro de cada berço havia um bebê enrolado. A srta. Ferster parou, cativada pela visão estranha, perguntando-se se aquilo era o que a recepcionista queria dizer com Isolamento.

– Eu quero ver. – Rachel levantou os braços para ser pega no colo. A srta. Ferster a levantou do chão, e elas olharam juntas pelo vidro para um dos bebês. Para Rachel, parecia um brinquedo, tão indiferente e imóvel. Aí o bebê esperneou e bocejou, assustando-a. – A boneca se mexeu!

– Não são bonecas, Rachel querida, são bebês. – A srta. Ferster podia ver nitidamente através de uma dezena de cubículos até o final do grande salão, um bebê depois do outro, sem nenhum adulto à vista.

– Por que eles estão todos sozinhos? – perguntou Rachel.

– Não consigo imaginar.

Do fundo da sala, surgiu uma enfermeira.

– Vocês não têm autorização para estar aqui. – Ela correu na direção delas, o avental branco balançando de um lado para outro, o chapéu branco em sua cabeça adejando como as aves acima do rio. – Por favor, vão embora antes que perturbem os bebês. – Algumas crianças viraram os rostos na direção do movimento fora de seus compartimentos de vidro. Uma começou a chorar. – Viram o que vocês fizeram? – A enfermeira parou diante do cubículo com o bebê chorando e começou a lavar as mãos em uma bacia. – O que vocês estão fazendo aqui?

– A recepcionista me disse para trazer esta criança para o isolamento. Eu sou da agência.

Com uma expressão horrorizada, a enfermeira disse:

– Você quer dizer que ela vem de fora? Ainda não passou pelo isolamento? Você tem ideia de que doenças ela pode estar carregando? Por favor, para trás. – Ela agitou as mãos vigorosamente. – Foi por isso que o dr. Hess desenvolveu este método, para impedir o contágio de infecções. Nenhum desses bebês ficou nem um dia doente desde que eles foram postos aqui.

A srta. Ferster olhou pelo vidro para o neném que chorava. Ela calculou que devia ter uns oito ou nove meses de idade. Sua própria sobrinha pequena tinha começado a engatinhar com essa idade. Ela pensou nas visitas à família da irmã, como passavam o bebê de colo em colo, cada membro da família acariciando os dedinhos das mãos e dos pés, as crianças mais velhas falando carinhosamente com a irmãzinha.

– Eles sempre ficam sozinhos, assim?

A enfermeira estava secando as mãos.

– É claro. É como garantimos sua saúde.

– Podemos brincar com um? – disse Rachel, uma pergunta boba que a enfermeira não respondeu, mas fez a srta. Ferster perguntar:

– Com que frequência vocês os mexem?

– Com a menor frequência possível. Por favor, voltem para a escada. Essa porta devia estar trancada. A ala de isolamento fica no próximo andar. – A enfermeira esperou até que Rachel e a srta. Ferster tivessem refeito seus passos antes de entrar no quarto de vidro do bebê.

A srta. Ferster carregou Rachel no colo escada acima até a porta fechada seguinte com a qual se depararam. Agora com cautela, ela bateu até que uma enfermeira apareceu para abri-la.

– Sou a srta. Ferster, da agência. Esta é Rachel Rabinowitz. Pediram-me que a trouxesse para o isolamento.

– Sim, a recepcionista acabou de me ligar para dizer que havia uma criança nova a caminho. Sou a enfermeira Shapiro. Entre. – Ela as conduziu para o interior de um consultório pequeno com móveis de metal e paredes azulejadas. – Ponha-a aqui para que eu possa processá-la. Eu fico com o arquivo.

A srta. Ferster pôs Rachel sobre uma mesa de exames de metal.

– Pronto, querida. Essa enfermeira simpática vai cuidar de você, agora.

Rachel estudou a enfermeira Shapiro, que parecia qualquer coisa, menos simpática: o rosto emaciado, as sobrancelhas franzidas, as mãos grandes avermelhadas e brutas.

– O que vai acontecer comigo, agora?

A srta. Ferster olhou para a enfermeira que, com um suspiro de impaciência, explicou:

– O procedimento é o mesmo para todas as crianças novas. Vou cortar o cabelo dela para que ele e todas as suas roupas possam ser queimados. Depois vou lhe dar um banho e examinar sua cabeça para ver se tem piolhos. Quando ela estiver totalmente limpa, o dr. Hess virá examiná-la. – Ela franziu o cenho para Rachel. – Você parece bem saudável para mim, por isso duvido que ele vá querê-la para algum de seus estudos. Provavelmente vou conseguir instalá-la na ala de isolamento a tempo de almoçar.

– E depois do isolamento? – perguntou a srta. Ferster.

– Isso leva um mês, para ter certeza de que eles não estão contaminados. Depois eles descem para um dos alojamentos de crianças no Lar Infantil. Há uma sala de recreação para as crianças pequenas. Eles até abriram um jardim de infância para as maiores.

A srta. Ferster pareceu satisfeita.

– Isso parece bom, não é, Rachel? Ainda vou tentar encontrar um lar adotivo para você e Sam, por isso seja boa para a enfermeira Shapiro até que me veja de novo. Há alguma coisa que queira que eu diga a Sam quando voltar para a agência?

O rosto de Rachel empalideceu. A única pessoa que a ligava ao irmão, e por consequência a tudo o que conhecera na vida, estava prestes a deixá-la naquele lugar estranho. Tudo que conseguiu pensar em dizer, em uma voz estridente de pânico, foi:

– Esqueci o que vem depois de cem.

– Cento e um, querida. – Sabendo que era melhor fazer aquelas coisas depressa, a srta. Ferster deu um beliscão na bochecha da menina e foi embora.

– Cento e um cento *e* um – repetia Rachel enquanto a enfermeira Shapiro tirava suas roupas remendadas com cuidado e as jogava em uma lata com muito lixo. A enfermeira pegou um par de tesouras. Rachel sentiu uma série de puxões enquanto o cabelo era cortado. Ela passou os dedos pelas mechas escuras que se acumulavam em seu colo.

– Por aqui, agora. – A enfermeira Shapiro botou Rachel em uma pia funda cheia de água morna e a esfregou com um sabão duro e uma escova áspera até a pele dela ficar quase tão vermelha quanto as mãos da enfermeira. Envolta em uma toalha que coçava, Rachel, tremendo, foi pesada e medida, depois colocada de volta na beirada da mesa.

Mantendo uma das mãos em Rachel, como se ela pudesse tentar escapar, a enfermeira Shapiro se esticou para alcançar a maçaneta da porta.

– Pronta para o senhor, dr. Hess – chamou ela. – Um homem de jaleco branco entrou. Seu rosto liso e fronte calva fizeram com que Rachel pensasse nos ovos cozidos do pai. Ele ligou uma lanterna nos olhos da menina, apertou sua língua enquanto olhava no interior de sua garganta, encostou um estetoscópio em seu peito, apertou os dedos contra os lados do pescoço e na barriga. Enquanto mãos estranhas percorriam o corpo de Rachel, ele dizia palavras para trás, para a enfermeira Shapiro, que as anotava em uma prancheta.

– Os pulmões parecem limpos, sem sinais de coqueluche nem pneumonia. Sem conjuntivite. Sem sinais óbvios de raquitismo nem escorbuto. Nenhum sinal de sarampo. Tire uma amostra para exame de difteria do fundo de sua garganta, está bem? Vou dar uma olhada melhor no laboratório. – O dr. Hess dobrou o estetoscópio. – Vamos ver como ficamos depois do período de isolamento.

Depois que o médico saiu, a enfermeira Shapiro segurou o queixo de Rachel e o puxou para baixo. Rachel engasgou quando uma espátula foi enfiada em sua garganta.

– Prontinho, acabou. – A enfermeira vestiu uma camisola branca pela cabeça de Rachel, calçou meias tricotadas em suas pernas, afivelou sapatos macios nos pés. Suas mãos rudes apertaram as costelas de Rachel quando botou a criança no chão.

– Venha comigo – disse ela, conduzindo Rachel para fora da sala azulejada e para o isolamento.

A enfermaria era tão grande quanto a fábrica de blusas, mas, em vez de máquinas barulhentas, estava cheia de crianças choramingando. Havia berços brancos de metal enfileirados junto das quatro paredes; no meio, crianças do tamanho de Rachel e menores sentavam em cadeiras pequenas a uma mesa baixa. Todas elas, meninos e meninas, tinham cabelo raspado e vestiam uma camisola branca. Por um instante, Rachel achou que podia ser uma escola como à que Sam ia, mas não havia professor, apenas enfermeiras servindo e pegando pratos. Rachel foi posta em uma cadeira. Da comida à sua frente, ela conseguiu comer apenas o pão.

Depois do almoço, as crianças foram conduzidas a uma sala pequena com vasos sanitários ao longo da parede. As outras crianças de seu tamanho levantaram as camisolas e se sentaram bem na frente de todo mundo. Em casa, Visha ensinara Rachel a sempre fechar a porta quando usava a privada. Sozinha no cubículo, ela observava a sombra de Sam passar em frente ao jateado de gelo enquanto esperava por ela, ou ouvia o sr. Giovanni no reservado ao lado, cantarolando uma música e agitando o jornal.

– Você não devia precisar de ajuda, uma menina grande como você – disse a enfermeira Shapiro enquanto pegava Rachel no colo e a botava sobre a louça fria, mas Rachel estava tímida demais para ir. Depois que as crianças lavaram as mãos, foram conduzidas de volta para a enfermaria. Alguém anunciou a hora da soneca. Rachel olhou ao redor à procura de um sofá onde pudesse deitar, mas em vez disso uma das enfermeiras a largou em um berço. De pé, seus olhos espiaram por cima da grade. Rachel queria dizer a alguém que não era bebê para ser posta em um berço, ela podia separar botões, ganhar um centavo e recitar todas as letras do alfabeto.

Rachel girou a cabeça e olhou ao redor da enfermaria. As outras crianças tinham se enroscado, com os polegares na boca. Algumas estavam quietas, até imóveis. Outras choramingaram até pegar no sono, com o rosto sujo de catarro. Rachel queria ir para casa, queria que Sam fosse buscá-la. Ela sentou no berço e fechou os olhos. Tentou não pensar no quanto precisava fazer xixi. Com cuidado, contou até cento e um, assegurando-se de não perder um número sequer. Quando abriu os olhos, olhou para a porta através da grade, esperando que se abrisse.

A porta permaneceu fechada. Rachel não podia mais evitar a ideia aterrorizante de que tinha sido deixada ali, esquecida. Como Sam poderia encontrá-la? Ela fez bico, projetando o lábio inferior, e estremeceu. Seu estômago se apertou e revirou. Ela sentiu o gosto de lágrimas salgadas.

Ela gritou.

O berro da criança foi tão alto e prolongado que a enfermeira Shapiro correu até lá para examiná-la à procura de algum ferimento. Ao não encontrar nenhum, segurou Rachel com firmeza pelos ombros.

– Não há nada errado com você, criança. É melhor ficar quieta, agora.

Rachel conseguiu formar cinco palavras, cada uma delas levada por um berro.

– Eu. Quero. Ir. Para. Casa.

– Isso, agora, é sua casa, e você vai ver que essa sua histeria não vai ajudar em nada, aqui. – Ela se virou em foi embora. – Essa vai me dar nos nervos – disse ela para a outra enfermeira de serviço.

O pânico espremeu o corpo de Rachel. Sua respiração saiu em gritos agudos entrecortados que machucaram seus próprios ouvidos. Algumas das outras crianças, agitadas pelos seus gritos, levantaram a voz em coro com a dela. Ela se molhou e recuou até um canto do berço para escapar da poça que esfriava. Atônita, temia jamais conseguir respirar direito outra vez. O choro soluçante lhe dava uma sensação de afogamento. O estoque de onde vinham suas lágrimas parecia tão profundo quanto um barril de salmoura.

Finalmente exausta, o ataque arrefeceu. As enfermeiras respiraram fundo e congratularam umas às outras quando a criança nova puxou em silêncio o cobertor sobre a cabeça.

– Viu? – disse a enfermeira Shapiro. – Todas acabam chorando até dormir se você as deixa sozinhas por tempo suficiente.

Na escuridão secreta embaixo do cobertor, Rachel entrelaçava os dedos e fingia estar segurando a mão do irmão. Pareceu apenas um instante depois quando foi despertada com uma sacudida do sonho com uma boneca bebê que ganhou vida, botões pretos costurados com linha grosseira no lugar onde deviam estar os olhos.

No mês seguinte, a srta. Ferster voltou ao Lar Infantil Hebraico, explicando para a recepcionista que tinha ido buscar Rachel Rabinowitz. Ela prometera a si mesma não se esquecer daquelas duas crianças, e, quando finalmente surgiu um lar adotivo disponível, ficou orgulhosa de sua dedicação. Um casal judeu no Harlem, pessoas honestas trabalhadoras que viviam acima de sua oficina de sapateiro, e dispostos a ficar tanto com o menino quanto a menina. Talvez Sam pudesse entrar para o ramo – sempre havia bom trabalho para consertar sapatos – e para aquela garotinha adorável haveria o cuidado de uma boa mulher. A srta. Ferster não podia esperar para ver a expressão no rosto de Rachel quando lhe dissesse que ela iria se reunir com o irmão. Impacientemente, interrompeu a recepcionista, que estava separando fichas.

– Eu a trouxe para cá há apenas algumas semanas, por isso imagino que ainda esteja no isolamento. Sei o caminho até lá, se você preferir.

A srta. Ferster subiu pela escada dos fundos e passou pela porta que dava na sala com os bebês envidraçados. Ao entrar no isolamento, reconheceu a enfermeira Shapiro e pediu a ela que buscasse a menina Rabinowitz.

– Desculpe-me, mas você não vai poder levá-la. Ela foi transferida na semana passada do Isolamento para a ala hospitalar. Ela está na enfermaria de sarampo.

– Ah, pobrezinha. – A srta. Ferster se lembrou de quando o sobrinho tinha apanhado sarampo no verão anterior, as noites sem dormir que a irmã passara a seu lado, aliviando o menino com toalhas úmidas e dando pudim frio com colher em sua garganta dolorida.

– Quanto tempo, você acha, até ela estar recuperada?

– O dr. Hess confirmou o diagnóstico através de exame de sangue na semana passada. Imagino que agora ela esteja coberta de pústulas. Ela estará contagiosa até a pele ficar limpa, mas mesmo depois que as erupções melhorarem, pode haver outras complicações. Conjuntivite é comum, e temos de ficar atentos à pneumonia. Não esperaria sua liberação, no mínimo, até o mês que vem, e isso só se ela não contrair mais nenhuma outra coisa.

Os ombros da srta. Ferster se encurvaram. Ela estava tão animada com o lar adotivo que pedira a Miriam que notificasse o Lar de Órfãos Hebraico para preparar Sam para a transferência. Ela imaginava sua decepção ao ter de esperar outro mês, talvez mais, antes de ver a irmã. – Eu posso visitá-la antes de ir? Eu não vou pegar, tive sarampo na infância.

– É impossível para você entrar na enfermaria de sarampo. Eu não devia nem deixar você entrar na ala do hospital.

– Não tem nem como eu ver a criança. Eu vim de tão longe...

A enfermeira Shapiro refletiu sobre o pedido. Era quase hora do almoço no isolamento, sem novas admissões para processar. Uma caminhada até a ala do hospital seria uma mudança agradável em sua rotina.

– Se você insiste, mas só se eu acompanhá-la. Há uma janela na porta da enfermaria de sarampo. Vou pedir à enfermeira para empurrar o berço até lá para você dar uma olhada.

– Eu ficarei muito grata. Tenho uma família adotiva à espera para recebê-la, e quero poder dizer a eles como ela está.

Para chegar à ala do hospital, a enfermeira Shapiro conduziu a srta. Ferster pela escada dos fundos e pelo saguão. Elas subiram na direção da claraboia da torre, depois pegaram um corredor largo. Passaram por enfermarias de várias doenças contagiosas: sarampo, coqueluche, difteria, pneumonia. A enfermeira Shapiro bateu na porta da enfermaria de sarampo e explicou sua missão à enfermeira, que foi buscar a menina Rabinowitz. Enquanto elas esperavam, a srta. Ferster olhou ao redor. Ao perceber a identificação em uma porta próxima, ela perguntou à enfermeira Shapiro:

– O escorbuto não é uma deficiência nutricional? Ele não é contagioso, é?

– Não, mas o dr. Hess está fazendo um estudo especial sobre escorbuto. Ajuda a pesquisa manter todas as crianças juntas em uma enfermaria. – Uma batida chamou sua atenção. – Deve ser a criança – disse a enfermeira Shapiro, acenando para que a enfermeira da enfermaria se afastasse. Será que Rachel conseguiria ouvi-la, perguntou-se a srta. Ferster, caso ela dissesse que havia um lar adotivo à espera assim que ela ficasse boa? A notícia daria alguma esperança à menina. Com o rosto perto da janela de vidro, a srta. Ferster olhou para o interior do berço que tinha sido levado até a porta.

A criança no interior estava irreconhecível. Nua para evitar irritar as ulcerações, a pele estava do vermelho profundo de uma queimadura feia, com manchas e coriácea. Seu rosto parecia uma máscara pintada, o cabelo tosado grudado ao crânio com o suor. As mãos estavam amarradas com pedaços de pano às barras da grade do berço para evitar que se coçasse e infecções, explicou a enfermeira Shapiro, mas ainda dava pena de ver. Quando Rachel olhou para cima, a srta. Ferster respirou fundo. A conjuntivite avermelhara a íris dos olhos de Rachel, de modo que brilhavam de um jeito ameaçador. Havia pus amarelado preso aos cílios negros, dando um ar demoníaco à menina. Os olhos da garota se concentraram no rosto da srta. Ferster através do vidro.

Lá estava ela, a mulher da agência, que finalmente chegara ali para levá-la daquele lugar e de volta para Sam. As semanas desde que Rachel tinha sido deixada ali foram uma eternidade de tristeza e dor, mas agora estava acabado. Ela tentou estender o braço para a mulher, mas as mãos amarradas ficaram presas. Ela começou a chorar, soluços grandes e entrecortados de alívio, uma liberação de todo o medo e da dor que mantivera presos desde aquele primeiro dia no Lar Infantil.

A srta. Ferster olhou para a criança histérica, tão diferente da garotinha corajosa e adorável que descrevera para os pais adotivos – a pele terrível, aqueles olhos infectados, a garganta infectada, a língua inchada e trêmula. Ela afastou os olhos da criança, sacudindo a cabeça. A enfermeira Shapiro acenou para que a enfermeira da enfermaria levasse o berço embora. Conforme a janela se afastava, Rachel gritava desesperadamente, desfigurando ainda mais sua aparência. Engasgando com as lágrimas, ela tossia e tinha espasmos de vômito. A enfermeira da enfermaria anotou o potencial para desenvolvimento de coqueluche em seu prontuário. No berço, Rachel se debateu e gritou até que, derrotada, desabou sobre o colchão, as mãos amarradas deslizando ao longo das barras.

A srta. Ferster seguiu a enfermeira Shapiro de volta ao nicho da recepcionista no saguão.

– Obrigada por me levar para ver a coitadinha. – Ela estendeu a mão, em torno da qual a enfermeira envolveu os próprios dedos secos e rachados.

– É melhor encarar a realidade do que nutrir falsas esperanças – disse a enfermeira Shapiro. – Pela aparência dela, imagino que a menina fique conosco por algum tempo.

– Imagino que sim. – Virando-se para a recepcionista, a srta. Ferster pediu para usar o telefone. Primeiro, ia informar ao Lar de Órfãos Hebraico que Samuel Rabinowitz não iria deixá-los, depois iria ligar para Miriam na agência para saber se haviam chegado outros irmãos que precisassem de um lar adotivo. Não fazia sentido deixar um lar perfeitamente bom permanecer vazio por vários meses, à espera de que Rachel Rabinowitz se recuperasse.

Capítulo Quatro

CARREGUEI A BANDEJA DE SOPA E A SERINGA DE MORFINA PARA O quarto de Mildred Solomon, botei-as na mesa de cabeceira e girei a manivela para erguer a cama. Enquanto suas costas se levantavam, a mulher de idade se contorcia de dor.
– Isso dói.
– Eu sei. Desculpe. Vamos comer alguma coisa primeiro, depois eu lhe dou sua medicação. – Levei uma colher de sopa em sua boca, percebendo o esforço que ela tinha de fazer para engolir. Estudei o rosto dela, mas estava muito diferente de como devia ter sido (34, 35 anos atrás?) e não reconheci nada. Parecia-me que havia algo familiar em sua voz, seus gestos, mas eu não confiava em que essas impressões fossem reais.

A sopa a reviveu. Quando terminou, afastou a tigela com mais força do que imaginei que pudesse reunir e apontou com a cabeça para a seringa.
– É hora da minha morfina, não é? Não muita, mas um pouco, preciso de um pouco. Esse médico receita demais. Eu disse a ele, só o suficiente para a dor.

Ela sem dúvida falava como médica. Tornei a examinar seu prontuário, à procura de alguma indicação da formação em medicina que afirmava ter, mas não havia nada. Eu me perguntei se as enfermeiras que prepararam sua ficha a tinham descuidadamente despido de sua profissão.
– Ele disse que eu reclamo demais, você pode acreditar nisso? Eu sou o doutor aqui, Mildred, disse ele. Você não é o único, eu falei. Ele não gostou disso, disse que ia me mandar para o Quinto se eu não cooperasse. – Ela passou a língua pelos lábios e olhou ao redor do quarto. – É onde estou, no Quinto?

– É, a senhora está no quinto andar do Lar Hebraico de Idosos. Sou sua enfermeira, Rachel Rabinowitz. – Será que ela se lembrava de meu nome? Olhei em seus olhos, mas não vi ali nenhuma centelha de reconhecimento. Peguei o tubo endovenoso para injetar a morfina, então me detive. Tudo o que eu precisava fazer era perguntar. Perguntar agora, antes que a morfina a mandasse para a terra dos sonhos.

– Doutora Solomon? – Fiz um enorme esforço para manter a voz firme. – A senhora lembra se já trabalhou no Lar Infantil Hebraico?

– Claro que lembro. Não estou senil. É só essa maldita morfina, ele receita demais. – A doutora Solomon fechou os olhos devido à dor nos ossos. Ela parecia estar à procura de algo atrás das pálpebras fechadas. Sua boca se estendeu em um sorriso.

"Fiz minha residência em radiologia no Lar Infantil. Eu era responsável por todas as radiografias do dr. Hess, pelos experimentos de escorbuto, seu trabalho com raquitismo, os estudos de digestão. Ele não tinha usado raios X de bário para isso antes. O dr. Hess ainda estava enfiando tubos gástricos pela garganta das crianças. Eu também fiz minha própria pesquisa."

Então, ela era minha doutora Solomon. Fui atravessada por uma descarga elétrica, que soltou fragmentos de memória. Imagens começaram a surgir em minha cabeça como flashes de câmeras. As barras do berço em que era colocada à noite, como um bebê, apesar de ter quase cinco anos. Segurar a mão de alguém enquanto dormia, apesar de não conseguir imaginar de quem poderia ter sido. Um número bordado na gola de minha camisola – eu me lembrava de traçar o relevo dos pontos com o dedo. Havia tanto que eu queria perguntar que não sabia por onde começar.

Ela, agora, estava olhando para mim, com olhos ávidos.

– Você leu meu artigo sobre o experimento com amídalas que realizei? É por isso que você sabe sobre o Lar Infantil?

– Não, nada disso. Eu estive lá. Quando era criança, eu estive no Lar Infantil Hebraico. Acho que a senhora foi minha médica.

O rosto de Mildred Solomon se contraiu. Eu supus que fosse por uma pontada de dor. Ela obviamente precisava daquela morfina.

– Em que estudo você esteve? – Sua voz estava tensa em sua garganta.

– Não sei nada sobre nenhum estudo. Sei que tirei radiografias, mas não sei o que havia de errado comigo.

Ela soltou uma expressão de escárnio, e a cabeça caiu para trás sobre o travesseiro.

– Todas as crianças tiravam radiografia, isso era rotina, não significa nada. O trabalho importante era nossa pesquisa. O artigo que escrevi me rendeu minha posição em radiologia, à frente de dezenas de homens. Depois do Lar Infantil, nunca mais tive de trabalhar com crianças de novo. – Um espasmo de dor repuxou sua boca em uma linha tensa. – Chega de conversa. Quero minha medicação.

Eu conferi a hora: quinze para as duas. Uma dose completa, agora, deixaria morfina demais em seu sistema quando viesse a próxima rodada de medicação, às quatro. Eu sabia que Gloria não alteraria a dose seguinte sem que um médico autorizasse, mas ele normalmente não chegava antes das cinco. Ela podia telefonar para ele, claro. Se houvesse uma emergência, ela não hesitaria em fazer isso, mas, se ele fosse até lá antes, ia querer terminar logo as rondas, e isso atrapalharia todo o cronograma. Eu sabia o que o cronograma significava para Gloria.

Enfiei a seringa na válvula no tubo endovenoso e apertei o êmbolo. Parei na metade, apenas o suficiente para deixá-la confortável, e quieta, até a ronda das quatro horas. O rosto de Mildred Solomon relaxou enquanto seus cílios piscaram e se fecharam, uma viciada em drogas saboreando sua onda.

– Boa garota – murmurou ela.

Enquanto retirava a seringa, decidi que Gloria não precisava saber nada sobre aquilo. No posto de enfermagem, encontrei um frasco vazio perto da autoclave. Enfiei a agulha em sua tampa de borracha e esvaziei a seringa de morfina, depois joguei o frasco em meu bolso antes de chamar Gloria para rubricar o prontuário de Mildred Solomon. Eu pude ver que ela estava satisfeita. O Quinto estava no horário, com todos os opiáceos registrados.

– Na verdade, ela era mesmo médica – falei. – Mildred Solomon. Eu a conheci. Ela foi uma de minhas médicas no Lar Infantil Hebraico.

– Lar Infantil? – Gloria olhou para mim por cima dos óculos. – Nunca soube que você esteve em um orfanato. Quando foi isso?

– Em 1918.

Gloria refletiu sobre a data.

– Seus pais morreram na gripe espanhola? – Eu dei de ombros de um jeito meio triste, o que ela interpretou como sim. – Então essa doutora Solomon, ela cuidou de você? – Tocando meu cabelo, assenti. – E agora você pode cuidar dela. É apropriado. Duvido que ela tenha mais qualquer outra pessoa. Uma mulher médica naqueles tempos? Ela não devia ser casada. Acho que vocês deviam ser todos como filhos para ela.

– Acho que sim. – Eu me lembrara de uma coisa, uma imagem tão nítida que me perguntei onde ela estivera por todos esses anos. – Quando ia me buscar para meus tratamentos, a dra. Solomon tinha um sorriso que você achava que era só para você, no mundo inteiro. Ela sempre me dizia como eu era boa, como era corajosa.

– De que você estava sendo tratada?

– Não sei.

– Claro que não, sendo tão nova. Mas acho que você podia descobrir. Não há registros?

– Ela disse que escreveu um artigo.

– Então, aí está. – Gloria empurrou os óculos para cima, satisfeita por meu problema ter sido resolvido. – Tenho certeza de que eles têm essas revistas antigas na Biblioteca da Academia de Medicina. Você está de folga amanhã, por que não vai descobrir?

NA VOLTA PARA casa, praticamente desabei no assento do metrô extremamente quente. Quando o trem chegou à superfície, do outro lado do rio, as janelas abertas ajudaram a amenizar o calor. Estiquei o pescoço para captar todo o vento que pudesse. Chegamos ao fim da linha às oito horas, com o céu ainda claro do fim de verão. Evitando as multidões, caminhei por ruas secundárias até meu prédio, com a pergunta de Gloria se agitando na cabeça.

Por que eu nunca tinha descoberto? Eu sabia apenas que tivera tratamentos com raios X porque a sra. Berger sempre disse que era uma vergonha o que eles tinham feito comigo, mas eu na verdade não me lembrava de tê-los feito. Eu culpava minha ignorância na maneira como fomos criados. No orfanato, perguntas normalmente eram respondidas com um tapa de um dos monitores; até a sra. Berger era evasiva se eu perguntasse sobre meu cabelo ou para onde tinha ido meu pai. Fazer o que me mandavam não foi algo que se desenvolveu naturalmente em mim quando criança, mas com o tempo aprendi. Aprendi a parar de fazer perguntas. A comer tudo no prato. A abrir a boca para o dentista. A ficar parada com os braços estendidos para ser castigada. A me despir para o banho. A fazer silêncio.

Conferi a caixa de correio no hall de entrada, meu nome e o dela se abraçavam carinhosamente naquela etiquetinha como qualquer dupla de colegas de apartamento: irmãs viúvas, amigas solteironas, solteiras econômicas. Esperava ver um de seus cartões-postais escritos com reclamações sobre o calor da Flórida, mas não havia nada. Eu a imaginei relaxando perto da piscina, preocupada demais para escrever. Desapontada, chamei o elevador. Enquanto apertava o botão do meu andar, ouvi a voz de Molly Lippman pedindo para segurar a porta, mas, em meu momento de hesitação – aquela mulher podia ser tão entediante –, a porta se fechou, fazendo com que eu me sentisse um pouco culpada. Lá em cima, corri para entrar no apartamento antes que Molly me alcançasse. Quantos minutos de minha vida eu tinha desperdiçado enquanto ela falava sem parar sobre Sigmund Freud e aquele clube dela de psicanálise? Talvez eu fosse mais brusca se ela não fosse minha vizinha de porta.

Fui direto para o banheiro e entrei em uma ducha fria. Se Molly batesse, eu pelo menos teria uma boa desculpa para não atender. Tirei tudo, dos pés à cabeça, em segundos, desesperada para ficar nua, morta para sentir a água em meus membros e em minha cabeça. Estava limpa em um minuto, o sabonete escorregadio sobre minha pele, mas permaneci sob o jato fresco até os dedos de meus pés começarem a enrugar. Só quando puxei a cortina, eu me dei conta de que tinha me esquecido de pegar uma toalha limpa. Estiquei-me para pegar uma no armário de toalhas e tornei a sentir aquela pontada, uma leve distensão ao erguer um paciente da cama alguns meses antes. Achei que estivesse melhor, agora. Não importava.

Seca e depois de passar talco, fui para meu quarto e peguei pijamas limpos de uma gaveta na cômoda. Percebi que havia se depositado uma camada de poeira sobre a coleção de estatuetas de jade arrumada ali. Como eu tinha relaxado nas tarefas de casa, com mais nada para ocupar meus dias livres? Peguei um espanador embaixo da pia da cozinha e voltei, passando as penas nos animais de pedra até que brilhassem. Enquanto estava com o espanador na mão, andei pela sala, limpando as lombadas de meus velhos livros médicos escolares, espanando as partículas que tinham se depositado nas fivelas e dobradiças do baú que eu mantinha ao pé da minha cama. Tirei o pó de fotos em porta-retratos, também, uma coleção reduzida que substituía a falta de imagens de minha família. Duas garotas na praia, com as pernas se dissolvendo nas ondas. Um médico velho e simpático com óculos de armação de metal e estetoscópio pendurado no pescoço. O retrato de um soldado jovem, orgulhoso de seu uniforme novo. Enquanto tornava a amarrar a fita preta que estava em diagonal sobre um porta-retratos, pensei, como sempre, que ele era jovem demais para a guerra. Mas não eram todos eles, afinal? O mundo inteiro era jovem demais para o que a guerra desencadeou.

Satisfeita com meus esforços, voltei para a cozinha. Não havia muito o que comer no apartamento, eu estava tão acostumada que ela fizesse todas as compras, que sempre me esquecia de parar no mercado, mas encontrei uma lata de atum e fiz uma salada rápida que comi com bolachas e suco lá fora na varanda. As luzes ao longo do passeio de madeira começaram a piscar e acender conforme o crepúsculo drenava a última luz do céu. Minha intenção era ligar para ela assim que chegasse, não importasse qual fosse o custo das ligações interurbanas para Miami. Queria contar a ela sobre Mildred Solomon, mas estava ficando tarde, e agora eu estava cansada demais. Melhor conversar amanhã, depois da biblioteca, quando tivesse realmente algo a dizer.

Eu não devia ter me dado ao trabalho de limpar. Poeira subiu e se agitou no ar assim que eu liguei o ventilador. Fui para a cama espirrando e puxei o lençol fino. O quarto dela podia ser mais fresco, tinha uma janela que dava para o norte, mas eu achava estranho dormir em sua cama enquanto ela não estava. Com a janela bem aberta e o ventilador soprando sobre mim, eu esperava ficar confortável o suficiente para conseguir uma boa noite de sono.

O sonho começou como sempre, a familiaridade dele foi minha primeira sensação, apesar de fazer muito tempo, talvez anos, desde que eu o tivera pela última vez. Eu sou uma garotinha, e papai me trouxe ao parque para andar no carrossel. De algum modo, sei que é domingo. Escolho o cavalo de que mais gosto, um com olhos fogosos e uma crina negra, e papai me coloca na sela. Ah, aquela sensação de leveza! Ele fica de pé atrás de mim, com as mãos em minha cintura para me segurar firme. Seus polegares se encontram na parte inferior de minhas costas, as pontas de seus dedos se tocam sobre minha barriga. Quando o carrossel começa a girar, o cavalo sobe e desce, sua cadência é firme e reconfortante.

Não é apenas um sonho. É uma visitação. Ali está papai, forte e vivo e meu outra vez. Quero andar naquele carrossel para sempre, permanecer uma garotinha e tê-lo perto de mim. Mas quando viro a cabeça para lhe mostrar meu sorriso, ele desliza para as sombras.

O cavalo, agora, sobe e desce mais rapidamente, como se estivesse mesmo galopando, saltando para frente cada vez mais rápido, a força do carrossel ameaçando me jogar da sela. O cavalo se vira e olha para mim, com olhos grandes e selvagens, como se seu ritmo estivesse fora de controle. Seguro a barra firme com as mãos, com mais força, mas posso senti-la escapando por meus dedos. Grito por meu pai, para que ele faça parar. Mas, de algum modo, meu pai desapareceu, e a doutora Solomon está ali.

Em sonhos passados, eu acreditava que era mamãe quem o substituía, mas agora sabia que nunca tinha sido ela, sempre fora Mildred Solomon. Ela está jovem e saudável como era na época do Lar Infantil. Está montada no cavalo comigo, os braços me envolvendo e segurando a barra. Sinto seu peito contra minhas costas, seu queixo contra meu ouvido enquanto me diz para ser uma menina boa e corajosa. Em suas mãos há uma agulha enorme com linha de costura. *Esse é o único jeito de garantir que você não vai sair voando*, diz ela. Ela começa a costurar minhas mãos juntas, cozendo-as em torno da barra. Eu não sinto nada, mas a visão da agulha e da linha atravessando minha pele faz com que eu me sinta mal.

Então o carrossel desaparece, e o cavalo é um cavalo de verdade, correndo livre na praia, e eu não sou mais uma garotinha, mas sou como sou agora. Estou sozinha. Sem Mildred Solomon. Sem papai. Há um momento luminoso de alívio quando rio e sinto o borrifo do oceano em meu rosto. Instigo o cavalo a galopar mais depressa. Em meu sonho, cavalgo com confiança e abandono, apesar de, na realidade, só ter me equilibrado desajeitadamente uma vez em uma égua alugada no Bridal Path no Central Park. Ao olhar para baixo, vejo que minhas mãos estão segurando firme a crina do cavalo. Olho com mais atenção. Não agarradas, não. Elas estão presas na crina do cavalo. Horrorizada, tento tirar as mãos dali, mas o cavalo interpreta meu gesto de modo equivocado e se desvia na direção do mar. Ele galopa para o interior das ondas até eu ficar com água na altura do peito, e ele com as narinas dilatadas respirando com dificuldade. As ondas rugem em meus ouvidos enquanto a água cobre a cabeça do cavalo e atinge meu queixo.

Acordei com um grito entalado, erguendo-me rapidamente na cama, o coração batendo forte no peito. Esfreguei as mãos juntas, os dedos passando sobre a pele lisa e uniforme. Sem ninguém para me distrair ou confortar, fico obcecada pelo sonho, incapaz de dar algum sentido às imagens horríveis. Olhei para o relógio, eram quase cinco. Sabia que nunca conseguiria voltar a dormir, por isso saí da cama, preparei um bule de café, tomei uma ducha rápida enquanto ele estava passando.

Na varanda, o café desconfortavelmente quente nas mãos, assisti à radiação clara do sol nascer sobre o oceano. Desejei estar na praia, os pés descalços na areia recém-varrida, minha vista do horizonte desobstruída de prédios residenciais e trilhos de montanha-russa. Enquanto seus raios iluminavam minha pele, senti o calor do sol. Era maravilhoso pensar em sua energia viajando milhões de quilômetros para finalmente me tocar. Aquilo me fazia pensar naquele pescador japonês, o que havia morrido na precipitação radioativa da bomba de hidrogênio apesar de seu barco estar a cento e trinta quilômetros do local de teste. Tinha sido perturbador ler sobre uma arma tão terrível que podia matar a uma distância tão grande. Os jornais disseram para não nos preocuparmos, que Eisenhower jamais deixaria que as coisas escalassem ao ponto de usar a bomba-H, mas eu não conseguira me livrar da ideia de uma detonação poderosa o suficiente para arrasar Manhattan inteira.

Imaginei que tivesse sido o pesadelo que houvesse deixado meus pensamentos tão mórbidos. De qualquer modo, eu estava começando a suar, por isso tornei a entrar no apartamento. Mesmo depois de me vestir e arrumar o cabelo, ainda tinha de matar uma hora antes de poder sair para a Academia de Medicina. Não queria ficar sentada como uma velha olhando para o relógio, por isso juntei minhas roupas sujas do cesto e fui para a lavanderia. Pelo menos, no porão estaria fresco.

Tinha acabado de ligar a máquina de lavar quando Molly Lippman entrou, puxando uma cesta de vime em seus braços gordos.

– Oh, Rachel! Eu queria saber quem mais estaria acordada a esta hora. – Ela estava em um vestido de andar em casa, suas flores espalhafatosas brigando com os bobes rosa no cabelo pintado. – Acho que depois que você adquire o hábito de acordar cedo para trabalhar, não adianta tentar dormir até tarde. – Ela encheu a outra máquina e a ligou. Eu torci para que ela fosse embora, a maioria de nós voltava para o apartamento durante os longos ciclos de lavagem, mas, não, ela se instalou em uma cadeira de armar e se abanou com uma revista que alguém havia deixado por ali. – É *seu* dia de folga, não é?

– É, mas como você...

– Vi você chegar ontem à noite. Mas fui muito lenta para alcançar o elevador.

– Ah, sim, desculpe por...

– Então, o que você vai fazer hoje? Vai à praia com o resto de Nova York?

– Não, tenho uma coisa para fazer em Manhattan. Na verdade, eu devia subir p...

– Deixe-me contar uma coisa, Rachel querida, eu não teria me incomodado de dormir até tarde esta manhã, mas quem consegue pregar o olho nesse calor? Me provoca sonhos interessantes, ou talvez dormir mal apenas me ajude a lembrar deles.

– Isso é engraçado, aconteceu a mesma coisa comigo. – Assim que vi a expressão ávida em seu rosto, desejei poder retirar minhas palavras.

– Ah, por que você não me conta sobre isso, querida? Podemos fazer uma análise de sonhos. Vai ser um jeito interessante de passar o tempo.

Hesitei, mas não vi jeito de escapar daquilo. Eu não tinha o hábito de revelar muito sobre mim, porém não via como nada em meu sonho podia lhe dar indícios. Além disso, ele passou a manhã inteira me incomodando. Talvez ajudasse falar sobre ele. Por isso contei a ela, deixando Mildred Solomon de fora, isso seria demais para explicar. Foi a única vez que me lembrei de Molly não me interromper.

– Fascinante, Rachel. Simplesmente fascinante.

– Então, Molly, o que isso significa?

– Ah, não sou eu quem vai dizer isso. Sonhos são o veículo através do qual nosso subconsciente fala conosco. É por isso que a análise só pode vir da exploração profunda de nossas experiências e sentimentos, nossos temores e desejos.

Será que ela imaginava que eu estava prestes a compartilhar com ela meus sentimentos mais profundos, ali na lavanderia? Talvez ela sentisse minha hesitação, porque disse, com tom mais brando:

– Posso fornecer algumas observações, se você quiser.

– Claro, vá em frente. – Eu desconfiava que qualquer coisa que ela dissesse seria tão absurda quanto as sortes que você comprava com uma moeda na cigana mecânica no passeio de madeira.

– Bom, a parte sobre seu pai levando você para andar de carrossel, isso pode ser simplesmente a realização de um desejo. Você cresceu em um orfanato, não foi? – Surpresa, balancei a cabeça afirmativamente. Não tinha ideia que Molly soubesse sobre o Lar. – Por isso, em seu sonho, você vive seu desejo. Essa é uma maneira de ver.

Isso, na verdade, fazia certo sentido.

– Mas e minhas mãos? Eu, sem dúvida, não quero que ninguém costure minhas mãos.

– Claro que não. Como eu disse, um sonho é o subconsciente falando conosco. Às vezes, sonhos usam jogos de palavras ou imagens que parecem estranhas, mas são bastante óbvias, se você pensar bem. – Ela fez uma pausa, com as sobrancelhas erguidas, mas eu não conseguia adivinhar o que queria me dizer. – Bem, suas mãos estão literalmente amarradas. Talvez você se sinta impotente em relação a alguma coisa, incapaz de fazer algo, reprimida por alguma força externa. Você tem de descobrir o que isso poderia ser para você, o que seu subconsciente está lhe dizendo.

– Vou ter de pensar nisso, Molly. A máquina de lavar tinha parado de agitar e entrado no ciclo de centrifugação. Se eu pulasse a secagem, podia sair dali em mais alguns minutos.

– O professor Freud nos ensina que os sonhos sobre cavalgadas em especial indicam um desejo pelo falo. – Ela ergueu uma sobrancelha para mim, mas eu apenas dei de ombros. – A água subindo, porém, é muito interessante. Talvez mais junguiano que freudiano. Nas reuniões da Sociedade

Psicanalítica Amadora de Coney Island, nós costumamos discutir análise de sonhos. Um dos rapazes, que é homossexual, coitado, tem uma imagem parecida em seus sonhos. Sua interpretação é que a água subindo representa emoções reprimidas porque não é uma coisa sólida que você possa agarrar, o modo como ela escapa através de seus dedos, ainda assim é capaz de subjugar você, de engoli-la.

A máquina estremeceu e parou. Eu abri a tampa e retirei minhas roupas molhadas.

– Você me deu muito em que pensar, Molly, obrigada. Mas agora preciso ir.

– Você não vai secar suas coisas?

– Ah, vou só pendurar na varanda. Parece bobagem pagar dez centavos para secar qualquer coisa em um dia tão quente.

No elevador, eu expirei, aliviada por ter escapado. Eu fiquei intrigada com seu comentário sobre o rapaz em seu grupo. Eles sabiam que ele era gay, mas ainda estava em sua Sociedade. Talvez a obsessão de Freud por sexo os tivesse tornado mais tolerantes do que eu pensava. Tolerantes, mas piedosos.

Tinha sido um erro ceder à vontade dela. Depois de ficar na lavanderia, eu pus minhas sandálias, peguei a bolsa e segui para a Academia de Medicina. Se eu chegasse lá alguns minutos antes que eles abrissem, que fosse, sempre podia ficar sentada no parque do outro lado da rua. Não importavam os símbolos crípticos e o subconsciente. Eu ia conseguir respostas de verdade.

Capítulo Cinco

DE SEU BERÇO NA ENFERMARIA DE COQUELUCHE, RACHEL olhava fixamente para o carrinho de livros infantis estacionado perto da porta. Ela já tinha visto todas as ilustrações e todas as letras de todas as palavras no livro em seu berço cem vezes.

– Cento e um – murmurou ela. O que queria era um livro diferente, e podia vê-los, ali no carrinho, mas Rachel agora sabia que era melhor não pedir à enfermeira que pegasse um para ela. Certa vez, tivera um ataque quando o livro que deram a ela revelou-se ser o mesmo que recebera na semana anterior.

– Você não vai ter livro nenhum até aprender a se controlar – dissera a enfermeira daquela enfermaria, desesperada. Sem nada no berço para olhar, Rachel não tinha nada a fazer além de observar o movimento das sombras no teto com o passar das horas do dia. Finalmente a enfermeira cedera e lhe trouxera o livro sobre os animais entrando em um barco, e a alertou: – De agora em diante, você precisa ser uma boa menina, ou vou tomá-lo outra vez. – Rachel prometera, e tinha sido, agora por semanas e semanas, mas hoje, mais que qualquer coisa, ela queria um livro novo.

A enfermeira Helen Berman estava conferindo a papelada que cobria a mesa. De vez em quando ela examinava a enfermaria através da janela na parede que separava o posto de enfermagem das crianças. Uma sala apertada construída em um canto da enfermaria, o posto servia como escritório, sala de intervalo e quarto, quando a cama de armar guardada embaixo da escrivaninha estava montada para a noite. Helen assumira o emprego no Lar Infantil Hebraico no verão anterior, quando tinha apenas dezenove anos, recém-saída da escola de enfermagem e feliz por conseguir o emprego. Um ano depois, porém, ela se sentia oprimida pelas paredes da enfermaria de coqueluche. Ela lembrou que a coqueluche era melhor que a difteria ou sarampo, só o raquitismo teria sido mais fácil, e a enfermaria de escorbuto era perturbadora demais, mas, ainda assim, a burocracia era avassaladora. As anotações no prontuário de toda criança tinham de ser minuciosas: cada refeição, cada tosse, a temperatura diária, mudanças de disposição, medidas semanais de altura e peso. A escola de enfermagem não a havia preparado para a manutenção de registros precisos exigida pela pesquisa médica.

Ela levantou o rosto e viu uma das garotas sair do berço. Provavelmente precisava usar o sanitário, pensou Helen. O banheiro era ligado à enfermaria, por isso não havia perigo de uma criança se perder. Ela costumava gritar para que ficassem no berço até perceber que isso as deixava propensas a obedecer em todas as horas do dia e da noite. Forçava suas costas, levantar seus corpos pesados meia dúzia de vezes por dia ou, pior, mudar seus lençóis quando molhavam a cama, o que conseguiam fazer de qualquer jeito, os meninos em especial. Os menores, ela mantinha de fralda, mas os maiores, bem, era melhor deixar que cuidassem de si mesmos.

Tirando as idas ao banheiro e um banho semanal, as crianças na enfermaria de coqueluche ficavam confinadas aos berços; até as refeições eram servidas ali. Quando Rachel tinha sido levada para lá no final de maio depois de se recuperar do sarampo, ela estava tão exausta que tudo o que podia fazer era ficar deitada imóvel, os olhos, ainda inflamados da conjuntivite, semicerrados. De vez em quando, a tosse começava, tão violenta que ela mal conseguia recuperar o fôlego, até que finamente golfava e desabava aliviada. Durante todo aquele longo verão, enquanto as moscas zumbiam através das janelas abertas da enfermaria, a coqueluche foi e voltou. Aos poucos, porém, à medida que as noites se tornavam mais frias, os paroxismos ocorreram com menos frequência até que finalmente cessaram.

Quando Helen Berman atualizava o prontuário de Rachel, viu que a menina Rabinowitz tinha feito cinco anos no mês anterior. Rememorando desde a data atual de setembro, Helen percebeu que não houvera um episódio de coqueluche em semanas. Enquanto terminava de preencher o prontuário, decidiu que aquela ali podia finalmente ser transferida para o próprio Lar Infantil, onde ia se juntar às outras garotas no jardim de infância. Cinco meses na ala hospitalar eram mais que suficientes para qualquer criança.

Rachel pulou por cima da grade de ferro do berço e aterrissou sobre os pés descalços. Ela passou em silêncio pelas outras crianças que estavam cochilando ou olhando fixamente para o vazio ou murmurando consigo mesmas até chegar ao carrinho de livros. Ela queria escolher um livro que nunca tivesse visto antes, mas para fazer isso precisava olhar todos, virando as páginas cuidadosamente. Assim que reconhecia uma imagem, largava aquele livro na pilha que se acumulava em seu colo e pegava outro. Ela estava absorta em sua tarefa quando a porta da enfermaria se abriu. Rachel se surpreendeu ao ver a enfermeira grande de mãos vermelhas, a que tirara suas roupas e cortara seu cabelo naquele primeiro dia. Rachel segurou o cabelo, agora comprido o suficiente para cobrir suas orelhas, e torceu para não ser vista atrás do carrinho.

– Aí está você! – A enfermeira Shapiro entrou correndo no posto de enfermagem, assustando Rachel. – O dr. Hess está vindo para cá. Ele está apresentando o novo médico residente a todas as enfermarias. Eu queria avisar você que... Espere, onde está aquela criança? – A enfermeira Shapiro puxou Helen para o interior da enfermaria e apontou o berço vazio. Virando freneticamente, ela localizou Rachel encolhida atrás do carrinho de livros.

– Você tem o hábito de deixá-las soltas? – A mão seca e rachada da enfermeira Shapiro se fechou em torno do braço de Rachel, levantando-a, mas os livros em seu colo a desequilibraram para frente e ela caiu, com força, sobre o joelho. – Ah, pelo amor de Deus – murmurou a enfermeira Shapiro, pegando Rachel no colo e a levando até o berço.

– Acredite em mim, eu nunca as deixo sem supervisão – gaguejou Helen.
– Essa aí é muito sorrateira. – Ela sacudiu Rachel pelo ombro. – O que eu disse a você sobre sair do berço? – O que ela dissera foi para não incomodá-la só para usar o banheiro, mas Rachel estava confusa demais para responder.

– Escute – disse a enfermeira Shapiro. – Vim lhe dizer... – A porta da enfermaria se abriu outra vez. Ela e Helen viraram-se quando o dr. Hess entrou, guiando uma mulher jovem com o cabelo escuro preso para trás em um coque severo. Membro do Comitê Feminino, supôs Helen, apesar de a saia e o casaco da mulher serem excepcionalmente simples, e ela tampouco usar um chapéu.

– Ah, enfermeira Berman – disse o dr. Hess. – Gostaria que conhecesse a doutora Solomon, nossa nova residente da radiologia.

Helen piscou, intrigada, e olhou além do dr. Hess para a nova residente. Ao lado dele, a mulher jovem limpou a garganta e estendeu a mão. A enfermeira estava apertando os dedos da mulher antes mesmo de compreender a situação.

– Ah, *a senhora* é a doutora Solomon. – Ela ofereceu um sorriso simpático e foi recebido com um olhar paralisante. Helen, instantaneamente formou a opinião de que aquela mulher médica não era atraente, apesar de não haver nada ofensivo em seus traços, exceto, talvez, o nariz adunco. Enquanto os médicos passavam por elas, a enfermeira Shapiro murmurou antes de deixar a enfermaria:

– Tentei avisar vocês.

Ignorando as enfermeiras, o dr. Hess prosseguiu sua conversa com Mildred Solomon.

– Agora, como eu dizia, estava cético em relação a essas novas vacinas de coqueluche. Como você sabe bem, a coqueluche vai e vem durante meses. O que pode parecer uma cura em uma semana pode simplesmente se revelar uma trégua temporária dos sintomas. Só comparando um número de pacientes ao longo de todo o curso da doença podemos começar a desenvolver resultados confiáveis. Era necessário um experimento controlado. Por isso, durante os últimos cem dias, foi exatamente o que fizemos. – O dr. Hess acenou com a mão para a enfermaria, abrangendo os berços e as crianças dentro deles. – Eu selecionei nove crianças como material para o estudo. Três foram vacinadas antes de serem introduzidas na enfermaria, três foram vacinadas aos primeiros sinais de coqueluche e três nunca foram vacinadas. Acabei de terminar minha avaliação e, como eu desconfiava, a vacina atual não é eficaz.

– Dr. Hess, não posso dizer como estou impressionada pelas oportunidades de pesquisa oferecidas por este ambiente institucional. – A voz da doutora Solomon, apesar da tonalidade agradável, não era melodiosa. Ela fazia um esforço para manter o tom grave, em oposição à tendência natural de sua voz de subir no fim de cada frase.

– Sempre afirmei – disse o dr. Hess – que a questão colocada pelos experimentos com animais deve ser respondida pelas observações clínicas em crianças. A capacidade que temos aqui de controlar as condições não tem paralelos. Nutrição, exposição ao sol, atividade, exposição a doenças, tudo pode ser controlado e medido. Isso se revelou valiosíssimo para meu trabalho sobre as causas e curas do escorbuto. Em meu estudo de raquitismo, porém, restam algumas perguntas sem resposta. Por exemplo: eu esperava responder se, caso as crianças negras fossem totalmente privadas de luz solar, elas iriam desenvolver raquitismo no mesmo grau de crianças brancas colocadas nas mesmas condições. Sem a cooperação de meu colega no orfanato negro, entretanto, esse experimento se revelou impraticável.

– Mesmo assim, dr. Hess, seu uso de raios X no diagnóstico de raquitismo foi uma tremenda inovação. – Quando se tratava de conversar com médicos de destaque, uma lição que Mildred Solomon aprendera na escola de medicina tinha sido o uso estratégico da lisonja.

– Isso é verdade, sim. Nós radiografamos rotineiramente toda criança que dá entrada na instituição, assim que são liberadas de doenças, é claro.

A dra. Solomon balançou a cabeça afirmativamente.

– As instalações da radiologia aqui no Lar Infantil são famosas. – Ela podia ter acrescentado que elas tinham sido a razão de sua inscrição para a residência, mas ela sabia que as pessoas preferiam acreditar que era alguma afinidade feminina com o cuidado com as crianças.

– Tenho de dar crédito aos doadores por sua generosidade na construção e equipamento dessa ala do hospital. – O dr. Hess inclinou a cabeça em um gesto estudado de humildade, supondo que sua conexão com a fortuna fosse de conhecimento comum. – Não apenas temos uma sala de raios X moderna, mas nosso laboratório também é totalmente equipado para testes microscópicos, culturas de garganta e exame de sangue.

– Estou ansiosa para ver a sala de raios X – disse a dra. Solomon, virando-se levemente para indicar estar pronta para continuar a visita.

– Com licença, dr. Hess. – Helen estava parada atrás dele, despercebida, com um prontuário nas mãos. – Estava me perguntando se o senhor poderia assinar a alta desta criança. Como o senhor concluiu seu estudo e ela parece completamente recuperada, achei que talvez ela pudesse ter alta da enfermaria de coqueluche. – Helen normalmente não demonstraria tamanha coragem, mas depois da desaprovação da enfermeira Shapiro, estava ansiosa para se livrar da menina problemática.

O dr. Hess pegou o prontuário, franzindo o cenho para a interrupção, com a caneta parada sobre o papel. Seu olho experiente percebeu um declínio no peso da criança.

– Qual criança?

– Bem aqui – disse Helen, conduzindo-os para o berço de Rachel. O dr. Hess olhou para baixo e ficou surpreso com o palor da menina. Rachel, reconhecendo seu rosto em forma de ovo de seu primeiro dia aterrorizante no Lar, se encolheu.

– Enquanto estamos aqui, dra. Solomon – disse ele, devolvendo o prontuário à enfermeira –, permita que eu demonstre meu método de diagnóstico de escorbuto latente?

Mildred Solomon ofereceu uma expressão de interesse profissional, ocultando sua impaciência.

– É claro, dr. Hess.

– Se uma criança apresenta os sintomas agudos, perda de dentes, sangramento na boca, vermelhidão das gengivas, não há dúvidas no diagnóstico. Apenas na semana passada no hospital da cidade, onde eu clinico, uma criança foi internada com escorbuto que tinha evoluído para necrose do tecido da gengiva. Posso lhe dizer que o odor era extremamente desagradável. Em tais casos, o único procedimento é o tratamento imediato com a cura estabelecida com suco de laranja via oral. Entretanto, com os casos latentes, há oportunidade de experimentação, sabendo que a qualquer momento o progresso da doença pode ser revertido. Recentemente, por exemplo, tenho tentado injeções intravenosas de sangue com citrato.

– Isso parece promissor – sugeriu a dra. Solomon, apesar de lhe parecer uma ideia ridícula.

– Os resultados, até agora, não são encorajadores. – O dr. Hess olhou de modo pensativo para Rachel. – Veja aqui, dra. Solomon, a pele pálida, a expressão peculiarmente alerta e preocupada? Descobri que são sintomáticas. – Ele estendeu a mão para Rachel. Que fugiu do movimento repentino com um grito. – Às vezes, em casos de escorbuto latente, descubro ao me aproximar do leito de uma criança que ela choraminga ou grita de terror. Tipicamente, porém, ela fica deitada em silêncio de costas com uma coxa virada e flexionada sobre o abdômen. Enfermeira?

– Sim? – Helen deu um passo à gente.

– Percebeu esta aqui em tal postura?

Sem saber o que estava sendo perguntado a ela, respondeu:

– Acho que sim, às vezes?

O dr. Hess pigarreou.

– Exames mais aprofundados vão mostrar se uma ou as duas coxas estão inchadas e extremamente macias, ou se há apenas sensibilidade. – O dr. Hess apertou a perna de Rachel, apertando o ponto onde ela caíra sobre o joelho. Ela deu um grito. – Ah, vê? Finalmente, apalpamos as costelas à procura de anomalias. – Os dedos deles se afundaram nas laterais do corpo dela, expulsando o ar de seus pulmões. – É aqui que os raios X se revelaram mais valiosos, pois a anomalia, que é visível na radiografia, nem sempre é perceptível por meio de palpação.

Rachel, liberada de suas mãos, recuou para um canto do berço, arquejante.

– Você pode fazer os raios X nesta aqui, dra. Solomon. Se, na radiografia, vir anomalias nas costelas, ou a separação característica do ombro, vou incluí-la em meu estudo de escorbuto.

A dra. Solomon debruçou-se sobre o berço, com os cotovelos equilibrados sobre a barra de metal. Seu olhar pensativo parou em Rachel, apesar de ela não estar pensando na garotinha, mas nas próprias ambições. Ainda assim, a firmeza de seu olhar deu a Rachel uma sensação de ser notada. Rachel pensou que a mulher que olhava para ela era muito bonita. Ela gostou de como seu cabelo escuro e olhos castanhos realçavam o rosa de sua face. A gravata pendurada amarrada em torno de seu pescoço balançou acima do berço; Rachel estendeu a mão e a puxou. A dra. Solomon, empolgada com a perspectiva de finalmente pôr as mãos no excelente equipamento de raios X do Lar, permitiu-se se divertir com a travessura da menina. Depois de todo o desânimo, da concorrência, das críticas dos outros alunos de medicina, ela, Mildred Solomon, conseguira a cobiçada residência de radiologia e ali, puxando sua gravata, estava sua primeira paciente. Um sorriso cruzou seu rosto, rápido demais para ser detido. A garotinha sorriu de volta. Parecia um bom presságio. A dra. Solomon se aprumou, compôs seus traços e fez seu movimento.

– Dr. Hess, sabendo de seu interesse pela nutrição e digestão infantis, eu me pergunto se o senhor considerou suplementar seu uso de tubos gástricos com raios X de bário. – A dra. Solomon ergueu com sua mão o queixo de Rachel, estendendo a garganta. – Recentemente vi uma demonstração de contraste digestivo de bário usando um fluoroscópio. As imagens eram impressionantes. Mas não seria interessante mapear todo o trato digestivo? Com um grupo de pacientes de tamanho e peso similares, nós em pouco tempo iríamos desenvolver uma compreensão básica de taxas normais de digestão que poderiam ser úteis para comparação em casos de obstrução e outras reclamações.

O dr. Hess pensou sobre a ideia.

– O bário permanece reflexivo por todo o trato?

– No trato gastrointestinal inferior é necessário um enema, mas sim.

– É uma ideia muito interessante, dra. Solomon. Uma em que vale muito a pena insistir. Se os raios X forem negativos para escorbuto, por que não usar esta para sua primeira série de bário? De qualquer modo, vamos transferi-la para a enfermaria de escorbuto.

O dr. Hess apontou com a cabeça para Helen Berman. Ela sentiu pena da criança por não poder ir se juntar às outras no jardim de infância, mas feliz porque a menina problemática ia, pelo menos, sair de sua enfermaria.

RADIOGRAFIA NÃO MOSTRA *indícios de escorbuto*. Mildred Solomon fez a anotação no prontuário de Rachel com uma sensação de satisfação. Agora a menina seria dela para a série inicial de testes com raios X de bário. Se pudesse impressionar o dr. Hess com seu estudo, a dra. Solomon esperava conseguir aprovação para um experimento criado por ela mesma, apesar de ainda não ter decidido o que iria propor. Ansiosa para começar, deu instruções à enfermeira responsável pela enfermaria de escorbuto para que a menina Rabinowitz não recebesse alimento algum pelas 24 horas seguintes.

– Nem mesmo um pouco de leite? Ela com certeza vai chorar.

– Não, só água, mais nada. É muito importante para a qualidade da radiografia.

– Sim, senhora – disse a enfermeira, depois se corrigiu. – Sim, doutora.

Mildred Solomon não fez esforço para ocultar a irritação diante da insubordinação sutil. As enfermeiras nunca questionavam as ordens do dr. Hess do modo como faziam com as dela. Apenas por serem todas mulheres não era razão para as enfermeiras suporem estar no mesmo nível. Talvez depois que a vissem assumir o comando de uma pesquisa, começariam a demonstrar por ela a deferência merecida por um médico.

No dia seguinte, a dra. Solomon alertou o técnico para preparar a sala de raios X enquanto ela preparava o líquido de bário, misturando bem o pó em água fria. Ao entrar na enfermaria de escorbuto, aproximou-se do berço de Rachel com uma grande caneca de metal na mão.

– Você deve estar com muita fome – disse ela.

Rachel ergueu os olhos para a médica bonita. Todas as enfermeiras tinham sido muito más com ela, deixando-a no berço enquanto as outras crianças comiam, ignorando o choro dela enquanto seu estômago doía e roncava.

– Estou com muita fome. Eu fiz alguma coisa errada? É por isso que elas não me dão nada para comer?

– Não, você não fez nada errado. Na verdade, você está fazendo uma coisa muito importante para a ciência. – A menina olhou para ela de modo intrigante. – Muito importante para *mim* – completou ela, e viu o rosto de Rachel relaxar. A dra. Solomon esperava que as enfermeiras pudessem ouvir como ela falava de modo delicado com a criança. Ela exigia respeito, sim, mas não iria se incomodar se gostassem dela, já havia suportado hostilidade suficiente na escola de medicina. – Trouxe esse milk-shake para você. Quero que beba a caneca toda, depois vamos para a sala de raios X de novo, como fizemos há alguns dias. Aquilo não doeu nada, não foi?

A sala de raios X, com sua confusão de tubos e polias e o zumbido e chiado do gerador, incomodara Rachel, mas ela não se lembrava de nada de ruim acontecendo com ela ali. Pensando bem, percebeu que só se lembrava de entrar na sala estranha, não de sair; sua memória seguinte era de acordar em seu berço depois de uma soneca.

– Não, não doeu.

– Bom, então, agora beba.

Rachel, faminta, pegou a caneca, mas, depois de alguns goles, afastou-a.

– Não gostei, tem gosto de giz.

– É muito importante que você beba tudo, e depressa. Você é uma boa menina, não é? Foi isso o que as enfermeiras me disseram. Foi por isso que escolhi você, entre todas as crianças, para me ajudar com meu trabalho.

Rachel não estava acostumada que lhe dissessem que ela era boa, e fazia muito tempo desde que tinha sido útil. Ela pensou em como o papai ficava feliz quando ela juntava botões iguais para ele, como a mamãe contava com ela para separar as moedas. O muro de tristeza que a dividia do calor dessas lembranças a afastou do passado, forçando sua atenção na direção da mulher diante de si. Rachel queria desesperadamente agradar à médica. Ela começou a beber, mas engasgou com o gosto farinhento. A dra. Solomon empurrou o fundo da caneca, enchendo a boca de Rachel, deixando-a sem escolha além de engolir. Logo a caneca estava vazia, e Rachel ficou com uma sensação de coceira na garganta.

– Estou muito orgulhosa de você, Rachel. Agora, deixe-me levá-la para a sala de raios X. – Pegando a menina de seu berço, a dra. Solomon esforçou-se com o peso. Mal-humorada, ela se perguntou como as enfermeiras conseguiam fazer aquilo todo dia. Ela teria de pedir a uma delas para levar a garota da próxima vez.

Ela pegou a mão de Rachel e a conduziu para fora da enfermaria de escorbuto e pelo corredor. Enquanto caminhavam, Rachel sentiu o milk-shake se agitar em seu estômago.

– Eu me comportei muito bem?

Mildred Solomon olhou para a criança. Mais uma vez, a excitação pela perspectiva de realizar a própria pesquisa iluminou seu rosto com um sorriso que transbordou sobre Rachel.

– Você é uma menina muito boa. – Elas fizeram uma curva e entraram na sala de raios X.

O técnico garantiu à dra. Solomon que o gerador estava funcionando perfeitamente e que o tubo de Coolidge estava no lugar e pronto para sua carga elétrica. Ela não havia esperado ter um suporte técnico tão especializado, a maioria dos radiologistas tinha de operar sozinha todo o equipamento, com o risco de choques e queimaduras. Aquele técnico fora treinado em raios X durante a Grande Guerra, carregando o equipamento pela França em uma caminhonete e montando-o ao lado de hospitais de campanha bem perto das trincheiras.

– Obrigada, Glen. Posso cuidar de tudo a partir daqui. Se quiser, pode tirar seu horário de almoço, mas vou precisar de você aqui de novo em uma hora. Vou radiografar as novas crianças à procura de raquitismo esta tarde.

– Sim, doutora – disse ele, quase prestando continência. Alguma coisa em Mildred Solomon despertava os modos militares dele.

A dra. Solomon voltou a atenção para Rachel.

— Vamos arrumá-la na mesa. — Rachel subiu, usando um banquinho. A dra. Solomon empurrou o topo da cabeça de Rachel para baixo, quase colidindo com o tubo de Coolidge. Rachel se abaixou, depois se estendeu na mesa. Enquanto a dra. Solomon se inclinava sobre ela, Rachel pegou sua gravata e deu um puxão, soltando-a.

— Sem brincadeiras agora — disse a dra. Solomon, segurando a mão da menina. — Você tem de ficar deitada bem, bem parada quando eu fizer o raio X. — Ela baixou os braços de Rachel para baixo, ao lado do corpo, e os prendeu com correias que afivelou em torno de seus pulsos e cotovelos. As pernas também foram presas com correias e, por fim, uma correia foi passada em torno da testa.

— Agora, quero que você respire fundo e devagar. — A dra. Solomon pôs uma máscara rígida sobre a boca e o nariz de Rachel que tornou difícil até mesmo para ela respirar. O gosto farinhento estava subindo no fundo de sua garganta enquanto a dra. Solomon pingava clorofórmio na máscara. Apesar de deitada bem imóvel, Rachel começou a se sentir tonta. — Inspire, isso mesmo. Boa menina. — Enquanto a sala começava a girar, a voz da médica soava cada vez mais distante.

Quando a menina perdeu a consciência, Mildred Solomon girou a manivela da mesa, erguendo-a a 45 graus. Ela soltou a correia em torno da cabeça da menina para virar a cabeça de lado, depois tornou a afivelá-la. Ela prendeu a chapa no lugar sob a mesa, posicionou o tubo de Coolidge, ligou o gerador e foi para trás do biombo de chumbo. Desejando que a exposição ficasse perfeita, ela contou trinta segundos no relógio que usava preso ao casaco antes de desligar a corrente de eletricidade até o tubo. Depois de dar cinco minutos para permitir que o líquido de bário descesse em sua jornada pelo esôfago até o estômago, ela reposicionou o tubo de Coolidge e trocou as chapas, aí fez outra exposição. Cinco minutos depois, mais uma, com os raios X focalizados no duodeno, depois uma quarta, apontada para o íleo. A dra. Solomon não tinha certeza se os intervalos eram ótimos, ia descobrir isso quando examinasse as radiografias. Com base em suas descobertas, iria ajustar adequadamente o tempo das próximas séries.

Presa à mesa, Rachel começou a se mexer e gemer. A dra. Solomon decidiu que era o suficiente para aquele dia. Soltou a criança e a pôs sentada sobre a mesa.

– Consegue ficar de pé? – perguntou ela, mas o olhar confuso de Rachel sugeria que não. Como se fosse um noivo recém-casado, a dra. Solomon carregou a menina para fora da sala de raios X e de volta para seu berço na enfermaria de escorbuto. – Enfermeira, venha cá, por favor. Quando ela estiver alerta outra vez, comece com um pouco de leite, depois dieta líquida pelo resto do dia. Amanhã ela pode comer normalmente. Há potencial para constipação, por isso, se ela não defecar até a noite de amanhã, pode usar um supositório. Vou esperar até que sua digestão se normalize para pedir outro jejum. – A dra. Solomon baixou os olhos para Rachel, consciente da enfermeira que observava às suas costas. – Você foi uma garotinha corajosa, hoje – disse ela, oferecendo um sorriso para Rachel. Então ela se virou para a enfermeira. – Na próxima vez, vou pedir que você ministre o líquido de bário e leve a criança até a sala de raios X.

– Sim, doutora.

– Não quero beber isso! – Rachel tinha passado mais uma vez um dia inteiro sem comer. Seu estômago roncava de fome, mas agora ela se recusava a beber a caneca que a enfermeira lhe oferecia.

– Por favor, Rachel, é o mesmo da última vez. Como um milk-shake, lembra? Seja uma boa menina e beba tudo. – A enfermeira empurrou a caneca para a criança que tinha sido tão colaborativa antes, mas Rachel cerrou bem os dentes e apertou os lábios em uma linha tensa.

– Ah, por Deus, eu desisto. – A enfermeira saiu andando com a caneca, deixou a enfermaria e foi até a dra. Solomon. – Sinto muito por envolvê-la, mas ela não quer beber o líquido, e eu não tinha certeza do que a senhora queria que eu fizesse. Será que essa já não participou o suficiente? Posso botar uma das outras crianças para jejuar.

– Não, preciso terminar essa série hoje. A próxima vai ser a última, e essa é o enema para o trato inferior. Rachel, escute-me. – A dra. Solomon encarou a menina com uma expressão severa. – Esta é a última vez que você tem de beber o milk-shake, prometo. Agora seja uma boa menina e beba tudo. –

Quanto mais tempo o bário permanecesse na caneca, decantando na água cada vez mais quente, pior seria o gosto, ela sabia.

A garganta de Rachel tinha se fechado. Vergonha e raiva faziam seu lábio tremer.

– Não consigo! – gritou ela, golpeando a caneca na mão da dra. Solomon.

– Você não me deixa escolha – falou a dra. Solomon. – Enfermeira, vá buscar um tubo gástrico e um funil. – Quando a enfermeira voltou e entregou os itens à dra. Solomon, Rachel se deu conta de que tinha cometido um erro terrível. Ela tinha visto o dr. Hess enfiar aquele tubo na boca de outras crianças, observara-as engasgar e chorar enquanto ele as instruía a engoli-lo. Ela tentou dizer que ia beber o milk-shake, mas era tarde demais. A enfermeira segurou a cabeça de Rachel para trás enquanto a dra. Solomon enfiava o tubo de borracha por sua garganta. Em pânico, ela teve ânsias de vômito.

– Não torne isso mais difícil do que tem de ser – disse a dra. Solomon. Lágrimas escorriam dos olhos de Rachel e se acumulavam em seus ouvidos enquanto ela engasgava com o tubo. Quando ele estava finalmente enfiado, a dra. Solomon segurou o funil acima da cabeça de Rachel enquanto a enfermeira derramava em seu interior o líquido de bário. Rachel, impotente, sentiu o estômago encher. A dra. Solomon retirou o tubo lentamente, para que a menina não vomitasse e estragasse tudo.

A garganta de Rachel queimava como se ela tivesse engolido uma xícara de chá escaldante. A enfermeira a carregou pelo corredor, seguindo a dra. Solomon até a sala de raios X.

– Obrigada por sua ajuda – disse a dra. Solomon enquanto a enfermeira botava Rachel sobre a mesa. – Posso cuidar de tudo a partir daqui. – Enquanto prendia os membros de Rachel, a dra. Solomon inclinou-se para frente e franziu o cenho. – Estou muito desapontada com você – falou enquanto fixava as correias. Rachel ficou desolada por ter deixado com raiva a única pessoa que era boa com ela. Naquela vez, recebeu com prazer o clorofórmio.

No início da manhã seguinte, o estômago de Rachel doía enquanto o bário coagulava em seus intestinos. A enfermeira inseriu um supositório laxante, depois a pôs sentada em um vaso sanitário. Rachel ficou olhando além de seus pés para as lajotas do piso, hexágonos pretos e brancos que entravam e saíam de foco. Em seguida, aliviada de seu desconforto e faminta, Rachel olhou ao redor à procura da enfermeira para lhe pedir o café da manhã. Ela não estava na sala nem atrás da mesa em seu posto. A porta da enfermaria de escorbuto estava entreaberta; ela devia ter ido até o corredor. Rachel espiou no exterior, torcendo para que a enfermeira estivesse por perto.

Não havia ninguém à vista. Rachel desceu hesitante pelo corredor vazio, passou pela enfermaria de coqueluche, pela enfermaria de sarampo e pela de difteria. Tinha acabado de passar pela sala de raios X quando ouviu uma porta bater em algum lugar. Assustada, ela se encolheu na abertura mais próxima.

Rachel se viu em uma sala pequena sem janelas. Luz vinda do corredor iluminava uma cadeira e uma mesa. O tampo da mesa se inclinava para cima e parecia feito de vidro. Rachel, curiosa para saber se podia ver através dela, rastejou por baixo, mas de lá tudo o que podia ver era uma superfície plana de madeira. Passos se aproximaram e Rachel se encolheu, esperando que a pessoa passasse direto. O que não aconteceu. Quem quer que fosse entrou e fechou a porta, mergulhando a sala na escuridão. Uma linha fina de luz delineava a porta, em seguida Rachel ouviu o som de uma cortina sendo puxada e mesmo aquela frestinha de luz foi extinta. Estava tão escuro que Rachel não podia dizer a diferença entre os olhos estarem abertos ou fechados.

Na sala de radiologia, a dra. Solomon saboreou a escuridão e sentou na cadeira com um suspiro. Tateou o tampo da mesa até que sua mão encontrou o cronômetro. Com o tato, ela girou o mostrador para quinze minutos, o tiquetaquear rápido estava alto na sala silenciosa. Ela mantinha os olhos abertos, sem ver nada, imaginando seus cones retinianos relaxando enquanto a escuridão seduzia seus olhos à sensibilidade máxima. Não havia nada a fazer, agora, além de esperar e pensar.

O estudo de digestão estava quase completo. O dr. Hess lhe assegurou que os raios X de bário tinham dado a ele grande compreensão das taxas normais nas quais o alimento se move através do trato digestivo infantil. Isso o ajudaria imensamente enquanto ele prosseguia em seus estudos de nutrição. O nome dela poderia ser acrescentado como coautora em seu próximo artigo – no mínimo, a assistência dela seria reconhecida nos créditos. O dr. Hess havia começado a sugerir que ela poderia assumir no ano seguinte como contratada no Lar Infantil, enquanto ele se concentrava em sua pesquisa. Mas as ambições de Mildred Solomon não ficariam satisfeitas cuidando de órfãos. Ela precisava escrever um artigo com o próprio nome, fazer a própria reputação, se quisesse sair da sombra do dr. Hess e se afastar de todas aquelas crianças. Ela teria de iniciar o próprio experimento.

Um ruído no chão fez com que puxasse as pernas com um susto. Que bobagem, pensou, ter medo de um camundongo depois de todos os roedores com os quais lidara no laboratório. Sim, era uma reação perfeitamente natural quando assustada no escuro. Segurando os joelhos junto ao peito, ela tentou ouvir o rastejar do camundongo. Em vez disso, escutou um ofegar entrecortado. Ela visualizou um cachorro perdido, apesar de isso ser impossível.

– Quem está aí?

Uma voz baixa embaixo da mesa disse:

– Sou eu, dra. Solomon. Rachel.

Ela acenou com a mão embaixo da mesa, tocando a manga de Rachel. Seus dedos se envolveram em torno do pequeno cotovelo e guiaram a menina de baixo da mesa. A voz da dra. Solomon soou perto do ouvido de Rachel:

– O que você está fazendo aqui?

– Eu me perdi. Desculpe. – Rachel ficou tensa, esperando que a dra. Solomon acendesse a luz, mas nada aconteceu. – Por que está tão escuro?

– Estou deixando meus olhos se ajustarem antes de ler as radiografias. – A dra. Solomon não tinha tempo para aquilo; se ela acendesse a luz agora, se ela sequer entreabrisse a porta, teria de começar tudo outra vez. – Você vai ter de ficar comigo. Venha aqui, para que eu saiba onde você está. – Ela puxou a criança para seu colo e envolveu os braços em torno do corpinho. – Você não está com medo do escuro, está?

– Estou com um pouquinho de medo. Está muito, *muito* escuro.

– Sente aqui comigo e não vai haver nada de que ter medo.

– Eu estou encrencada?

– Não se ficar em silêncio e parada. Você pode fazer isso por mim?

– Vou tentar.

– Boa menina. Agora, quieta.

O tiquetaquear do cronômetro se infiltrava por cada fresta da sala. Mildred Solomon alinhou sua respiração com o relógio, cinco segundos para dentro e cinco segundos para fora. De forma imperceptível, sua pulsação também começou a desacelerar. O peso do braço da médica em torno de sua cintura, a delicadeza de sua respiração, fizeram com que Rachel se sentisse segura e calma. Ela começou a balançar um pouco enquanto relaxava contra o peito da doutora, com a face contra sua clavícula.

Uma campainha soou, assustando as duas.

– Acabou o tempo – avisou a dra. Solomon. Rachel esperava que elas fossem se levantar e deixar a saleta, mas, em vez disso, sentiu a dra. Solomon estender a mão e ouviu o movimento de um interruptor. Uma luz verde suave se acendeu, mas na escuridão, com os olhos das duas completamente dilatados, foi suficiente para iluminar o ambiente. – Fique aqui – mandou a dra. Solomon, levantando e contornando a mesa com cuidado. Ela pegou algumas radiografias frágeis cuidadosamente em uma gaveta e as montou no quadro de luz. Ela retomou seu lugar, pôs a menina no colo e envolveu as duas em uma capa de borracha. A cabeça de Rachel se projetava para fora logo abaixo do queixo da dra. Solomon. – Fique com as mãos embaixo da capa. Eu agora preciso botar luvas. – Ela fez isso, a borracha grossa exagerando seus dedos. – Pronta?

– Para quê? – perguntou Rachel, e então ela viu.

Mildred Solomon ligou outro interruptor. A mesa de luz zumbiu e piscou. A luz branca era intensa, e sobre ela havia radiografias, imagens escuras e misteriosas através das quais emergiam linhas, redemoinhos e nuvens brancos.

– O que é isso?

– São as imagens que fizemos com a máquina de raios X. – A cadeira se moveu. Rachel percebeu que tinha rodas, e juntas as duas rodaram para mais perto das imagens. – Os raios X passam direto através de você, através de sua pele e seus músculos, para alcançar seus ossos e órgãos. Os raios X fazem a radiografia. Aí, quando a luz passa através da radiografia, mostra todas as formas e sombras. Como eu sei ler isso e entendo a anatomia, a radiografia me permite ver o que há dentro de você.

As palavras da médica despertaram uma lembrança no cérebro de Rachel. Ela estava na banheira na cozinha da sra. Giovanni, água quente até o queixo, sendo esfregada com um pano vermelho áspero.

– É tudo minha culpa – choramingou Rachel, pensando no bule quebrado, no almoço esquecido pelo pai, na costureira na fábrica, nos olhos escuros da mãe.

– Você agora me escute – começou a sra. Giovanni, pegando o rostinho nas mãos ensaboadas para poder olhar a menina nos olhos. – Nada é culpa sua. Nunca mais pense isso. Deus pode ver dentro de você, bem dentro de sua alma. E Ele sabe que você não fez nada de errado. Lembre-se disso, Rachel, se você algum dia se sentir sozinha ou com medo. – Olhando para as imagens de raios X, Rachel imaginou que aquilo era o que Deus via quando olhava para ela. Onde na radiografia, perguntou-se ela, mostrava a diferença entre o certo e o errado?

– Está vendo este risco? – A mão enluvada da dra. Solomon apontou. – É por isso que você bebe o milk-shake, para que eu possa ver o que tem dentro de seus intestinos. E olhe aqui, essas são suas costelas. – A dra. Solomon tirou uma das luvas de borracha e enfiou a mão embaixo da capa. Enquanto apontava para as sombras brancas na radiografia com a mão enluvada, a outra tocava as costelas de Rachel. – E aqui está sua espinha. – Rachel sentiu um dedo deslizar pelo meio de suas costas. – Vê seus ombros ali, e sua bacia aqui? Essas nuvens grandes são seus pulmões. E esta, com sua cabeça virada de lado, vê suas mandíbulas e todos os seus dentes de leite, com os dentes de adulto atrás, prontos para tomar o lugar deles? E está vendo aquela pequena mancha ali? Essas são suas amídalas.

Mildred Solomon inclinou-se para frente, perdida em pensamentos enquanto contemplava as radiografias. Ela se lembrava de aprender sobre o tratamento experimental de Béclère do tumor na glândula pituitária de uma mulher jovem com raios X. O tumor encolhera após exposição aos raios, mas como Béclère resolvera o problema de queimadura da pele? Ah, sim, ele variou o ângulo dos raios, focalizando no tumor de diferentes pontos de entrada. Se ele pôde usar raios X para reduzir um tumor, Mildred Solomon se perguntou se as amídalas também podiam ser eliminadas por meio de raios X. Esse era o procedimento mais comum na medicina pediátrica, realizado em milhares e milhares de crianças anualmente. Aqueles cirurgiões, tão superiores, viam a radiologia como pouco mais que um serviço de mapeamento para guiá-los no mundo real de cortar e abrir as pessoas. Com raios X, porém, a amidalectomia cirúrgica poderia se tornar uma coisa do passado. No Lar Infantil, era prática padrão remover as amídalas e adenoides de todas as crianças de cinco anos. Se ela conseguisse desenvolver uma técnica utilizando raios X, poderia substituir a amidalectomia, poupando inúmeras crianças dos riscos da cirurgia.

Mildred Solomon vibrou de excitação. Aquele seria seu experimento: a amidalectomia com raios X. Após uma série de raios X, testando vários períodos de exposição, os resultados poderiam ser confirmados por meio de excisão cirúrgica. Ela precisaria de um número de pacientes como material de estudo. Refletiu sobre aquilo. Oito órfãos seriam suficientes.

Sob o brilho da mesa de luz, Rachel inclinou a cabeça para olhar para o rosto da dra. Solomon. No colo quente e com a capa pesada em torno das duas, Rachel sentiu uma onda de afeição por aquela mulher a quem queria desesperadamente agradar. Ela se virou para envolver o pescoço da dra. Solomon com os braços.

Mildred Solomon normalmente teria ficado irritada com a criança se pendurando nela daquele jeito, mas estava empolgada com a sua ideia brilhante. Em uma demonstração incomum de sentimento, acariciou a cabeça da menina. Sua mão saiu coberta com fios de cabelo castanho. Era um efeito colateral previsível dos raios X; na verdade, ela devia ter esperado aquilo. Surpresa, no entanto, não conseguiu evitar estremecer.

– Qual o problema? – perguntou Rachel, em seguida acompanhou o olhar da dra. Solomon até o cabelo em sua mão. Por um momento terrível, Rachel achou que ele tinha crescido ali.

– Chega por hoje – anunciou a dra. Solomon, removendo a capa e botando Rachel de pé. Ela esfregou a mão na lateral da saia para limpar o cabelo da menina. – Vamos levar você de volta à enfermaria. Tenho uma ideia para um novo experimento com o qual você pode me ajudar.

Capítulo Seis

EU ESPERAVA CHEGAR CEDO À ACADEMIA DE MEDICINA, MAS HOUVE um atraso na transferência para a Linha Lexington, por isso, quando cheguei lá, ela tinha acabado de abrir. Eu sempre pensara nela como um clube exclusivo para médicos, e me esquecera da biblioteca até que Gloria me lembrou dela. Andando por lá, fiquei impressionada com os lustres dourados e vigas entalhadas no teto, a vista maravilhosa do Central Park através das janelas palladianas. Perdi a conta dos bustos de mármore e dos retratos a óleo. Pensei na minha parte do aluguel no prédio velho sem elevador no Village – ele inteiro poderia caber três vezes só ali no saguão de recepção. Eu sabia que havia espaços magníficos como esse por toda Nova York, mas esquecia, às vezes, que uma fachada de tijolos tinha tanta possibilidade de abrigar salões de baile ociosos quanto apartamentos atulhados.

Encontrei a biblioteca no terceiro andar. O catálogo de fichas se estendia por toda a extensão de uma parede. Com dúzias de gavetas de altura, seus pequenos suportes de cartões de latão eram multiplicados como em um caleidoscópio. Foi surpreendentemente fácil encontrar aquilo que eu estava procurando – os bibliotecários tinham catalogado não apenas autores, mas também coautores e citações. Passei os dedos pelos cartões com bordas amaciadas por anos de pesquisas até chegar a Solomon, Dr. M. Senti uma leve emoção ao descobrir aquela prova tangível das afirmações daquela senhora idosa. Pensei em como ela ficaria satisfeita em saber que eu tinha realmente pesquisado sobre ela até me dar conta de que, com a dose de morfina que lhe estava sendo receitada, ela dificilmente estaria lúcida o suficiente para me entender. Eu teria de me satisfazer em finalmente descobrir do que eu sofria que necessitou de todos aqueles raios X.

Mildred Solomon era a única autora de um artigo publicado em 1921, "Radiografia das amídalas: eficácia de uma abordagem não cirúrgica". Ela era coautora, junto com Hess, Dr. A., de um estudo sobre digestão infantil, e era citada no livro de Hess *Escorbuto: passado e presente*. Também havia uma citação em um artigo recente sobre câncer de mama por um dr. Feldman, mas achei que esse devia ser um M. Solomon diferente. Copiei os números de catalogação de todas essas fichas, depois segui pelo catálogo e puxei a gaveta de Hess, também. Além de seu trabalho sobre escorbuto, havia vários artigos sobre raquitismo, uma afecção curiosa de que não se ouvia mais falar em Manhattan e que não tinha nenhuma relevância para mim. Notei o Lar Infantil Hebraico listado como tema de um artigo sobre coqueluche. Decidi tomar nota desse número de catálogo também, apesar de não citar a dra. Solomon.

Fui entregar meus números, mas a bibliotecária não estava à vista em lugar nenhum. Toquei a campainha no balcão, e logo ela apareceu, uma mulher alta com cabelo bem curto e usando uma calça que me lembrou Katharine Hepburn. Ela examinou minha lista de números de catálogo enquanto eu olhava para a etiqueta de identificação presa à blusa justa: DEBORAH.

– Talvez eu leve algum tempo para pegar isso. Tem um café no térreo que deve estar aberto agora, caso você prefira esperar lá.

– Não, estou bem, mas você poderia me dizer onde fica o banheiro?

– O único banheiro público feminino fica no primeiro andar, perto do saguão da recepção. Ei, por que você não vem comigo? – Ela ergueu uma parte do balcão e inclinou a cabeça. Juntas fomos até as estantes, com prateleiras de metal que iam do chão ao teto até onde os olhos alcançavam. – Os funcionários usam este aqui. – Ela me mostrou um banheiro simples com uma janela jateada no alto da parede. – A fechadura é um pouco complicada, se você não está acostumada, mas ninguém vai incomodar você. A outra bibliotecária só chega ao meio-dia.

Depois que me recompus, voltei ao salão de leitura e me instalei para esperar. Eu tinha o espaço silencioso para mim. Não tão grandiosa quanto o resto da Academia, a sala de leitura era asfixiante e quieta, as prateleiras que cobriam suas paredes estavam repletas de livros empoeirados com capas de couro, a grande mesa de carvalho sulcada e arranhada por décadas de médicos tomando notas. Fui até a janela, sentei no peitoril largo e olhei para o parque do outro lado da Quinta Avenida. Eu teria levantado o caixilho para que entrasse algum ar fresco, mas não tinha certeza se era permitido, por isso contentei-me com a vista enquanto revirava a mente em busca de mais lembranças do Lar Infantil. Foi frustrante. Eu sabia que elas estavam em meu cérebro em algum lugar, mas não conseguia fazer com que se materializassem.

Minhas fontes deviam estar no fundo das estantes; demorou vinte minutos até que Deborah voltasse, equilibrando os volumes nos braços. Quando se inclinou para botá-los na mesa, não consegui evitar notar como seus seios projetaram-se para frente, forçando sua blusa.

– Avise-me se precisar de mais alguma coisa – disse ela. Eu corei, torcendo para que ela não tivesse me flagrado olhando. Eu a agradeci e voltei-me para a tarefa à mão, excitada com a perspectiva de trazer o passado para o presente. Preferi deixar o artigo da dra. Solomon para o fim, por isso comecei com o estudo de coqueluche do dr. Hess. Peguei o volume pesado de jornais encadernados da pilha e rachei sua lombada.

Se eu esperava encontrar alguma descrição dickensiana do Lar Infantil Hebraico naquelas páginas, vi rapidamente que ia ficar decepcionada. As frases foram lidas como gravetos secos, descrições clínicas de projetos de experiência, recomendações imparciais com base em resultados. O dr. Alfred Hess usava a palavra *material* para as crianças em seu estudo, como se fôssemos cobaias ou ratos. O artigo observava que órfãos eram material especialmente bom para pesquisa médica, e não apenas porque não havia pais de quem arrancar autorização.

> Provavelmente é também uma vantagem, do ponto de vista
> da comparação, que estas crianças institucionalizadas
> pertençam à mesma camada da sociedade, que tenham
> em sua maioria sido criadas por um período considerável
> dentro das mesmas paredes, com a mesma rotina diária,
> incluindo alimentação similar e uma quantidade igual de
> vida ao ar livre. Essas são algumas das condições nas quais
> se insiste ao considerar o curso de infecções experimentais
> entre animais de laboratório, mas que raramente podem ser
> controladas no estudo do homem.

Eu lembrei como me incomodava ser mantida em um berço; agora parecia que eu devia ter ficado grata por eles não nos manterem em jaulas. Ainda assim, enquanto continuava a ler, vi que seu estudo de coqueluche consistia de ainda mais que extensa observação. Cem dias disso, para ser exata. Os gráficos no apêndice me pareceram frios, o modo como as crianças eram numeradas e organizadas em tabelas em vez de receberem nomes, mas não era assim que os artigos médicos sempre eram escritos? Além de suportar meses de tédio, eu não conseguia ver como as crianças que ele havia estudado estavam em pior situação. Ainda assim, sua escolha de palavras irritava: "essas crianças institucionalizadas", como se fôssemos de uma espécie ou raça diferente. Eu duvidava que ele comparasse seus filhos a animais de laboratório. Fiquei satisfeita em pensar que Mildred Solomon estivesse lá para aliviar a frieza do dr. Hess com um toque feminino.

Agora eu estava ansiosa para terminar a pesquisa sobre o dr. Hess. Folheei apressadamente *Escorbuto: passado e presente* a caminho do índice, planejando ir para as páginas em que a dra. Solomon era mencionada. No meio do caminho, minhas mãos congelaram, o livro aberto em uma fotografia em preto e branco. Estava cortada para mostrar uma boca infantil. Só isso, não o rosto dele nem dela, só a boca bem aberta, as lentes da câmera focadas em uma ferida sangrenta. Paralisada, eu olhava fixamente para a fotografia. Era como se a foto tivesse sido retirada de uma caixa de sapatos de recordações que agora caía de uma prateleira alta em minha mente e se derramava aberta sobre a mesa diante de mim.

Meus dedos tremeram. Esqueci-me de respirar. Eu tinha me lembrado.

Eu não era uma delas, as crianças no estudo de escorbuto, mas de meu próprio berço eu observei enquanto elas se esgotavam, juntas inchando, feridas migrando dos lábios para braços e pernas. Uma das enfermeiras encarregadas de supervisionar suas refeições um dia começou a chorar enquanto dava algum tipo de mingau de colher na boca de um menino ferido fraco demais para ficar de pé, enquanto no berço ao lado insistiam para que uma criança terminasse o suco de laranja.

– Está quase acabando – encorajava-o outra enfermeira. – Todos vão voltar ao suco de laranja em alguns dias, você vai ver como as feridas vão desaparecer rápido.

– Por que fazê-los sofrer? O dr. Hess já sabe o que acontece quando as crianças não recebem nada cítrico. Por que isso ainda está acontecendo?

– É o que eles estão tentando descobrir com tudo isso, o quanto é necessário, o quanto é demais. É para o bem de todas as crianças.

– Não desta – disse a enfermeira, acariciando o rosto emaciado do menino que estava alimentando.

Pisquei forte para dissolver a cena na minha mente. Para coqueluche, ele havia simplesmente confinado as crianças e observado como a doença evoluía, não era como se houvesse uma cura sendo negada. Mas com escorbuto? Será que podia ser verdade que ele realmente provocava a condição só para testar tratamentos diferentes? Tornei a folhear o livro, pegando algumas passagens que descreviam tratamentos experimentais que ele tentara: alimentar crianças com glândulas tireoides secas; de algum modo introduzindo cítricos no sangue e injetando-o de volta na criança. Quando fui posta no Lar Infantil, será que alguém sabia o que estava acontecendo lá? Claro que sim. Deviam saber. Ali estava o livro para provar.

Ao me dar conta de que eu ficaria ali o dia inteiro se resolvesse parar para ler, voltei para o índice, ansiosa para descobrir até que ponto a dra. Solomon estava envolvida naquilo. Fiquei aliviada ao ver que ela estava creditada com os raios X, mais nada. Olhei para algumas radiografias reproduzidas no livro, imagens assustadoras dos corpos de crianças recortadas no pescoço e na cintura, as legendas observando a "anomalia típica das costelas", uma característica que eu não via e que comecei a desconfiar sequer existir. A dra. Solomon disse que todas as crianças eram radiografadas, que isso era rotina. Não era como se fosse seu experimento. Pensei no que Gloria dissera, que devia ter sido difícil para ela ser médica naqueles dias; mesmo hoje, praticamente todos os médicos eram homens. Eu supus que Mildred Solomon tinha de fazer o que lhe pedissem. Ela era apenas uma residente, afinal, não era o que ela tinha dito? Ela não podia ter interferido com os experimentos do dr. Hess por mais que quisesse.

Fechei o livro sobre escorbuto e o empurrei para o lado. Eu não queria acreditar que Mildred Solomon tinha feito parte do trabalho que o dr. Hess havia conduzido, mas havia o artigo que eles escreveram juntos, "Taxas de digestão em crianças: uma análise radiográfica". Ele descrevia o objetivo do estudo – o uso de bário para radiografar o trato digestivo, junto com tabelas e tabelas com as várias regulagens e exposições. As conclusões pareciam bem simples: quanto tempo, em minutos e horas, levava para o líquido de bário passar pelos intestinos de uma criança. Eu não estava certa por que essa informação era necessária, mas, afinal, parecia que o papel da dra. Solomon estava confinado à radiologia. O dr. Hess era o obcecado pela nutrição infantil.

Virei a página e vi uma foto de uma das radiografias. Senti-me como se estivesse caindo para trás em minha cadeira. Na verdade, segurei-me na borda da mesa. Eu tinha visto aquilo antes. O corpo de uma criança dos ombros ao quadril, o bário um linha retorcida clara através dos intestinos. Mas como eu podia ter visto aquilo? Na página seguinte, ele mostrava uma cabeça virada de lado, a radiografia reluzindo branca onde a substância cobria a língua e o esôfago.

Eu sabia o gosto antes de lembrar como sabia disso. Independentemente de a imagem ser minha ou não – isso parecia fantástico demais – eu me lembrei de beber os milk-shakes, a sensação farinhenta na boca. Lembrei-me da vez em que me recusei a beber, aquele tubo enfiado por minha garganta. Mas quem tinha feito aquelas coisas comigo? As impressões e sensações eram tão vagas que hesitei em chamá-las de memórias. Houvera uma enfermeira de mãos grandes, rachadas e vermelhas. Devia ter sido ela quem me forçara a beber naquele dia. Não a dra. Solomon. Mildred Solomon apenas fizera as radiografias, mas eu não me lembrava delas. Ao ler o artigo, eu me dei conta do porquê.

Foi ministrado clorofórmio para deixar o material de pesquisa imóvel pela duração da exposição. Não era surpresa que os tratamentos estivessem obscurecidos em minha memória como luzes de freio na neblina. Eu tinha visto clorofórmio ser usado na enfermaria do orfanato – a enfermeira Dreyer guardava algum para ser utilizado caso precisasse dar pontos em alguma criança se debatendo. Pude imaginar a dra. Solomon parada acima de minha máscara com o conta-gotas. Presa à cama, eu estava inconsciente enquanto ela posicionava o tubo de Coolidge e fazia a exposição.

As correias não eram suficientes? Eu podia me lembrar delas agora, aquelas fivelas por todos os meus braços e pernas. Não conseguia entender por que a dra. Solomon nos queria sob efeito de clorofórmio também. Será que isso tornava mais fácil para ela pensar em nós como material, se não conseguíssemos nos mexer nem falar? Talvez ela não quisesse apenas ver nosso sofrimento. Pensei nos ratos com câncer, como eles deviam guinchar e se debater quando os médicos raspavam seu pelo para passar alcatrão de cigarro em sua pele rosa exposta.

Ainda assim, não tinha sido ideia dela. Ela era apenas a coautora. Aqueles experimentos eram trabalho do dr. Hess. Foi a dra. Solomon quem cuidou de mim. Era dela o artigo que me interessava, o artigo que, eu esperava, iria me dizer do que eu tinha sido tratada. Talvez tivesse tido amidalite, parecia provável que isso fosse o que estivesse errado comigo. Não era incomum para crianças que tiveram sarampo ou coqueluche desenvolver amidalite. Será que eu tive sarampo? A maioria das crianças teve naquela época. No turbilhão confuso de imagens em minha mente, alguns detalhes se destacavam como sólidos e verdadeiros: o sorriso da dra. Solomon; como ela dizia que eu era boa e corajosa; a forma como ela olhava para mim, como se ela pudesse ver direto em minha alma. Pensei em tudo de que Mildred Solomon tinha aberto mão para ser médica. Talvez nós tivéssemos sido substitutos para as crianças que ela nunca tivera, por que outro motivo ela teria procurado uma residência em um orfanato? Deus sabe que todos estávamos famintos por mães.

Com a respiração voltando ao normal, abri o artigo escrito apenas por Mildred Solomon. Os parágrafos de abertura descreviam o contexto de seu estudo. Ela escrevia que as amidalectomias, apesar de comuns, tinham o risco de infecção. Algumas crianças reagiam de modo negativo à anestesia, enquanto outras ficavam aflitas se o procedimento fosse feito com um anestésico local. Ela se referia a casos famosos em que os raios X tinham sido usados para reduzir tumores. Ela fazia com que parecesse uma ideia razoável tentar tratar amidalite com raios X. Ela não tinha como saber na época o que aquilo faria conosco. Agora tinha certeza do que tinha acontecido: quando desenvolvi amidalite, a dra. Solomon tentou me curar com essa técnica inovadora e não invasiva.

Só que, ao continuar lendo, descobri que não foi nada disso.

O material foi escolhido expressamente pelo vigor e pela
saúde das amídalas existentes para excluir a possiblidade de
uma infecção comprometer os resultados. Para cada paciente
incluído no estudo, o ângulo dos raios e o número dos filtros
foram mantidos iguais para isolar os resultados desse
experimento sobre a duração ideal da exposição. Dos oito
pacientes estudados, cada um recebeu um aumento calculado
de exposição (ver tabela no apêndice). Os parágrafos
seguintes vão descrever em detalhes esses cálculos e serão
de interesse principalmente para radiologistas, assim como
as ilustrações (ver figuras de 1 a 3) do posicionamento do
material e o ângulo do tubo de Collidge. Excisão cirúrgica
das amídalas na conclusão do estudo sugerem resultados
promissores e apontam de modo inequívoco para a
necessidade contínua de maiores experimentos. Em resumo,
minhas conclusões foram as seguintes: entre os pacientes que
receberam a menor quantidade de exposição, as amídalas
mostraram deterioração inadequada para substituir a
cirurgia. Entre os pacientes no nível intermediário, a opinião
do cirurgião foi que as amídalas estavam deterioradas o
suficiente para tornar a excisão cirúrgica redundante. Entre
os pacientes no extremo, entretanto, queimaduras associadas
com a penetração dos raios provocaram irritação e potencial
para formação de cicatrizes nos pontos de entrada. Enquanto
todos os pacientes desenvolveram alopecia como resultado
de sua exposição, é minha opinião que a condição vai se
resolver na maioria dos pacientes. Em repetições futuras
deste experimento, sugiro fortemente começar com crianças
mais jovens para que seja possível conseguir um período
de acompanhamento mais longo dentro das condições
controladas da instituição. Infelizmente, esses pacientes
foram transferidos do Lar Infantil Hebraico após a conclusão
do experimento e, portanto, não estavam disponíveis para
observações posteriores.

Empurrei minha cadeira para trás. Meu pescoço palpitava com a pulsação, e o canto de meu olho se contraía. As paredes do salão de leitura se fechavam sobre mim, empoeiradas e sufocantes. Eu tinha de sair dali. Sobre pernas bambas, desci até o café. O líquido amargo encheu minha boca enquanto a cafeína focalizava meus pensamentos.

Mildred Solomon não era melhor que o dr. Hess. Ela tinha nos usado como ratos de laboratório, por nenhuma razão além de curiosidade médica. Mas era mais que isso, não era? Ela não tinha me dito que esse artigo havia lhe assegurado sua posição na radiologia, que ela nunca mais tivera de voltar a trabalhar com crianças? Ela não estava tentando nos curar, estava nos usando para construir sua reputação. Eu me senti como uma dessas garotas sobre as quais você lê de vez em quando em revistas sensacionalistas, que são drogadas em festas e acordam com as mentes vazias e os corpos violados.

Meu café tinha esfriado. Voltei para a sala de leitura para encontrar a bibliotecária juntando minhas fontes.

– Ainda não terminei – falei, pedindo de volta os volumes.

– Desculpe. Você sumiu, por isso eu apenas supus. – Deborah debruçou-se sobre a mesa colocando-os de volta no lugar. Vou admitir que, dessa vez, eu olhei para ela. Acho que eu precisava de alguma distração (até imaginei que ela tinha olhado de volta), não que tenha funcionado. Assim que fiquei sozinha com o artigo da dra. Solomon, tornei a lê-lo, o que me deixou com mais raiva e indignada a cada linha. Dessa vez, porém, eu examinei a planilha no apêndice. Ela mostrava as exposições aos raios X cumulativas de cada criança na experiência. Nós não éramos identificadas por nomes, claro, éramos apenas órfãos, "crianças institucionalizadas", sacrificáveis, descartáveis, números em um gráfico. De repente, fez sentido para mim, o número bordado em minha gola. Qual era? Lembrei-me dos círculos infinitos que traçava com a ponta do dedo, seguindo os pontos de um lado para outro, várias e várias vezes. Traçando o gráfico com o dedo, descobri o nº 8 e segui sua linha.

Lá estava eu, a maior exposição de todas elas.

PARECIA QUE EU estivera enfurnada naquela sala de leitura por meses. Olhando pela janela, vi copas de árvore verdes e um céu sem nuvens. Estava desesperada por estar lá fora, por mais tórrido que fosse estar o calor de meio-dia, mas havia outro artigo que pedira à bibliotecária para encontrar para mim. Puxei o volume para mais perto, achando que era melhor terminar o que tinha começado. Sem dúvida, nunca mais voltaria ali. Era o estudo recente, publicado apenas alguns anos atrás. Conferi a bibliografia – citava o artigo de Mildred Solomon. Mas por que aquele dr. Feldman tinha feito essa referência era algo que eu não podia imaginar. Recentemente costuradas à encadernação, as páginas da *Modern Oncology* resistiam. Tive de levantar e botar peso nos braços para mantê-las abertas. Eu li superficialmente o artigo até que meus olhos perceberam uma frase. *Para mulheres que foram expostas a uma radiação excessiva quando crianças, as taxas de malignidade são aumentadas acentuadamente, com tumores se tornando evidentes quando essas mulheres chegam aos quarenta anos.*

Meus pensamentos voaram para o outro lado do mundo, para aquele pescador japonês no *Lucky Dragon*. Visualizei a cinza radioativa descendo sobre ele, vinda de quilômetros e quilômetros de distância, como ele limpou os flocos misteriosos de suas mangas e continuou a puxar suas redes. Só depois, em segurança em terra, sua morte começou. Com uma sensação agourenta profunda, comecei o artigo do dr. Feldman do princípio.

Quando terminei, estava arrasada. Precisava me recompor antes de deixar a Academia de Medicina. Deborah não estava por perto, por isso levantei o balcão, passei pelas estantes de livro e fui até o banheiro. Olhando fixamente o espelho acima da pia, ergui o queixo para expor a parte inferior da mandíbula. Eu sempre supusera que eram marcas de nascença, aquelas duas manchas reluzentes na pele. Agora eu as identificava como resquícios esmaecidos de queimaduras de raios X. Eu continuava visualizando aquela tabela, como se fosse um slide projetado em minha visão, a linha do nº 8 subindo de forma acentuada.

Ergui o ombro onde a axila andava doendo. Fui tomada por uma onda de ansiedade enquanto começava a somar dois mais dois. Tinha de verificar imediatamente, para me assegurar de que estava imaginando coisas. Bem ali, no banheiro dos funcionários da biblioteca da Academia de Medicina, comecei a desabotoar minha blusa. Tinha acabado de levar a mão às costas para soltar o sutiã quando ouvi uma batida leve na porta.

– Você está bem aí dentro? – perguntou Deborah. – Precisa de alguma coisa? Consegui dizer que estava bem. Preocupada que a fechadura se abrisse e ela me visse com a blusa aberta, apressei-me a fechar os botões. Joguei água fria nas bochechas, sequei-as com uma toalha de papel, conferi para ver se minha aparência estava em ordem. Minhas sobrancelhas, pelo menos, não tinham borrado. Abri a porta e a encontrei ali parada. Deborah não recuou, mas permaneceu parada no lugar, bloqueando-me na porta.

– Você andou chorando? – Ela tocou meu rosto, um gesto carinhoso, envolvendo meu queixo com os dedos. Ela olhou para mim com olhos tão firmes e francos que eu soube que ela me pegara olhando mais cedo, soube então que ela soubera o tempo todo o que aquilo significava. Eu estava tão acostumada a fingir ser algo que eu não era que me chocou ser vista pelo que eu era. Naquele momento vulnerável, aquele choque de reconhecimento me atraiu para ela. Eu mal sabia o que fazia enquanto a distância entre nós se reduzia.

Não fui eu quem começou as coisas, mas, assim que Deborah jogou minha cabeça para trás, eu me atirei sobre ela, deslizando a perna entre seus joelhos, enchendo a mão com o peso de seu seio. Seus lábios eram mais macios do que eu esperava, seu beijo, de início, hesitante, depois mais profundo quando abri minha boca para ela. Eu não sabia quem era naquele momento. Alguém mais irresponsável e ousada havia tomado meu lugar. Eu podia dizer que ela tinha gostado daquela pessoa, gostado muito.

O som daquela campainha estúpida em seu balcão trouxe com ele a realidade de um estudante de medicina impaciente escondido do outro lado da parede. Ela recuou abruptamente, sua boca reluzente com minha saliva.

– Vou só lá ver o que ele quer. – Conferindo seu relógio, ela disse: – A outra bibliotecária vai chegar a qualquer minuto. – Deborah passou a mão pelo meu braço, relutante em sair. – Espere aqui. Vou lhe dar meu telefone. Para depois.

Eu esperei, por um minuto, tentando me convencer de que não havia mal algum naquilo. Então eu *a* visualizei em Miami, dormindo ao sol em uma espreguiçadeira, um livro aberto sobre a coxa. Era com *ela* que eu queria estar, não com uma bibliotecária sapatão. Eu estava muito solitária com *ela* longe. Odiava dormir sozinha, acordar sozinha, chegar em casa em um apartamento vazio. Sentia falta daquelas vezes em que ela empurrava a mesa de centro para o lado e me balançava em seus braços ao som do rádio. O jeito como ela esfregava as costas da mão contra a minha, como se por acaso, quando andávamos pela rua. Como ela segurava minha mão no escuro do cinema, nossos dedos entrelaçados sob os suéteres em nossos colos.

Preocupava-me pensar até onde eu teria ido, levada pelo momento, se aquela campainha não tivesse tocado. Eu não podia arriscar esperar, nem mesmo para explicar por que eu precisava ir. Encontrei outro caminho para sair das estantes, peguei uma escada dos fundos para o térreo, localizei uma saída para a rua. Lá fora, fui esmagada pelo calor. Sem fôlego e com suor escorrendo, corri até o metrô preocupada que Deborah viesse correndo atrás de mim, puxando minha manga, esperando que eu fosse alguém que não era.

Capítulo Sete

OITO CRIANÇAS SE AMONTOAVAM NO INTERIOR DO TÁXI, CINCO atrás, mais duas na frente entre o motorista e uma enfermeira do Lar Infantil Hebraico, e Rachel, a menor, sentada no colo da enfermeira.

– A dra. Solomon sabe que estamos saindo? – perguntou Rachel quando o táxi se afastou do meio-fio.

Olhando para ela, a enfermeira disse:

– O experimento da dra. Solomon terminou. Você agora tem quase seis anos de idade, alguns dos outros já fizeram seis, por isso vocês todos estão sendo transferidos juntos.

Rachel tinha sido surpreendida, naquela manhã, ao ser vestida em roupas de sair. Quando ela e as outras crianças foram levadas da enfermaria de escorbuto, Rachel olhara para trás para a ala hospitalar que se afastava, esperando que a dra. Solomon aparecesse para se despedir.

– Tem certeza de que ela não precisa mais de mim?

– Eu já te falei, ela terminou o experimento com você. Terminou o experimento com o seu grupo.

Atravessando a ponte com suas pequenas torres de pedra, Rachel cerrou os olhos contra o brilho do sol. Ela não tinha saído na rua em meses, nenhum deles tinha. A exposição ao sol era uma variável que a dra. Solomon gostava de controlar.

Por fim, o táxi virou na avenida Amsterdam. Um prédio de tijolos tão grande quanto um castelo pareceu fazer a curva com eles, sua ala sul estendendo-se por metade da quadra, janela após janela após janela. A grade de ferro fundido erguia-se alta enquanto a rua mergulhava na direção da

Broadway. Quando eles pararam, as fundações de pedra da cerca estavam no nível do teto do táxi, e Rachel teve de virar a cabeça para ver as pontas afiadas das barras de ferro.

– Espere por mim aqui – a enfermeira pediu ao motorista. – Não vou demorar. – Ela pôs Rachel de pé sobre o meio-fio, puxou as outras duas, depois abriu a porta traseira e reuniu as outras crianças. – Venham agora e fiquem juntas. – A enfermeira as conduziu por uma escadaria de pedra até chegar a um portão de ferro. Ele se abriu sobre dobradiças que fizeram um ruído solitário.

Eles entraram em um espaço vazio amplo. Sem grama nem árvores. Sem balanços, bolas nem tacos espalhados. Só cascalho e sol e, na extremidade oposta, outra vez a grade, com um portão igual que dava para a rua seguinte. As pernas de Rachel queriam correr pelo espaço aberto, para ver quanto tempo levaria para chegar até aquela cerca distante.

– Venham até a recepção. – Rachel virou na direção do prédio grande, então sentiu uma mão em seu ombro. – Não, por aqui. – A enfermeira apontou para uma estrutura baixa e larga próxima. Enquanto entravam, Rachel ouviu uma campainha vinda do outro lado do pátio de cascalho, alta como um alarme de incêndio. Ela se virou para olhar, mas a porta se fechou, abafando o som.

As crianças se amontoaram juntas em um saguão pequeno. A enfermeira conversou com uma mulher, que disse:

– Vou buscar a sra. Berger. Espere aqui.

Rachel puxou a saia da enfermeira.

– Onde nós estamos?

– Esta é a Casa de Recepção. Vocês vão ter de morar aqui por um tempo antes de ir para o Lar dos Órfãos Hebraicos.

Lar dos Órfãos Hebraicos. As palavras ecoaram na memória de Rachel. Elas a lembraram do sonho no qual tinha um irmão de cabelo castanho e olhos claros que lhe ensinava o alfabeto. Mas se ela estava acordada e aquele lugar era real, talvez o sonho também fosse real. Rachel de repente teve certeza de que tinha um irmão. Talvez aquele fosse o lar dele. Ela procurou alguém a quem perguntar quando outra mulher entrou se balançando no saguão.

– Ah, os fofos!

– Sra. Berger? Sou do Lar Infantil Hebraico.

– Sim, é claro. O sr. Grossman me avisou que viria. – Fannie Berger parecia feita de formas ovais, os círculos de seu peito e as curvas de seus quadris separadas por um cinto fino em torno da cintura de seu vestido. Alguns anos atrás, viúva e empobrecida, ela chegara ao Lar dos Órfãos para entregar o filho. Por milagre, o sr. Grossman, o superintendente, estava, justamente naquele dia, entrevistando candidatas para o cargo. Enquanto ela assinava a entrega de seu filho para o Lar, o sr. Grossman contratou Fannie Berger como conselheira da Casa de Recepção. Apesar de compartilharem o mesmo endereço, seu menino vivia no Castelo, enquanto ela ficava confinada à Recepção, seu tempo juntos limitado a minutos roubados depois da escola e visitas nas tardes de domingo. A Fannie Berger restou distribuir seu afeto de mãe frustrada para todas as crianças sob seus cuidados.

A sra. Berger se ajoelhou e abriu os braços, sua carne pendendo como uma rede macia da axila ao cotovelo.

– Venham aqui, crianças, sejam bem-vindas. – Ela juntou todas elas, de algum jeito, no círculo de seu abraço. Quando levantou, cada um dos oito ainda segurava algum pedaço dela, seus dedos distribuídos entre quatro deles, um quinto agarrado a seu pulso, o resto segurando sua saia. – Eu fico com eles a partir daqui.

– E os registros deles?

– Pode deixá-los com Mable, muito obrigada. – Fannie examinou as crianças agarradas a ela. – Todas completamente carecas? – Rachel ergueu os olhos. Como as outras, ela recebera um gorro de tricô para usar, apesar de o dia estar quente. Ela estendeu a mão e o tirou. Um frio passou por seu couro cabeludo, um pouco úmido de suor, e Rachel estremeceu. Fannie olhou em seu rosto. – Até as sobrancelhas?

– É o que os raios X fizeram com elas, sim. Mas a dra. Solomon acha que o cabelo deve crescer de novo. Pelo menos, em alguns deles.

– Coitados – disse Fannie, sacudindo a cabeça. – Bem, meus filhotes, pelo menos eu não tenho que raspar suas cabeças agora, não é? – Essa era a tarefa que mais a incomodava. E aqueles oito, vindos do Lar Infantil, seriam mais fáceis em todos os outros aspectos, também (aparentemente, nem precisariam ter suas amídalas removidas). Normalmente, os transferidos iam direto para o castelo, mas estavam exigindo que aquele grupo passasse por quarentena na Recepção para ver quais, ou mesmo se algum deles, iriam se recuperar de sua alopecia. O sr. Grossman já tinha resolvido mandar para lares adotivos as crianças cujo cabelo não voltasse a crescer. Todos os novos admitidos no orfanato eram ridicularizados por seus cortes de cabelo ruins, mas crianças perpetuamente carecas seriam provocadas sem piedade.

Fannie Berger levou as crianças para o segundo andar da Casa de Recepção.

– É aqui que as meninas vão dormir – indicou ela, parando diante de um alojamento aconchegante. Rachel viu uma dúzia de camas de armação de metal e uma parede de pias em um quarto iluminado por janelas abertas e confortável pela brisa que passava por elas. – Os meninos ficam do outro lado do corredor. O banheiro é ali. E por aqui... – Fannie caminhou desajeitadamente com as oito crianças agarradas a ela, mas mesmo assim não se soltou delas. – Por ali é nosso refeitório. Venham, sentem-se, está quase na hora do almoço. Alguém precisa ir ao banheiro antes? – Algumas crianças precisavam, por isso ela deixou o resto delas sentadas em um banco a uma mesa comprida. Rachel, na ponta, era a mais próxima da janela. Ela dava para o espaço aberto de cascalho, que agora estava cheio de crianças, o som de suas vozes se elevando no ar empoeirado. Rachel os observou correndo, pulando, gritando. Parecia haver centenas deles. Cento *e* um cento *e* um.

Talvez um dos meninos fosse seu irmão.

Quando Fannie voltou, Rachel perguntou:

– Sra. Berger, Sam mora aqui?

– Há muitos meninos chamados Sam, aqui. Sente-se – respondeu Fannie, desejando que o almoço ficasse pronto e fosse servido. Mable agora estava na cozinha, enchendo jarros de água, jogando ameixas em calda em tigelas, fazendo sanduíches com o que restara do jantar da noite anterior.

– Meu irmão, Sam. Quando eu fui para o Lar Infantil, ele foi para outro lugar. Ele está aqui?

– Qual é mesmo seu nome, querida?

– Rachel. Rachel Rabinowitz.

– Sam Rabinowitz? – Fannie parou e olhou fixamente para ela. Ela não conseguia ver nenhum traço do menino que conhecia por aquele nome. – Quantos anos tem seu irmão, filhota?

Rachel não sabia como responder. A última vez em que dissera sua idade, ela ainda tinha quatro anos, e o irmão, seis.

– Ninguém me disse se eu fiz aniversário. Quando é meu aniversário?

– Não importa, querida. Vou descobrir. Agora, coma. – As crianças novas se juntaram às outras que já estavam na Recepção para o almoço. Rachel comparou os que tinham chegado com ela aos outros meninos e meninas aglomerados em torno da mesa. Suas cabeças tinham sido raspadas recentemente para combater piolhos, por isso todos estavam com calvas em diferentes estágios, de carecas lisas a pelo eriçado transparente, ou já um pouco mais compridos e densos, implorando pelo toque de uma palma da mão. Aquilo a fez se sentir em casa.

Fannie assegurou-se de que cada criança recebesse uma porção igual das travessas e pratos sobre a mesa. Mable tinha servido copos de água cheios até a metade, que Fannie encheu até a borda e até tornou a encher. Ela não acreditava na política do orfanato de restringir a água. Destinada a prevenir xixi na cama, ela sabia que não funcionava. Ansiedade, solidão, medo, essas eram as razões pelas quais as crianças acordavam com seus cobertores molhados.

Depois do almoço, as crianças novas deviam descer e se juntar às outras na sala de estudos, mas Fannie sabia que o dia da transferência era exaustivo, especialmente para os tão pequenos. Ela os levou para os dormitórios, designou-lhes camas e mandou que se deitassem. Quando foi vê-los depois de ela própria almoçar, acompanhada por Mable na cozinha da Casa de Recepção, elas estavam todas dormindo.

Fannie pegou suas fichas e abriu a de Rabinowitz, Rachel. Leu um resumo do boletim policial e sacudiu a cabeça.

– Coitadinha – murmurou. – Que coisa de se ver. – Ela leu a litania de infecções no Lar Infantil: sarampo, conjuntivite, coqueluche. Não havia muitos detalhes sobre os raios X, apenas *Inscrita como material de pesquisas médicas pela dra. Solomon*. Aí Fannie viu aquilo pelo que estava procurando: *Irmão, Samuel Rabinowitz, enviado para o Lar dos Órfãos Hebraicos*.

– Então é o amigo de Vic, Sam. – Como todas as outras crianças, Sam passara pela Recepção. Fannie não teria se lembrado dele com tanta clareza se ele não tivesse se tornado grande amigo de seu próprio filho. Depois de terminar sua quarentena, ele se juntou a Vic e a todos os outros meninos de seis e sete anos no alojamento M1. Vic levara Sam para seu círculo de amizades, poupando-o de muito dos trotes que os recém-admitidos sofriam; por sua vez, Sam era rápido em levantar os punhos em defesa de Vic.

Fannie sacudiu a cabeça, pensando em Sam e seu temperamento. Uma coisa era se defender, ela sabia que os meninos, especialmente, tinham de mostrar que eram fortes, mas Sam ainda não tinha aprendido a aceitar a autoridade dos monitores. Fannie via com frequência o rosto dele aparecer marcado de vermelho dos tapas que levava.

– Pelo menos agora ele vai ter alguma família – disse Fannie em voz alta, fechando a pasta e torcendo para que a presença da irmã acalmasse o menino.

Fannie acordou as crianças novas de suas sonecas e as mandou descer com Mable para serem examinadas pelo dentista, exceto Rachel.

– Seu irmão, Sam, ele mora aqui, sim. Ele vem depois da escola com meu filho, Victor. – Fannie ergueu seu relógio de onde estava preso ao peito. – Eles chegam depois das três. Isso é daqui a uma hora. Quando você voltar do dentista, seu irmão, Sam, vai estar aqui para encontrá-la.

Aquilo foi como se lhe dissessem que ela ia ganhar uma ida ao circo de presente de aniversário: impossível de acreditar, mas maravilhoso de imaginar. Memórias explodiram na mente de Rachel, como a vez em que um fotógrafo tirou retratos das crianças na enfermaria de escorbuto – o estampido, o clarão e o cheiro de queimado. Uma mesa de cozinha. Xícaras de chá e um pote de geleia. Pilhas de botões. Uma faixa de luz do sol sobre linóleo estampado. O queixo com barba por fazer de um homem contra seu rosto. Rachel vasculhou as imagens à procura de um retrato do irmão, mas não conseguia se lembrar de seu rosto. Aquilo a preocupou mais do que a raspagem da ferramenta do dentista e o gosto de sangue na boca.

Enquanto Rachel esperava que as outras crianças terminassem as consultas com o dentista, ela olhou ao redor do consultório. Havia um gráfico na parede feito de letras do alfabeto. Ela se aproximou para ver as letrinhas no pé. Havia um espelho ao lado do gráfico. No início, ela pensou que fosse a foto de outra pessoa, mas a imagem se movimentou com ela. Ela olhou fixamente antes de aceitar que a coisa pálida e lisa refletida ali era ela mesma. Rachel sabia que estava como as outras crianças que haviam recebido raios X, sentira sua cabeça sem pelos com a própria mão, mas ela não havia mudado a imagem de si mesma que visualizava na mente. Quando olhava no espelhinho que havia pendurado acima da pia para seu pai se barbear, ela se lembrava de si mesma com cabelo comprido emoldurando olhos escuros. Rachel estivera preocupada de não se lembrar de como Sam se parecia, agora ela se preocupava que ele não a reconhecesse.

Depois do dentista, Mable subiu com Rachel até o refeitório. Com uma das mãos no ombro de Rachel, ela empurrou a criança pela porta.

– Aqui está ela, Fannie.

Havia dois meninos sentados lado a lado no banco comprido. Fannie estava de pé, tendo acabado de botar xícaras de leite e um sanduíche diante de cada um deles. Os dois meninos olhavam para ela, um com olhos azuis brilhantes, o outro com olhos cinza tão ferozes quanto nuvens de tempestade. Os olhos de nuvens tempestuosas passaram por Rachel, detendo-se em seu couro cabeludo, depois se afastaram. Os olhos azuis brilhantes olharam direto para ela, erguendo-se nos cantos com um sorriso. Rachel se encolheu junto da parede e se aproximou aos poucos, tentando decidir qual dos meninos era o irmão.

– Oi, Rachel – disse o menino de olhos azuis. Ela estremeceu com o som de sua voz. Ela correu, envolveu-o com os braços e o apertou com força.

– Ei, Sam, ela é bem forte! – disse o menino de olhos azuis. Rachel olhou para a sra. Berger, confusa.

Com a mão no ombro do outro menino, Fannie disse:

– Este é seu irmão, Sam. – Dois anos haviam endurecido seus olhos da leveza que Rachel se lembrava. Sam agora encarava a irmãzinha nos olhos, com os dentes cerrados, como se lhe doesse olhar para ela. Vic soltou-se dos braços de Rachel e a entregou para o irmão. Ela deslizou do banco e se apertou contra Sam.

– Venha, Vic – disse Fannie. Seu filho a seguiu para a cozinha. A porta balançou para fora depois que passaram, em seguida, para dentro, para fora, para dentro.

Sam levantou a mão para acariciar a menina encolhida contra ele, mas não conseguiu tocar sua cabeça nua. A sra. Berger explicara como sua irmã perdera o cabelo devido ao tratamento com raios X, mas a visão dela tão calva e pálida, como um filhote de passarinho caído na calçada, o fez recuar. Diferentemente de Rachel, ele se lembrava perfeitamente do último dia em que estiveram juntos. Quando fez a promessa de buscá-la, ele soube que era vazia. À medida que as semanas, depois meses, desapareciam sem que fossem reunidos por ninguém, ele se preocupou com ela, sabendo que ninguém conseguia acalmá-la como ele conseguia. Mesmo enquanto aprendia a negociar as regras e regulamentos do orfanato, suas noites eram perturbadas por sonhos com a mãe, os dias consumidos pela raiva do pai. O fio que o ligava à irmã o irritou até que ele começou a ressentir sua queimação persistente.

Foi necessária toda sua coragem para que Sam passasse os braços em torno de Rachel e a puxasse para seu colo. Ele se preparou para o choro dela, mas isso não aconteceu, só o arranhar de suas unhas enquanto ela se agarrava a seu braço.

– Está tudo bem, agora, Rachel. A partir de agora, vou cuidar de você. – Ele não queria que fosse mais uma promessa vazia. Franziu o cenho, pensando em como protegê-la quando ela estivesse ao lado das meninas do Lar, em uma turma diferente na escola, em outra mesa no refeitório. Ele a imaginou no pátio, à mercê de mil crianças que, Sam sabia, sentiam o cheiro de fraqueza como tubarões farejavam sangue. Como as crianças do orfanato subiam em posto de internos para monitores e para conselheiros, cada promoção intensificava sua perseguição à medida que ganhavam autoridade para submeter outros ao que eles antes tinham passado. Ele cerrou os punhos ao pensar na irmã em meio a eles.

Sam beijou a cabeça de Rachel, envergonhado pelo modo como seu lábio se retraiu do couro cabeludo frio e úmido. Ele a empurrou de seu colo, segurou-a com os braços estendidos e a olhou nos olhos.

– Vou garantir que ninguém nunca mais volte a machucá-la. – Era uma promessa que não deixava espaço para brandura.

Rachel assentiu, mas algo em seu tom a assustou.

– Quem vai me machucar? – perguntou ela, com o lábio inferior tremendo.

– Ninguém, Rachel, não comece com isso agora. Aqui, coma o sanduíche de Vic. – Rachel mordeu o pão macio coberto de purê de batata. – Escute, a sra. Berger é a mulher mais simpática deste lugar. Eu e Vic, nós passamos aqui todo dia quando voltamos da escola. Não podemos ficar muito, só o tempo de um sinal. Na hora do sinal do estudo, temos de estar de volta ao Castelo, ou o monitor nos dá muita bronca. – Sam terminou seu leite. – Eu venho amanhã depois da escola, está bem?

– Você vai embora? – murmurou Rachel.

– Tenho que ir, mas, escute, na escola, eles já nos ensinaram a ler e escrever. Eu e Vic, nós vamos ensinar a você tudo o que aprendemos no segundo ano até agora. O ano escolar está quase acabando, então é muita coisa! – Ele ficou gratificado ao ver a irmã sorrir.

Vic estava na porta. Eles não precisavam que Fannie olhasse no relógio para saber que era hora de ir. Como todas as crianças no Lar dos Órfãos Hebraicos, seus corpos contavam em pulsações os intervalos entre sinais. Sinal de acordar. Sinal de vestir. Sinal do café da manhã. Sinal da escola. Sinal do almoço. Sinal da escola outra vez, depois sinal do pátio. Sinal do estudo. Sinal do jantar. Sinal do clube. Sinal para se lavar. Último sinal.

– Tchau, Rachel. Até amanhã, mãe – disse Vic, aceitando um beijo rápido da mãe.

Os meninos saíram correndo. Enquanto desapareciam, Rachel foi depressa até a janela, subindo no parapeito. Ela olhou para o pátio, agora quase vazio. Sam e Vic surgiram abaixo dela, correndo pelo cascalho na direção dos fundos do Castelo, onde escadas de incêndio desciam em zigue-zague pelo prédio como cadarços de sapato. Eles chegaram lá assim que Rachel ouviu o som do sinal. Um menino mais velho estava parado na porta, com os braços cruzados sobre o peito. Quando Vic e Sam estenderam a mão na direção da maçaneta, o braço do garoto voou. Ele deu um tapa na cara de cada um. Vic levou a mão ao rosto e, de cabeça baixa, entrou no edifício. Sam manteve o queixo erguido, encarou o garoto e então seguiu o amigo. Apesar de o som dos tapas não chegar até a janela, Rachel cobriu os ouvidos com as mãos.

Naquela noite, Rachel chorou na cama. A sra. Berger foi ao dormitório, a trança solta, balançando às costas da camisola. Ela sentou na beira da cama de Rachel, e a garotinha se encolheu em torno do calor de seu corpo.

– Silêncio, agora, filhota – murmurou Fannie Berger, acariciando as costas de Rachel até que ela dormiu.

* * *

A VIDA NA Casa de Recepção entrou em um ritmo reconfortante. As refeições eram feitas no refeitório, com Fannie Berger reclamando das porções miseráveis enviadas das cozinhas enormes do Castelo. Mable levava as crianças da Recepção para brincar lá fora, mas só quando as crianças do orfanato estavam na escola, e o pátio estava vazio. À tarde, um conselheiro que estava fazendo faculdade dava aulas para crianças mais velhas para que elas não ficassem para trás na escola. Na sala de estudos, Rachel se aproximava quando eles liam em voz alta ou recitavam a tabuada, atraída pelo som do aprendizado. Na maioria dos dias, Sam e Vic paravam lá depois do colégio. Rachel sentava ao lado de Sam enquanto ele comia qualquer coisa que a sra. Berger tivesse conseguido separar para os garotos. Entre eles, praticavam o alfabeto e contar até que Rachel conseguiu escrever as letras de *A* a *Z* e os números até o mil.

Aos domingos, durante as horas de visita, Vic e Sam passavam toda a tarde na Recepção. Os meninos levavam livros das estantes da sala de estudos e mostravam a Rachel como as letras se combinavam para formar palavras. Vic sempre tinha um sorriso para Rachel, e ela gostava quando seus olhos azuis brilhantes estavam sobre ela. Com Sam, ela queria ficar apertada contra ele, mas o modo como olhava para ela fazia com que sentisse um pouco de medo, por isso ela se conformava com o abraço que encerrava cada visita.

Depois de um mês, não havia nenhum indício de que qualquer das crianças do experimento da sra. Solomon estivesse se recuperando da alopecia. Uma a uma, elas desapareceram da Recepção, enviadas para lares adotivos. Mas Rachel tinha acabado de ser reunida com o irmão, e Fannie era contra separá-los. Encontrar um lar adotivo para as duas crianças, porém – uma delas um menino de oito anos voluntarioso – seria quase impossível. Fannie sabia que havia muita coisa que Sam odiava no orfanato, mas ele agora era como um irmão para Vic, e ela não queria vê-lo ir embora.

– Deixe-a ficar – sugeriu a sra. Berger ao superintendente. – Ela pode passar o resto do verão na Recepção e ir para o Lar depois do Dia do Trabalho. Se seu cabelo não crescer de volta até lá, talvez a direção pudesse lhe comprar uma peruca. – O sr. Grossman não era homem de abrir exceções, mas era difícil encontrar conselheiras dispostas a trabalhar pelos salários pagos pelo orfanato. Para manter Fannie Berger feliz, ele concordou.

O VERÃO CAIU sobre Manhattan. Com o fim das aulas e as janelas abertas, as vozes das crianças subiam do pátio de cascalho sobre ondas de calor. Quando não estavam ensaiando com a banda marcial nem profundamente envolvidos em jogos de beisebol, Sam e Vic passavam longos períodos do dia na Recepção. Sam passou a se sentir mais à vontade perto de Rachel. Sorria quando ela mostrava como conseguia ler palavras sozinha e, quando estendia as mãos retorcidas com barbante, ele jogava cama de gato com ela, desde que nenhum garoto estivesse olhando. Certa tarde de domingo no fim de julho, a sra. Berger levou os dois meninos e Rachel para um piquenique no Riverside Park. Quando Rachel imitou Vic e a chamou de mãe, Fannie não corrigiu a menina.

Era a vez de Sam e Vic no acampamento de verão quando uma menina nova foi admitida à Recepção. Rachel, que seguia a sra. Berger como um filhote de ganso, a viu chegar.

– Esta é Amelia – disse a mulher da agência com a mão no ombro da menina. Ela acabou de perder os dois pais naquele acidente com a barca no East River. Todos os seus parentes estão em algum lugar da Áustria. – A mão da mulher moveu-se do ombro para o cabelo da garota. – Vai ser uma pena perder isso, não vai? Tenho a impressão de que nunca foi cortado. – O cabelo da menina descia em cascata sobre suas costas em cachos volumosos, pequenos redemoinhos em torno das têmporas. Era de um ruivo profundo; onde a luz o tocava, Rachel podia ver o brilho de fios dourados e vermelho-escuros.

– Que beleza – disse Fannie, erguendo o queixo delicado da menina. O rosto de Amelia era de um formato oval delicado, seus olhos âmbar coroados por cílios ágeis. Os olhos de Rachel seguiram a mão do queixo de Amelia até o rosto da sra. Berger, que estava terno devido à emoção. Rachel sentiu a corrente de afeto de Fannie desviar para aquela menina nova com rosto adorável e cabelo bonito. A sra. Berger nunca tinha chamado Rachel de uma beleza, ela era sempre "minha pobre filhota". Rachel percebeu que era pena, não amor, o que a sra. Berger sentia por ela. De repente, compreendeu por que os olhos de Sam desviavam para o lado quando ele olhava para ela. Em comparação com aquela menina nova, Rachel estava feia, danificada, impossível de ser amada.

Os pulmões de Rachel se apertaram de um modo que ela não conseguia respirar. Seu lábio inferior tremia. Ela observou impotente enquanto a mão, controlada por um impulso próprio, dirigiu-se para o cabelo de Amelia. A mão o agarrou e puxou com força. Amelia deu um grito.

– Rachel, estou com vergonha de você! – A sra. Berger deu um tapa nos dedos de Rachel. – Vá para a sala de recreação, agora.

Rachel foi embora rapidamente. Na sala de recreação, ficou mal-humorada, esfregando as costas da mão. Não importava, contudo. Na hora do jantar, o belo cabelo de Amelia teria sido varrido do chão e o couro cabeludo dela iria surgir pálido depois da raspada que a sra. Berger estava lhe dando naquele instante. A ideia de uma vassoura empurrando aquele cabelo ruivo pelo chão fez Rachel sorrir. Ela pegou seu quebra-cabeça favorito em uma prateleira. Quando as crianças foram chamadas para jantar, ela o havia montado duas vezes.

No jantar, Amelia estava vestida com as mesmas roupas institucionais que o resto das crianças. Ela tinha sido despida e esfregada; os dentes, examinados; e uma amidalectomia, marcada. Mas, entre as crianças cujas cabeças haviam sido recentemente raspadas, o cabelo de Amelia permanecia excessivo e resplandecente.

– Eu simplesmente não consegui fazer – explicou Fannie para Mable. – Um cabelo tão bonito! Liguei para o escritório e disse ao sr. Grossman que não poderia cortar o cabelo dessa menina. Garanti que tinha checado a cabeça dela à procura de piolhos, sem encontrar nem uma lêndea. Então pedi a ele que, por favor, não me obrigasse a fazer isso. Os dois pais mortos naquele acidente terrível, e de uma família boa, mas sem parentes nos Estados Unidos para cuidar dela. Já é suficiente, eu disse, o cabelo dela também, não.

Mable sacudiu a cabeça.

– Você consegue cada coisa, Fannie.

Fannie olhou para Amelia levando a colher de sopa à boca do outro lado da mesa.

– Às vezes você precisa ser firme, Mable.

– Às vezes *você* é – murmurou Mable.

Naquela noite no alojamento das meninas, Rachel ouviu Amelia chorando, e o som a deixou contente. A sra. Berger entrou no dormitório e depositou seu peso na beira da cama de Amelia.

– Está tudo bem, minha menina linda, não chore. – Amelia envolveu a cintura da mulher com os braços e chorou. Fannie passou as mãos pelo cabelo da menina até ela ficar calma e respirando em silêncio. Rachel a observava, ressentida. Até o luar azulado procurava os fios de rubi no cabelo de Amelia. Rachel cobriu o couro cabeludo com o cobertor fino de verão e apertou as mãos juntas, fingindo não estar sozinha.

NA MANHÃ DO Dia do Trabalho, Fannie Berger estava desesperada. O sr. Grossman decidira que todas as crianças na Recepção que tivessem passado por pelo menos duas semanas de quarentena e tivessem a liberação de um médico iriam para o Castelo naquele dia para estarem prontas para o início das aulas no dia seguinte. Fannie estava extremamente atarefada arrumando suas coisas e os preparando.

– Onde foi parar sua peruca, Rachel? – Fannie ficara extremamente satisfeita ao presenteá-la à menina, mas ela se recusara a usar a coisa. Ela odiara como as pontas do cabelo castanho áspero se projetavam da cobertura de tecido que pinicava, como ela fazia sua cabeça coçar e suor escorrer por trás de suas orelhas. Ela não parava de tirá-la e escondê-la atrás das estantes da sala de recreação ou nos armários da cozinha. Fannie finalmente a encontrou embaixo de um aquecedor, empoeirada e embaraçada.

– Estou cansada de botar isso de volta na sua cabeça. – Fannie bateu a peruca na coxa para espanar a poeira. – Você quer ir para o Lar parecendo um ovo cozido? Está bem. Mas espere sair da Recepção para perdê-la de novo. – Ela enfiou a coisa emaranhada na mão de Rachel. Amelia, na fila atrás dela, deu um riso abafado.

– Agora, crianças, estamos prontos? Suas malas estão todas etiquetadas? – Fannie examinou a fila, quatro meninas e meia dúzia de meninos, uma pequena valise de papelão contendo uma muda de roupa ao lado de cada um. – Vou levá-los lá para fora na hora do recreio e entregar as meninas para a srta. Stember, já que vocês vão todas para o F1. Meninos, depois de deixar as garotas no pátio, vou levá-los para seus conselheiros. Suas malas estarão embaixo de suas camas quando vocês subirem para seus alojamentos.

– Como vão chegar lá? – perguntou Rachel.

– Basta de perguntas. Apenas façam o que os monitores mandarem. Agora, estamos prontos? Sigam-me, crianças. – Rachel ficou para trás e enfiou a peruca na mala na qual estavam pintadas com estêncil as letras do alfabeto que formavam seu nome. Ela alcançou o fim da fila. Mesmo sem peruca, Rachel não se destacava tanto do resto do grupo com suas cabeças recém-raspadas. Em comparação a Amelia, porém, Rachel não conseguia se livrar da ideia de que, sim, ela se parecia com um ovo cozido. Ela se mantinha o mais distante possível do cabelo exuberante.

As crianças desceram as escadas atrás de Fannie e saíram pela porta até o pátio de cascalho onde antes tinham brincado apenas quando não havia ninguém lá fora. Agora, toda a área estava repleta de crianças, e o ar estava tomado pela poeira que elas levantavam. O Lar de Órfãos Hebraico estava lotado, e parecia que todos os seus mil internos estavam brincando ali fora.

Fannie conduziu as crianças pelo pátio até a única mulher adulta à vista. A srta. Stember estava encostada em uma parede de tijolos à sombra listrada de uma escada de incêndio, sapatos gastos e empoeirados projetando-se de baixo da barra de seu vestido de linho amarrotado. Para as crianças mais novas ela era conhecida como "Ma", apesar de Fannie saber que Millie Stember tinha apenas 22 anos.

– Essas, então, são as meninas novas para o F1? – A srta. Stember apertou os olhos quando se afastou da parede e saiu sob a luz do sol.

– Amelia, Sarah, Tess, e aquela é Rachel. – Fannie apontou para uma de cada vez.

– Nossa, você é uma menina linda. – A srta. Stember ergueu uma madeixa do cabelo de Amelia e olhou intrigada para Fannie. – Ela não ficou careca?

– Consegui a permissão do sr. Grossman para deixar assim. Eu simplesmente não consegui cortar um cabelo tão bonito.

– E essa é uma das crianças dos raios X? Eu achei que todas tinham sido mandadas para lares adotivos. – Millie Stember olhou para o alto da cabeça de Rachel.

– As outras foram, mas essa tem um irmão aqui, o amigo do meu menino Vic, Sam. Você se lembra dele do ano passado?

– É claro! Nem acredito que eles já estão mudando para o M2. Vou levar as meninas para a monitora. Elas podem brincar até o sinal do almoço.

– Obrigada, Millie. Eu preciso encontrar três conselheiros diferentes para os meninos. Vocês vão ser boas meninas, não vão, filhotas? Agora, garotos, sigam-me. – A sra. Berger virou-se e atravessou o pátio.

– Venham, meninas – disse a srta. Stember. Elas pegaram um caminho através do pátio de cascalho, às vezes levando encontrões de crianças que perseguiam umas às outras. Elas se aproximaram de uma garota com um emaranhado selvagem de cachos negros mal cortados na altura do pescoço.

– Naomi, você é a nova monitora do F1, não é?

– Com certeza, desde que subi para o F2 – respondeu a garota. Naomi só tinha oito anos, mas era alta para a idade. Sua blusa e sua saia eram iguais a todos os outros uniformes no pátio, mas pequenas coisas a tornavam única: uma gola virada para cima, um botão aberto no colarinho, um cinto afivelado por cima da blusa para fora da saia.

– Essas são meninas novas vindas da Recepção para o F1. Você pode cuidar para que elas venham no sinal do almoço e encontrem seus lugares?

– Claro, Ma, pode deixá-las comigo. – Naomi olhou para o grupo enquanto a srta. Stember recuou para sua fatia de sombra. Rachel esperou pelos elogios ao cabelo de Amelia que pareciam se seguir a toda apresentação. Em vez disso, Naomi disse:

– Qual de vocês é a irmã de Sam?

– Sou eu – disse Rachel.

– Tudo bem, meninas, vão lá correr um pouco. – Amelia pegou a mão de Tess e Sarah e correu pelo cascalho. – Você fique comigo, Rachel. – Naomi pôs a mão no ombro da menina. Foi uma sensação de peso e calor. – Sam e Vic vieram falar comigo e pediram para ficar de olho em você. Você é uma encrenqueira ou algo assim? – Naomi curvou a boca para baixo, fingindo seriedade, mas seus olhos sorridentes disseram a Rachel que estava brincando.

– Eu não vou criar nenhum problema.

– Bem, espero que você crie algum, ou não vou acreditar que você é irmã de Sam. – Naomi levou a mão à cabeça de Rachel no mesmo gesto que teria usado para despentear o cabelo de uma criança. Rachel se encolheu, depois relaxou ao sentir a intenção de Naomi. – Aqui, pegue. – Naomi pegou uma espécie de bola de seu bolso, feita de jornal amassado embrulhado em volta de uma pedra e amarrado com barbante. Ela a lançou para Rachel, que cambaleou para trás para pegá-la. Ela foi jogada de um lado para outro, voando pelo espaço entre elas.

Do outro lado do pátio de recreação, a voz de uma conselheira, aguda e penetrante, gritou duas palavras longas, as vogais estendidas quase ao ponto de se romper:

– To-o-do-o-os pa-a-ra-a-a-do-o-o-s!

Enquanto o som se propagava, o grito de "todos parados" foi recebido e repetido pelos monitores. Quando as palavras pronunciadas penetravam nos tímpanos, elas pareciam ter um efeito mágico em cada ouvinte, congelando os músculos. Naomi enfiou a bola improvisada no bolso e manteve as mãos ali. Movendo apenas os olhos e lábios, ela sussurrou com urgência:

– Não se mexa. – Rachel fez como lhe foi dito.

Ninguém disse a Amelia o que fazer quando ela ouviu o grito. Acima do barulho das crianças brincando, ela mal distinguiu as palavras. Ela ainda corria – o som do arrastado do cascalho sob seus sapatos repentinamente audível – quando uma menina mais velha de repente se aproximou e lhe deu um tapa no rosto. Os olhos de Amelia derramaram lágrimas, e uma marca vermelha surgiu em sua face. Nesse momento, uma campainha tocou, rompendo o encanto. Todas as crianças se viraram, movendo-se como um cardume de peixes na direção do Castelo e se afunilando através das portas.

Rachel ficou perto de Naomi, mantendo-a à vista enquanto descia uma escada levada pela torrente de crianças até o refeitório. Era um espaço amplo, com teto sustentado por colunas de metal pontilhadas de rebites. O sol era filtrado por janelas pequenas no alto das paredes. Um labirinto de mesas e bancos compridos de algum modo acomodava todas as crianças que lotavam o pátio de recreação. Rachel seguiu Naomi até uma mesa e escalou o banco. As refeições deviam ser feitas em silêncio, mas o ruído coletivo dos sussurros dava ao ambiente um som de beira-mar. Monitores pegavam primeiro a comida das travessas, depois as passavam ao redor de suas mesas.

A maioria das crianças devorava rapidamente o que quer que fosse servido em seus pratos, na esperança de repetir.

Rachel comeu lentamente. Estava hipnotizada pelo pão de centeio, macio por dentro e com uma casca dura e boa de mastigar, e esqueceu de lado a torta de legumes e os pêssegos em calda. A menina à esquerda de Rachel investiu com seu garfo, enfiando os pêssegos na boca até Naomi perceber, estender a mão sobre a mesa e dar um beliscão forte no braço da garota. Rachel enfiou o resto do pão na boca e comeu rapidamente o que restava no prato.

Mil crianças se sentaram e foram servidas, comeram e terminaram em meia hora. Ainda em silêncio, exceto pelo sibilar dos sussurros, as mesas se esvaziaram duas de cada vez, em um padrão que todos sempre pareciam ter sabido. Grupos de meninos e meninas, liderados por seus monitores, saíram em fila do refeitório. Rachel viu que eles iam passar por Sam, que estava sentado com Vic na mesa do M2. À frente dela, Rachel viu Sam botar sua fatia de pão de centeio no bolso de Naomi. Rachel não via Sam desde que ele voltara do acampamento e ela queria dizer alô. Ela estendeu a mão em sua direção, mas ele recuou e virou o rosto, deixando os dedos dela passarem pelos ombros dele.

Rachel subiu com seu grupo dois lances de escadas, passou por um corredor largo e entrou no alojamento do F1. Havia janelas enormes abertas dos dois lados, sugando o máximo possível do ar quente de setembro. A maioria das meninas fez fila para usar as pias e os vasos sanitários, mas Naomi puxou Rachel, Amelia e as outras duas meninas de lado.

– Vou mostrar as camas de vocês – disse ela, palavras abafadas pelo pão em sua boca. Cem camas de ferro se estendiam dos lados e no centro do alojamento. Todas elas estavam arrumadas de forma idêntica: cobertor de algodão cuidadosamente esticado, travesseiro centralizado, toalha pendurada no pé da cama. Embaixo de cada uma delas havia uma valise de papelão. Caminhando pelos corredores, elas pararam em uma cama sem toalha.

– Parece que essa é a sua – disse Naomi para Tess. – Aí está sua valise. Pegue uma toalha nova quando for se lavar, depois volte aqui para pendurar. Você vai usá-la por uma semana, depois todas elas vão para a lavanderia, então você pega uma nova. A roupa de baixo vai para a lavanderia todo dia, as blusas duas vezes por semana, saias uma vez. Avise quando as coisas começarem a ficar pequenas demais, para eu repassar à conselheira que vocês precisam de um tamanho novo. O mesmo vale para os sapatos. No inverno, cada uma recebe um casaco e meias. Vocês todas escutaram? – Naomi se virou para as três meninas que esperavam atrás dela. Elas balançaram a cabeça afirmativamente. – Está bem, você sente aqui um minuto.

Tess foi deixada sentada sozinha enquanto Naomi conduziu Amelia, depois Sara e por fim Rachel a seus lugares. Rachel sentou por um minuto na cama que Naomi disse ser dela.

– Se você não molhar a cama à noite, você fica com o colchão – Naomi contou a ela, sentada ao lado de Rachel e balançando as pernas. – Mas se você fizer xixi, eles vão levá-lo e só vão deixar alguns cobertores dobrados em cima das molas. Você não faz xixi na cama, faz? – Rachel sacudiu a cabeça, não fazia. – Bom. Uma coisa a menos para implicarem com você. Ei, você não tem uma peruca?

– Eu tenho, mas odeio. Eu botei na mala.

– Tem certeza de que não quer usar? – Naomi deu um chute no papelão debaixo da cama com o calcanhar.

– Ela coça e é feia. A sra. Berger diz que eu pareço um ovo cozido sem ela, mas eu não suporto.

– Um ovo cozido? – Naomi riu, depois olhou pensativamente para o couro cabeludo de Rachel. – Eles com certeza vão chamar você de alguma coisa. Poderia ser bem pior que isso. Escute, se alguém incomodar você além do que só xingar você, fale comigo. Sam me falou para cuidar de você de um jeito especial. – Rachel pensou na fatia de pão no bolso de Naomi.

Um sinal tocou. Naomi deu um pulo.

– Venha. Você precisa se lavar.

Rachel ficou de pé, em seguida olhou ao redor.

– Como posso saber qual é minha cama?

– Você vai aprender logo. Por enquanto, olhe, você está na fileira do meio, olhando para o oeste, vê por onde o sol está entrando? Então apenas conte. – Elas seguiram apressadas pelo corredor na direção do lavatório, Naomi gesticulando para que as outras meninas a seguissem. Rachel tocou o canto de cada cama ao passar por elas. Dezenove, repetiu ela para si mesma enquanto estava parada junto de uma das pias acima da qual havia uma prateleira comprida de canecas, cada uma com uma etiqueta com um nome e contendo uma escova de dente.

Rachel ouviu uma descarga e se virou. Havia uma fileira de vasos sanitários abertos, alguns com meninas sentadas neles, outros com o assento levantado. Uma menina terminou. Quando ela levantou, a roupa de baixo desaparecendo sob sua saia, o assento subiu e a descarga foi acionada automaticamente. A garota seguinte baixou a tábua, em seguida sentou. Rachel foi na vez dela e, quando terminou, descobriu que, se não levantasse rápido o suficiente, o assento com mola quase a empurrava para fora. Ela pegou uma toalha do carrinho da lavanderia, se lavou e depois correu de volta para o alojamento, contando até dezenove, para pendurá-la acima de sua cama. Correndo para alcançar a última das meninas, ela saiu do alojamento atrás de Naomi.

– Você vai ter de ser mais rápida que isso quando as aulas começarem amanhã – sussurrou Naomi. – Você tem só uma hora para vir aqui almoçar, se limpar no alojamento e voltar para a sala de aula. Mas hoje é feriado, por isso você vai se sentar nas escadas de incêndio e assistir ao ensaio da banda marcial.

– Você não vai ficar?

– Eu sou do pelotão da bandeira! Tenho que ir. – Naomi saiu correndo pelo corredor lotado. Então se virou e gritou: – Vejo você depois, Ovo!

Rachel ficou surpresa pela traição. Ela viu Amelia, a marca vermelha desaparecendo de seu rosto, dar um sorriso malicioso e sussurrar com as garotas perto dela. Quando Rachel se aproximou, Amelia disse:

– Não vá cair da escada de incêndio e quebrar a cabeça, quero dizer, o ovo! – Ela liderou as meninas em um coral de risos. Rachel jurou odiá-la para sempre.

A tarde foi longa e quente. A banda marcial se movia em fileiras pelo pátio empoeirado. Então soou o sinal de estudo, e as garotas do F1 voltaram se arrastando até o alojamento para uma hora tranquila. Rachel cochilou em sua cama, a cabeça pesada devido ao sol e ao calor. O sinal do jantar a despertou de seu sono. O estômago de Rachel roncava enquanto travessas de carne cortada fina, tigelas de cenouras e pães chegavam à mesa. Dessa vez, ela enfiou tudo que havia em seu prato na boca o mais rápido possível, engolindo quase antes de mastigar a carne. Havia de sobremesa ameixas em calda. Rachel envolveu sua tigela com os braços para poder levá-los lentamente com a colher à boca, saboreando sua doçura.

Depois que todos os jantares tinham sido comidos, as crianças se dispersaram, as mais velhas indo para a biblioteca ou para a reunião de algum clube, as mais novas de volta para seus alojamentos. Para o grupo de Rachel, o sinal após o jantar significava se preparar para a cama, apesar de o sol ainda estar alto. Rachel, depois de lavar as mãos e o rosto, escovar os dentes e vestir a camisola, entrou na fila para inspeção. As monitoras, apesar de terem apenas oito ou nove anos, cercavam as fileiras de meninas mais novas como sargentos instrutores de recrutas, inspecionando mãos estendidas para verificar se as unhas estavam limpas. Naomi parou diante de Rachel.

– Mostre-me seus dentes! – Exigiu ela, e Rachel exibiu os dentes em um sorriso exagerado. – Agora fique parada em um pé só. – Rachel fez o que lhe foi mandado, balançando de leve. – Está bem, pode abaixar o pé, Ovo. – Naomi deu uma piscada para ela. Rachel se lembrou do que Naomi dissera, que eles iam chamá-la de alguma coisa. Ovo não era tão ruim. Apesar de as meninas no fim do corredor terem rido, Rachel empinou o nariz e piscou de volta para Naomi. Uma campainha tocou. – Apagar luzes, é melhor se apressar! – As meninas, liberadas da inspeção, correram para encontrar suas camas. Depois da rotina tranquila da Casa de Recepção, seu primeiro dia no Castelo tinha sido estimulante ao ponto da exaustão. Apesar das fungadas, sussurros e tosses de cem meninas, Rachel dormiu logo.

No dia seguinte, Rachel despertou antes mesmo do sinal de acordar, com a cabeça girando com pensamentos sobre a escola. Empurrada e empurrando, ela se lavou, vestiu-se e devorou rapidamente o café da manhã. A escola primária era virada para a Broadway, mas ficava de fundos para o Castelo. Enquanto as crianças das vizinhanças do Harlem seguravam as mãos de seus pais para navegarem pelas calçadas e atravessarem as ruas, Rachel e as outras do Lar apenas atravessavam o pátio, um exército de quinhentos órfãos. Rachel estava tão excitada por finalmente ela mesma ir para a escola que correu pelo cascalho.

Ninguém lembrou Rachel de usar a peruca. Na sala de aula, ela se deu conta de seu erro, e ficou com medo de provocações. Mas as rivalidades e alianças tão cruciais no orfanato eram esquecidas quando as crianças saíam no mundo, mesmo naquela porção do mundo tão próxima. A defesa mútua era compromisso de toda criança do Lar. A primeira vez que um menino da vizinhança riu da cabeça careca de Rachel, ele se viu beliscado, com força, por toda criança do Lar por quem passou no corredor, até Amelia. Os professores, também, favoreciam as crianças do orfanato, sabendo que se podia confiar neles para terminar os deveres de casa e mostrar respeito. Todos os seus boletins eram mandados para o sr. Grossman, que assumia a responsabilidade de impor qualquer disciplina necessária.

Sam já havia ensinado a Rachel tudo o que o primeiro ano tinha a oferecer, mas ela não estava entediada por aprender as lições outra vez. Olhando ao redor da sala, sempre havia algo que interessava seus olhos, e suas mãos amavam os materiais da escola. Carteiras de madeira arranhadas. Páginas gastas de livros. Giz e lousas para aprender a escrever que, nos anos mais avançados, eram substituídos por papel, tinta e caneta-tinteiro.

Pelos seis anos seguintes, Rachel praticamente nunca deixou as duas quadras da cidade que abrigavam tanto a escola primária quanto o Lar. Até a transição para o ensino médio permaneceria circunscrita, Rachel uma em meio a um grupo de crianças do Lar seguindo em fila pela avenida Amsterdam até a escola mais próxima. Só nos últimos anos de ensino médio eles começaram a se dispersar, o dinheiro do bonde fornecido pelo orfanato enquanto adolescentes órfãos se espalhavam pela cidade para fazer diversos cursos: secretariado, técnico industrial, preparatório para faculdade, técnico de enfermagem. Rachel ficou no alojamento F1 até fazer oito anos, aí seguiu para o F2, depois F3, F4 e F5, todos os alojamentos idênticos – conselheiras diferentes, mas as mesmas monitoras, garotas mandonas eternamente dois anos mais velhas.

Dia após dia, semana após semana, estação após estação, a rotina do Lar dos Órfãos Hebraicos seguia o ritmo estrito dos sinais que ecoavam pelo prédio. Sinal de acordar. Sinal de vestir. Sinal do café da manhã. Sinal da escola. Sinal do almoço. Sinal da escola outra vez, depois sinal do pátio. Sinal do estudo. Sinal do jantar. Sinal do clube. Sinal para se lavar. Último sinal. Aos sábados, havia sinagoga, conduzida pelo sr. Grossman, depois banda marcial ou beisebol. Aos domingos, havia horário de visita, que Rachel passava na Recepção com Sam e Vic. No verão, cada criança tinha sua vez de passar um período muito esperado no acampamento, enquanto os da cidade lotavam escadas de incêndio para assistir a filmes ao ar livre projetados na lateral do Castelo. Todo outono trazia o início de um novo ano letivo. No inverno, a nevasca eventual os mantinha presos. Na primavera, havia o jantar de Pessach e um baile para celebrar o Purim.

Os anos podiam passar rápido assim, e eles passaram.

Capítulo Oito

SAÍ CORRENDO DA BIBLIOTECA DE MEDICINA, COM A MEMÓRIA AINDA fragmentada pelos artigos que tinha lido, o coração ainda acelerado por beijar a bibliotecária. Descendo apressada para o metrô, hesitei. O último lugar para o qual eu queria ir era nosso apartamento vazio. Eu não estava preparada, agora, para confrontar a dor suspeita em meu peito, ainda assim precisava distrair minha mente para não enlouquecer com cenários fatalistas. Decidi ficar na linha Lexington até a estação Grand Central, onde fiz transferência para a Broadway, atraída para o lugar que não chamava de lar havia décadas.

Saindo do metrô, o calor se elevava cada degrau que eu subia. Ao começar a subir a quadra íngreme, ergui a cabeça e olhei ao redor – os prédios residenciais do outro lado da rua pareciam estranhos. Eu me perguntei quantos anos desde que estivera pela última vez no Lar dos Órfãos Hebraicos?

O muro de pedra se erguia acima de minha cabeça. Havia uma abertura nele onde degraus conduziam ao pátio. Estendi a mão para o portão, na esperança de empurrá-lo e abri-lo, mas minha mão tateou o vazio. O portão havia sido removido. Só as dobradiças de ferro ainda estavam lá, engastadas em calcário, uma relíquia de tempos passados quando eles nos trancavam à noite. Elas me deram uma estranha sensação, aquelas dobradiças, como se eu as tivesse visto em outro lugar.

Olhei para o outro lado do pátio de cascalho. Quente e vazio, ele parecia pequeno demais para um dia ter recebido as centenas de crianças levantando poeira com nossos pés que corriam. Ergui os olhos para o Castelo. Dos fundos, ele parecia tão sólido e intimidador como sempre. Em vez das vozes de crianças, porém, do prédio vinha o ruído de obras. Tentei me aproximar, ver o que era a comoção, mas haviam desenrolado uma cerca entre o pátio e o resto da propriedade. Virei-me para a Casa de Recepção e vi que tinha desaparecido, demolida, sua fundação uma pilha de tijolos e canos e entulho.

Examinando o Castelo com mais cuidado, percebi que os ornamentos de ferro tinham desaparecido de seu telhado, as calhas pendiam soltas do prédio, as escadas de incêndio tinham sido arrancadas. Notei chocada que ele estava sendo demolido. Sabia que o Lar havia sido esvaziado antes da Guerra, os órfãos restantes transferidos para outras instituições ou mandados para lares adotivos por meio da agência. Sempre achei, porém, que o Castelo fosse durar para sempre.

Voltei pela abertura no muro até a calçada e retornei à avenida Amsterdam. Ao virar a esquina, parei de repente com o que vi. O telhado da mansarda tinha sido derrubado, deixando um buraco enorme onde costumava se assomar a torre do relógio. As janelas estavam quebradas, com lâminas de vidro refletindo a luz do sol em ângulos malucos. Suas portas duplas de carvalho tinham sido arrancadas. Apenas a fachada de tijolos permanecia de pé, como um prédio bombardeado. O barulho que eu ouvira vinha de homens atarefados sobre a estrutura, jogando pedaços de aço, arremessando tijolos, pisando sobre vidro quebrado. Parei perto do portão da frente vazio, enfeitiçada pela destruição até que um operário me percebeu ali de pé. Ele veio em minha direção, com o cabelo coberto de poeira, tirando proveito da pausa para acender um cigarro no caminho.

– Ei, moça, você não pode ficar por aqui, nós vamos começar com a bola de demolição de novo assim que limparmos um pouco de entulho do caminho. – Ele apontou para uma bola de ferro de demolição pendurada em silêncio de um guindaste. Eu não me mexi.

Ele soltou uma tragada profunda, aparentemente sem nenhuma pressa em especial para voltar para sua equipe. O homem me lançou um olhar curioso.

– Está tudo bem, senhora?

– Quando isso aconteceu?

– Este trabalho? Estamos aqui já faz um ano, agora. É construída como uma fortaleza, essa coisa. Estamos demolindo para fazer um parque, mas quem sabe quanto tempo mais vai demorar. Eles estão levando a maior parte do entulho para o aterro do Battery, mas há algum material de valor aqui, sabia? O cobre não vale mais o que valia durante a guerra, mas ainda vale a pena arrancar as calhas e encanamentos pelo metal. E eu, bom, eu não resisto a alguns enfeites. Tem essas balaustradas de mármore branco, pedra linda. Elas são uma merda, desculpe, dona, de carregar, e eu só posso ficar com o que consigo tirar antes que eles comecem com a bola outra vez. Por isso. – Ele deu um último trago e pisou na guimba em brasa. – Preciso voltar para lá, e é melhor a senhora se afastar.

– Posso ver? – Meus olhos estavam no céu onde costumava ficar o mostrador do relógio. – Eu morei aqui, na década de 1920. Isso costumava ser minha casa.

– Não diga? Quando comecei o trabalho, o lugar estava vazio, só havia um velho que morava por aí, completamente sozinho. Tentou nos expulsar quando examinamos o prédio pela primeira vez para fazer nosso orçamento. E eu soube que o exército o usou como alojamento durante algum tempo. Mas, sim, depois que entramos ali, vi todos aqueles vasos sanitários, quero dizer, nunca vi tantos vasos na minha vida, e as fileiras de pias, e aquelas cozinhas? O velho, ele nos contou tudo sobre o lugar, disse que ele era o zelador desde que era o orfanato. – O homem me encarou. – Então você é órfã?

A pergunta pareceu estranha no tempo presente. Eu costumava pensar que *órfã* era algo que eu tinha sido quando criança e deixara de ser ao crescer. Ocorreu-me, porém, que era exatamente como eu estava me sentindo durante todo o verão.

– Acho que qualquer pessoa sozinha no mundo é uma órfã – eu respondi.

Um apito tocou.

– Eles vão começar com a bola. É melhor atravessar a rua se quiser assistir. – Ele saiu correndo.

Atravessei a Amsterdam. O sol estava forte; escondi-me dele embaixo de uma nogueira-do-japão que fazia sombra sobre um banco que dava para o Castelo. Houve um ronco baixo e uma nuvem de fumaça quando o guindaste foi ligado. O cheiro de óleo diesel emanou pela rua. A bola começou a balançar como o relógio de um hipnotizador, derrubando o prédio como se pedisse para entrar. Cada batida provocava uma cascata de tijolos e poeira, expondo aço e madeira quebrada. A bola balançava para longe, mas o Castelo mal parecia ficar menor. Sentei à sombra enquanto o vento trazia partículas do orfanato para dentro de meus pulmões. Senti como se estivesse vivendo simultaneamente em dois períodos de tempo diferentes, imagens do passado projetadas em minha visão do presente. Havia o Castelo se desfazendo tijolo por tijolo. E lá estava eu, no meu primeiro dia na Recepção, agarrada à saia da sra. Berger. Ou ali, no alojamento, contando as fileiras para encontrar minha cama. Ou ali, no pátio, jogando bola.

Enquanto assistia ao Castelo abrir mão de seus tijolos para a bola de demolição, lembrei-me de onde tinha visto aquelas dobradiças antes. Pelo menos, do que elas me lembravam. Tinha sido em uma galeria pequena no Village, em uma exposição de fotografias tiradas na Europa antes da guerra. Eu não conseguia me lembrar do nome do fotógrafo, mas me lembrava de ficar parada, fascinada, diante daquela foto. Preto e branco, formato grande, em close. Dobradiças grandes em muros de pedra, a ampliação brilhando prateada onde a luz do sol tocava o metal. O cartão ao lado da moldura dizia: GUETO JUDAICO, VENEZA, ITÁLIA. Os portões de ferro que antigamente rangiam ao fechar tinham desaparecido desde Napoleão, mas as dobradiças estavam engastadas profundamente demais para serem removidas. As dobradiças foram tudo de que o fotógrafo precisou para evocar o drama dos judeus venezianos, encarcerados do pôr do sol ao amanhecer. Tal como nós éramos no Lar.

Não foi Pieter Stuyvesant quem disse que o primeiro navio cheio de judeus podia ficar em Nova Amsterdam desde que cuidassem de si mesmos e não pedissem nada? Então nós cuidamos de nós mesmos. Eles sempre nos diziam como tínhamos sorte em crescer no Lar de Órfãos Hebraicos, ensinando-nos sua história ilustre. Nós não passamos a nevasca de 1888 aquecidos por nosso próprio estoque de carvão, alimentados pelos fornos de nossa própria padaria? E enquanto crianças de toda a cidade sucumbiam de cólera na virada do século, nós não emergimos incólumes, filtrando a água da cidade antes que tocasse nossos lábios? Depois da Grande Guerra, as pessoas morreram de gripe às dezenas de milhares, mas, no orfanato, nenhuma criança morreu. Por mais impressionante que fosse, porém, nosso Lar era uma espécie de gueto, o ranger do metal quando os portões fechavam o mesmo som em Manhattan e em Veneza.

Durante a escola de enfermagem, uma vez fui ajudar a vacinar crianças em um orfanato estadual. As condições eram tão desoladoras que me deixaram mal. Eu não tinha me dado conta antes das vantagens que nossos doadores ricos haviam nos comprado: nossos dentes consertados, nossa saúde cuidada, nossas roupas lavadas, nossa educação assegurada, nossos estômagos cheios. Mas isso significava que eles tinham o direito de fazer experimentos conosco, assim como a dra. Solomon fizera comigo? Achei que parecia justo, o uso de nossos corpos em troca de seu sustento. Por toda a minha vida pensei que o veneno daqueles raios X fora o preço que eu tivera de pagar para me curar de alguma doença. Agora que eu sabia a verdade, parecia que o custo de minha infância fora emprestado de agiotas, com juros sobre juros ao longo das décadas, o total final talvez alto demais para ser pago.

A sombra estava recuando com o movimento do sol. Eu não podia ficar sentada naquele banco para sempre. Com um suspiro pesado, resignei-me a ir para casa. Atravessei a Amsterdam, respondi o cumprimento do mestre de obras, virei a esquina e, enquanto descia a rua íngreme até a linha Broadway, examinei o Castelo pela última vez. Portas faltando, vidro quebrado, calhas penduradas. Céu onde deveria haver um relógio. O pátio vazio. As dobradiças sem portão.

NA LONGA VIAGEM de trem para casa, tentei me dissuadir da inevitabilidade de cair morta de câncer provocado por radiação. O artigo do dr. Feldman tinha feito minha imaginação chegar a conclusões. Eu era enfermeira, pelo amor de Deus. Eu precisava era de opinião médica, não das suposições febris de um cérebro atormentado. Eu vira nas notas do autor que o dr. Feldman clinicava em Manhattan, por isso a primeira coisa que fiz, depois de pegar a correspondência e entrar no apartamento, foi procurar o número do dr. Feldman na lista telefônica da cidade.

– Deixe-me ver o que tenho para a senhora. – O tom da mulher pelo telefone, reminiscente da superioridade concisa de Gloria, levou-me a supor que ela fosse a enfermeira do dr. Feldman e não apenas sua recepcionista. Ouvi o farfalhar de páginas folheadas. – Seus primeiros horários abertos são para setembro.

Minha atitude despreocupada desmoronou.

– Eu não tenho como esperar até o mês que vem.

– Posso lhe dar o nome de alguns outros oncologistas que talvez possam vê-la mais cedo.

– Tem de ser o dr. Feldman. Eu acabei de ler seu artigo sobre efeitos de longo prazo de raios X. – Precisava que sua enfermeira percebesse que eu não era uma paciente comum.

– Sim, estou familiarizada com seu trabalho. – Ela não estava preparada para ceder. Eu tinha de oferecer algo mais pessoal.

– No artigo, ele citou um estudo experimental feito no Lar Infantil Hebraico pela dra. Solomon. – Fiz uma pausa para dar efeito dramático. Se isso não a convencesse, temia nunca conseguir a consulta. – Eu era uma das órfãs daquele estudo. Achei que o dr. Feldman estaria interessado em me avaliar o quanto antes. Para seu trabalho.

O silêncio na linha durou tempo suficiente para a enfermeira arrogante decidir que o interesse de seu patrão seria, realmente, atiçado pelo meu caso.

– Amanhã de manhã ele estará em cirurgia e com o resto do dia cheio, mas houve um cancelamento depois de amanhã. A senhora pode estar aqui às dez horas?

– Estou de folga esse dia, portanto, está bem. Estarei aí.

– Nos vemos, então. – O fone clicou quando a enfermeira do dr. Feldman desligou. Mantive o telefone na mão, pronta para fazer uma ligação para a Flórida. Estava desesperada para ouvir a voz dela, não importavam os custos, mas precisava me recompor primeiro. Queria contar a ela sobre Mildred Solomon, mas isso iria levar ao Lar Infantil e aos experimentos, à biblioteca médica e ao artigo do dr. Feldman. Hesitei, calculando os minutos que levaria para contar a ela a história inteira. Talvez eu pudesse reduzi-la, parar na chegada da dra. Solomon no Quinto?

Não tinha percebido que a linha ainda estava aberta até que a telefonista falou, perguntando se eu queria fazer outra ligação. Resolvi que não ia dizer nada sobre nada, apenas ser confortada por sua voz em meu ouvido. Pedi um interurbano, dei o número em Miami e o ouvi tocar. Ninguém atendeu. Na piscina, de novo, ou talvez na praia? Eu a visualizei juntando conchas na areia, alheia à minha necessidade por ela. Não sei por quanto tempo fiquei ali parada antes de desistir e pôr o fone no gancho.

Foi bom assim. Eu não queria preocupá-la com minhas especulações loucas, melhor esperar até depois de minha consulta, quando teria algo definitivo a dizer. Peguei um resto de salada de atum, lembrando a mim mesma de passar no mercado. Sentada à mesa da cozinha, examinei a correspondência: uma conta da Companhia Telefônica de Nova York, um extrato bancário dela, um folheto de uma loja de móveis localizada na quadra e um convite dirigido a mim do sr. e da sra. Berger de Teaneck, Nova Jersey. Rasguei a ponta do envelope e vi que o filho de Vic, Larry, ia fazer bar mitzvah. Depois de três meninas, não era surpresa que eles estivessem fazendo daquilo um grande acontecimento. Deviam estar convidando todo mundo que tinham conhecido para ter encontrado meu nome em sua agenda – desde que a mãe de Vic morrera, nós trocávamos cartões no Rosh Hashanah, mas nada mais.

Estava botando o convite de volta no envelope quando vi que Vic havia escrito alguma coisa no RSVP. *Espero que você possa vir. Uma pena que Sam não pode estar aqui.* Nada sobre ela. Se eu fosse casada, claro que meu marido estaria incluído. Vic sabia com quem eu vivia, mesmo que não tivesse ideia de o que aquilo realmente significava. Era o mesmo no trabalho. As outras enfermeiras tinham pena de mim por ser sozinha, uma solitária, uma solteirona. Era irritante não poder corrigi-las. A sala das enfermeiras ecoava com suas conversas intermináveis sobre maridos ou namorados enquanto eu engolia minhas palavras, incapaz de dizer *eu sei como você se sente, também brigamos ontem à noite*, ou *estou tão animada para chegar em casa, hoje é nosso aniversário*. Elas se queixavam e reclamavam enquanto eu fingia interesse e não dizia nada. Quando as via com seus homens na rua, lábios erguidos para um beijo na frente de todo mundo, odiava todas elas um pouco. Eu podia ter chegado a me odiar também, se não tivesse alguém me esperando em casa.

Ou talvez Vic soubesse, ou pelo menos desconfiasse, sua exclusão sendo uma censura intencional. A ideia me deixou amarga. Eu ia mandar um cheque com minhas desculpas – na verdade, isso era tudo o que eles realmente queriam. Eu ia me poupar de sofrer durante a celebração, a única amiga sozinha sentada com casais casados e seus filhos turbulentos, a estranha na mesa redonda.

Posicionei um ventilador de frente para o sofá e liguei a televisão, torcendo para que uma novela me ajudasse a passar o tempo. O programa era irritante, só maquinações de esposas e maridos infiéis. Comecei a cochilar. Estava tão cansada, cansada de lembrar, de me sentir traída, de sentir medo. Do calor. Da solidão. Não foi surpresa ter agido como um personagem de um romance barato e ter beijado aquela bibliotecária. Eu era uma mulher se afogando, tentando me agarrar a qualquer coisa para manter a cabeça fora d'água. Durante o tempo em que a boca de Deborah esteve sobre a minha, eu pude me esquecer da dra. Solomon e do que ela fizera comigo. Agora aquilo invadia todos os pensamentos. Eu me imaginei na sala de raios X, meu corpinho preso àquela mesa, a radiação penetrando minhas células.

Era ridiculamente cedo para ir me deitar, mas eu só queria que aquele dia acabasse. Entrei para tomar uma chuveirada antes de vestir o pijama. Parada nua diante do espelho do banheiro, não havia mais como evitá-lo. Ergui o braço acima da cabeça e senti aquela pontada. Eu a evitara durante todo o verão, favorecendo o outro braço ou mantendo o cotovelo baixo ao vaporizar desodorante. Com dedos trêmulos, desci a linha do músculo de minha axila sobre meu peito.

Só um ato voluntário de ignorância teria impedido que uma enfermeira diagnosticasse uma condição tão evidente. Como eu podia ter sido tão cega? Ele devia estar crescendo em segredo por meses, até anos. Mas nunca tê-lo sentido antes – o tumor apertado entre meus dedos era grande como uma bolota de carvalho – para mim parecia ter se manifestado da noite para o dia, conjurado em existência pela chegada da dra. Solomon ao Quinto.

Tomei um comprimido para dormir para matar as horas até de manhã. Ao ir para cama, tentei não ficar obcecada com aquilo e enfiei as mãos sob os quadris para evitar me apalpar. Mulheres tinham caroços o tempo todo – tumores benignos, cistos cheios de fluidos. Eu tinha minha consulta. Era melhor tirar aquilo da cabeça até o dr. Feldman dar seu veredicto.

Havia luz demais no quarto. Peguei uma máscara de dormir na mesa de cabeceira e a coloquei sobre os olhos. Melhor. Com sorte, quando percebesse seria de manhã e eu podia sair para o Lar Hebraico de Idosos. Visualizei meus pacientes, o quanto estavam desamparados, como contavam comigo para mantê-los limpos e em segurança, para aliviar sua dor. Como uma delas iria se sentir – como Mildred Solomon iria se sentir – se eu a tratasse como um animal de laboratório em vez de uma pessoa? Ela tinha muito pelo que responder. O que ela diria, eu me perguntei, quando a confrontasse com o que seus experimentos tinham feito comigo? Ela teria de se arrepender, se desculpar, pelo menos, por não saber na época o mal que os raios X podiam fazer. Eles achavam que o rádio seria uma cura para o câncer, não a causa dele. Mas ao ver o mal que me causara, que opção ela teria além do arrependimento?

Eu estava imaginando nossa conversa até me lembrar de que, com a dose que lhe receitavam de morfina, ela estaria incoerente demais até para entender, quanto mais para falar. Eu ainda estava com aquele frasco na bolsa, da morfina que eu guardara. Eu teria de guardar mais se eu quisesse trazê-la para a consciência. Eu nunca tinha ido contra uma prescrição antes – mesmo quando sabia que um médico estava errado, eu seguia ordens. A ideia de brincar com a dose de Mildred Solomon me deu uma sensação secreta de poder. Em vez de contar carneirinhos, peguei no sono pensando em como conseguir tirar o que eu queria dela. Isso seria minha própria experiência.

Capítulo Nove

NA NOITE DA VÉSPERA DO BAILE DO PURIM, TODAS AS GAROTAS no F5 lavaram o cabelo. Menos, é claro, Rachel. Não importava que elas tivessem de ficar acordadas até tarde no alojamento pouco aquecido enquanto ele secava, ou dormir com grampos de bobes espetando as cabeças. Faltavam trinta minutos para o último sinal, e as monitoras as apressavam. Nuas sob os chuveiros ligados, a perspectiva de dançar com garotos levava as garotas adolescentes a avaliar umas às outras com olhar competitivo. Aquelas cem garotas tomavam banho e usavam o banheiro na frente umas das outras desde que se podiam se lembrar. Elas se viram mudar, se sentiram mudando. Sabiam quando a menstruação de uma começava, viam quando outra começava a crescer pelos entre as pernas, invejavam as que tomavam corpo aos catorze ou aos quinze, já com as formas de mulher.

Rachel, entretanto, mal parecia ter amadurecido: mamilos ainda invertidos, quadris estreitos, pele lisa como cera. Diferente de Amelia, cuja beleza se aprofundara da infância de rosto ovalado para a adolescência de seios redondos. Ela tinha se tornado uma rainha entre as garotas do F5, aceitando naturalmente os tributos de seu círculo – mensagens enviadas por garotos, porções extra de sobremesa, respostas de trabalho de casa, fitas para o cabelo. Agora de comprimento lendário, Amelia deixava seu cabelo mais atraente usando-o trançado e preso em um arranjo romântico. A maior parte das garotas tinha o cabelo cortado curto, o barbeiro do Lar encorajava o estilo simples com páginas de revistas coladas a sua parede protegidas por celofane. Mas Amelia se recusava a ir ao barbeiro, em vez disso visitando a srta. Berger com o intervalo de alguns meses para uma leve aparada.

Rachel, com o couro cabeludo calvo e os olhos grandes, estava em uma categoria toda sua. Não que não tivesse amigas. Havia uma espécie de companheirismo entre as excluídas, alianças frouxas que se fragmentavam em pequenos subgrupos de meninas pelos cantos do pátio de recreação. Tinham lançado vários apelidos sobre ela ao longo dos anos – múmia, marciana –, mas só Ovo havia pegado, repetido com tanta frequência que perdera a farpa muito tempo atrás. Como Rachel não ambicionava nenhum prêmio, ninguém tinha inveja de suas notas excelentes. Enquanto outras meninas aprendiam a costurar ou estudavam violino, Rachel passava o horário dos clubes na biblioteca do orfanato, perdendo-se nas páginas de livros. Seus favoritos eram biografias de exploradores corajosos. Ela não tinha paciência para ficção.

A conexão de Rachel com Sam e Vic, dois dos garotos mais populares no Lar, proporcionava a ela alguma dignidade. Vic, esperto e extrovertido, estava envolvido em todas as atividades e tinha o apoio do acesso da mãe ao superintendente. Sam crescera e ficara bonito e alto, seus olhos tempestuosos ameaçadores para rapazes e irresistíveis para garotas, astro enaltecido do time de beisebol, pronto para uma briga ao menor desafio.

Naomi permanecera uma aliada. Apesar de Rachel jamais se tornar uma igual – a autoridade de uma monitora dependia de seu prestígio entre seus pares –, Naomi mantinha um olhar protetor sobre Rachel, intervindo com um tapa quando alguém a empurrava na escada ou atirava um punhado de cascalho nela no pátio. Rachel entendia que a proteção de Naomi era bancada pelos tributos de Sam, fatias de pão substituídas ao longo dos anos por moedas furtadas e revistas roubadas, mas ao não pedir mais nada da própria Rachel, Naomi parecia mais uma aliada que uma mercenária.

No orfanato, todo mundo fazia alguma coisa ou ninguém fazia, por isso Rachel também tomou banho na noite da véspera do baile de Purim. Perto dela havia uma novidade, uma garota nova no F5, recém-chegada da Recepção naquela manhã, a perda de seus pais era uma ferida recente. O corte de cabelo raspado da menina e o rosto com marcas de varíola já estavam atraindo insultos. No início, ela achou que Rachel também fosse nova e se aproximou dela na fila do chuveiro. De perto, o lustro liso do couro cabeludo de Rachel mostrava que seu cabelo não tinha sido simplesmente raspado.

Quando Rachel pendurou a toalha e entrou embaixo de um chuveiro, a menina nova percebeu com emoção ter identificado algo mais valioso que uma igual: alguém pior que ela.

– Você é alguma espécie de peixe? O que você tem, escamas em vez de pele? – Ela olhou ao redor do chuveiro para avaliar a reação das outras. Algumas estavam rindo. Fazia muito tempo que sua atenção não era atraída para o corpo de Rachel. Ainda assim, elas hesitavam em se juntar.

Foi Amelia quem pegou o fio.

– Ela não é um peixe. É um ovo, como um ovo de lagarto. Quando chocar, ela vai sair rastejando de baixo de uma pedra. – Os risinhos viraram uma gargalhada. Amelia se aproximou de Rachel, o cabelo molhado escorrendo por suas costas. – Espero que você não esteja esperando ser chamada para dançar, amanhã. Nenhum garoto vai se interessar por você.

Rachel não conseguiu esconder o rubor que coloriu seu pescoço e seu rosto. A menina nova, querendo ser aceita por Amelia, se juntou.

– Nenhum garoto ia querer dançar com uma aberração sem cabelo!

A monitora que vigiava os chuveiros chamou Naomi. Ela ignorou a menina nova e segurou Amelia pelo braço, puxando-a de baixo do chuveiro.

– Vá se secar.

– Ainda não acabei – disse Amelia.

Naomi lhe deu um tapa na cara.

As amigas de Amelia baixaram a cabeça diante de seu infortúnio. A menina nova se afastou discretamente antes que ela, também, pudesse ser atingida.

– Você acabou quando eu disser que acabou. – Naomi deu uma toalha para Amelia e a empurrou para fora. Suas amigas correram atrás dela, envolvendo-a com braços reconfortantes. Rachel se manteve de costas para a comoção, agradecida e envergonhada.

– Acabem, agora, meninas! – gritou a monitora dos chuveiros. – Mais um minuto! – Elas enxaguaram apressadamente o sabão dos cabelos. A monitora girou a torneira, e o chiado de uma série de duchas se transformou em um gotejar desamparado. As meninas pegaram suas toalhas e foram em fila para o alojamento, seguidas pela monitora.

Rachel, envolta em uma toalha, saiu por último. Naomi também ficou para trás. Ela pôs a mão no ombro de Rachel e falou baixo:

– Não dê ouvidos a essa vaca. Eu acho você muito bonita. Sempre achei.
– Rachel baixou os olhos enquanto seu rosto era tomado por um tipo diferente de rubor. Ela esperou que Naomi tirasse a mão antes de ir embora.

Na cama, Rachel se secou depressa e vestiu a camisola. A monitora do chuveiro estava empurrando o carrinho da lavanderia pelo alojamento. Quando Rachel estendeu sua toalha, a monitora se inclinou em sua direção e sussurrou:

– Eu tomaria cuidado com Naomi, se fosse você. Ela não é uma garota normal. Sabe o que quero dizer? Ela é anormal. – Rachel pareceu confusa. – Só não diga que ninguém a avisou. – A monitora pegou a toalha, jogou-a no carrinho e seguiu pelo corredor.

Rachel se encolheu no colchão e puxou o cobertor por cima da cabeça. Ela tinha ouvido fazerem aquela acusação antes, mas não sabia ao certo o que significava. Ouvira dizer aquilo de garotas cujas amizades próximas eram intensas e dramáticas, mas Rachel não sabia nem ao certo se Naomi era sua amiga ou só sua protetora. A forma como Naomi nunca parecia ter medo de ninguém não era natural, não no orfanato. A forma como ela era simpática com Rachel podia não parecer normal para qualquer um que não soubesse que Sam pagava a ela por isso. Mas ele não pagava a Naomi para dizer a Rachel que ela era bonita, pagava?

Quando Naomi fez sua ronda antes do último sinal, dizendo às meninas para ficarem quietas, ela parou junto da cama de Rachel.

– Boa noite, Ovo – sussurrou ela. Rachel, fingindo dormir, não respondeu.

O DIA SEGUINTE foi cheio de excitação provocada pelo baile do Purim. As crianças jovens demais para ir ficavam animadas de inveja; as que tinham doze anos ou mais ficaram inquietas durante o dia de aula, com a cabeça na noite vindoura. O jantar foi comido em menos minutos que o habitual, e todo mundo foi retirado do refeitório para que pudessem ser feito os preparativos para o baile: mesas afastadas, bancos empilhados, decoração pendurada.

Em seu alojamento, as garotas do F5 passaram a hora escovando o cabelo, trocando fitas, dividindo tubos de batom contrabandeado e fazendo o possível para tornar suas roupas especiais. Rachel pôs meias e um vestido limpo, depois pegou sua mala de papelão de baixo da cama e estudou a peruca.

– Por que você não a põe? – Era Tess, que Rachel contava entre suas amigas.

– Ela coça minha cabeça e, além disso, não é escovada há séculos.

– Experimente, deixe-me ver você.

Rachel pôs a peruca na cabeça com relutância. Estava apertada... como raramente a usava, ela não ganhava uma nova desde o F3.

– Você ficou maravilhosa, Rachel – disse Tess. – Aqui, deixe-me escová-la para você. – Ela se sentou na cama atrás de Rachel e começou a passar a escova pelo cabelo da peruca, mas puxou com força demais e ela saiu do lugar. – Desculpe! É melhor você segurar. – Rachel apertou os dedos nas têmporas e prendeu a peruca no lugar. Tess a escovou até o cabelo escuro brilhar.

– Ela não ficou ótima? – perguntou Tess a Sophie, cuja cama ficava ao lado da de Rachel.

– Deixe-me fazer um pouco – disse Sophie. Tess entregou a escova. – Aqui, amarre isso em volta. – Uma fita surgiu e foi enrolada em torno da cabeça de Rachel, com um laço amarrado no alto. As meninas avaliaram seu trabalho.

– É uma pena você não ter sobrancelhas – disse Tess.

– Não vai fazer diferença com as máscaras – disse Sophie. – Ninguém vai reconhecer você, Rachel.

Quando as garotas do F5 entraram no refeitório mais tarde naquela noite, ele estava transformado. O espaço, livre de mesas e bancos, parecia se estender para sempre. Fileiras de luzes coloridas estavam enroladas nas colunas e penduradas entre as vigas. Travessas estavam repletas de hamantaschen amanteigados [biscoitos típicos do Purim]; suco de frutas misturado com água com gás fervilhava em poncheiras.

Na porta, membros do comitê de baile distribuíam máscaras – faixas de tecido colorido decoradas com penas e lantejoulas, buracos ovais cortados para os olhos. Meninas e meninos aceitavam as máscaras, enrolando-as em torno de seus rostos e amarrando-as na nuca. Com o cabelo de todos cortado pelo mesmo barbeiro, virtualmente todos morenos e com roupas parecidas, as máscaras simples eram impressionantemente eficientes em borrar identidades. Nem amigos se reconheciam até estarem bem perto. Eles aproveitavam a excitação do anonimato, a oportunidade de se imaginarem por uma noite algo que não órfãos.

Na frente do salão foi montado um palco para os membros da banda que tinham ensaiado músicas dançantes. Quando o superintendente subiu ao palco, o diretor da banda sinalizou para o trompetista, que fez um floreio para chamar a atenção de todos.

– Bem-vindos ao baile anual do Purim – disse o sr. Grossman. – Convido o comitê a subir aqui para fazer alguns anúncios.

Cinco garotos subiram ao palco, e Vic se adiantou para falar por eles. Sua máscara pendia desamarrada sobre o ombro, e todas as garotas sabiam quem ele era. Geralmente considerado o garoto de dezesseis anos mais bonito do M6, sua ligação romântica com uma das garotas do F6 tinha sido relatada na coluna de fofocas do último informativo do Lar, mas isso não impediu quase todas as garotas de esperarem conseguir uma dança com ele. Sam ajudara a organizar, mas, como não estava no comitê, ficou no chão, encostado na parede.

– De parte do comitê do baile, bem-vindos! – Vic esperou que a salva de palmas se dissipasse. – Vamos nos divertir muito esta noite. O que acharam da decoração? – Mais aplausos e alguns assobios. – Nossa equipe da cozinha está trabalhando até tarde para nos manter abastecidos com ponche e doces, então vamos demonstrar nosso agradecimento. – Outra salva de palmas. – E um obrigado especial aos membros da banda que ensaiaram uma grande seleção de músicas, e sim, vai ter um charleston! – Palmas, assobios e batidas de pés. – Agora, há algumas regras, e se todos nós as seguirmos, vamos nos divertir muito e fazer valer todo o trabalho que teve nosso comitê. Ninguém sai do refeitório, exceto para usar o banheiro. Haverá conselheiros cuidando dos banheiros dos meninos e das meninas, por isso, nada de gracinhas. – Uma onda de riso nervoso. – Todos os outros corredores estão fora dos limites. O baile vai continuar até o último sinal. Quando vocês o ouvirem, F4 e M4 vão sair primeiro, seguidos pelo F5, M5 e F6. E lembrem-se: os garotos mais novos estão dormindo, portanto, silêncio! Os garotos do F6 vão ficar para ajudar a desmontar a decoração e botar todas as mesas e bancos de volta no lugar para o café da manhã.

– Obrigado, Victor – disse o sr. Grossman. – E obrigado aos membros do comitê do baile por todo o trabalho duro no planejamento deste evento. – Uma onda final de aplausos enquanto os garotos desciam do palco.

O diretor da banda ergueu a mão, contou rapidamente quatro tempos e o baile começou.

Usando a peruca e com a máscara em torno da cabeça, Rachel se sentiu transformada. Ela circulou com as amigas por algum tempo, depois achou ter reconhecido Sam pela boca cerrada e a forma de seus ombros. Ao se aproximar, seus olhos cinza surgiram pelos buracos da máscara.

– Você não vai dançar comigo? – perguntou ela. Ao ouvir a voz da irmã, sua expressão suavizou-se.

– Rachel, é mesmo você? Vic, veja só Rachel. Você pode acreditar?

– Se alguém me dissesse que você podia ficar mais bonita que o normal, eu não teria acreditado se não visse eu mesmo – disse Vic. – É melhor você vir aqui e dançar comigo, Rachel.

Sam puxou Rachel assim que a banda começou a tocar uma valsa acelerada. Nenhum deles sabia como dançar, por isso apenas seguraram as mãos e giraram e riram. Rachel gostou de ver o sorriso de perto – normalmente ele só ficava assim tão feliz quando o time de beisebol do orfanato vencia um jogo. Quando a música terminou, Rachel estava com a respiração acelerada. Quando a banda começou um tango, Vic se aproximou e pôs a mão no ombro de Sam.

– Posso dançar com ela? – perguntou imitando um astro de cinema.

– Ora, é claro. – Sam entregou a mão de Rachel para Vic e fez uma reverência.

– Senhora, concede-me esta dança?

– Certamente, senhor. – Rachel fez uma reverência. Vic levou a mão dela ao seu ombro e pôs a outra mão na cintura dela, com as pontas dos dedos apertando a parte baixa de suas costas. Os membros do comitê de baile tinham pedido a Millie Stember que lhes desse aulas de dança, e Vic conduziu Rachel pela pista em passos contidos. Quando a girou em um rodopio, ela olhou ao redor para ver quem estava observando. Amelia, com o cabelo indisfarçável, tinha os olhos neles. Vic não parava de girar Rachel, por isso ela captava apenas vislumbres de Amelia sussurrando com um garoto alto e apontando na direção dela. Ela sabia que as outras garotas também deviam estar olhando para ela. Rachel sorriu, imaginando sua inveja. Quando a música terminou, o rosto de Rachel estava corado, os olhos escuros brilhando por trás da máscara.

– Você é uma ótima dançarina, Rachel – disse Vic. Abaixando-se, ele deu um beijo em seu rosto. Sentindo-se repentinamente desconfortável, Rachel cambaleou um pouco e soltou sua mão.

– Até logo! – Vic seguiu na direção da mesa de comidas. Rachel ficou perdida por um instante até que Tess e Sophie a cercaram.

– Ele beijou você, nós vimos! – Rachel estava prestes a dizer que tinha sido apenas porque Vic era amigo de Sam, que ele era como um irmão para ela, mas engoliu as palavras. Deixou que elas pensassem que Vic gostava dela, saboreando, pela primeira vez, a admiração e a inveja delas.

Finalmente, a banda começou um charleston.

– Vamos dançar! – gritaram as meninas. Formando uma fila, elas saíram chutando e se balançando pelo refeitório. Quanto mais rápido se moviam, mais forte seus corações batiam em seus peitos. O sorriso de Rachel erguia suas bochechas até que ela pôde sentir o tecido da máscara se apertar em torno do rosto. Depois, as garotas cercaram a mesa de lanches, bebendo ponche e limpando farelos do queixo.

Quando a banda fez um intervalo, muitas garotas, incluindo o grupinho de Rachel, foram ao banheiro. O burburinho de sua conversa e seus risos ecoava pelas paredes azulejadas. Acotovelando-se diante do espelho, elas tiraram as máscaras para jogar água fresca no rosto.

– Aqui, Rachel! – Tess levou um batom à boca de Rachel, passando o creme vermelho com o dedo. – Dê uma olhada! – Levou um instante até que ela encontrasse seu reflexo no espelho. Então aquela era a sensação de ser bonita, pensou Rachel.

Ávida por outra dança, ela apressou as amigas. Queria ver o sorriso do irmão, esperava que Vic dançasse com ela outra vez. Impaciente, amarrou a máscara em torno do rosto e deixou as meninas para trás. Deu passos rápidos na direção do refeitório.

– Aí está você. – Uma voz do corredor lateral que levava à padaria a assustou.

– Eu? – perguntou ela. Um garoto alto saiu das sombras. Ele não estava usando máscara. Rachel reconheceu Marc Grossman, filho do superintendente. Ele tentou pegar seu braço e fechou a mão em torno de seu cotovelo.

– Venha comigo. – Ele a puxou pelo corredor.

Rachel estava acostumada a aceitar a autoridade de adolescentes pouco mais velhos que ela, tão treinada para entrar em fila ou andar mais rápido, que seu corpo seguiu obedientemente mesmo enquanto seu cérebro faiscava com perguntas. Ela queria perguntar qual o problema, se tinha feito alguma coisa errada, se talvez Sam precisava dela, mas tinha recebido tantos tapas por falar fora de hora que engoliu as palavras. Depois da padaria, havia uma porta no fundo de um nicho escuro. Rachel recuou, com medo de que Marc estivesse planejando levá-la para fora. Uma criança do Lar não podia se meter em problema maior do que sair por conta própria. Mas ele não tentou abrir a porta. Em vez disso, empurrou a garota contra a porta tão forte e repentinamente que Rachel levou um susto.

Marc aproximou o rosto do de Rachel. Ela viu como suas sobrancelhas se encontravam em leque acima da ponte de seu nariz.

– Lá no baile, alguns garotos estavam dizendo que não podia ser Ovo, não com todo esse cabelo bonito, mas uma das meninas me disse que era você, então fiz uma aposta com os garotos para provar.

Então era com ele que Amelia estava sussurrando. Rachel pensou na mão quente de Naomi em seu ombro quando disse a ela: *Acho você muito bonita.* Rachel agora sabia que devia ser mentira. Ela fechou e apertou os olhos e baixou a cabeça. Esperava que Marc puxasse sua peruca e risse dela. Em vez disso, ele apertou o antebraço sobre sua clavícula e deslizou a mão livre sobre suas costelas até seu quadril. Seus ossos recuaram ao toque.

– Para ganhar a aposta, não posso tirar nem a peruca nem sua máscara. – Ele empurrou o joelho entre suas coxas. Um formigamento se espalhou por Rachel. Aquilo fez com que se sentisse mal. – Mas ouvi dizer que sua cabeça não é o único lugar em que você é careca, não é verdade, Ovo? Você não é careca em todo lugar? – A mão de Marc entrou por baixo de seu vestido, passou sob as ligas de suas meias e puxou sua calcinha. Rachel engasgou com a saliva que enchia sua boca.

Ela, agora, tentou afastá-lo com um empurrão, mas ele apenas se inclinou sobre ela, derrotando-a com sua altura e seu peso. Os dedos de Marc alisaram e examinaram até Rachel sentir uma dor que a chocou tanto que ela gritou.

– Ei, nada de gracinhas! – a voz de Millie Stember ecoou pelo corredor.

Marc recuou e enfiou as mãos nos bolsos. Os joelhos trêmulos de Rachel cederam.

– Nenhuma gracinha aqui – disse Marc, saindo para a luz e passando pela conselheira.

Millie correu e baixou a máscara até o pescoço da menina.

– Rachel, não você! – A surpresa na voz de Millie fez com que Rachel se perguntasse se ela não era bonita o suficiente nem para aquilo. – Venha, querida. Vou levá-la para ver a enfermeira. Você consegue andar?

Ela passou o braço em torno da cintura de Rachel e a levantou. Para Rachel, parecia que ainda podia sentir a mão de Marc entre suas pernas. Algumas garotas tinham se reunido na extremidade iluminada do corredor. Ao ver quem estava emergindo da escuridão, uma delas foi chamar Naomi.

Rachel se agarrou a sua velha conselheira.

– Ele pegou você? – sussurrou Millie. Rachel balançou a cabeça afirmativamente, apesar de ter a sensação de que estava sendo perguntada sobre algo mais do que sabia.

Naomi apareceu.

– O que aconteceu? Ela desmaiou, ou algo assim?

– Marc Grossman – começou Millie, então se conteve. – Não importa, Naomi, Rachel vai ficar bem, só volte para o baile. Melhor contar ao irmão dela que ela vai estar na enfermaria.

Millie Stember conduziu Rachel três lances de escada acima e por um corredor silencioso. Rachel não parecia recuperar o fôlego. Quando chegaram à enfermaria, ela estava pálida e enfraquecida. Millie chamou a enfermeira residente do Lar, Gladys Dreyer. Ela veio de seu apartamento anexo, o cabelo com bobes, limpando hidratante do rosto.

– O que aconteceu?

– Marc Grossman a agarrou.

– Muito ruim?

– Não sei, mas ela está tão abalada que eu imagino o pior.

A enfermeira Dreyer conduziu Rachel a uma cama e se sentou ao lado dela. Seu perfume adocicado, uma extravagância tão incomum no Lar, incomodou as narinas de Rachel. A enfermeira tomou as duas mãos de Rachel.

– Escute, querida – disse Gladys. – É muito importante que você me conte exatamente o que ele fez. Você entendeu?

Rachel começou a tremer, tremores que se dissipavam pelas pontas de seus dedos. Tremendo, ela encarou a enfermeira. Como se estivesse ouvindo as palavras de outra pessoa, ela disse:

– Ele me empurrou contra a parede. Ele me empurrou contra a parede. Ele botou a mão por baixo do meu vestido. Ele... me tocou.

– Isso é tudo?

Rachel piscou.

– Doeu. Eu gritei, e a srta. Stember ouviu.

– E você tem certeza de que foi só a mão dele embaixo do seu vestido? Ele não abriu a calça?

Rachel, então, entendeu o que estavam lhe perguntando, que coisa pior podia ter acontecido. Ela se sentiu enjoada.

– Claro.

– Bem, graças a Deus por isso. – Gladys Dreyer se dirigiu a Millie. – Eu cuido dela, você pode ir. Parece que ela vai ficar bem.

Millie se levantou para ir embora.

– Você já o testou para sífilis?

– O sr. Grossman não permite, apesar de eu já ter mandado três meninas para o hospital para tratamento com arsfenamina que dizem que foi ele.

Millie Stember sacudiu a cabeça.

– Felizmente apareci quando apareci, Rachel. Prometa-me que vai ficar longe de corredores escuros de agora em diante.

Rachel tentou dizer que não queria ter entrado naquele corredor, mas Millie havia ido embora. A enfermeira levou Rachel para o banheiro anexo e ligou uma banheira de água quente. Pegou em um armário alto uma lata de sais de banho de aroma doce e os jogou no vapor que subia.

– Fique aí dentro pelo tempo que quiser. Vou deixá-la dormir aqui esta noite. – Deixando uma camisola dobrada em um banco, ela fechou a porta.

Rachel desamarrou de volta do pescoço a máscara marcada por lágrimas. Olhando para ela, sentiu-se tola por nem sequer ter acreditado ser bonita. Com as roupas e a peruca odiada descartadas no chão, ela entrou na banheira. No início, sentiu dor onde Marc a tocara, mas logo passou.

Rachel fechou os olhos e afundou até a água encher seus ouvidos, tentando esquecer. Ela não ouviu a comoção quando Art Bernstein, conselheiro do M6, entrou na enfermaria.

– Enfermeira Dreyer, estão chamando a senhora no apartamento do superintendente. Marc Grossman levou uma boa surra. Acho que o nariz dele está quebrado.

– Já era hora. – Gladys amarrou um lenço sobre os bobes antes de pegar a bolsa. – Tudo bem, vamos.

Quando Rachel saiu do banho, a enfermaria estava silenciosa. Ela encontrou uma cama vazia e se enroscou embaixo do cobertor. Entrelaçando as mãos juntas, ela se entregou ao sono.

Naomi apareceu cedo na manhã seguinte com uma muda de roupa. Ela passou um braço sobre os ombros de Rachel e perguntou como estava se sentindo.

Rachel deu de ombros e soltou-se dela.

– Tudo bem, acho. Ele só... – Hesitou, à procura de palavras. Ela se sentia estranhamente desconectada do que havia acontecido no corredor. – Não foi tão ruim quanto poderia ter sido. O que você contou a Sam?

– Contei a ele que Marc Grossman a agarrou e você estava indo para a enfermaria. Ele desapareceu do baile logo depois disso. Achei que estivesse vindo ver você.

A enfermeira Dreyer pôs uma bandeja sobre o colo de Rachel e insistiu que ela comesse o pão de centeio com manteiga e bebesse um pouco de chá antes de sair. Rachel conseguiu beber o chá, mas o pão parecia grosso e seco em sua boca. Ela empurrou o prato na direção de Naomi, que comeu como um favor. Gladys, ao ver os farelos, balançou a cabeça com satisfação.

– Acho que você vai ficar bem, Rachel. Pode ir, agora.

Naomi conduziu Rachel até a sinagoga para o serviço matinal de sábado. Enquanto desciam a escada, Rachel se sentiu aturdida. Ela segurou a mão de Naomi até chegarem ao térreo. Lá se juntaram às filas de crianças que saíam do café da manhã e adentravam as portas da sinagoga. Rachel deslizou para um banco junto de outras garotas do F5. Ela viu Amelia na extremidade da fileira e afastou o olhar. Naomi foi para frente com o F6. Sam e Vic também estavam na frente, do lado dos garotos. Rachel podia ver as nucas deles. Ela desejou poder dizer a Sam que estava bem. Que ele não tinha que defendê-la. Que ele não tinha falhado com ela.

Houve algumas palavras de abertura, um hino, anúncios. Depois o sr. Grossman subiu ao tablado. Como seus predecessores tinham sido rabinos, era tradição no Lar que o superintendente fizesse o sermão. Mas Lionel Grossman tinha formação em serviço social, não em estudos religiosos. Ele usava essas ocasiões para fazer discursos desconexos sobre as virtudes do trabalho duro e a importância de seguir as regras. As crianças se acomodaram, erguendo os olhos para o teto.

– Hoje vou falar com vocês sobre violência. – Havia uma agitação incomum em sua voz. – A violência não pode ser tolerada em nosso Lar. Aqui, vivemos como irmãos e irmãs. Aqui, vivemos em uma instituição dedicada a sua saúde, sua educação, seu futuro como cidadãos americanos produtivos. Não podemos ter isso arruinado por violência. Quando eclode a violência entre nós, ela deve ser encarada com decisão. É preciso dar um exemplo com aqueles que maculam nosso Lar. – Rachel achou que ele estava falando sobre o que Marc tinha feito com ela, ou as coisas piores que ele fizera com outras meninas. Ela se perguntou se o superintendente ia sacrificar o próprio filho, como Abraão no Velho Testamento.

– Samuel Rabinowitz e Victor Berger, adiantem-se. – Todo som foi engolido quando mil crianças inspiraram e prenderam a mesma respiração. Sam e Vic saíram no corredor. – Venham até aqui, rapazes.

Rachel começou a tremer enquanto eles subiam no tablado. Ela podia ver que os nós dos dedos de Sam estavam esfolados, como se ele tivesse pegado uma bola baixa no cascalho. Vic olhou para trás sobre o ombro para seu conselheiro, Bernstein, que balançou a cabeça em encorajamento. Sam encarou a plateia, com as costas rígidas.

– Esses rapazes trouxeram a violência para nosso Lar – declarou o sr. Grossman, com voz esganiçada. – Eles agrediram meu filho. – O homem adulto encarava os adolescentes. Ele enrijeceu a mão aberta. Rapidamente estapeou cada rosto com tanta força que suas cabeças giraram. Mil crianças levaram um susto.

O sr. Grossman indicou um ponto na extremidade da primeira fileira. Rachel não conseguia ver Marc sentado ali. Ela o imaginou com olhos roxos e um curativo no nariz.

– Peçam desculpas a ele.

Os olhos de Vic seguiram a linha do braço trêmulo do sr. Grossman.

– Desculpe – disse ele. Sua voz foi nítida, mas Rachel pôde ver seu lábio se retorcer.

Todos os olhos se voltaram para Sam. Ele permaneceu em silêncio, com o rosto ardendo. Ele encarava de volta o sr. Grossman, de boca fechada.

O braço estendido recuou e golpeou adiante. Esse tapa tirou Sam de sua postura desafiadora. Ele cambaleou, depois se firmou. Um sussurro começou a se elevar do meio das crianças reunidas enquanto um fio de sangue escorria do nariz de Sam.

– Peça desculpas!

Vic estava parado ao lado do amigo. Rachel sabia que seus pensamentos eram os mesmos dela. *Apenas diga as palavras. Elas não significam nada. Salve-se.* Mas Sam não falava. A culpa e a vergonha de Rachel aumentavam. Ela se imaginou subir o tablado correndo e se jogar na frente do irmão. Seus músculos se retesaram, mas seu corpo não se moveu.

O rosto do sr. Grossman se inflamou tão vermelho quanto o de Sam. Ele ergueu a mão pela terceira vez, dessa vez com os dedos cerrados em um punho. Bernstein pulou de seu assento. Em dois passos, ele estava ao lado do superintendente com o punho seguro em pleno movimento.

– Aqui, não, sr. Grossman. – A voz baixa de Bernstein mal chegou à fileira de Rachel. – Não na frente dos pequenos. – Ele gesticulou para o fundo da sinagoga. O sr. Grossman acompanhou o olhar do conselheiro até as crianças de seis e sete anos nas fileiras mais distantes. Mesmo àquela distância ele podia ver o medo em seus olhos.

O sr. Grossman baixou o braço.

– Cuido de você depois – rosnou para Sam, depois se afastou. – Leve-os, então. – Bernstein conduziu Vic e Sam para fora do tablado. Todos os olhos acompanharam os rapazes enquanto seguiam pelo corredor comprido. O sr. Grossman limpou a garganta. – Agora me deixem falar sobre irmandade – começou ele.

Rachel teria saltado e saído da sinagoga atrás do irmão não fosse pelo olhar que Naomi lhe lançou. Mais problemas, era isso que ela ia provocar. Ela fechou os olhos e esvaziou a mente, enchendo os ouvidos contra as palavras que jorravam do tablado. Cada minuto que passava parecia uma hora.

Por fim, Rachel sentiu as crianças ao seu redor se levantando dos bancos. Conduzidas por seus monitores, seus pés rastejantes o único som, elas saíram em fila da sinagoga. Quando estavam no corredor, suas vozes, liberadas, ecoaram pelas escadas de mármore enquanto recontavam o que tinham visto. Um conselheiro gritou:

– Todos quietos.

Pela primeira vez na história do Lar as palavras foram ignoradas, nenhum monitor disposto a impor a ordem com um tapa.

Naomi alcançou Rachel.

– Bernstein com certeza levou Sam para a enfermeira Dreyer. Vamos.

Elas refizeram os passos daquela manhã. Encontraram Sam na enfermaria equilibrando uma bolsa de gelo na ponte do nariz. Bernstein ainda estava lá, e Vic, também, em uma cadeira ao lado do leito. Rachel sentou aos pés do irmão e pousou a cabeça em seus joelhos.

– Ah, Sammy, você não devia ter ido atrás do Marc, não por minha causa.

Sam levantou a bolsa de gelo e olhou para ela, com uma crosta de sangue seco na boca.

– E você lá sabe o que um irmão deve fazer pela irmã? – A enfermeira Dreyer o empurrou para trás contra o travesseiro e posicionou o gelo. De olhos fechados, Sam disse: – Eu só fico aqui por sua causa, mas qual o sentido? Não consigo proteger você. Naomi faz um trabalho melhor nisso que eu. Eu podia muito bem fugir.

Rachel sentou.

– Não, Sam, você não me deixaria sozinha, deixaria?

– Olhe ao seu redor, Rachel. Você não está sozinha. Além disso, que diferença faz eu estar aqui ou não? Não acho que posso aguentar isso muito mais.

Rachel se lembrou do tapa que vira tantos anos atrás pela janela na Recepção. Ela se perguntou quantos tapas Sam suportara entre aquele dia e esse.

– Vamos lá, vocês todos – disse Gladys Dreyer, seu perfume pairando acima de suas cabeças. – Aqui está cheio demais. Bernstein, você fica. A sra.

Berger vem aqui conversar com você e Sam. O resto de vocês vai embora, agora. Sam vai ficar bem.

Vic pôs a mão no ombro do amigo.

– Você vai ficar bom como novo, Sam. Não deixe que eles botem você para baixo. Diga a minha mãe que estou bem, certo?

Sam balançou a cabeça afirmativamente, depois olhou para a irmã.

– Vá, então. Você ouviu a enfermeira Dreyer. Vou ficar bem. – Rachel viu uma distância nos olhos do irmão que lhe provocou um calafrio, como se ele estivesse olhando para ela através de uma tela de gelo. Ela se debruçou sobre ele para abraçá-lo, mas ele a afastou.

– Não – disse ele. Os olhos de Rachel começaram a se encher de lágrimas outra vez. – Quero dizer, não se preocupe. Vejo você amanhã, na Recepção, quando visitarmos a sra. Berger. Está bem?

Rachel balançou a cabeça afirmativamente.

– Está bem, Sam. – Ela seguiu Naomi e Vic para fora da enfermaria. Bernstein ficou para trás, conspirando com a enfermeira Dreyer.

Se ela não estivesse tão preocupada com o irmão, Rachel talvez tivesse se incomodado com os sussurros e dedos apontados que a seguiram por aquele sábado longo. Pouco antes do último sinal, Naomi puxou Rachel para o lado no alojamento do F5 e disse a ela que soubera por Millie Stember que Marc Grossman estava sendo mandado para uma escola militar em Albany. Rachel ficou feliz ao ouvir aquilo, apesar de a única consequência do que acontecera no corredor escuro que importava para ela agora era Sam. Ela mal conseguia dormir, sua ansiedade se alternando de sua ameaça de fugir para o que mais o sr. Grossman pudesse fazer com ele.

Na tarde seguinte, quando Rachel foi até a Recepção, a sra. Berger e Vic estavam lá, mas não seu irmão. Fannie Berger envolveu Rachel em seus braços gordos.

– Ele foi embora, filhota. Mesmo com Marc longe, não era mais seguro para ele aqui. – Rachel mal ouvia enquanto a sra. Berger explicava como ela e Bernstein tinham reunido dinheiro para encher os bolsos de Sam com notas amassadas antes de ele escapar por uma porta destrancada e pular o muro.

Rachel se afastou da sra. Berger.

— Mas o que vai acontecer com ele? Para onde ele vai? A polícia não vai trazê-lo de volta se pegá-lo?

— Ele é praticamente um adulto, pode cuidar de si mesmo – disse Fannie. – Ele deixou a cidade, é tudo o que eu sei, mas onde quer que tenha ido, tenho certeza de que está bem. – Vic olhou para a mãe, com uma pergunta erguendo suas sobrancelhas, mas ela sacudiu a cabeça.

— Ele vai ficar bem na estrada, um garoto duro como Sam – afirmou Vic. – Ele queria que eu lhe dissesse o quanto ele ama você. – Ele deu um beijo na testa de Rachel. Ela virou o rosto, envergonhada do rubor que coloriu a face.

Rachel se lembrou de quando a mulher da agência a separou de Sam, como ele prometera buscá-la. Ela sabia que não era culpa dele ter quebrado aquela promessa. Ele era tão novo quanto os meninos do M1, alguns tão pequenos que ela podia apoiar o cotovelo dobrado em suas cabeças. Sam não podia evitar, na época, mas agora tinha dezesseis anos, não seis, e dessa vez a havia deixado para trás de propósito. Ela se sentiu tão abandonada quanto no primeiro dia no Lar Infantil. Das mil crianças no Castelo, dos milhões de pessoas na cidade, nenhuma, agora, pertencia a ela.

A distância, uma campainha tocou. Do outro lado do pátio, portas se abriram e delas saíram crianças. Rachel sentiu seus gritos golpearem o vidro como passarinhos desavisados. Ela se despediu e deixou a Recepção. Caminhando pelo pátio lotado, poeira entrou em seus olhos. Ela não tinha cílios para afastá-la.

Capítulo Dez

OS COMPRIMIDOS PARA DORMIR FIZERAM O SERVIÇO. QUANDO PERcebi, o despertador estava me chutando para fora da cama. Foi necessário um bule de café forte (tive de beber puro, estava sem leite) para desanuviar a mente. Estava tão ansiosa para confrontar a dra. Solomon que cheguei ao Lar Hebraico de Idosos ainda mais cedo que o habitual. Eu tinha tudo resolvido na minha cabeça: dar primeiro a dose de Mildred Solomon, mas reduzida, na ronda das oito horas, depois voltar a ela no fim, ao meio-dia. A essa hora, ela estaria saindo da confusão mental da morfina. Eu precisava que estivesse coerente. Ela tinha muita coisa pelo que responder.

Eu havia me trocado e estava prestes a bater o ponto quando percebi o calendário. Droga, Gloria tinha me posto para trabalhar no dia seguinte. Quando isso tinha acontecido? Nós sempre tínhamos um ou dois dias livres entre nossos turnos longos. Por falar no diabo, como diria Flo. Ou, pelo menos, por pensar nela.

– Bom dia, Rachel. Animada e adiantada, como sempre.

– Gloria, não entendo o horário. Eu devia estar de folga amanhã. – O atraso em potencial de minha consulta com o dr. Feldman me deixou em pânico. Estava muito difícil controlar meus medos. A falsa calma não ia durar outro dia.

– Nós conversamos sobre isso há uma semana. A outra enfermeira-chefe perguntou se eu podia trocar com ela, e eu perguntei se você podia trocar, também, porque eu teria alguém em quem eu pudesse confiar comigo no dia. Você não lembra?

Aquilo fez com que me lembrasse. Na semana passada, eu não tinha motivo para não concordar em trocar de turnos; neste verão, todo dia era tão longo e solitário como o outro.

As sobrancelhas de Gloria se franziram acima de seus óculos de gatinho.

– Eu estava esperando que ela confirmasse seus planos, por isso não escrevi no calendário até sair outro dia. Desculpe, Rachel, mas não vejo como trocar isso, agora. Já mudei todo mundo. E, veja, você tem três dias livres seguidos, depois. Você pode passar um tempo na praia, tomar sol.

– Mas eu marquei um compromisso para amanhã... – Afastei os olhos de Gloria, com medo de começar a chorar. Senti sua mão em meu ombro.

– Tem alguma coisa errada, Rachel? Quer me dizer alguma coisa?

– Estou bem, Gloria. Vou remarcar meu compromisso, só isso.

– Que bom ouvir isso. Você sabe como conto com você. – O armário dela fechou com uma batida metálica enquanto ela tirava a touca e a prendia com o grampo sobre o coque. – Vou liberar Flo, já que você está aqui.

Flo. Eu ia pedir a ela, implorar se necessário. Em vez de sair atrás de Gloria, permaneci na sala das enfermeiras até Flo chegar.

– Dizem que Deus ajuda quem cedo madruga, mas, sério, Rachel, você está fazendo o resto de nós ficar mal.

– Você nunca pode ficar mal, Flo. – Eu a conduzi até a janela. – Eu quero um, se você oferecer. – Ela pareceu surpresa, mas tirou um Chesterfield do maço e o entregou, já aceso, para mim. A fumaça provocou uma sensação boa, o calor em minha garganta equilibrando o ar quente de verão. Depois de alguns tragos, eu me senti mais firme. – Flo, odeio pedir, mas Gloria mudou meus turnos depois de eu marcar um compromisso para amanhã. Eu estava me perguntando se há alguma chance de você trocar comigo. Vir amanhã de manhã, aí eu cubro você à noite? – Fiquei tensa. Quanta pena eu teria de juntar para ela concordar? Nada podia ser mais digno de pena que a verdade. Eu me preparei para revelá-la.

– Claro que posso fazer isso. Vou ficar exausta, mas quero qualquer desculpa para não ficar em casa. – Ela soprou um anel de fumaça. Eu não sabia que ela sabia fazer isso. – Minha sogra está de visita. Ela acha que sou preguiçosa, dormindo o dia inteiro, apesar de trabalhar à noite. Bate panelas na cozinha fazendo para meus filhos o que ela chama de um "jantar de verdade". Eu pergunto a você: quem trocaria a noite pelo dia? – Ela apagou a guimba e a jogou pela janela. – Que tipo de compromisso?

– Ah, é para cuidar do cabelo. – Era uma coisa idiota de se dizer, mas eu não tinha pensado tão à frente. – Parece bobagem, eu sei, mas tive de esperar séculos para conseguir horário.

– Como eu disse, qualquer desculpa para não ficar em casa enquanto ela está aqui. Agradeça por não ter de aturar uma sogra. – Ela segurou minha mão. – Ah, Rachel, desculpe. Eu sou uma idiota, não me dê ouvidos.

Imaginei que ela estava lembrando que eu tinha crescido sem mãe. Ou ela estava se sentindo mal por estar esfregando em minha cara o fato de eu não ser casada? O que quer que fosse, eu não liguei.

– Não se preocupe com isso, Flo. Nem sei como dizer o quanto eu agradeço.

Bati o ponto dela de saída e o meu de entrada, depois fui contar a Gloria da mudança.

– Flo? A enfermeira da noite? – Ela franziu o cenho. – Há uma razão por que eu queria você, Rachel. Não vou fingir não estar decepcionada.

Nunca tinha desapontado Gloria, antes. Era impressionante o quanto sua desaprovação incomodava. Saí correndo para preparar o carrinho para a ronda da manhã.

– Acha que consegue fazer Mildred Solomon tomar sopa outra vez? – Gloria estava conferindo bandejas de almoço, separando-as para mim e a outra enfermeira do turno. – Ela não come desde que você a alimentou pela última vez. Deixei uma observação em seu prontuário para o médico, perguntando se sua dose não pode ser reduzida para que ela consiga comer alguma coisa. Veja o que ele escreveu em resposta. – Gloria me mostrou o prontuário. O médico tinha respondido à solicitação meticulosamente redigida por Gloria em uma garatuja mal decifrável. *Utilize um tubo de alimentação caso ela não consiga engolir.* Nós escarnecemos, em uníssono, o som universal de enfermeiras que sabem mais o que fazer que os médicos cujas ordens seguimos. – Veja o que você pode fazer. – Gloria me entregou a bandeja com a sopa de Mildred Solomon e sua seringa seguinte de morfina. Ela jamais teria sugerido diretamente que eu reduzisse sua dose, mas a possibilidade estava implícita.

Se Gloria soubesse. O frasco que eu carregava em meu bolso já levava metade da dose das oito horas da dra. Solomon. Era um risco, reter tanto, mas, quando eu a vi na cama, tudo o que ela havia feito comigo desabou sobre mim como uma onda. Eu queria sacudi-la, estrangulá-la, estapear seu rosto emaciado. Segurar um pouco de morfina parecia uma alternativa contida. Ela sentiria dor, eu sabia, mas o pensamento íntegro de que isso era sua vontade tomou conta de mim. Quando deixei seu quarto depois da ronda matinal, fechei a porta para abafar quaisquer gemidos que pudessem escapar de sua garganta ressequida quando o efeito da morfina começasse a passar.

Ao entrar com a bandeja, vi os braços e pernas de Mildred Solomon se retorcendo por baixo dos lençóis, como uma criança brincando de fazer anjos na neve. Câncer ósseo leva a dor às partes mais profundas do corpo. Nenhuma posição dos membros aliviava suas pontadas e ardência. Ela ergueu os olhos quando entrei no quarto, olhos turvos, ainda que aguçados.

– Você está atrasada com minha medicação! Dê minha dose, rápido. – Sua voz arranhou minhas memórias, como unhas em um quadro-negro. Ela descansou sobre o travesseiro, antecipando o alívio vindouro. – Seja uma boa menina e se apresse, está bem?

– Coma alguma coisa antes. Consegue fazer isso por mim?

– O que me importa comer? Não consegue ver que estou sofrendo?

Sentei na cadeira das visitas, a bandeja nos joelhos.

– O médico mandou usar um tubo de alimentação se a senhora não comer nenhum nutriente. – Eu sabia que isso iria exasperá-la.

– Canalha arrogante – disse ela, tentando se levantar na cama. Girei a manivela para levantar o colchão. Quando seus quadris dobraram, ela gemeu.

– Vamos acabar logo com isso, então. – Ela abriu a boca, um eco daquela fotografia da criança no estudo sobre escorbuto. Levei a colher de sopa entre seus lábios trêmulos. Ela engasgava a cada vez que engolia com dificuldade. Determinada, porém, a sobrepujar o médico, ela consumiu toda sopa que ofereci até jogar a cabeça para trás, exausta. – Pronto, comi tudo. Conte isso para o médico. Tubo de alimentação, está bem... Você sabe como essas coisas são desconfortáveis? É desumano.

– Eu sei. – Tinha sido ela, não é, quem enfiara aquele tubo em minha garganta? Não alguma enfermeira anônima, mas a própria dra. Solomon. Eu agora me lembrava, sua gravata balançando acima de meu rosto enquanto ela segurava o funil.

Sua respiração saía em haustos curtos. Ela gesticulou para a seringa.

– Está na hora. Não demais, mas um pouco, preciso de um pouco. Preciso de um pouco, agora.

Em vez de pegar a seringa, eu disse:

– Em um minuto. Quero que a senhora faça uma coisa primeiro.

Ela estreitou os olhos, desconfiada.

– O quê?

Eu não respondi.

Meus olhos fixaram-se nos dela enquanto eu desabotoava meu uniforme até a cintura e tirava meus braços do tecido engomado e branco. Levei a mão às costas, soltei o sutiã e o tirei do corpo. Olhei para meus seios, pálidos e com bicos rosa, os mamilos ainda pequenos como os de uma menina. Levantei a mão da dra. Solomon, os dedos como as garras de uma ave, e levei suas pontas até embaixo de meu seio direito e apertei.

– Quero que sinta isso.

Ela não tinha força para tirar a mão.

– Aí recebo minha medicação?

– Logo, logo vai receber sua dose. – Apertei seus dedos mais fundo. – Agora, sinta.

No início, os dedos dela estavam rígidos, distantes. Em seguida, a mão que fora treinada como uma ferramenta de diagnóstico começou a se movimentar por vontade própria. Ela revistou meu seio, como se procurasse uma moeda perdida no fundo de um bolso. Eu me encolhi com a pressão, o tecido delicado. Em uma dobra de carne, seus dedos encontraram uma forma, a envolveram, avaliaram seu tamanho e peso. Sua dor pareceu esquecida enquanto a dra. Solomon exercia sua profissão.

– Aí está! – Excitada como um esquilo, ela segurou a bolota de carvalho enterrada. A dor se manifestou, e seu sorriso se retorceu em uma careta. Enquanto seu cotovelo afundava no colchão, eu me inclinei mais na direção da cama. Finalmente, ela retirou a mão. – Não entendo. Por que você quis que eu encontrasse seu tumor?

– Porque – falei, nossos rostos próximos –, porque a senhora o pôs aí. – Esperava que ela hesitasse diante da acusação, revirasse a mente em busca do que pudesse ter feito para merecer isso, se horrorizasse ao confrontar as consequências de suas ações.

– Não seja ridícula. O que quer dizer com eu pus esse tumor aí? – A voz da dra. Solomon estava tensa devido à dor. – Você disse que eu ia receber minha medicação. Você prometeu.

Com mãos trêmulas, prendi o sutiã e abotoei o uniforme, ajustei a gola e a touca. Ela não havia entendido, ainda não. Eu teria de estimular sua memória, fazer as perguntas que seu artigo médico deixara sem resposta. Quando ela juntasse as coisas, tinha certeza de que ficaria envergonhada pelo modo como nos tratara, arrependida de como me usara. Eu me perguntei se ela iria me pedir que a perdoasse. Será que eu conseguiria?

– A senhora se lembra do experimento que fez no Lar Infantil Hebraico, apontando raios X para as amídalas de crianças?

– Claro que sim, não estou senil. É só essa maldita morfina que não me deixa pensar direito, ele receita demais. – A dra. Solomon fechou os olhos. Ela parecia estar à procura de alguma coisa. Será que estava finalmente se lembrando de mim? – Me botou no mapa, aquele estudo. Ninguém tinha usado raios X em amídalas antes. – Ela me olhou com avidez. – Conheci Marie Curie por causa dele, quando ela esteve em Nova York. Sabia disso? Apertei sua mão, aquela mesma mão cujas queimaduras lhe deram a ideia de que o rádio poderia ser usado em medicina. Ela me parabenizou. A mim! Agradeceu-me, também, por minha pequena doação a seu fundo de rádio. Era de enfurecer que a mulher que descobriu o rádio não tivesse como comprar nenhum para a própria pesquisa. – Ela olhou fixamente para o teto, seu sofrimento afastado pelo prazer da recordação. – Eu quase não consegui aquela residência no Lar Infantil. Claro, eles estavam começando a permitir a entrada de mulheres nas Escolas de Medicina, só o suficiente de nós para fechar lugares como o Female Physicians College, mas nós não éramos exatamente desejadas, posso lhe dizer isso. Fizeram-me viver na casa da esposa do reitor, onde sua esposa podia ficar de olho em mim. Era isso ou me alojar com as estudantes de enfermagem. – Ela agora falava com rapidez, como se as palavras estivessem ultrapassando a dor. – O Lar Infantil Hebraico tinha uma das melhores salas de raios X da cidade, todos os radiologistas queriam aquela residência. O dr. Hess só me classificou em segundo porque a esposa do reitor fez com que o marido pusesse pressão sobre ele. Ela me defendeu de seu próprio jeito estúpido, achou que o segundo lugar iria satisfazer minha vaidade, mas por que eu iria querer o segundo lugar quando merecia o primeiro? Aí o idiota que tinha se classificado na minha frente deixou cair um vidro de rádio. Você pode acreditar na incompetência? Estávamos no laboratório na faculdade de medicina, passando-o de um para o outro, uma coisa pequena, um décimo de grama, mas, ainda assim, avaliado em milhares, até que ele se atrapalhou e deixou cair na pia. Eu me lembro de sua expressão idiota ao observá-lo desaparecer pelo ralo. Foi preciso chamar um encanador para derreter as juntas de chumbo dos canos e recuperá-lo. Quando o dr. Hess soube disso, ele vetou a inscrição do idiota. Bem, todos os outros já tinham aceitado suas residências. Minha única perspectiva era uma posição em uma clínica de raios X ultrapassada no meio do nada, acho que no Nebraska, talvez em Wyoming, coisa que eu estava adiando o máximo possível. Eu era a melhor de minha turma, devia ter tido minha opção de residências. As coisas eram assim para mim, eu me matando para ser a primeira para ficar em posição de capitalizar sobre a estupidez dos outros.

Fiquei surpresa pelo tempo que ela falou. Ela não devia ter uma plateia atenta havia bom tempo. Fiquei, porém, confusa com sua história. Será que ela estava em busca de minha simpatia? Eu sabia como era ser excluída, ser mantida à margem, não receber o reconhecimento desfrutado por todos, por menos merecido que fosse. Mas eu não era como ela, lembrei a mim mesma. Ela havia me explorado quando devia ter cuidado de mim. Que diferença fazia que ela tinha precisado lutar? Ela tinha todo o poder sobre nós e eu agora sabia como ela o havia usado.

Uma pontada de dor fez com que a boca de Mildred Solomon se retorcesse.

– Por que você quer saber de meu estudo sobre amídalas?

– Porque – respondi, observando a reação dela – eu fui sua cobaia.

A dra. Solomon piscou, confusa. Ela me olhou fixamente, como se tentasse focalizar letras pequenas demais para ler.

– Você foi um de meus pacientes?

Balancei a cabeça afirmativamente, imaginando por um momento que a dra. Solomon havia me reconhecido: sua boa garotinha corajosa. Ela levou a mão ao meu rosto. Inclinei a cabeça na direção da palma curvada de sua mão. Eu não me dera conta do quanto eu ansiara por aquele gesto afetuoso até ele acontecer. Não tinha sido culpa dela, afinal de contas. Ela quisera ser boa para nós, tratar-nos como seus próprios filhos, mas precisara se afirmar. O mundo era injusto demais, ela não tinha permissão para demonstrar afeto. Não na época. Não até agora. Eu repousei o rosto em sua mão.

Mas não, não era uma carícia. A dra. Solomon empurrou minha cabeça para trás para expor a parte debaixo de meu queixo. A unha de seu polegar fez um círculo em torno das cicatrizes, ali, traçando as moedas de pele brilhante. Ela pôs os dedos contra minhas sobrancelhas desenhadas e esfregou fora o lápis. Por fim, levou a mão a meu cabelo e o empurrou. A peruca saiu do lugar. Ela puxou a mão, surpresa, não era carinho o que eu via em seu rosto, nem arrependimento. Medo, talvez? Não, nem mesmo isso.

– Então a alopecia nunca se resolveu? Eu fiquei curiosa em relação a isso, sempre quis acompanhar. Que número era você?

Eu ajustei a peruca.

– Oito – falei. Eu esperava que acontecesse a qualquer segundo, agora: a dra. Solomon pediria para ser perdoada. Mildred Solomon estava prestes a expiar tudo o que tinha feito comigo. Meus olhos estavam no rosto da idosa, ávidos pelas palavras que eu queria ouvir.

A dra. Solomon estreitou os olhos, como se olhasse para o passado.

– Número oito. Eu me lembro de você. – Ela fechou os olhos, as pálpebras bem apertadas. – Você era uma coisinha muito grudenta.

As palavras doeram como um tapa. Ela desabou de volta contra os travesseiros, a respiração acelerada e curta. A dor estava piorando, eu podia ver. Bom, pensei, a vaca merecia.

Achei que ela tivesse perdido o fio de seu pensamento até que disse:

– Como, exatamente, seu tumor é minha culpa?

– Por causa dos raios X que a senhora aplicou em mim, sem nenhuma necessidade. – Eu queria cuspir as palavras, afiadas como pregos, mas eu pareci um cordeiro balindo.

– Eu tinha minhas razões. Boas, também. Você não leu meu artigo?

– Li, sim. Li como a senhora achava estar nos poupando da cirurgia. Mas a senhora nos usou, me usou. Nós nem tínhamos amidalite. Éramos perfeitamente saudáveis. Talvez a senhora tivesse suas razões, mas não se sente nem um pouco mal com os resultados daqueles experimentos com raios X? Do que eles fizeram conosco, comigo? Primeiro, meu cabelo, e agora, isso. – Eu apertei o seio. – O que vai sobrar de mim depois disso?

– É uma pena para você, Número Oito, mas se os pesquisadores desistissem de seus experimentos por se preocuparem com as consequências, ainda estaríamos morrendo de varíola.

– Por que a senhora está me chamando de Número Oito? Meu nome é Rachel, Rachel Rabinowitz. A senhora nunca nem soube disso, soube?

Com uma careta de dor, o rosto da dra. Solomon corou de raiva.

– O dr. Hess me disse para nunca usar seus nomes. Apenas números, disse ele, elas são números. De que outra forma um pesquisador pode manter a objetividade, especialmente trabalhando com crianças? Você não acha que era difícil manter minha compostura, com aquelas malditas enfermeiras se debulhando em lágrimas sempre que eu dava as costas? Eu tinha de me esforçar muito para que elas me respeitassem. Elas sempre questionavam meus métodos, como se fôssemos iguais. – Ela escarneceu, com desprezo. – Enfermeiras. Eu gostaria de vê-las dissecar um cadáver.

Ela estava arquejante, quase hiperventilando. Logo ia começar a tremer por abstinência. Peguei a seringa, ansiosa, agora, para calá-la. Enfiei a agulha no tubo endovenoso e apertei o êmbolo até que sua respiração, ainda curta, desacelerou. Eu não queria tornar a falar com ela, não naquele dia. Ainda assim, retirei a seringa com apenas metade da dose receitada, esguichei o resto no frasco em meu bolso. Ela logo estaria com dores de novo, mas e daí? Seria gratificante, na ronda das quatro horas, ver Mildred Solomon sofrendo. Só então eu lhe daria a dose completa, para deixá-la quieta para a enfermeira da noite.

Gloria percebeu a tigela vazia de sopa, a seringa vazia de morfina.

– Bom trabalho, Rachel. Você vê por que eu queria você no turno comigo. Vá em frente e tire seu horário de almoço.

A caminho da cafeteria dos funcionários, eu me dei conta da sorte que tive de trocar com Flo. Havia apenas mais uma enfermeira no turno da noite, e nenhuma supervisora. Amanhã à noite, eu teria a dra. Solomon para mim. Seria ela quem estaria a minha mercê.

Capítulo Onze

No dia seguinte à fuga de Sam, Rachel não conseguiu sair da cama no sinal de despertar. Naomi foi sacudi-la quando soou o sinal do café da manhã.

– Você precisa levantar agora e se apressar. As outras monitoras vão dar bronca em todo o alojamento se você nos atrasar.

Rachel sentou. Seus joelhos, pescoço e costas doíam. Lágrimas jorravam enquanto sussurrava:

– Eu simplesmente não consigo.

– Tudo bem. – Naomi saiu andando, mas voltou logo em seguida. – Mandei o resto descer. Vou levar você à enfermaria.

Gladys Dreyer não pareceu surpresa ao ver Rachel de volta tão cedo.

– Mais provavelmente um efeito colateral. Você teve uma experiência muito perturbadora. Vou mantê-la aqui por alguns dias para que possa descansar. Se alguém perguntar, vamos dizer que é mononucleose. – Agradecida, Rachel caiu na cama que a enfermeira Dreyer ofereceu. Naomi saiu apressada e logo voltou correndo com um livro da biblioteca.

– Achei que você gostaria desse – arfou ela, com um volume da expedição de Scott ao Polo Sul na mão. Rachel já o lera antes, mas aceitou agradecida, sabendo que Naomi tinha se atrasado para a escola por causa dela. Ela esperava que fosse a última bondade de Naomi, agora que Sam e suas propinas tinham terminado.

Era um luxo desconhecido no Lar de Órfãos Hebraico: um dia inteiro passado lendo na cama. A enfermeira Dreyer até trouxe o almoço em uma bandeja. Rachel pensou que era assim que viviam crianças com famílias. Crianças com quartos silenciosos em apartamentos em que o tempo era medido pelo tiquetaquear suave de um relógio em vez do grito dos sinais. Crianças com pais que chegavam em casa do trabalho para perguntar o que tinham aprendido na escola naquele dia. Crianças cujas mães as mantinham em casa quando estavam se sentindo frágeis demais para enfrentar o mundo.

Depois da escola, Naomi voltou, dessa vez com o dever de casa de Rachel.

– Sua professora disse para você ficar boa logo, e eu também. – Naomi apertou a mão de Rachel antes de ir embora correndo. Rachel olhou para o caderno e a lição de matemática em seu colo, satisfeita, mas intrigada pela continuidade da atenção de Naomi.

O médico do Mount Sinai que atendia ao orfanato percebeu a fadiga de Rachel, mas duvidou que fosse mononucleose porque ela não tinha dor de garganta nem febre. Gladys Dreyer o convenceu.

– Ela pode estar contagiosa, mesmo sem esses sintomas – argumentou. – Ela só vai poder ficar aqui com seu diagnóstico. Eu queria dar a ela alguns dias, depois do que ela passou... – Ela puxou o médico de lado e falou com ele em uma voz baixa demais para que Rachel ouvisse. Ele ouviu, balançou a cabeça, limpou a garganta. – É melhor mantê-la afastada das outras crianças, só por garantia.

Rachel passou a semana na cama de folga, lendo os livros, fazendo as tarefas de casa que Naomi levava para ela e se acostumando com a ideia de que Sam tinha ido embora para sempre. Com Marc Grossman mandado para o norte do estado, era principalmente o abandono de Sam que a abatia. Ela se perguntou se a ideia de sua fuga a deprimia mais que o fato de sua ausência. Além das tardes de domingo na Recepção, ela passara muito pouco tempo com o irmão ao longo dos últimos nove anos. Eles ficavam em alojamentos e em anos separados, nunca nos mesmos clubes depois da escola nem à mesma mesa nas refeições, em lados opostos do lago durante o acampamento de verão. Sua vida no Lar seria pouco alterada sem Sam, ali. Ela não iria mais procurar por ele do outro lado do refeitório ou do pátio, só isso; não ia mais procurar por ele quando o time de beisebol jogasse; não ia mais tentar captar seu olhar quando passassem um pelo outro, em silêncio, pelos corredores largos do Castelo.

– Quando você vai voltar para o alojamento, Rachel? – perguntou Naomi na sexta-feira quando ela deixou o trabalho de casa de Rachel. – Lá não é divertido sem você.

Rachel sorriu, ousando acreditar que Naomi pudesse ter sido uma amiga de verdade por todo aquele tempo.

– A enfermeira Dreyer acha que eu já descansei tempo suficiente, ela disse que eu devo voltar no domingo.

– Bom! Aí você não perde a carne assada. – Naomi se instalou na beira da cama estreita de Rachel. – Você já se perguntou por que o jantar de domingo é a melhor refeição da semana? Quero dizer, na verdade devia ser na sexta-feira à noite, se você pensar bem, certo? Mas é domingo, porque é quando o conselho dos curadores faz sua reunião. Sabe, esses homens de terno que nos visitam rapidamente enquanto comemos? Eles gostam de ver onde estão gastando seu dinheiro. – Naomi saiu com uma piscada que fez Rachel sorrir pela primeira vez desde o baile do Purim.

No sábado à noite, porém, um dos garotos na enfermaria que estava com febre teve uma crise. Rachel acordou de um sonho enervante para encontrar Gladys Dreyer examinando o garoto com uma expressão de pânico.

– Pode levantar a perna para mim, Benny? Só levantar. Não? Então que tal o pé, você pode mexer o pé? Você está tentando de verdade? – O rosto febril do menino se contorcia com o esforço, mas a perna permanecia inanimada.

Gladys foi até sua mesa e ligou o ramal interno do apartamento do superintendente.

– Sr. Grossman, vamos precisar do médico do Mount Sinai aqui amanhã logo cedo. – Sua voz se reduziu a um sussurro, como se quanto mais alto falasse a palavra, mais provável que fosse verdade. – Eu acho que é pólio. Sim, claro, procedimentos de isolamento imediatamente.

Ao voltar para cuidar do menino, Gladys viu Rachel sentada na cama, aproveitando a luz incomum para ler o livro.

– Infelizmente você pode ter de ficar conosco um pouco mais, Rachel. Vou confiar em você porque sei que posso confiar em você para não assustar os menores. Podemos estar lidando com um caso de pólio. Vamos entrar em isolamento, ninguém entra nem sai da enfermaria até termos certeza de que nenhum de nós está contagioso.

Quando o médico examinou Benny no dia seguinte, não ficou tão convencido quanto estava a enfermeira Dreyer. Havia histeria demais sobre poliomielite, pensava ele, e a maioria dos casos que ele via era em crianças pequenas. Ainda assim, ele ordenou que o menino fosse removido para o quarto particular da enfermaria enquanto ele enviava uma amostra ao Instituto Rockefeller para análise. Ele concordou que os procedimentos de isolamento deviam ser seguidos até a volta dos resultados. Na reunião da tarde, os curadores foram informados da situação pelo sr. Grossman, que lhes assegurou que o isolamento seria completo: portas nas duas extremidades do corredor da enfermaria foram trancadas para impedir algum contato involuntário, e um pequeno elevador de carga seria usado para entregar alimentos e suprimentos. O excesso de cautela fez os curadores irem para casa para suas próprias famílias se congratulando que o Lar de Órfãos Hebraico era a melhor instituição de cuidado infantil do país – se não do mundo.

A febre de Benny baixou, apesar de sua perna permanecer terrivelmente fraca. Os resultados deram positivo para poliomielite, o que significou que a enfermaria permaneceu isolada por todas as seis semanas – o resto de março, abril inteiro e o início de maio. Com isso, Rachel ficou presa, junto com uma deprimida Gladys Dreyer e a dúzia de crianças que calharam de estar na enfermaria na época.

Algumas estavam em condições sérias: uma menina em risco de desenvolver pneumonia, um garoto com bronquite, um joelho suturado com risco de infecção, um braço quebrado que exigia elevação. A maioria delas, porém, logo se recuperou das torções, cortes, arranhões, tosses, dores e galos que a tinham mandado originalmente para a enfermaria. Rachel era a mais velha e não estava nem doente, por isso a enfermeira Dreyer a recrutou como auxiliar de enfermagem. Ela ensinou Rachel a limpar o pus dos pontos infeccionados, preparar um cataplasma de mostarda para bronquite, verificar febre e verificar um pulso.

Só a enfermeira Dreyer cuidava de Benny, seguindo rigidamente protocolos de desinfecção determinados pelo médico responsável. Entre visitas ao garoto, entretanto, Gladys folheava as páginas da revista *Look* e bebia chá em seu apartamento enquanto Rachel circulava entre as crianças. Durante a noite, se uma delas chamava, Gladys ficava na cama, ouvindo Rachel levantar em seu lugar.

– Não sei como eu sobreviveria ao isolamento sem você, Rachel – disse ela um dia durante o almoço em sua quitinete aconchegante. – Você desenvolveu um interesse verdadeiro por enfermagem. Você já pensou em virar enfermeira? Você podia começar um curso no outono. Ia ser um prazer recomendar você ao comitê de bolsas de estudos. – Rachel não tinha pensado no que viria depois do Lar, mas gostou da ideia. A enfermeira Dreyer lhe emprestou um exemplar de *Essentials of Medicine*, de Emerson, que ela leu com avidez. Mesmo sem entendê-lo completamente, ela gostou das páginas densas com termos de anatomia e descrições de diagnóstico, ilustradas com desenhos simples de vários sistemas e órgãos. Ela leu todo o glossário, letra por letra, de *abscesso* a *xantina*. Na cama, à noite, ela passava o dedo por uma coluna do índice e escolhia uma doença sobre a qual ler: ancilostomíase, febre biliosa, caxumba, tênia, tifo. O bacilo da tuberculose, com 26 páginas, a fazia dormir por uma semana.

Além dos suprimentos e refeições diários e pilhas de livros de biblioteca para manter as crianças ocupadas, o elevador de carga entregava um pacote substancial de trabalho escolar para Rachel, incluindo todos os seus textos e lições. Enfiado nas páginas dos poemas de Tennyson, Rachel encontrou um bilhete de Naomi.

> *Oi, Rachel. É uma pena você estar presa no isolamento! Fiquei preocupada que eles me pegassem, também, por visitá-la na enfermaria. Se bem que poderia ter sido divertido, se estivéssemos as duas juntas! Soube que você está praticamente dirigindo o lugar. Você sabia que a enfermeira Dreyer tem um namorado? Ele na verdade apareceu perguntando por ela, mas quando ouviu a palavra pólio, pode acreditar que ele fugiu às pressas daqui? Duvido que ela volte a ver aquele cara outra vez. Amelia até mandou dizer olá, mas acho que ela está apenas provocando você por estar presa aí. Todo mundo, porém, espera que você não pegue, isso é certo. Ainda estou esperando para saber se vou conseguir uma posição de conselheira, aí vou poder morar aqui enquanto vou para a Faculdade de Educação em Columbia. É isso o que Bernstein está fazendo. Não Faculdade de Educação, claro, ele está indo para a pós-graduação para ser advogado. Eu queria que o comitê de bolsas de estudo apoiasse garotas para isso. Eu seria boa em defender casos, você não acha? Mas dar aulas é melhor que a escola de*

secretariado, isso é certo, e de qualquer modo, só garotos podem ir para a pós-graduação. Todas as garotas do F6 estão tentando chamar a atenção de Bernstein, isso eu garanto. Amelia praticamente pula sempre que ele passa, mas ela não faz o tipo dele. Ele, porém, é um bom partido, você não acha? Vou escrever mais depois, você se cuide!

Sua amiga, Naomi.

Rachel nunca tivera uma confidente antes, e a conexão a enterneceu. Naomi se dirigia a ela como uma igual, de um modo que jamais poderia ter feito no alojamento do F5. Naquela noite, ela tornou a ler o bilhete. Naomi escrevia sobre Bernstein com tamanha admiração que Rachel se perguntou se ela estava entre aquelas garotas tentando chamar sua atenção. A ideia de Bernstein e Naomi parecia muito natural, e ela se perguntou por que a deixava com ciúme.

O PERÍODO DE isolamento terminou em maio. Benny ficou mancando um pouco, o suficiente para tirá-lo do time de beisebol, mas não tão grave para chamar atenção. Graças às precauções da enfermeira Dreyer, testes confirmaram que nenhuma outra criança tinha contraído pólio. Mas Gladys passara a depender tanto de Rachel que pediu ao sr. Grossman para deixar que ela permanecesse como sua assistente até o fim do verão. Eles iam contar aquilo como um aprendizado, argumentou ela, para reforçar seu caso diante do comitê de bolsas de estudo. O sr. Grossman concordou, desde que Rachel fizesse suas tarefas escolares e passasse nas provas. Rachel tinha se acostumado à autonomia da enfermaria e gostou da ideia de ficar ali durante o verão em vez de ir para o acampamento. O hábito de visitar a sra. Berger e Vic tinha terminado com a partida de Sam, substituído, agora que o isolamento terminara, por tardes com Naomi no apartamento da enfermeira Dreyer. Rachel passara a acreditar que sua amizade nada tinha a ver com as propinas de Sam.

No seu décimo quinto aniversário em agosto, Gladys ofereceu fatias de bolo e pêssegos em calda levados à enfermaria para a ocasião, e Naomi deu a Rachel um cartão feito de papel colorido decorado com fotos recortadas de uma revista. Naomi mal podia esperar para terminar de cantar parabéns para contar logo as boas notícias.

– Você está olhando para a nova conselheira do F1. Ma Stember está finalmente indo embora, para se casar, pode acreditar? Estou até me mudando para o quarto da conselheira.

– Parabéns, Naomi.

– Escute, eu vou a Coney Island visitar minha tia e meu tio no domingo que vem, para contar a eles tudo sobre conseguir o emprego de conselheira. Por que você não vem comigo?

– Que boa ideia – disse Gladys. – Botar um pouco de cor de volta nessas bochechas. – Rachel levou a mão hesitante ao couro cabeludo. – Eu empresto a você meu chapéu cloche, vai cobrir você direitinho. – Gladys levantou e pegou o chapéu, um bem novo e caro, de sua caixa redonda e o pôs na cabeça de Rachel. O feltro em forma de sino cobriu seu couro cabeludo, fazendo uma bela curva de sua testa até sua nuca. Mulheres com estilo estavam usando o cabelo tão curto que tais chapéus revelavam pouco mais que uma franja acima de um pescoço nu. Em Rachel, o visual era perfeito.

– Você parece saída de uma revista – disse Naomi. – Venha ver. – Elas se reuniram em volta de um espelho. Rachel mal se reconheceu. Sua transformação era tão impressionante que nem Naomi nem Gladys encontraram palavras.

– Tem certeza de que não se importa? — perguntou Rachel, olhando nos olhos da enfermeira Dreyer no espelho.

– Claro que não, querida. Sei que você vai cuidar dele.

– E todo mundo usa touca de banho na praia – disse Naomi.

– Então, tudo bem, eu vou com você. – O sorriso de Rachel a deixou ainda mais bonita. A imagem a assustou e ela virou o rosto do espelho.

A viagem de metrô até Coney Island foi a mais longa que Rachel já fizera. No caminho, Naomi contou a Rachel sobre seu tio Jacob. Ele era o irmão mais velho de seu pai; os dois tinham viajado juntos de Cracóvia para Nova York. O pai de Naomi era aprendiz de Jacob, mas Jacob estava ocupado demais montando sua empresa de marcenaria para encontrar uma esposa, por isso o irmão mais novo se casou primeiro. Todos viviam juntos em um apartamento acima da oficina.

– Eu costumava varrer a serragem. Lembro que tinha uma coleção das mais bonitas.

– Você se lembra de sua mãe? – perguntou Rachel.

Naomi deu de ombros.

– Lembro como me sentia quando estava com ela, e como ela se parecia, mas não sei se é minha memória ou de retratos na casa de meu tio. Eu só tinha seis anos quando eles morreram de gripe. – Naomi terminou a história, contando a Rachel que foi deixada sem ninguém além do tio. – O tio Jacob era um homem solteiro na época, e meu pai morreu justamente quando ele recebeu uma grande encomenda para o carrossel. Ele não teve muita escolha além de me levar para o Lar. Ele me disse que eu ia me divertir mais com tantas crianças com quem brincar. – Naomi e Rachel ficaram sentadas lado a lado em silêncio. Nenhuma delas precisava dizer que qualquer criança escolheria sua própria família, por mais destroçada que fosse, em vez dos rigores e das rotinas do orfanato.

Na estação da avenida Stillwell, famílias e casais seguiam em uma torrente na direção do passeio de madeira. Naomi tomou Rachel pelo braço e a conduziu pela avenida Mermaid, as calçadas quentes esvaziando à medida que deixavam para trás as praias e atrações do parque de diversões.

– Lá está. – Naomi apontou para um prédio de tijolos que parecia um estábulo. Rachel não entendeu como aquilo podia ser a casa de alguém, mas Naomi a conduziu por uma escada externa até uma porta no segundo andar pintada com um azul lustroso.

Um homem barbado de mãos calejadas a abriu quando ela bateu.

– Naomi, querida, entre. – Eles se abraçaram e beijaram.

– Tio Jacob, esta é minha amiga Rachel, do Lar.

Rachel também foi beijada, a barba de Jacob fazendo cócegas em sua bochecha.

– Bem-vinda. Estelle, elas chegaram! – chamou ele olhando para trás. Em seguida, recuou um passo para conduzir Rachel até a sala de estar de um apartamento limpo e arrumado. Dali ela podia ver uma cozinha pequena, de onde Estelle surgiu para se juntar a eles.

– Naomi, querida, como está você? – Estelle, cujo cabelo estava empilhado em tranças no topo de sua cabeça, tinha o mesmo sotaque polonês de Jacob. Para Rachel, eles pareciam de outro século. Os móveis do apartamento (mesa, cadeiras, cômoda) tinham entalhes ornamentados e pintura brilhosa. Em vez de aquecedores a água, eles tinham um fogão a lenha com uma chaminé negra. As paredes eram decoradas com quadros emoldurados de templos e castelos. Rachel achou que eles tinham sido desenhados para parecer renda, mas, ao se aproximar dos quadros, viu que as imagens eram feitas de papel cortado para mostrar cada detalhe de crenas de telhados e janelas com caixilhos de chumbo.

– Gosta disso? – perguntou Estelle, indo parar ao lado de Rachel. – Aquela eu fiz, mas aqui tem uma feita por Jacob. – Ela puxou Rachel na direção de um quadro maior. Dentro dos limites da moldura se descortinava toda uma cidade: árvores e uma rua de pedra de papel recortado, cavalos de papel puxando uma carroça, casinhas com fumaça de papel subindo de chaminés e, em um morro acima da cidade, um templo de papel abobadado.

– Eu nunca vi nada assim – afirmou Rachel.

– Essa ele fez lá no Império, antes de vir pra América. Agora ele não tem mais tempo para recortes de papel, só os cavalos, sempre os cavalos. Eu também não recorto mais. Agora estou pintando os cavalos. Vamos lhe mostrar depois de comer. Venham, agora, Naomi e Jacob, venham e sentem-se.

Eles puxaram cadeiras para junto da mesa, já posta para o almoço com pratos decorados, para comer pão preto, cebolas em conserva e fatias de língua defumada. As notícias de Naomi sobre o emprego de conselheira provocaram congratulações afetuosas do tio e da esposa dele. Jacob era muito mais velho que Estelle, mas Rachel pôde ver o carinho de um pelo outro, e por Naomi. Aquilo fez Rachel pensar naquelas tardes de domingo na Recepção, quando ela e Vic e Sam se reuniam na cozinha com a sra. Berger. Uma memória mais profunda se agitou, uma imagem de uma mesa posta com xícaras e um vidro de geleia e uma mulher com olhos como botões negros servindo chá. Aí veio a imagem que Rachel tentava evitar procurando nunca se lembrar de uma época anterior ao Lar: uma poça de sangue se espalhando e botões brancos se erguendo. Ela estremeceu.

– Alguém pisando no seu túmulo? – perguntou Jacob.

Rachel empalideceu. Era como se ele estivesse lendo sua alma. Naomi viu sua expressão.

– Ele diz isso quando alguém estremece como você acabou de fazer. É só uma velha superstição. Não diga essas coisas, tio Jacob – Naomi o repreendeu com um leve golpe de seu guardanapo.

– Então, Naomi, temos notícias para você – disse Estelle com um sorriso para Jacob.

Naomi abriu um sorriso.

– Vocês vão finalmente me transformar em tia?

Uma olhar preocupado passou entre eles, e Naomi enrubesceu, desculpando-se. Jacob pegou a mão de Estelle. Ele disse, com tristeza:

– Essa é uma bênção que talvez não seja para nós. Quando Estelle saiu do barco, estávamos pensando que a casa já estaria cheia de bebês. Ou teríamos tirado você do Lar para viver conosco. Esperei demais, acho, para mandar buscar minha linda Estelle.

– Não atraia mau-olhado para nossos problemas, Jacob – murmurou Estelle. Ela se virou para Naomi. – Nossa notícia é que temos uma coisa pra você. – Estelle levantou da mesa, abriu uma gavetinha na cômoda e pegou um envelope. – Por sua formatura no Ensino Médio, e para ajudar com a faculdade.

Naomi abriu o envelope. Havia notas de cinco e dez dólares. Amaciadas pelo uso, mas limpas e alisadas a ferro de passar.

– Cinquenta dólares? Tio Jacob, tia Estelle, é demais! – Mas eles insistiram, e Rachel pôde ver que o dinheiro era ao mesmo tempo um investimento no futuro da sobrinha e um pedido de desculpas pelo passado. Naomi finalmente aceitou, agradecida. Mesmo com alojamento e refeições incluídos com seu emprego de conselheira, seria difícil para ela pagar o curso com seus ganhos escassos. Ela estava prestes a comparecer diante do comitê de bolsas de estudo para apresentar seu caso. – Agora posso entrar na tesouraria depois do Dia do Trabalho e pagar todas as aulas em dinheiro como uma Rockefeller – disse ela. Isso agradou a seu tio e sua tia, e eles terminaram o almoço em meio a uma conversa feliz. Enquanto Estelle retirava os pratos, Jacob ensinou Naomi a esconder o dinheiro embaixo da palmilha de seu sapato.

– Quer ver a oficina antes de ir para a praia? – perguntou Jacob. Rachel pensou que eles iam voltar a sair, mas em vez disso ele as conduziu por dentro do quarto e através de outra porta até uma sacada interna que dava para um espaço cavernoso. O cheiro de pinho e terebintina chegava às vigas do telhado. Lá embaixo, Rachel viu os blocos de madeira, as bancadas de trabalho cobertas de ferramentas e as latas de tinta alinhadas nas paredes em prateleiras e por todo lado cavalos de carrossel. Cavalos com narinas dilatadas, olhos revirados para trás e cascos batendo no ar. Cavalos dóceis com lábios macios e dorsos negros. Cavalos elegantes com crinas trançadas e dentes brilhantes.

– Desde o carrossel de Coney Island, eu só recebo encomendas de cavalos – explicou Jacob. – Não que eu esteja reclamando.

Na parede distante acima das portas grandes da oficina havia algo diferente: um leão entalhado com uma juba majestosa e os olhos misteriosos de um espírito guardião. Jacob percebeu Rachel olhando fixamente para ele.

– Ah, esse foi meu teste, para mostrar que eu tinha deixado de ser um aprendiz. Você devia ter ouvido o pai de Naomi reclamando! Primeiro nós levamos o leão em um carrinho até a estação. Depois fomos junto com ele no vagão de bagagem até Bremen. Quando estávamos levantando a prancha para o navio, meu irmão gritou: "Por que temos que levar um leão do templo até a América?" "Quando você terminar seu aprendizado, você vai entender", eu disse a ele. Jacob fez uma pausa para dar um suspiro. Eles tinham ficado muito ocupados rápido demais na América, ele nunca teve tempo para submeter o irmão ao mesmo treinamento torturante que ele suportara. Ele sacudiu a cabeça para afastar o arrependimento.

– Esse não é meu primeiro! Não, esse leão é o terceiro que entalhei. O primeiro, meu mestre na Cracóvia rejeitou. Um leão desses não é digno de guardar a Torá, disse ele. Meu segundo também não foi bom o suficiente. Aí entalhei até o sangue de minhas unhas se entranhar na madeira. Então, com este, meu mestre disse em iídiche: *dos iz gute*. Eu o montei na parede acima de nossa oficina para não nos esquecermos de onde viemos.

Rachel estava enfeitiçada pela história. Ela não tinha ideia de onde vinha seu povo. Ela imaginava que da Europa, mas de que império, país ou aldeia? Se seus pais tivessem nascido em Nova York, ela e Sam sem dúvida teriam sido reclamados pelos avós, a menos que eles também estivessem mortos. Ela invejava Naomi por sua conexão com a família. A maioria das crianças do Lar tinha algum parente que os visitava nas tardes de domingo, levando balas ou moedas. Muitos, como Vic, tinham até um dos pais vivos, e a sra. Berger não era a única mãe viúva que trabalhava no orfanato. Às vezes parecia a ela que o Lar era como uma grande biblioteca, com crianças sendo depositadas por parentes incapazes de cuidar delas, depois retiradas quando a sorte mudava. Ela decidira muito tempo atrás que seu pai devia ter morrido, ou ele teria dado um jeito de também resgatar a ela e a Sam.

Naomi mantinha uma roupa de banho na casa da tia e do tio, e Estelle emprestou a dela para Rachel, dizendo que Naomi podia devolver na visita seguinte. Era de tarde quando as garotas foram para o deque. À frente, a roda-gigante Wonder Wheel girava lentamente, e a montanha-russa Cyclone corria para cima e para baixo pelos trilhos. Elas passaram pelos brinquedos e seguiram na direção da água. Dividindo uma cabine alugada para se trocarem, elas botaram os sapatos e os vestidos de verão na bolsa de palha que Naomi levava e vestiram os maiôs de malha, um pouco antiquados, mas ainda expondo os braços e as pernas. Naomi ajudou a encaixar uma touca de banho na cabeça de Rachel. Ao abrir as cortinas da cabine, o sol cegou Rachel quando ela pisou na areia quente. Ela gostou de como a areia se movia sob seus pés nus. As garotas passaram algum tempo tomando sol antes de entrar na água. No oceano turbulento, elas ficaram perto da margem, saltando por cima de ondas que chegavam e provando o sal em suas línguas.

A tarde assumiu uma qualidade onírica. Com o sol de verão suspenso, o tempo parou de passar. As viagens da areia até o mar e de volta eram medidas não pelos ponteiros de um relógio, mas pela evaporação da água de suas roupas de banho. O soar de sinais regimental foi substituído no ouvido interno de Rachel pelo som de ondas borbulhando na praia e das corridas e mergulhos da montanha-russa.

Elas ficaram até a luz em declínio contar uma história de noite. Na escuridão apertada da cabine de troca de roupa, os quadris se chocaram quando se curvaram para rolar os trajes molhados de seus membros salgados. Paradas, seus olhos se cruzaram. Pela primeira vez em séculos, talvez na vida, Rachel se sentiu exultante de alegria. Em agradecimento pelo dia, ela beijou a amiga nos lábios. Naomi ficou tão imóvel e séria que Rachel se perguntou se tinha feito alguma coisa errada. Então Naomi pôs a mão na cintura de Rachel e a beijou também, com lábios cerrados. O momento se estendeu além da amizade para um território inexplorado cujo nome Rachel não sabia. Os sons de ondas e crianças na praia desapareceram enquanto a consciência de Rachel exagerava cada tremor de lábios, cada alteração de pressão. Quando a ponta da língua de Naomi tocou a dela, disparou um choque elétrico. Sem ter a intenção, ela se afastou, com lábios ainda latejantes.

Uma alegria vertiginosa borbulhou entre elas, enchendo a cabine sombria com seu riso e dispersando a tensão. Elas terminaram de se vestir, Rachel cobrindo a cabeça com o chapéu cloche. Naomi assegurou-se de que o dinheiro ainda estava seguro em seu sapato. Elas pararam para uma raspadinha a caminho da estação, o que deixou suas línguas vermelhas. Na longa viagem de volta para casa, elas sentaram de braços dados e cochilaram. Quando Rachel lambeu os lábios, sentiu gosto de sal e xarope de cereja.

Manhattan parecia cheia e suja depois da amplidão da praia. À sombra do relógio da torre, elas empurraram e abriram as portas pesadas de carvalho do Lar. Naomi virou para dizer algo para Rachel, mas um sinal tocou. As duas garotas ficaram surpresas ao perceber que não sabiam qual era. Então viram as crianças saindo do refeitório.

– Já é o sinal dos clubes! Estou atrasada. Preciso ir. – Naomi saiu correndo para suas obrigações, enquanto Rachel subiu para a enfermaria.

– Quase não reconheci você, Rachel. Seu rosto está absolutamente radiante. E isso faz com que você pareça tão normal. – Gladys se corrigiu. – Quero dizer, parece tão natural em você.

Com relutância, Rachel entregou o chapéu à enfermeira Dreyer, expondo o couro cabeludo nu. O alerta da monitora sobre Naomi lhe retornou. *Ela não é uma garota normal... ela não é normal.* Rachel estremeceu, como se alguém tivesse pisado em seu túmulo.

Quando o verão chegou ao fim, a enfermeira Dreyer finalmente teve de liberar Rachel. No sábado anterior ao Dia do Trabalho, Rachel se preparou para se reunir às garotas do alojamento F5, apesar de não ter sido determinado exatamente se ela iria se mudar naquela noite ou na seguinte. Ela começaria seu curso de enfermagem na terça-feira, graças ao apoio do comitê de bolsas de estudo.

– Não sei o que vou fazer sem você, Rachel – disse Gladys. Ela estava se distraindo com suas revistas enquanto Rachel recolhia as bandejas do almoço. – Você tem sido de grande ajuda. – Um sinal tocou, fazendo com que Gladys se levantasse da mesa. – Você iria se incomodar de ir à secretaria para mim uma última vez? Ainda estou com bobes no cabelo.

– Claro que não – respondeu Rachel. Ela pegou a escada dos fundos até o térreo e seguiu o corredor comprido, passou pela sinagoga, pela biblioteca, a sala da banda. A sala dos clubes estava aberta. Rachel viu Vic lá dentro. Naomi dissera a ela que ele havia começado um clube novo, a Sociedade da Serpente Azul. Rachel soubera que eles estavam planejando uma festa para o próximo Rosh Hashanah. Vic a viu passar e saiu correndo para o corredor.

– Rachel, eu não a vejo há meses! Tudo bem? Você parece ter pegado sol. Esteve no acampamento?

– Não, passei o verão aqui, ajudando na enfermaria. Mas Naomi me levou a Coney Island domingo passado. – Rachel sentiu o rosto enrubescer. – Acho que eu me queimei.

– Não, você está linda. – Vic sorriu, e Rachel tornou a perceber como seus olhos eram azuis.

Eles prolongaram a conversa. Entre sinais, o corredor estava em silêncio. Rachel lhe contou sobre voltar para o alojamento e começar o curso de enfermagem. Vic tinha se formado, mas também ia ficar. Também ia ser conselheiro, no M2, e calouro no City College.

– Tem notícias de Sam? – perguntou Vic.

Rachel olhou para o chão.

– Nada. Não sei onde ele está nem se está bem.

Vic pareceu confuso por um instante. Ele abriu a boca como se fosse falar, depois a fechou, então tornou a abri-la.

– O que é?

– Não, nada, é só que... Tenho certeza de que ele está seguro, Rachel, tenho certeza de que ele está bem. Sam sabe se cuidar. – Um sinal tocou. A porta da sala de clubes se abriu, e os membros da Sociedade da Serpente Azul saíram no corredor, empurrando-os.

– Bom, eu preciso ir. Por que você não vai à Recepção amanhã, visitar minha mãe comigo? Ela não a vê há muito tempo, está sempre perguntando por você.

– Claro, amanhã, encontro você lá. No sinal do estudo?

– Sinal do estudo, certo. Está bem, nos vemos então, Rachel. – Vic ergueu o braço para fazer alguma espécie de gesto, depois pareceu incerto de o que fazer. Ele acabou botando as mãos nos ombros de Rachel e a puxando em sua direção. Ele lhe deu um beijo no rosto. – Cuide-se.

Rachel seguiu pelo corredor, agora cheio de crianças. O lugar no rosto onde Vic lhe beijara estava quente, e ela pôs os dedos ali para preservar a sensação. Sorriu consigo mesma, achando aquilo a coisa mais natural do mundo. Ao entrar na secretaria, cumprimentou a secretária do sr. Grossman, que nem se preocupou em entregar a pequena pilha de correspondência da enfermaria para Rachel. No caminho de volta, ela examinou as cartas em suas mãos. Uma endereçada à enfermeira Dreyer tinha o selo carimbado no Colorado. Curiosa, Rachel virou o envelope para ver quem a havia escrito. Não havia endereço do remetente, mas o envelope tinha o nome de uma empresa, a tinta impressa sobre o papel linho. *Rabinowitz Artigos do Lar, Leadville, Colorado*.

Um frio passou por Rachel, como uma lufada de neve. Não podia ser coincidência, pensou. A carta devia ter algo a ver com ela. Ela subiu correndo os degraus, ansiosa para perguntar à enfermeira Dreyer sobre ela, mas não. Ela hesitou. Não importava que nome estivesse escrito na frente, se fosse sobre ela, ela tinha o direito de abri-la. Ela só podia pensar em um lugar onde estaria sozinha para lê-la.

Rachel subiu três lances de escada, então entrou por trás da portinha secreta da torre do relógio. No início, a escuridão a deixou cega, mas, à medida que seus olhos se ajustavam, ela pôde ver os degraus íngremes de metal, como uma escada de incêndio, que levavam a outro nível. Acima dele, uma escada de madeira se elevava até uma plataforma empoeirada. Ela subiu e se instalou sob a luz mortiça filtrada pelo mostrador do relógio.

Ela tornou a examinar o envelope com perguntas se revirando em sua mente. *Rabinowitz Artigos do Lar*. Seu pai não trabalhava no ramo de roupas? Seria isso a mesma coisa? *Leadville, Colorado*. Será que seu Papa ainda podia estar vivo? Será que tinha ido para o Colorado depois do acidente que matara sua mãe? Rachel sempre acreditara que fora a voz estridente da vizinha gritando "assassino" que fizera o pai fugir. Seria possível que ele estivesse mandando buscá-la depois de todos esses anos? Ou talvez Sam o houvesse localizado. O coração de Rachel se acelerou. A carta devia ser de Sam. Estava endereçada à enfermeira Dreyer porque, de algum modo, Sam descobrira que ela estava ficando na enfermaria. Talvez tenha sido por isso que Vic ficara tão confuso quando Rachel dissera não ter tido notícias dele. Talvez Sam tivesse escrito para os dois, mas Vic já tinha recebido suas cartas.

A frieza que tomou Rachel quando ela viu o envelope pela primeira vez se derreteu com essa nova compreensão. Ela sorriu, imaginando ver Vic no domingo e podendo contar a ele que Sam tinha escrito para ela também, que ela recebera a carta naquele mesmo dia em que conversaram. Ela tornou a levar o dedo ao rosto, em seguida rasgou o envelope e pegou a carta. No interior, havia duas folhas de papel, uma dobrada dentro da outra.

Cara enfermeira Dreyer, por favor, entregue a outra carta neste envelope para Rachel. Soube por Vic que ela está ficando na enfermaria. Obrigado mais uma vez por toda sua ajuda depois do que aconteceu com o sr. Grossman. Sei que eu não devia ter agredido Marc daquele jeito, mas a senhora sabe que o que ele fez foi errado e ele merecia.
Atenciosamente, Sam Rabinowitz

A segunda carta estava em seu colo, ainda desdobrada. Rachel estava certa de que seria um convite de seu irmão para se juntar a ele no Colorado. Para se juntar a ele e ao *Papa*. Com dedos trêmulos, ela desdobrou a carta.

Querida Rachel, Vic disse que você está ficando na enfermaria, aprendendo a ser enfermeira. Você vai ser boa nisso. Estou escrevendo para que você saiba que estou em segurança, e que você não precisa se preocupar comigo. Não posso lhe dizer onde estou, porque não quero que Grossman me encontre, mas saiba que estou bem, cuide-se e vá bem na escola. Beijos, Sam.

Rachel leu várias vezes a carta, à procura de mais algum significado nas entrelinhas. Por fim, teve de admitir a verdade. Sam não a queria, não queria nem que ela soubesse onde ele estava. Ele estava se correspondendo com Vic mesmo antes de ter escrito para ela. Um lampejo de raiva fez com que suas mãos tremessem. Ela rasgou as duas cartas em pedacinhos e os jogou no poço da torre do elevador. Eles rodopiaram como flocos de neve e pousaram sobre o chão empoeirado. Não havia nada que Rachel pudesse fazer além de deixar que as lágrimas corressem. A sombra dos ponteiros do relógio moveu-se lentamente através do rosto de Rachel até que, inevitavelmente, um sinal soou a distância.

Rachel estava esfregando os olhos quando um pensamento brotou em sua mente, um pensamento tão radiante e adaptado à situação que afastou a tristeza e secou suas lágrimas. Sam sempre fazia o que achava ser melhor para ela, de pagar pela proteção de Naomi a bater em Marc Grossman. Foi como da vez em que prometera voltar para buscá-la se fosse boazinha com a moça da agência, só para ela não chorar. Talvez essa carta também fosse um esforço para fazer o que ele achava ser o melhor: fazer com que ela parasse de se preocupar, deixá-la terminar os estudos, deixar que o Lar cuidasse dela.

Mas Sam estava enganado. Ele estivera errado sobre Marc Grossman. A fuga de Sam feriria mais do que o que Marc Grossman tinha feito a ela. Ele estivera errado sobre Naomi, também. Ela teria defendido Rachel, sido sua amiga, mesmo sem as propinas de Sam. E ele estava errado, agora. O Lar, o curso de enfermagem, que importância tinha aquelas coisas quando ela podia estar com o irmão e, talvez, com o pai, também?

Sam não sabia o que era melhor para ela. Só ela sabia. Todos aqueles anos ela fez o que lhe mandaram. Talvez fosse tudo o que soubesse fazer, mas não era tudo o que desejava, não mais. Seu lábio inferior se projetou para frente enquanto algo fervilhava em seu interior, nascido do mesmo impulso determinado que antes a fazia ter ataques.

Ela ainda tinha o envelope. Passando a ponta de um dedo sobre as palavras *Rabinowitz Artigos do Lar*, ela tomou sua decisão. Iria para Leadville, juntar-se ao irmão, reunir-se com o pai. De algum modo, ela conseguiria chegar até eles, mostrar a Sam que podia cuidar de si mesma, que ele não tinha mais que protegê-la. O lugar era longe e a passagem de trem devia ser cara. Ela não tinha certeza de quanto dinheiro seria necessário, mas com extrema clareza soube onde podia consegui-lo.

O ponteiro de sombra fez um círculo inteiro em torno da face do relógio antes de Rachel descer a escada de madeira e a de metal e fechar a porta secreta às costas. O corredor estava cheio de crianças a caminho do jantar. Ela seguiu contra a corrente para enviar o resto da correspondência para a enfermeira Dreyer. O barulho da voz das crianças perturbou seus pensamentos. Pela primeira vez desde que estava no Lar, Rachel encheu os pulmões e gritou:

– Quietos, todos!

O burburinho cessou imediatamente. Com uma expiração longa, ela olhou acima das cabeças das crianças congeladas. Naomi, sua nova conselheira, estava no fim do grupo F1, duas vezes mais alta que as crianças sob sua custódia. Ela olhou para Rachel, confusa e preocupada. Rachel baixou a cabeça e correu para a enfermaria. Logo depois, ouviu Naomi gritar:

– Está bem, garotas, em frente. – As crianças voltaram à vida, como um coração parado que leva um choque e volta a bater.

Na enfermaria, o médico fora chamado para consertar o braço quebrado de um menino, então o atraso de Rachel não foi percebido. Quando o menino estava descansando, com o pulso em um gesso úmido, Gladys Dreyer guardou a gaze e o gesso.

– Eu queria assistir ao filme – disse ela. – Mas ele vai precisar de alguém para cuidar dele. Os irmãos Warner mandaram um novo do Rin Tin Tin.

– Pode ir, enfermeira Dreyer. Eu fico com ele até a hora de ir para o alojamento dormir.

– Você resolveu voltar para o alojamento esta noite? Isso é bom, Rachel. Retomar a rotina antes do início das aulas. Muito obrigada por ficar.

– O que é mais uma noite? – hesitou Rachel. – Posso lhe perguntar uma coisa?

– Claro, querida.

– Todas nós temos contas? – Rachel sabia que sempre que uma criança recebia um prêmio, um dólar por melhor trabalho, cinquenta centavos por um discurso de destaque, ela nunca recebia o dinheiro, mas lhe diziam que ele seria depositado em sua conta.

– A maioria de vocês tem, sim.

– Há como saber quanto tem nela? E como podemos receber?

– A secretária do sr. Grossman mantém os registros. Acho que todo o dinheiro fica depositado no banco. Eles não guardam em dinheiro, isso eu posso garantir. Sempre que você tem idade suficiente para deixar o Lar, eles fecham sua conta e lhe dão a quantia que há nela. Mas você teria de perguntar na secretaria o valor. – Gladys olhou para Rachel, curiosa e cética. – Você recebeu muitos prêmios?

Decepcionada, Rachel sacudiu a cabeça, querendo mudar de assunto.

– Não, eu só estava curiosa, só isso. – Ela não esperara nenhuma outra resposta, mas se sentia no dever de perguntar pelo menos por Naomi.

Assim que a enfermeira saiu, Rachel leu para o menino de braço quebrado até ele dormir. Depois de fechar o livro, ela tirou em silêncio a valise de papelão de baixo da cama que ela tinha começado a considerar sua. Empacotou as poucas coisas que tinha reunido ao seu redor na enfermaria desde que assumira residência ali: mudas de roupas, camisola, escova de dente, seu cartão de aniversário, um casaco. Da gaveta na mesa acrescentou uma tesoura grande com cabos negros que se afiavam em pontas reluzentes. Pegou e guardou *Essentials of Medicine* quando os olhos caíram no chapéu cloche da enfermeira Dreyer em um gancho perto da porta, sabendo que, no dia seguinte, esse pequeno furto seria eclipsado, ela pegou o chapéu e o pôs na mala.

O filme ainda estava passando quando Rachel seguiu pelos corredores vazios. A luz tremeluzente se refletia nas janelas enquanto ela passava. Ela parou para ver enquanto Rin Tin Tin, a projeção enorme na parede externa do Castelo, corria pela crista de um morro distante. Uma salva de palmas irrompeu quando os créditos começaram a passar, e as crianças começaram a se mexer em seus lugares nas escadas de incêndio. Rachel correu até o quarto das conselheiras do F1. Ela entrou e acendeu a luz. Estava preocupada que Naomi estivesse usando o par de sapatos que estava procurando, mas não, lá estava ele, embaixo da pequena cômoda.

Rachel largou a mala e se ajoelhou no chão. Estendeu a mão, pegou o sapato e arrancou a palmilha. Cinquenta dólares. Com sorte seria suficiente. Ela disse a si mesma que Naomi ainda conseguiria pagar o curso com o que ganhava se o comitê de bolsas de estudos colaborasse. E se fosse mais do que Rachel precisasse, ela podia mandar o resto de volta. Ela pegou as notas e as enfiou na mala. Estava prestes a sair quando a maçaneta girou. Rachel congelou.

Naomi entrou no quartinho.

– Rachel, o que você está fazendo aqui?

Pega, Rachel devia ter entrado em pânico, em vez disso, sentiu-se estranhamente calma. Talvez já estivesse fora do alcance do Lar.

– Estou me mudando de volta para o F5 esta noite – mentiu ela. Ela estudou Naomi para ver se ela acreditaria nisso, mas só conseguiu notar como a amiga estava bonita. A visita a Coney Island realçara as sardas no nariz e nas faces de Naomi. Ela sempre usara o cabelo curto, mas agora era moda, e seu corte a fazia parecer moderna. Rachel lamentou, pela milésima vez, a nudez de seu próprio couro cabeludo.

– Eu imaginava, mas, quero dizer, o que está fazendo aqui, em meu quarto?

Rachel se viu incapaz de contar a história elaborada que ensaiara em sua cabeça. Algo sobre o modo como Naomi a olhava deu a Rachel uma ideia nova. Em um impulso, ela largou a mala e deu um passo à frente, discretamente chutando o sapato, a palmilha enrolada para fora como uma língua de cobra, de volta para baixo da cômoda. Ela estendeu as duas mãos, tomou o rosto de Naomi e aproximou a boca da garota até que seus lábios se juntaram.

O quarto estava muito quieto, o som de centenas de pés se movendo pelo corredor abafado pela porta fechada. Enquanto o beijo se prolongava, seus lábios relaxaram, em seguida se abriram. Línguas se tocaram, enviando novamente um choque através de Rachel. Com os joelhos delas começando a fraquejar, Naomi puxou Rachel na direção de sua cama estreita.

Rachel pensara que um beijo seria suficiente para distrair Naomi de seu furto, como o beijo no provador. Agora, outro objetivo se impunha. A pressa se esvaiu enquanto deitavam lado a lado. Com os braços em torno uma da outra, bocas juntas, não parecia haver um fim para os modos como duas garotas podiam se beijar. Beijinhos com leve toques do nariz e do queixo. A ponta da língua traçando lábios abertos. Beijos delicados descendo pelo pescoço. Hálito úmido beijado em um ouvido. Lábios apertados juntos, bocas abertas, inalando a expiração uma da outra até exaurir o oxigênio dos pulmões.

Deveria ter sido suficiente, mais que suficiente. Naomi se afastou, pensando no sinal de levantar e no dia seguinte. Mas Rachel estava desinibida por pensamentos no amanhã, seu conhecimento secreto tornando-a ousada. Ela perguntou.

– O que mais tem?

– Tem isso – sussurrou Naomi, soltando o vestido de Rachel.

– Mostre-me.

– Tem certeza?

– Mostre-me.

Naomi expôs o seio de bico rosado de Rachel. Com a mão em concha sobre o outro, ainda vestido, ela tomou o mamilo na boca. Rachel sentiu algo em seu interior ganhar vida, como uma semente dura brotando. Ela arqueou as costas. Naomi ergueu o vestido de Rachel até seus ombros, lambeu o outro seio. A semente começou a se abrir, projetando raízes. Rachel ergueu os quadris, e Naomi mudou de posição. Tecido se esticou quando ela apertou a coxa entre as pernas de Rachel. A semente se abriu. Uma luz começou a brilhar dentro dos olhos fechados de Rachel. Se olhasse para ela, ela escapava, mas, se deixasse seus olhos irem além da luz, ela ficava mais forte, roxa e dourada. O broto procurava a luz, lutando, crescendo. As folhas novas e claras do broto e a luz forte estavam perto. Elas estavam próximas.

Elas se encontraram. Rachel arquejou e estremeceu. Naomi se apertou contra ela, com urgência, em seguida enterrou a boca no pescoço de Rachel e abafou um gemido. Juntas ficaram em silêncio, o rosto de Naomi descansando na clavícula de Rachel. Com a mão ainda no pescoço de Naomi, Rachel flutuou para longe com a luz que se afastava até uma escuridão aconchegante.

Rachel não sabia dizer por quanto tempo permaneceu naquela escuridão antes que a luz brilhante na mesa de Naomi a trouxesse de volta.

– Preciso ir para o alojamento. – Ela sentou, empurrou Naomi para o lado e ajeitou o vestido.

Naomi sussurrou no ouvido de Rachel:

– Sempre achei você tão bonita, exatamente como você é, tão lisa e linda.

Rachel quase se permitiu acreditar naquilo. Então pensou no dinheiro e na tesoura em sua mala. Ela dispensou Naomi e se levantou, mais bruscamente do que intencionava.

– Tenho que ir.

Naomi sentou-se na cama.

– Está tudo bem, Rachel. Está tudo bem.

– Eu sei – disse Rachel. Na mesa, ela viu o relógio de Naomi. Passava das duas. – Só que é tarde demais. Talvez, afinal de contas, seja melhor eu voltar para a enfermaria.

Naomi estendeu o braço, mas Rachel, sabendo que não merecia, afastou-se da mão oferecida. Ela pegou a mala e saiu no corredor escuro, a faixa de claridade através do chão se estreitando ao fechar a porta atrás de si.

Rachel moveu-se em silêncio pelo orfanato silencioso até encontrar a entrada de seu antigo alojamento. Pôs a mala de papelão no chão, tirou os sapatos e pegou a tesoura antes de entrar. As fileiras de cama se estendiam a distância, montes pálidos à luz azul da lua. Rachel, de repente, não teve certeza. Depois de todos aqueles meses, ela não se lembrava de onde todo mundo dormia. Ela respirou fundo. Simplesmente teria de espiar todas as fileiras até encontrar a garota que estava procurando. Com a tesoura na mão, tateou pelo alojamento. No calor do verão, meninas dormiam abertamente com as cobertas leves tiradas de cima dos ombros. Elas não se mexiam. Os anos dormindo juntas as habituaram aos ruídos da noite de garotas dormindo, roncando ou indo ao banheiro.

Foi na fileira seguinte de camas que Rachel encontrou Amelia dormindo de lado, o cabelo trançado jogado sobre o travesseiro. Amelia, que era sempre tão bonita. Amelia, que estragava tudo. Rachel se encolheu com a lembrança da mão de Marc Grossman. Ela apertou a tesoura. Debruçou, posicionou a trança ruiva entre as lâminas reluzentes. Era impressionante como aquela coisa que crescia de Amelia era tão morta que podia ser cortada a dois centímetros de sua cabeça sem que ela acordasse. A trança caiu na mão de Rachel. Ela fechou os dedos em torno dela, arrastando-a pelo chão ao sair do alojamento.

No corredor, Rachel tornou a calçar os sapatos e abriu a mala. Botou nela a tesoura e a trança de Amelia. Ela planejara deixá-la no chão, para zombar da garota, mas por alguma razão sua mão se recusara a soltá-la. Da mala, ela retirou o chapéu cloche e o botou antes de descer até o porão. Depois de passar pelo refeitório, Rachel se preparou para seguir até o fim do corredor escuro. Ela se escondeu nas sombras perto da porta que o padeiro iria destrancar quando chegasse para começar a preparar os pães de centeio do dia. Quando soasse o sinal de despertar, ela teria ido embora.

Capítulo Doze

Durante a ronda das quatro horas, quando encontrei a dra. Solomon sofrendo dores terríveis, gostei de vê-la se revirar e se contorcer. Eu me ressenti da morfina por lhe levar a paz, depois lamentei não haver o suficiente na seringa para apagá-la. Os sentimentos vingativos me assustavam. Quem eu era e em que estava me transformando? Primeiro aquela bibliotecária, agora isso. Já vacilante após passar o verão quente sozinha, agora tinha perdido o eixo com a chegada de Mildred Solomon. Passei o dia inteiro suprimindo minha ansiedade pela consulta de amanhã com o dr. Feldman. Eu dizia a mim mesma para segurar as pontas até sair do trabalho, que podia desmoronar assim que falasse com ela na Flórida pelo telefone, sabendo que suas palavras poderiam me revigorar.

Corri para casa, desesperada para chegar e me fechar atrás da porta de nosso apartamento, para ouvir sua voz, saber que não estava sozinha. Deixei que o telefone tocasse e tocasse, mas sem resposta. Eram oito horas da noite, onde ela poderia estar? Comecei a entrar em pânico, a ansiedade se aproveitando de meus velhos medos de ser abandonada. Era como se ela tivesse caído da borda do mundo e me deixado para trás, do mesmo modo como Sam havia me deixado para trás tantas e tantas vezes.

Aquele parecia o refrão de minha vida: quando tinha visto meu irmão pela última vez? Pelo menos eu tinha algo do que me lembrar dele. Fui até meu quarto, peguei a alça de couro ao lado do baú de viagem ao pé de minha cama e o botei de pé. Soltando as fivelas, eu o abri como um livro em sua lombada. Atrás da cortina onde antes pendurava vestidos, agora guardava colchas dobradas empilhadas com naftalina. Do outro lado, cada gaveta que antes guardava luvas ou meias, agora era dedicada à correspondência de uma pessoa diferente. Havia cartas de estímulo do dr. e da sra. Abrams enquanto eu estava na escola de enfermagem, cartões anuais de boas festas, seu obituário cortado do *Denver Post*. De Simon eu guardara os bilhetes infantis que amadureceram ao longo dos anos até que, por fim, sua mãe arrasada me enviara seu retrato militar junto com os entalhes que eu mandava todo ano em seu aniversário, dizendo em sua carta que ele gostaria que eu ficasse com eles. Havia a gaveta de Mary, que eu preservava como um museu. Em outra, minha coleção de canhotos de ingressos de cinema, lembranças rasgadas de noites juntas ao longo dos anos. Ávida por lembranças, revirei os ingressos, lendo alguns dos nomes dos filmes que eu escrevera no verso das entradas – *A costela de Adão, Interlúdio, Jezebel, Pavor nos bastidores* –, mas cada lampejo de memória apenas me deixava mais solitária. Eu fechei aquela gaveta.

Ajoelhada diante do baú aberto, abri a gaveta de Sam, revirei as duas dúzias de postais que ele enviara do Oeste, retratos coloridos à tinta de desfiladeiros ou montanhas, um carimbo postal diferente em cada um. Contando-os, eles davam em média dois por ano. Ele nunca fora muito de escrever. Então, o último cartão, daquela fazenda de maçãs no estado de Washington. Ele não havia assinado, apenas rabiscado *Chego em Nova York estação Penn sexta-feira*, e depois a data: *8 de dezembro de 1941*. Eu me concentrei por algum tempo na memória.

Sempre que passa o dia sete de dezembro, e as pessoas se lembram daquele dia infame, só consigo pensar em ouvir a voz de meu irmão pela primeira vez em doze anos. Eu estava deixando meu turno no hospital onde trabalhava. Durante todo o dia, rádios ficaram sintonizados nas últimas notícias sobre os ataques. Enfermeiras entendiam que uma declaração de guerra também ia nos afetar. Eles iam precisar de nós e, para muitas garotas com quem trabalhei, ser enfermeira do exército se tornou a oportunidade e o desafio de suas vidas. Durante os anos da guerra, mantive contato com algumas delas. Invejava suas aventuras, suas tribulações, seu propósito, algumas até receberam comissões e benefícios, e houve vezes em que me arrependi de não ter me oferecido como voluntária. Parecia egoísta e mesquinho que minhas preocupações sobre como lidar com uma peruca em um hospital de campanha me detivessem, mas isso aconteceu, e não apenas isso. Eu me preocupava com o que podia fazer, em quem poderia me transformar, se ficasse longe dela por tempo demais.

Um grupo de nós estava quase saindo pela porta do hospital quando a telefonista gritou do outro lado do saguão.

– Enfermeira Rabinowitz, uma ligação interurbana para senhorita. De um homem – acrescentou ela, levando as enfermeiras a minha volta a gritar, suas especulações finalmente respondidas. As linhas telefônicas estavam irremediavelmente congestionadas naquele dia, mas de algum modo Sam seduzira uma telefonista da Bell a transferir sua ligação. Eu não ouvia sua voz, muito menos o via, desde Leadville. E agora Sam estava a caminho de Nova York para se alistar.

– Muitos garotos do Lar já estão nas Forças Armadas – disse ele, sua voz com um atraso devido a distância. – Você pode ter certeza de que o resto deles vai formar fila para se alistar. – Ele tinha razão sobre isso; a guerra era oportuna para órfãos. O exército era outro lugar para os garotos irem onde seriam alimentados e vestidos e onde lhes diriam o que fazer. Mas Sam era velho demais para tudo isso, não era?

– Ainda não fiz trinta, e de qualquer forma acho que vou ter mais chances de ver ação se me alistar em uma unidade de Nova York. – Eu podia notar pela excitação em sua voz que ele estava pronto para a luta.

As outras enfermeiras tinham se reunido no lobby, à espera para ouvir minhas notícias. Decepcionadas por ser apenas meu irmão, elas foram embora, ansiosas para se aprontar para os encontros com os rapazes que logo seriam soldados. Fui depressa para casa, a pé pela Washington Square, tão animada com a volta de Sam que mal percebi o frio.

Alguns dias mais tarde, estava nas plataformas cobertas da estação Penn, os flocos no teto fazendo-me sentir como se estivesse no interior de um globo de neve, atenta ao painel pela chegada do trem de Sam. Por um momento entrei em pânico, perguntando-me se iria reconhecê-lo na multidão frenética. Fiquei de pé sobre um banco, sem me importar com o quanto eu parecia desesperada para todo mundo, examinando o mar de rostos. Quando o localizei, perguntei-me como jamais pude ter duvidado de que iria reconhecê-lo. Com dezessete ou vinte e nove, seu rosto ainda se encaixava nos contornos de minha memória. Ele me contou mais tarde que ficou confuso ao olhar para o alto e ver uma mulher jovem e bonita de cabelo ruivo chamando por ele com a voz da irmã. Aí nossos olhos se encontraram, e o que vimos um no outro nos levou de volta àquelas manhãs embaixo da mesa da cozinha, acordando de mãos dadas.

Deixei de lado os postais e peguei as cartas de quando ele servia. Sam tinha ido se alistar imediatamente, mas o exército estava demorando demais para organizar novas unidades, por isso ele se juntou à Guarda Nacional no norte do estado, achando que, assim que eles fossem mobilizados, sua idade não seria um impedimento. Ele escreveu do treinamento básico para me contar como era fácil. Não que os exercícios e treinamentos não fossem difíceis – eles tinham um sargento que os fazia correr até que vomitassem. Entretanto, tudo voltava para ele: as regras, as ordens, a disciplina. Todo mundo dormindo e tomando banho e comendo junto. *É como se o Lar fosse o treinamento básico do serviço militar,* escreveu. Ele sabia que todo treinamento era importante e se destacava neles, mas estava aborrecido por ficar aquartelado. Era o verão de 1943, antes que sua unidade fosse finalmente convocada para a guerra no solo na Europa. *É melhor que não ganhemos essa coisa antes que eu tenha minha chance de lutar.*

Ele não precisava ter se preocupado. O conflito se arrastou de um jeito que ninguém tinha esperado. Soldados voltavam para casa não vitoriosos, mas em macas. Ex-combatentes feridos começaram a aparecer em meu hospital. Como na enfermaria, só que os garotos eram maiores, seus narizes sangrando e joelhos ralados agora eram ferimentos de estilhaços ou membros amputados. E esses eram os que tinham sorte. Tentava não pensar nos homens deixados para trás, mortos em algum campo de batalha ou feridos demais para sobreviver à viagem para casa. Quando estava no estrangeiro, Sam escrevia quando podia, cada página manchada contendo as mínimas frases necessárias para me assegurar de que estava bem, sem palavras para o que ele estava realmente vendo. Apesar das tentativas de me tranquilizar, cada longo intervalo entre as cartas me tentava a imaginá-lo entre os mortos.

Depois da vitória na Europa, preocupei-me que Sam fosse mandado para o Pacífico, mas havia uma grande faxina a fazer na Alemanha e na Áustria para mantê-los longe de lá até o fim. Quando a divisão de Sam foi mandada para casa em 1946, ele foi transferido para um alojamento do exército na avenida Amsterdam, onde estavam abrigando soldados em um prédio grande antigo que parecia um castelo. Achei que, depois da guerra, Sam fosse se estabelecer em Nova York e nos dar uma chance de voltarmos a nos aproximar. Entretanto, revelou-se que ele tinha de tornar a partir.

Fazia um tempo desde que uma carta de Sam chegara de Israel. Eu as mantinha todas em ordem. As mais antigas, com o selo da Palestina, tinham sido entregues com rapidez. Depois houve um intervalo assustador, meses e meses em 1948 quando nada chegava e todas as notícias eram terríveis – lutas, bombas, cercos. Aquele primeiro envelope com um selo todo em hebraico me fez cair de joelhos de alívio. Mesmo depois que o correio se tornou confiável, a correspondência de Sam era irregular. Nas raras ocasiões em que um envelope azul de correspondência por via aérea chegava, eu prolongava o tempo até abri-lo, passando os dedos pelo papel que parecia seco como o deserto. Ao cortar e abrir as bordas, eu inalava e captava o aroma, imaginava pomares de laranja e palmeiras. O papel dobrado liso tinha uma sensação granulada; às vezes, encontrava grãos de areia nas dobras. Sam, agora, tinha tanta coisa a dizer que enchia todo espaço disponível com sua letra. Eu me esforçava para acompanhar sua conversa de política, mas adorava suas descrições do país: a beleza esparsa das colinas secas, o céu noturno sobre o deserto; a região reluzente da Galileia. Quando ele recontou sua luta para aprender hebraico, escrevi em resposta, provocando, que ele devia ter prestado mais atenção no Lar quando estudou para seu bar mitzvah. *Não é religião*, respondeu ele. *É para falarmos nossa própria língua, a única língua que é apenas nossa.*

Depois dos acordos de armistício, ele deixou o exército permanente e se juntou a um kibutz. Ele se tornou um de seus líderes, pela forma como falava sobre o lugar, apesar de afirmar que não havia ninguém no comando. Em vez dos combates e negociações, suas cartas se tornaram dedicadas a projetos de irrigação e de habitação. Depois veio uma carta que me pegou de surpresa, apesar de eu dever esperá-la, com o passar do tempo. Sam ia se casar. Conhecera sua esposa, Judith, no kibutz. Ela era uma jovem refugiada que passara a guerra escondida em um porão para emergir apenas em uma Europa purgada de nosso povo. Eu respondi com parabéns, mandei de presente para os recém-casados uma caixa cheia de pacotes de sementes, variedades de tomates e pepinos que crescem no calor.

Um ano mais tarde, em vez de uma carta azul por correio aéreo, chegou uma pequena caixa de papelão. Nela, havia um rolo de filme selado em sua lata com fita isolante. Eu o mandei revelar na loja de fotografia. Aparentemente, o rolo tinha passado bom tempo dentro da câmera – as fotos contavam a história de um ano inteiro. Abri o envelope de fotografias outra vez naquela noite e as espalhei no chão em frente ao baú aberto, passando os dedos pelas bordas recortadas.

Lá estava Sam, com sorriso aberto, os olhos cinza apertados contra o sol. A mulher bonita com uma faixa de sardas sobre o nariz devia ser Judith. Em uma imagem estavam ao lado de água azul no que parecia ser sua roupa de baixo, apesar de eu imaginar que deviam ser roupas de banho. Na seguinte, estavam com cachecóis em torno do pescoço e pás nas mãos, apontando orgulhosos para uma fileira de pinheiros. Em uma foto, Judith usava um vestido estampado e segurava flores silvestres enquanto Sam, de uniforme, olhava para ela. Sua foto de casamento. Sempre que eu olhava para ela, meus olhos lacrimejavam. Por que eu não tinha ido? O fato de não ter dinheiro nem tempo para a viagem parecia uma desculpa esfarrapada, mesmo que eles tivessem pensado em me convidar.

Passei por fotos de jardins, cercas e abrigos de blocos de concreto, seu destaque em cada quadro revelando o orgulho de Sam. Depois uma foto de Judith virada de lado para mostrar a gravidez. Ele não tinha escrito que eles estavam esperando: aquela foto tinha sido meu primeiro indício. As últimas fotos no rolo eram de um bebê. Eu não soube dizer se eu tinha uma sobrinha ou um sobrinho até ver o bebê chorando nos braços de Sam, o rabino debruçado sobre ele para a circuncisão.

Enfiei as fotos outra vez no envelope e me entreguei a um bom choro, esticada no tapete, a cabeça apoiada nos braços cruzados. Deus sabe que eu precisava soltar as lágrimas, e aquela foto de meu sobrinho sempre as trazia para mim. Qual era a vantagem em finalmente ter uma família se eles estavam a meio mundo de distância? Às vezes eu achava que Sam estava sendo deliberadamente cruel, exibindo a distância a única criança no mundo que poderia ter preenchido aquele lugar em meu coração. Eu supus que o bebê tivesse recebido seu nome em homenagem a nosso pai, imaginei meu sobrinho como Harold, Hertshel ou Hillel, até que uma carta, datada de antes do envio do filme, chegou alguns dias depois. *Ele é um verdadeiro sabra*[1], escreveu Sam. *Nascido judeu em um Estado judeu. Nós o chamamos de Ayal.* Fiquei surpresa até que as palavras de Sam ecoaram em minha memória.

---

[1] Judeu israelense nascido em Israel. (N. do T.)

– Nosso pai nos deixou, Rachel. Nós não devemos nada a ele. – Nem mesmo, aparentemente, a memória de um nome.

Exaurida, guardei tudo de volta na gaveta, coloquei-a de volta no lugar e fechei o baú. Precisando de um pouco de ar, saí na sacada. O céu estava tão escuro quanto ficava quando o deque e os brinquedos ainda estavam iluminados. O ar quente carregava notas de música de parque de diversões do carrossel. Quem sabe o que acontecia na praia ou naqueles lugares sombrios sob o passeio. Homens que se encontravam em segredo, mulheres que se entregavam a seus amantes, garotos como aquele horrível Marc Grossman procurando arruinar alguma pobre garota. Trajetórias inteiras de vida estavam sendo postas em movimento, como bolas sobre uma mesa de bilhar.

Eu costumava pensar que o acidente terrível que se abateu sobre minha mãe tinha sido o que afastou meu pai e determinou o curso de minha vida. Agora, porém, eu via que fora a dra. Solomon quem dera a tacada inicial. Se ela não tivesse me usado para seu experimento, eu teria chegado ao Lar de Órfãos Hebraico inteira e ilesa, bonita o suficiente para que Sam não tivesse sentido vergonha de olhar para mim. Se eu tivesse sido uma garota normal, Marc Grossman não teria sido incitado a me machucar, Sam não teria precisado vir em minha defesa, e o sr. Grossman não teria lhe dado a surra que o forçou a fugir. Sem toda aquela raiva que levava, Sam podia nem ter ido para a guerra e, se não tivesse ido, talvez também não tivesse sido compelido a lutar por Israel. Podia ter conhecido outra garota, tido filhos diferentes. Eu teria tido sobrinhas e sobrinhos crescidos onde eu pudesse conhecê-los, construir castelos de areia com eles na praia, jogar cama de gato quando cuidasse deles, dar banho neles com o amor que teria dedicado a meus próprios filhos.

Agora podia ver que não havia esperança. Minha mente nunca pararia de correr por essas trilhas insanas. Tomei um comprimido para dormir e me entreguei à minha cama vazia. Apalpei outra vez a bolota em meu seio, torcendo, mesmo que sem esperanças, para que o dr. Feldman a examinasse e descobrisse que eram células benignas, me assegurasse que era apenas um cisto. Agora que eu entendia como meu destino dependia de Mildred Solomon, parecia não apenas que minha vida estava em jogo, mas a dela também.

Capítulo Treze

RACHEL OBSERVOU O CÉU CLAREAR ATRAVÉS DAS JANELAS ALTIVAS da estação Pensilvânia. Achou que ficaria nervosa, até com medo, por sair sozinha. Mas durante a espera solitária no metrô, a enormidade do que estava fazendo superou sua ansiedade. Enquanto passava pelas colunas de pedra calcária da estação e emergia no saguão de espera abobadado, ela sentia que estava deixando para trás sua identidade como órfã do Lar. Ela escreveu para si uma nova história na qual era uma estudante de enfermagem indo para o Colorado se juntar à família em Leadville. Para praticar, contou essa história ao bilheteiro quando ele abriu seu guichê.

– Colorado? – Ele a examinou rapidamente, somou o chapéu em forma de sino com a mala de papelão. Definitivamente, não era primeira classe. Ele escarneceu.

– Bom, a Estrada de Ferro Pensilvânia só leva você até Chicago, e de lá você precisa comprar uma passagem para Denver em outra empresa. Tente a Burlington and Quincy. Eles saem da Union. Quando chegar a Denver, pergunte por Leadville. De lá, eles têm pelo menos um trem postal. Tanto a Broadway Limited quanto a Pennsylvania Limited são trens de primeira classe, levam você a Chicago em menos de vinte e quatro horas. Você tem dinheiro para isso?

– Tenho cinquenta dólares para a viagem inteira. – Ela achava que era uma fortuna, mas o bilheteiro franziu o cenho.

– Não consigo uma passagem para além de Chicago em um trem da Limited por isso. – Tinha prática em observar estranhos, então tentou adivinhar a idade da garota, mas algo em seu rosto o confundia. Ele olhou por cima do ombro dela, ainda não havia mais ninguém na fila. A garrafa térmica dele de café, ainda quente, deixava-o com um estado de espírito generoso. – Deixe-me ver o que tenho. – Ele conferiu as tabelas de tarifas e os horários e listas de passageiros. – Está bem, posso botá-la no Western Express. É um trem local, só poltronas, parte ao meio-dia e chega a Chicago amanhã à noite. Deve deixar você com dinheiro o bastante para a passagem da Burlington. Você já andou de trem antes? – Rachel sacudiu a cabeça negativamente. Sobrancelhas, percebeu ele. Ela não tinha sobrancelhas, nem cílios. O que podia ser responsável por aquilo? Ele debruçou-se para fora da janela do guichê. – Você tem de fazer o seguinte: este trem não tem vagão-restaurante nem nada. Em várias plataformas, vai ter alguém vendendo sanduíches, mas eles com certeza vão explorar você. Saia agora de manhã e compre comida para levar, o suficiente para toda a viagem. Tem água potável a bordo, então não se preocupe com isso. Então, quando você embarcar, diga ao condutor que eu falei para botar você junto de uma boa família. Eu não ia querer que uma irmã minha ficasse perto de um estranho a noite inteira.

Quando o bilheteiro estava com a passagem dela pronta, havia algumas pessoas esperando atrás de Rachel. Ela agradeceu a ele rapidamente.

– Você se cuide – disse ele, em seguida ergueu a cabeça. – Próximo!

Rachel desceu a Oitava Avenida até encontrar uma mercearia. Comprou pão, peras, um pedaço de queijo, amendoins em um saco de papel e algumas balas de menta. No caminho de volta à estação, comprou um pretzel na banca de jornal para o café da manhã. Ela não estava preocupada que ninguém do Lar percebesse que ela tinha partido. Vic e a sra. Berger talvez pudessem se perguntar o que ela estaria tramando quando não aparecesse na Recepção na hora de visitas, mas como era contra as regras do Lar as crianças se misturaram com recém-admitidos durante a quarentena, o que eles poderiam dizer? E amanhã seria Dia do trabalho; mesmo que alguém sentisse sua falta, com toda a comoção da banda marcial tocando no desfile daquele ano e os conselheiros atarefados conduzindo as crianças pela Broadway para assistir, não haveria tempo para comunicar uma fuga. Sua ausência provavelmente não seria notada antes de terça-feira. Até lá, a enfermeira Dreyer pensaria que Rachel estava no alojamento do F5, e Naomi iria supor que ela havia voltado à enfermaria.

Rachel sentiu um frêmito atravessar seu corpo com a lembrança do que fizera com Naomi. Aquilo não tinha parecido nem estranho e nem errado. Parecera a coisa mais natural do mundo. Então a vergonha de ter roubado da amiga transformou frêmito em náusea. O que quer que elas tivessem feito, não seguia o padrão de nada que Rachel houvesse aprendido na escola ou lido em um livro. Ela pensou nas meninas se reunindo ao seu redor no baile do Purim depois que Vic a beijou, seus cumprimentos excitados. Era isso que as garotas deviam querer: casar-se com garotos, tornar-se mães. Não beijar umas às outras. Rachel sacudiu a lembrança de Naomi de sua mente.

No saguão da estação, Rachel conferiu o painel e o relógio, anotando o horário em que o Western Express devia partir. Ela se instalou em um dos bancos de carvalho e bocejou. Enfiou a mala embaixo dos pés, encaixou-se em um canto do banco e olhou na direção do bilheteiro. Ele captou seu olhar por cima do ombro do cliente que estava atendendo e piscou para ela. Satisfeita por estar sendo vigiada, Rachel cochilou, embalada pelo ruído crescente da estação.

Na verdade, ela não precisou dizer nada para o condutor. Quando viu que ela estava sozinha, ele a botou em um compartimento com um grupo de mulheres, professoras voltando no último momento possível para Fort Wayne depois de passar o verão em Long Island. O trem saiu balançando ruidosamente de Manhattan, passou sob o Hudson, por Nova Jersey e atravessou a Pensilvânia. Cidadezinhas, campinas, florestas, pastos, fazendas e riachos passavam pela janela como um filme, exceto na cor. As professoras convidaram Rachel a se juntar a elas em seu jogo de cartas, mas ela negou e agradeceu, preferindo o cenário. Na longa luz da tarde de verão, Rachel observou o show de imagens na janela até a escuridão apagar a tela. Confrontada com seu reflexo no vidro escuro, Rachel saboreou a ideia de que ninguém no mundo sabia onde ela estava. A liberdade era inebriante, como viver dentro de um segredo.

Sonolentas devido ao balanço do trem, as mulheres finalmente esticaram as pernas através do espaço entre os bancos a sua frente, encaixando os pés entre os quadris umas das outras. No dia seguinte, o Western Express seguiu seu caminho cheio de paradas através de Ohio e Indiana até que as professoras desembarcaram em Fort Wayne. Quando o trem entrou na estação

Union em Chicago, Rachel tinha parado de contar as horas que passavam pelo sinal que estaria tocando no Lar. O condutor disse a ela que havia um vagão de segunda classe no Overland Express para Denver, e ela subiu a escada da plataforma até o mezanino, ansiosa para conseguir uma passagem.

Rachel mal tinha absorvido a abóbada cilíndrica do teto e as colunas de pedra quando dois meninos vieram perseguindo um ao outro pela estação. O menor corria a toda velocidade para permanecer à frente, deslizando pelo piso de mármore e virando em torno de uma estátua. O mais velho segurou seu casaco, e o pequeno, retorcendo-se para escapar, bateu em uma coluna bem na frente de Rachel, sua cabeça foi jogada para trás com força. O nariz do menino começou a sangrar. Ele soltou um grito que fez o mais velho sair correndo. Rachel o pegou no colo e o pôs em um banco, inclinando sua cabeça para trás na dobra de seu braço. Ela apertou a ponte de seu nariz com uma das mãos enquanto pegava o lenço com a outra.

– Ora, ora, não está tão ruim assim – murmurou ela enquanto o garoto tossia e chorava. – Era seu irmão que estava correndo atrás de você?

O menino olhou para ela, lágrimas se misturando com o sangue que escorria por seu rosto e empoçava em seu ouvido. Rachel limpou o rosto dele, depois segurou o lenço sob seu nariz.

– Só respire pela boca. Vai parar em um minuto. Relaxe, agora, relaxe. Está tudo bem – disse ela, imitando o tom tranquilizador de Dreyer.

– Meu irmão está sempre me perseguindo. Eu o odeio – choramingou o menino. Seu hálito cheirava a ferro.

– Imagine se você tivesse cem irmãos, quantos narizes sangrando isso daria?

Ele franziu o cenho.

– Ninguém tem cem irmãos.

Rachel ergueu o lenço. O sangramento tinha parado, mas ela manteve a pressão na ponte do nariz.

– Eu tinha mil irmãos e irmãs.

Ele ergueu as sobrancelhas.

– Sério?

Rachel conferiu para ver se ainda estava escorrendo sangue. Não estava.

– E você, ele é seu único irmão?

Ele estava deitado sobre o colo dela, a cabeça pesada no seu braço.

– Não, tenho um irmão bebê, também, e uma irmã. Mas nunca vou perseguir meu irmão bebê como Henry me persegue.

– Claro que você não vai. Qual o seu nome?

– Simon. E o seu?

– Rachel.

Henry estava sendo arrastado na direção deles por um homem imponente de cartola e smoking.

– Pai, Henry me perseguiu! – Simon tentou sentar, mas Rachel o segurou.

– Você tem que ficar com a cabeça para trás por mais um tempo ou seu nariz vai começar a sangrar de novo.

– Sim, Simon, faça como diz a moça. – Os olhos do homem avaliaram a jovem mulher que carregava seu filho nos braços. – A senhorita é enfermeira?

Rachel balançou a cabeça afirmativamente, a mentira que contara ao vendedor de passagens e às professoras soando mais verdadeira a cada vez que contava.

– Estudante de enfermagem. Estava fazendo meu aprendizado em um orfanato em Nova York. Agora vou para o Colorado cuidar de meu pai. Ele foi para o Oeste no ano passado para se tratar, mas minha mãe escreveu que ele piorou, e que precisa de mim lá.

– Você sem dúvida cuidou bem de Simon. O que você tem para dizer a seu irmão, Henry?

– Desculpe, Simon.

— Agora volte para sua mãe. – O garoto saiu andando e começou a correr assim que o pai não estava olhando. O homem sentou-se no banco ao lado de Rachel e pôs a mão na testa de Simon. – Está melhor, filho? Pronto para tentar sentar?

– Ah, ainda não. É melhor não apressar essas coisas – disse ela.

– Rachel tem mil irmãos e irmãs, pai!

– É mesmo, senhorita?

– No orfanato, eles gostavam que as crianças considerassem umas às outras irmãs. Eu adquiri o hábito de vê-las todas como meus irmãos e irmãs menores. – Ela sorriu, gostando de como aquilo soou.

– E você vai para Denver?

– Na verdade, Leadville, mas primeiro Denver. Eu esperava pegar o Overland Express. – Ela olhou ao redor, ansiosa. – O senhor sabe a que horas ele parte?

– Estava previsto para as oito horas. Você o teria perdido, mas houve um atraso, algum problema com o carregamento dos cavalos. Eu devia embarcar minha família antes de ir a um evento esta noite, mas não consegui deixar minha esposa cuidar sozinha desses rufiões. Permitiria que eu a apresentasse à sra. Cohen?

– Infelizmente preciso comprar minha passagem. – Rachel ergueu Simon delicadamente.

– Eu o pego – disse o pai, segurando o menino.

– Não sou um bebê, posso andar, pai!

– Muito bem. – Ele pôs Simon de pé e estendeu a mão para Rachel. Ela se levantou.

– Eu a levo à bilheteria para garantir que haja um lugar para você. Sei que minha esposa vai querer agradecer a você pessoalmente.

Eles encontraram a mãe de Simon em um banco cercada de bagagem, um bebê no braço e uma menininha estendida dormindo em seu colo. Usava uma jaqueta roxa de cetim apertada para conter o pneu de gordura em torno de sua cintura. O chapéu de pena no topo da cabeça parecia uma gaivota balançando sobre destroços flutuantes.

– Ah, Simon! Olhe só para sua gola. Veja o que você fez, Henry! – Henry, ao lado dela, baixou a cabeça.

– Althea, esta é a srta...? – O homem olhou para ela.

– Rabinowitz, Rachel Rabinowitz. É um prazer conhecê-la, sra. Cohen.

– O prazer é meu, querida – disse Althea, oferecendo a ela distraidamente uma mão sem energia. – David, quando podemos embarcar? Preciso instalá-los no vagão antes que eles me distraiam.

– Rachel é uma estudante de enfermagem, querida. Ela acabou de cuidar do nariz de Simon. Ela vai para Denver ver os pais. – Althea olhou para o marido e ergueu uma sobrancelha, como se uma ideia estivesse se comunicado entre eles.

– É mesmo? Você já comprou sua passagem?

– Não, preciso providenciar isso.

– Escute, querida, eu sei que isso é repentino, mas você consideraria viajar comigo? A babá das crianças adoeceu, e o dr. Cohen não permite que ela viaje, mas não vejo como posso lidar com isso sozinha.

– Ah, venha conosco, Rachel! Vamos nos divertir muito no trem – implorou Simon.

– Obrigada, eu adoraria viajar com vocês, sra. Cohen, se eu puder ajudar. – Simon aplaudiu. Rachel o interrompeu. – Mas vocês também estão na segunda classe?

Althea deu uma risada.

– Ah, querida, não, estamos no vagão-leito, mas você vai conosco, por favor. Pode usar a passagem da babá. Não posso exprimir o conforto que vai ser ter alguém comigo. – Como se tudo estivesse resolvido, Althea entregou o bebê para Rachel, em seguida tirou a garota adormecida do colo. Ela levantou e alisou a saia com as mãos enluvadas. – Olhe só para esses amarrotados – murmurou para si mesma.

Seu trem foi anunciado. O médico acompanhou sua família e Rachel pela plataforma até o interior da cabine, onde eles se despediram. Logo depois que o trem saiu de Chicago, um carregador chegou à cabine para entregar a bagagem e se apresentou:

– Sra. Cohen, meu nome é Ralph Morrison. – A voz dele era grave, com um toque de uma corrente de água nas vogais. – Estou aqui para tornar sua viagem o mais agradável possível. O vagão-restaurante está à espera para servir o jantar, e vou preparar as camas enquanto vocês saboreiam uma refeição tardia. Se precisarem de qualquer coisa, é só me chamar. – Ele limpou a garganta. – Agora, vocês podem me chamar de carregador, ou Ralph, mas como recentemente fui avô, infelizmente acho que estou um pouquinho velho para ser chamado de moço.

Ralph Morrison parou para avaliar a reação deles a seu discurso, que ele fazia com um sorriso calibrado para todo passageiro, como se os convidasse a se divertir com a novidade de tratar uma pessoa de cor com respeito. Althea estava distraída demais pelas crianças para prestar muita atenção, mas Rachel não podia ver como alguém poderia chamar o homem alto com toques grisalhos espalhados pelo cabelo cortado rente de moço.

O jantar foi fantástico, bifes grossos em pratos de porcelana, talheres reluzentes sobre a toalha de linho. Rachel cortou a carne para a garotinha, mas Simon insistiu em lutar contra a faca de carne sozinho. De volta do vagão-restaurante, Rachel achou que Ralph Morrison devia ser um mago para ter transformado a cabine elegante, com seus sofás estofados e janelas com cortinas, em um quarto, as quatro camas arrumadas com lençóis esticados e travesseiros macios. Eles se revezaram para se despir no banheirinho completo com pia e vaso sanitário. Apesar das torneiras reluzentes e do espelho bisotado, Rachel viu quando puxou a corrente que seus dejetos eram jogados nos trilhos abaixo deles, do mesmo jeito que no vagão de segunda classe de Nova York.

Foi a melhor noite de que Rachel podia se lembrar. Não importava que o trem tivesse parado duas vezes para receber carga, o engate de vagões a sacudindo de seu sono. A magia de estar desperta permitiu a ela desfrutar da noite. Os meninos ficaram com os beliches de cima. A sra. Cohen levara o bebê para sua cama, deixando a garotinha, Mae, para dormir nos braços de Rachel, a cabecinha repousando levemente em seu cotovelo. Rachel envolveu os braços em torno do calor do hálito da menina e deixou que o balanço do trem embalasse o sono das duas enquanto Illinois e Iowa passavam sob elas.

No início da manhã, enquanto o trem estava parado no pátio em Omaha, Althea chamou o carregador para trazer café e pão. Rachel temia que a sra. Cohen reparasse em sua cabeça calva antes que ela pudesse botar o chapéu cloche, mas Althea ou tinha muito tato para dizer qualquer coisa ou estava distraída demais para perceber.

— Apenas olhar para o céu — murmurou Althea. — É do que mais sinto falta, esse céu enorme do Oeste. — Enquanto saboreavam o café da manhã no silêncio das crianças dormindo, Althea sussurrou a história de sua família: como seu pai, o dr. Abrams, fora para o Colorado abrir o Hospital para Hebreus Tuberculosos, e conheceu a mãe dela, uma filha de pioneiros que estavam no Colorado desde os dias da Corrida do Ouro. Althea conheceu o marido quando ele chegou de Chicago para ser residente no hospital; eles se casaram no Templo Emanuel antes que o dr. Cohen mudasse com eles de volta a Chicago para abrir o próprio consultório. Rachel escutava com satisfação enquanto terminava o café, perguntando-se como seria conhecer tanto sobre o próprio passado. Althea tocou a campainha e pediu mais pães e leite frio assim que as crianças começaram a se mexer e acordar.

– Sabe o que aconteceu com os cavalos ontem à noite, sr. carregador? – perguntou Henry, sentando na cama da mãe e jogando um roll na boca.

– É sr. Morrison, Henry – corrigiu Rachel. Ralph Morrison olhou para ela, depois de volta para o menino.

– Que tal você me chamar de Ralph, e eu chamo você de Henry, certo? E claro que sei o que aconteceu com aqueles cavalos. Um bom amigo viu tudo com os próprios olhos. – Ele segurou a porta aberta da cabine com o joelho. Tanto Henry quanto Simon se aproximaram. – Um apito tocou no pátio, e um dos garanhões premiados do sr. Guggenheim se assustou quando subia a rampa para entrar no vagão de cavalos e ele empinou, aí seus cascos traseiros escorregaram para fora da rampa e ele caiu nos trilhos. Nesse momento, o vagão de pessoal engatou na traseira do trem e bateu no vagão de cavalos. O cavalo ficou preso embaixo do trem.

Ralph olhou para a sra. Cohen em busca de aprovação para continuar a história terrível. Sua gorjeta, na verdade sua carreira como carregador em vagão leito, dependia de jamais ofender. Mas qualquer coisa que distraísse seus garotos estava bem para Althea.

– Bom, aquele cavalo estava relinchando muito alto, e todos os cavalos no vagão começaram a corcovear e a relinchar. Foi um pan-de-mô-nio. O treinador do sr. Guggenheim estava brigando com o condutor. O maquinista deu ré no trem para sair de cima do cavalo, e a pobre criatura teve de ser sacrificada. Não só isso, mas depois o cavalo teve de ser preso a correntes e arrastado dos trilhos.

– Eu queria ter visto isso – disse Henry.

– Qual era o nome do cavalo? – perguntou Simon.

– Essa é uma boa pergunta, rapazinho, mas eu não sei a resposta. – Ralph Morrison pegou o bule para buscar café fresco. – O almoço vai ser servido entre meio-dia e duas da tarde. Vocês gostariam da primeira ou segunda turma, sra. Cohen?

– A primeira turma, por favor. As crianças vão estar com fome outra vez.

O trem balançava através de Nebraska. Rachel levou os garotos até o vagão de observação. Ela abanou fumaça de charuto quando se comprimiram contra a janela, a pradaria passando correndo sob um céu azul enorme, os garotos procurando búfalos em vão. Depois do almoço, Althea tentou cansar os meninos deixando que corressem pelo corredor, para o desalento silencioso dos carregadores, enquanto Rachel permaneceu na cabine com Mae e o bebê, os dois cochilando. Sentada junto da janela, ela observava os cabos telegráficos pendurados descerem e se erguerem como ondas entre postes de pinho. Ela se perguntou que mensagens estariam pulsando através daqueles fios, traço ponto traço.

Eram quase dez horas da noite quando o Western Express entrou na estação Union de Denver. Rachel estava com sua valise de papelão pronta. Ela esperava se despedir da sra. Cohen e seus filhos na cabine, mas Simon tinha dormido e precisou ser erguido, Henry estava mal-humorado, e Althea pediu a Rachel para levar Mae enquanto ela carregava o bebê. Ralph Morrison ajudou a sra. Cohen a descer até a plataforma e pareceu satisfeito, mas não impressionado, com a gorjeta que ela pôs em sua mão. Ele enfiou o dinheiro no bolso, acrescentando-o à quantia generosa que recebera, com uma piscadela astuciosa, de um banqueiro em viagem com a amante.

Rachel saiu do trem atrás da família e subiu a rampa até a estação, com os dedinhos suados de Mae em uma das mãos e a valise na outra. Henry foi correndo na frente, Simon o seguiu, e a sra. Cohen foi correndo atrás deles, as penas em seu chapéu balançando acima da multidão. Na estação, a sra. Cohen abraçou um homem que Rachel supôs ser o pai dela, o dr. Abrams; os meninos quicavam ao seu redor enquanto ele falava carinhosamente com o bebê. Antes que Rachel conseguisse se aproximar o suficiente para entregar Mae à mãe, o grupo tinha saído na direção das portas em arco. Rachel olhou para trás para a bilheteria – havia alguns homens reunidos ali, assim como carregadores emergindo das plataformas com carrinhos de bagagem –, mas, antes que pudesse deter a sra. Cohen, a família tinha saído. Rachel correu para alcançá-los, puxando Mae junto, só para vê-los se empilhar em um sedã preto. Quando alcançou a porta do carro, Althea, instalada na frente com o bebê no colo, virou para trás e disse aos meninos para abrirem espaço para

Rachel e Mae. Henry estendeu a mão e pegou sua mala. Rachel ergueu Mae no colo e entrou no carro seguindo a maré.

Eles desembarcaram na residência dos pais de Althea, casa estilo Queen Anne imponente, com cumeeiras íngremes. Sua pequena torre com telhado lembrou Rachel uma casa de bonecas em comparação à torre do relógio do Castelo. As crianças correram para a avó – até a pequena Mae caminhou com passos hesitantes pela trilha calçada com tijolos –, mas Rachel ficou para trás. O dr. Abrams veio depois, carregando uma das bolsas de Althea e a mala de papelão.

– Você poderia levar essas? – disse ele. – Vou voltar agora para buscar o resto da bagagem.

– Sinto muito, senhor, mas preciso seguir para Leadville. Talvez o senhor possa me levar de volta à estação com você?

– O postal para Leadville só sai de manhã. Infelizmente não há mais trens esta noite.

O dr. Abrams chamou a esposa da porta. Após uma consulta rápida, ele voltou ao sedã e partiu. A sra. Abrams falou com Rachel:

– Está resolvido. Você fica conosco esta noite. Agora venha, querida.

Rachel ficou sentada com os meninos enquanto Althea e a mãe foram para o andar de cima instalar Mae e o bebê. Quando tornaram a descer, Simon e Henry estavam batendo cabeça nas poltronas.

– Eu os levo, Althea, se você quiser esperar por seu pai – disse a sra. Abrams.

– Estou exausta demais para conversar, mãe. Vou deixar os meninos no quarto das crianças e cair em minha velha cama. Vejo vocês no café da manhã.

Althea e os meninos subiram as escadas, a porta da frente se abriu, e o dr. Abrams entrou com a bagagem. Ele precisou de duas viagens para carregar tudo do carro até o andar de cima. Quando terminou, caiu em uma poltrona e tirou os óculos de armação redonda para secar a testa com um guardanapo. A sra. Abrams serviu a ele um copo de chá gelado, seus braços fortes carregando o pesado jarro de vidro como se não tivesse peso.

– Verifiquei o trem postal para Leadville. Ele parte às nove, mas você só vai chegar à tarde. Ele para em absolutamente todos os lugares no caminho. Eu poderia arranjar alguém para levá-la de carro?

– Eu posso fazer isso, Charles. Um passeio a Leadville seria uma boa diversão para as crianças.

– Não, obrigada, dr. Abrams, sra. Abrams, não me incomoda o tempo no trem. – Eles não pareceram acreditar nela. – Andei tão ocupada ajudando a sra. Cohen com as crianças que nem tive tempo de me preparar. Meu pai, vocês sabem, está muito doente.

– Como quiser. A paisagem, pelo menos, vai ser espetacular, especialmente perto de Breckenridge – disse o dr. Abrams. – Eu vou lhes dar boa noite, agora.

– Eu já estou indo, Charles, vou instalar Rachel no quarto da Hera.

A sra. Abrams foi com Rachel até o segundo andar, passou pelos quartos onde dormiam Althea e as crianças e chegou a uma escada estreita. Rachel a seguiu até um quarto aconchegante no sótão, onde encontrou uma cama recém-feita, uma cômoda pequena e uma pia com torneiras quente e fria. A luz elétrica produzia ramos verdes e pintassilgos no papel de parede.

– Eu pretendia botar a babá, aqui. Espero que não se incomode, Rachel.

Rachel não se incomodava nem um pouco. Enfiada na pequena torre circular, sua vista da avenida Colfax fraturada pelos painéis pequenos de uma janela com caixilho de chumbo, o quarto da Hera fazia com que ela se sentisse uma princesa em uma torre. Ela fechou a cortina, tirou o chapéu e as roupas e se lavou dos pés à cabeça com um pano tépido e ensaboado. Ela abriu a mala para pegar a camisola. Rachel tinha se esquecido da trança. Ao receber luz, o cabelo de Amelia ardeu acusadoramente.

O DR. ABRAMS deixou Rachel na estação Union na manhã seguinte. Ao comprar a passagem para o trem postal, estava grata por ter viajado desde Chicago com os Cohens – o que lhe restara do dinheiro de Naomi poderia não ter coberto os custos da viagem inteira. Mas no trem vagaroso que levou a maior parte do dia Rachel não se preocupou com o que faria se Sam não estivesse em Leadville, afinal de contas. Em vez disso, visualizou seu rosto se abrindo em um sorriso quando ela surgisse. Ele ficaria impressionado por ela ter feito aquilo tudo sozinha, aliviado por saber que não era mais sua função preocupar-se com ela.

E aquele Rabinowitz dono da loja de artigos do lar? Quanto mais Rachel pensava naquilo, mais se convencia de que devia ser seu pai. Pensou em Simon na casa na Avenida Colfax, envolvido em segurança pela mãe, os irmãos e a irmã, os avós. E de volta a Chicago, o pai e outros dois avós, e primos, talvez, e tias e tios. Até Naomi tinha seu tio Jacob e sua tia Estelle, e Vic tinha a mãe também. Ela não merecia ao menos um pai?

A locomotiva seguia ruidosamente sobre ravinas e ao longo de cursos de rios no alto das Rochosas, parando com frequência para deixar malotes postais e pegar passageiros. Finalmente, o condutor anunciou Leadville. Rachel desembarcou do trem em uma plataforma de madeira. O céu noturno, ainda claro, era dominantemente azul. Os poucos homens rústicos que desembarcaram do trem com ela logo se espalharam. Ela perguntou ao homem que pegou a correspondência se sabia onde encontrar a Rabinowitz Artigos do Lar.

– Claro, é ao lado do Tabor. É só subir a rua Harrison. Fica na esquerda, não tem como errar.

Rachel seguiu pela calçada alta, descendo e subindo a cada cruzamento, a lama das ruas sem calçamento grudando em seus sapatos. Sua respiração se acelerou, seu coração batia forte após apenas algumas quadras. Ela se preocupou se não estaria ficando doente até se lembrar do que o dr. Abrams lhe dissera sobre a altitude. Descansou por um instante, olhando ao redor para Leadville. Havia apenas algumas pessoas na rua, homens de roupa de trabalho e mulheres de vestidos simples, e o trânsito era um automóvel passando por uma carroça puxada a cavalo. A cidade inteira consistia de uma única rua principal e algumas ruelas transversais enlameadas. Depois disso, não havia nada: sem pontes, contorno de telhados nem postes de luz. Althea Cohen falara das Rochosas como extensas e abertas, mas, para Rachel, Leadville parecia uma ilha solitária à sombra de picos nevados. Seu isolamento era tão opressivo quanto a proximidade do céu. Ela se perguntou como o pai tinha ido parar ali, como Sam o descobrira. Respirando o mais fundo possível, ela ergueu a valise de papelão e seguiu em frente.

Ela quase passou direto antes de perceber as letras T-A-B-O-R fixadas na fachada de um prédio grande. Ela não esperava que "o Tabor" fosse um teatro lírico. Rachel olhou ao redor, os olhos examinando acima dos umbrais.

Lá estava: Rabinowitz Artigos do Lar pintado no tijolo, esmaecido e descascando. Ela espiou através da vitrine da loja, cheia de produtos empoeirados, e viu um balcão comprido que se estendia por toda a extensão da loja. Uma fileira de fogões esmaltados marchava pelo corredor central, que estava bloqueado por barris de pregos e carrinhos de mão empilhados. As paredes estavam cobertas por estantes empilhadas com panelas, machados, formas de tortas e rolos de tecido.

Rachel puxou a porta. Um sino tocou quando ela se abriu.

– Já vou sair! – gritou uma voz masculina. Através do labirinto de produtos, ela viu uma figura emergir dos fundos da loja. Cabelo branco envolvia sua cabeça, escorria por seu rosto e passava por cima de seu lábio superior. Por baixo de suas sobrancelhas salientes, ele apertou os olhos através de óculos redondos. Ele estava mais velho, claro que sim, mas havia algo profundamente familiar na forma de seu queixo, na curva de seu nariz, no ângulo de seus ombros. Enquanto ele se aproximava, Rachel voou de volta no tempo. Ela tinha quatro anos de idade, e um homem com aquele nariz e aquele queixo a estava levantando nos ombros, beijando o rosto dela, chamando-a de macaquinha. Ela largou a mala. Em dois passos apressados, ela o encontrou e jogou os braços em torno de seu pescoço.

– Papa! – Toda a ansiedade de sua longa viagem foi liberada em uma torrente de lágrimas infantis.

Capítulo Catorze

A ENFERMEIRA DO DR. FELDMAN SE CHAMAVA BETTY – EU LI NO crachá que ela usava preso ao uniforme. Por sua voz séria ao telefone, eu esperava alguém da idade de Gloria, mas ela era mais jovem do que soava, e mais elegante também, com unhas bem-feitas e cabelo fixado com laquê. Ainda assim, a forma rápida como anotou minha informação não deixava dúvida de quem estava no comando. Depois que abriu minha ficha, ela me conduziu a uma sala de exame e me disse que me despisse.

– Fique só de calcinha e vista isso. – Depois que eu tinha me trocado, ela amarrou a bata de algodão para mim às minhas costas, apertando cada lacinho em segurança no lugar. Ela seria uma mulher reconfortante para se ter como mãe, pensei. Educada e confiável, mesmo que um pouco intimidadora. Flo não podia ser mais simpática, mas me dava pena de ver o quanto seus filhos a deixavam irritada.

Depois de coletar uma amostra de urina, Betty me posicionou na mesa de exame enquanto tirava minha pressão e meu pulso. Fiquei surpresa ao vê-la preparar um kit para coleta de sangue sem sequer receber uma ordem.

– Ele sempre pede para extrair sangue de pacientes novos – disse ela respondendo minha pergunta não feita. Enquanto ela amarrava o tubo em torno da parte superior de meu braço e batia na parte interior do meu cotovelo para levantar uma veia, eu me perguntei o quanto ela recebia. Seria bom trabalhar no consultório de um médico: horário fixo, bom salário, sem mudanças de turno nem ter de carregar pacientes pesados. Por que eu nunca tinha me inscrito para um emprego como aquele? – Ah, acabei de ouvir o dr. Feldman chegando – disse Betty. A porta do consultório anexo se abriu de repente.

– E quem temos aqui? – Eu abri a boca para me apresentar quando percebi que o dr. Feldman não havia me perguntado. Não estava sequer olhando para mim. Em vez disso, pegou o prontuário que Betty lhe estendia. Ele pôs os óculos grossos em um nariz tão bíblico que eu não consegui não pensar nele como um rabino.

– Chame-me se precisar de mim – disse Betty para ele, virando-se para sair. A expressão que trocaram foi tão íntima, como se soubessem tudo um sobre o outro, que me lembrou por que eu preferia o ambiente mais impessoal de um hospital ou do Lar Hebraico de Idosos.

– Então, o que a traz aqui hoje, srta. Rabinowitz?

Ao encará-lo, eu me vi sem voz. Não tive problema em contar tudo para Betty: o Lar Infantil, a experiência com raios X, o artigo do dr. Feldman na biblioteca. Será que aquilo tudo já estava em minha ficha, ou ele apenas fingiu ter lido? Muda, eu toquei meu seio.

– Bom, minha enfermeira me diz que você encontrou um caroço. Vamos começar por aí, está bem? – O dr. Feldman se posicionou ao lado da mesa, de frente para minhas costas, puxou e abriu a bata. Movi-me para deitar, mas ele me deteve. – Apenas ponha a mão no alto da cabeça. – Fiz isso, sentindo-me como uma criança que brinca de seu mestre mandou, enquanto dedos gordos, amarelados pela nicotina, apalpavam meu seio. Fiquei envergonhada ao ver meu mamilo endurecer, tanto pelo ar-condicionado quanto por suas pressões e apertadelas, mas ele pareceu não perceber. Depois de subir e descer machucando um lado de meu peito e axila, ele me fez trocar de mão, esquecendo de tornar a puxar a bata por cima de meu ombro, deixando-me nua até a cintura. Ele acompanhou o exame com sons barulhentos no fundo da garganta.

– Muito bom. Você agora pode se vestir. – Ele chamou Betty ao sair, acendendo um cigarro antes mesmo que a porta se fechasse. Quando eu estava apresentável, ela me conduziu a seu consultório. Ele fedia a fumaça. Ao lado do cinzeiro de vidro transbordante em sua escrivaninha havia um maço pretensioso de cigarros franceses. O ar-condicionado roncando na janela fechada parecia apenas recircular o cheiro doentio. – Srta. Rabinowitz – disse ele de trás da fortaleza de sua escrivaninha. – Vou precisar ver os resultados de seu exame de sangue, mas meu exame de seu seio, junto com os tratamentos de raios X aos quais minha enfermeira disse que você recebeu quando criança...

– Eles não foram tratamentos – interrompi, surpreendendo a nós dois com minha veemência. – Foi um experimento. Fizeram experimentos em mim, não um tratamento.

– Seja o que for, tenho percebido uma correlação estatisticamente significativa entre exposição excessiva a radiação na infância e cânceres posteriores na vida. Agora, perdoe-me por perguntar, mas você nunca teve filho nem amamentou?

– Não, claro que não. – Eu pareci tão melindrada que tornei a dizer, simplesmente: – Não, não tive.

– Você experimentou menstruação normal? Você passou da menopausa?

– Eu só comecei aos dezesseis, e nunca fui exatamente regular.

– Entendo. Há alguma chance de estar grávida?

– Nenhuma.

– Bom. Vamos ver o que o exame de urina nos diz. Como eu estava dizendo, com base em meu exame, diria que você tem muita sorte. O tumor é definido, com bordas nítidas. Apesar de poder estar crescendo rápido, nós o pegamos a tempo hábil para uma cirurgia. Se estivesse avançado demais, sabe, não seria aconselhável operar a região do câncer.

Ele caminhou até o outro lado da sala e ligou um interruptor. Um spot se acendeu, iluminando um cartaz plastificado de uma mulher na parede. Ele pegou um giz de cera no bolso e começou a desenhar sobre ele. Eu pude ver marcas de demonstrações anteriores.

– Começo por uma excisão do tumor, que é examinado à procura de células cancerígenas. Se os resultados forem negativos, termino o procedimento e faço o possível para reparar o tecido restante do seio. Se o resultado for positivo, como espero que seja, procedo diretamente para uma mastectomia do seio inteiro e dos nódulos linfáticos relacionados. Ao contrário de alguns de meus colegas, não acho aconselhável remover o músculo peitoral, mas, como medida profilática, recomendaria retirar o outro seio, também. Para uma mulher com seu histórico, que nunca engravidou nem amamentou bebês, seria a escolha mais sábia.

Suas linhas tracejadas cruzavam todo o peito da mulher como se ele estivesse planejando uma manobra militar no terreno ondulado. Eu queria cobrir os seios com as mãos, para tranquilizá-los e reconfortá-los. Em vez disso, agarrei os braços de minha cadeira. Odiei como ele continuava a mencionar bebês, como se aquilo não tivesse acontecido se eu tivesse sido uma mulher normal.

– E, é claro, eu vou fazer a castração. – Seu lápis de cera mergulhou abaixo de sua cintura, e tocou o abdômen inferior onde os ovários ficavam escondidos. De costas para mim, ele não viu o sangue se esvair de meu rosto.

– A ovariectomia é procedimento padrão para todos os cânceres de seio, apesar de eu normalmente preferir realizar a castração com radiação. Obviamente, isso não seria recomendado no seu caso. Nem tratamentos de raios X após a cirurgia, outra razão para ser agressivo enquanto eu a tenho na mesa de operação. Retirar os dois e resolver logo isso. – Ele fez uma pausa e considerou sua paciente bidimensional. Falando mais com ela que comigo, ele disse: – A operação é desfigurante, mas, pelo menos em seu caso, não há um marido a se levar em conta.

Ele apagou a luz e voltou a se sentar na cadeira atrás da escrivaninha. E pegou o maço de cigarros, acendeu um para si, em seguida os inclinou em minha direção. Fiquei tentada, mas recusei. Não queria que ele visse como as minhas mãos estavam tremendo.

– Você entende que isso não é uma cura. Em minha experiência com essa doença, mesmo a mastectomia mais completa apenas retarda uma recorrência. Mas esse atraso pode ser significativo. Dois anos. Cinco. Tenho uma paciente que sobreviveu oito anos depois da operação. O início repentino da menopausa devido à castração pode ser desagradável, mas vamos resolver um problema de cada vez, certo?

Eu não consegui formar uma resposta. Minha reticência incomodou o dr. Feldman.

– Há alguém com quem você queira que eu fale? – perguntou ele quando hesitei em concordar com seus planos cirúrgicos. Levei a ponta da língua ao céu da boca para pronunciar o nome dela, mas ele ficou ali preso, não dito.
– Ninguém, então.

Irritou-me que ele pensasse que eu fosse uma solteirona.

– Eu não vivo sozinha – falei na defensiva. O dr. Feldman pareceu confuso. – Tenho uma amiga. Minha companheira de apartamento.

– Eu estava pensando em parentes – disse ele. – Eu normalmente discuto essas questões com o marido.

Se eu pudesse apenas dizer a ele que eu às vezes a chamava de marido, mas só quando ela assumia aquele tom professoral e me instruía sobre como alguma coisa devia ser feita. Ela normalmente era emocional demais para ser o marido, e apesar de eu nunca ter solicitado esse papel, eu tampouco era muito uma esposa. Ela fazia as compras e preparava o jantar, mas só porque eu era uma negação na cozinha e não tinha paciência para o mercado. Eu fazia a contabilidade em nossos talões de cheques, mas era ela quem sabia usar uma chave inglesa para consertar uma pia vazando. No quarto, na verdade, ela assumia o protagonismo, mas, para começar, era o que fazíamos lá que nos desqualificava dessas categorias. Para algumas de nossas amigas era óbvio quem fazia o papel masculino e o feminino, mas, se pudéssemos ter nos casado, eu me perguntava, qual de nós teria sido qual? Naquele momento, soube qual eu teria escolhido: eu dissolvida em lágrimas de esposa, ela o marido forte e reconfortante.

Parecia que minha consulta com o dr. Feldman estava chegando ao fim.

– Deixe-me chamar a minha enfermeira – disse ele, apertando uma campainha na mesa. – Betty vai botar você em meu calendário cirúrgico e marcar uma consulta pré-operatória. – Com isso, ele se levantou e estendeu a mão.

Fiquei de pé e espelhei seu gesto. Seus dedos amarelados se fecharam frouxamente em torno dos meus. Por seu exame, esperava um aperto mais firme. Saí atônita do consultório atrás de Betty.

– Você também é enfermeira, não é?

– Sou, sim.

– Isso vai facilitar muito as coisas. Algumas dessas mulheres, elas na verdade não entendem o que está acontecendo, e claro que sobra para mim consolá-las. Dizem que médicos são péssimos pacientes, mas deviam dizer que enfermeiras são ótimas. – Ela sentou a sua mesa e folheou as páginas da agenda do dr. Feldman, em seguida escreveu algumas datas e horários em um cartão que me entregou. – Preciso que você venha ao consultório na véspera da cirurgia para revisar os procedimentos, e eu vou examiná-la outra vez.

Olhei para o cartão em minha mão.

– Semana que vem?

– O dr. Feldman teve um encaixe em sua agenda de cirurgias e disse que era importante agir rápido. Quando se trata de câncer, quanto antes, melhor.

– Betty deve ter visto a ansiedade crescer em mim. – Há alguém que possa trazer com você?

– Minha colega de apartamento. Ela está viajando, mas vou lhe telefonar e pedir que volte. – Ela voltaria, não voltaria? Tudo o que eu precisava fazer era lhe contar o que estava acontecendo, se eu conseguisse falar com ela ao telefone. Imaginei o horário dos trens em minha mente: o noturno saía todo dia de manhã de Miami, e ela chegaria no dia seguinte a Nova York, ela poderia estar aqui depois de amanhã.

– Estou falando de um parente, querida. Eles só permitem parentes próximos no hospital.

– Eu não tenho nenhuma família. – Entrei em pânico com a ideia de que eles pudessem confiná-la a uma sala de espera, impedi-la de ficar ao meu lado. Eu disse impulsivamente: – Sou órfã, lembra? Não é minha culpa não ter mais ninguém.

Betty pôs a mão em meu antebraço, uma pressão firme. *Imperturbável*, essa foi a palavra que me veio à mente.

– Que tal eu escrever que ela é sua irmã. Assim ela vai poder visitá-la, está bem? Traga-a com você na semana que vem, está bem?

Semana que vem. Eu ainda não entendia por que tudo teve de acontecer tão rápido. Fazia apenas três dias desde que Mildred Solomon chegara ao Quinto. Como ela conseguira arruinar minha vida tão completamente em um período tão curto de tempo?

Betty me acompanhou até a saída.

– O dr. Feldman é o melhor, srta. Rabinowitz. Você tem sorte que ele pôde encaixá-la.

A última coisa que eu me sentia no mundo era com sorte, e sabia de quem era a culpa. Eu podia visualizá-la enrugada e se retorcendo, sem arrependimento. Eu planejara ir para casa, descansar um pouco antes de encarar o turno da noite, mas a noção de um cochilo era ridícula quando tudo em que conseguia pensar era confrontar Mildred Solomon. Ela teria de se arrepender quando eu dissesse o que o dr. Feldman tinha guardado para mim, e tudo por causa dela. E se ela não se arrependesse? Bom, então eu tinha o resto do dia e a noite inteira para fazê-la se arrepender.

DE VOLTA NA calçada que tremulava de calor, o frio do consultório refrigerado do dr. Feldman se agarrava à minha pele. O metrô dali era tão complicado que decidi atravessar a pé o Central Park. Uma diagonal sinuosa por suas trilhas à sombra iria me levar, depois de algum tempo, ao Lar Hebraico de Idosos. Gloria ficaria feliz ao me ver, e Flo, eu tinha certeza, não ia se importar de ir para casa no meio do dia. Passei por uma cabine telefônica e resisti ao impulso de fazer um interurbano bem dali da rua. Eu ia ligar amanhã de manhã, decidi, quando chegasse em casa do turno da noite. Ela ainda teria tempo de chegar aqui antes que o dr. Feldman passasse a faca em tudo o que ela amava em mim.

Enquanto eu caminhava, o sol de agosto queimou meu frio, substituindo-o por um revestimento de suor. O parque estava mais fresco, mas não muito. As pessoas estavam amontoadas nos lugares com sombra, evitando os gramados e trilhas. Tentei ouvir o ruído de esquilos nas árvores ou pombos arrulhando por pão, mas tudo o que consegui escutar foi o metrônomo de meus saltos no chão de asfalto. Havia uma área, em torno do Harlem Meer, onde eu parecia ser a única pessoa em movimento sob aquele céu indiferente.

Não fosse pelo cartão de consulta em minha bolsa, eu pensaria que tinha sonhado tudo aquilo. Três dias atrás eu estava bem... solitária, é certo, mas isso teria terminado no fim de agosto. Eu insistira que esperássemos para comemorar meu aniversário até que ela voltasse, jantar em nosso restaurante favorito no Village com algumas de nossas amigas. Como eu agora desejava que nós nunca tivéssemos nos mudado. Quem iria me visitar, os dias longos em que eu estivesse em recuperação? Molly Lippman? A ideia me provocou um calafrio, como se alguém tivesse pisado em meu túmulo.

Onde nós poríamos minha sepultura? Que cemitério nos venderia jazigos lado a lado, e o que poderíamos gravar em minha lápide? Tudo o que eu era – tudo o que nós éramos – seria esquecido, nenhum *amada* ou *amorosa* gravado para testemunhar que eu tinha sido mais que uma solteirona. Eu não era beneficiária de sua pensão; ela não estava em meu testamento. Ela teria de se fingir de minha irmã só para me visitar no hospital. Erguida sobre os alicerces insubstanciais de nossos sentimentos, a vida que tínhamos criado juntas parecia um produto de nossas imaginações que se dissolvia em pó mágico diante de algo real, e mortal, como o câncer.

Quando cheguei ao Lar Hebraico de Idosos, estava assolada por ansiedade e medo. Subi as escadas para me estabilizar, antecipando o santuário da sala das enfermeiras.

Flo estava lá.

– O que você já está fazendo aqui? Eu estava descendo agora para a cafeteria almoçar.

– Resolvi as coisas antes do que esperava.

Ela olhou para mim.

– Não vejo diferença. – Por um segundo, temi que ela pudesse ler o câncer em meu rosto até que me lembrei de ter dito a ela que tinha uma hora no cabeleireiro.

– Ah, bem, eu não gosto muito de mudar. Escute, Flo, obrigada de novo por trocar comigo, mas, já que estou aqui, por que você não vai embora mais cedo e deixa que eu cubro o resto do dia? Vou ficar aqui até de manhã, de qualquer jeito.

– Claro, se é isso o que você quer. O turno da manhã já me deixou cansada. Sabe, à noite você pode sentar quieta, ficar com seus pensamentos. – Ela sentou no batente da janela e acendeu um cigarro. – Fume um comigo. Eu devia ser paga por meu horário de almoço. Vou comer quando chegar em casa. Minha sogra está assando um kugel de macarrão, se é que dá pra acreditar, com esse calor?

Peguei o cigarro que ela ofereceu e me sentei ao seu lado.

– O que você acha da nossa paciente nova?

– Nenhum problema, não com toda a morfina que ela está tomando. Eu mal consegui que ela tomasse uma tigela de sopa.

– Ela disse alguma coisa? – perguntei, preocupada com o que a dra. Solomon pudesse ter revelado sobre mim.

– Só que eu devia ter dito a eles que ela queria comer pudim de chocolate. Foi engraçado como ela disse isso: diga à oito que quero pudim de chocolate. Isso me fez pensar se ela não tinha tido um ataque.

A dra. Solomon não tinha tido um ataque, eu sabia. Ela estava se referindo a mim por meu número. Pela manhã, jurei a mim mesma, ela iria me conhecer pelo nome.

– Enfim – disse Flo. – Duvido que ela dure muito mais. – Provavelmente vai haver outra pessoa na cama do sr. Mendelsohn no meu próximo plantão. – Ela expirou contemplativamente. – Eu costumava lhe fazer companhia. Ele parecia nunca dormir. Nós às vezes conversávamos a noite inteira. Há algumas semanas, ele estava me contando sobre a visita de seu neto, mostrou-me o cartão que havia recebido, agradecendo a ele por ajudar o garoto a estudar para seu bar mitzvah. Eu disse a ele algo genérico sobre isso ter sido a razão por Deus tê-lo poupado do campo. O sr. Mendelsohn ficou muito quieto, tudo o que se podia ouvir era o chiado de seus pulmões. Eu estava curiosa, e mal percebi que disse alto, mas finalmente perguntei como *ele* tinha sobrevivido? Foi no meio da noite. Lucia estava no posto de enfermagem, provavelmente ferrada no sono, o andar todo muito escuro e silencioso. Ele disse: "Tem certeza de que quer ouvir sobre isso, Fegelah?". Ele sempre me chamava por meu nome judeu. Enfim, eu disse que sim, e então ele me contou a história mais estranha.

– E qual foi? – Eu também estava curiosa. Eu sempre tivera interesse por sobrevivência. – Conte-me.

– Ele disse que durante toda sua vida ele teve uma condição em que cores e emoções estiveram conectadas. Por exemplo, na primeira vez em que viu sua esposa, ela estava usando um vestido da cor de narcisos, de um amarelo tão forte, disse ele, que se apaixonou por ela antes mesmo de saber seu nome. Então, explicou ele, amarelo era amor, verde era uma sensação calma e pacífica, e o marrom era triste, como quando seu cachorrinho morreu. Ele disse que o cinza era ansioso, então, antes de uma prova na escola, tudo parecia coberto por uma neblina sombria. Preto e branco não significavam nada em especial para ele, mas o azul, ele disse que o azul era cheio de esperança, por isso se olhasse para o alto para um céu azul a caminho da escola, ficava otimista de que iria passar nas provas. Toda a sua vida ele contou que sofreu disso, como se partes dele que deviam ter sido separadas estivessem ligadas.

– Já li sobre isso – falei. – Ou algo parecido. Os gregos tinham um nome para isso, não tinham, quando as pessoas misturam sons e cores?

– Sinestesia. Eu procurei. – Flo olhou para o céu, parecendo distante. – Acho que era algo assim, ou talvez estivesse tudo em sua cabeça. O sr. Mendelsohn, porém, achava que era real, mas eu não sabia por que ele estava me contando sobre isso quando eu perguntei como ele tinha sobrevivido ao campo. Fiquei com medo que ele me dissesse que o haviam separado para estudá-lo, mas, em vez disso, ele disse: "Minha mulher morreu em 1936, foi por isso que mandei as crianças embora. Eu devia ter ido com elas, mas tinha um negócio para tocar, lucros para proteger. Quando eles nos conduziram para os guetos, eu tinha bastante dinheiro para subornos e o mercado negro, por isso me saí melhor que os outros. Depois, no trem, estávamos tão apertados que as pessoas mal conseguiam respirar, mas meu rosto estava contra a lateral do vagão, e havia um vão entre as tábuas, então eu tive ar fresco por toda a viagem. Alguns de nós desmaiavam só pelo fedor e de ficar de pé. Só quando desembarcamos no campo eu percebi que o homem de pé ao meu lado nos últimos dois dias estava morto o tempo todo." Dá pra imaginar, Rachel?

Sacudi a cabeça. Era horrível demais para contemplar.

– Ele disse que quando foram desembarcados, estavam todos exaustos, famintos e imundos. Ele disse: "Sem pensar, fomos para onde eles apontavam, direita ou esquerda, como ratos em um labirinto. Eles devem ter achado que podiam arrancar algum trabalho de mim, porque fui mandado para os alojamentos de trabalho. Tudo era cinza e marrom, e era como devia ser. Tristeza, ansiedade, desespero. Se a lama já não fosse marrom, ela teria ficado dessa cor aos meus olhos. Passaram-se semanas, depois meses, e todo dia eu conseguia não morrer. Empurrava os outros para o lado para botar em minha boca qualquer alimento que houvesse. Mantinha a cabeça baixa e fazia meu trabalho. Esperava desmoronar a qualquer hora, mas de algum modo me mantive de pé. Eles nos chamavam toda manhã para formar e fazer uma contagem. Nos dias em que a carroça funerária não aparecia, tínhamos de arrastar o corpo de um lado para outro para assumir seu lugar na fila."

O cigarro de Flo tinha queimado até seus dedos. Ela agitou a mão e bateu as cinzas.

– Um dia ele contou que finalmente desabou, no meio de um campo cavando alguma coisa. Ele contou que tentou cair de frente, para se enterrar no medo e no desespero, mas por acidente caiu de costas. Apertou bem os olhos fechados, feliz por finalmente ter terminado. Seus filhos estavam em segurança na América, e sua mulher não tinha vivido para ver o horror, então ele já se sentia mais abençoado que a maioria. Era suficiente. Ele disse:

"Eu estava acabado. Mas aí uma mosca pousou no meu rosto, e sem pensar eu pisquei e ela voou. Naquele segundo em que meus olhos se abriram, entrou o azul mais forte que eu já tinha visto. Acima do campo e dos guardas e dos fornos estava o céu, sem uma nuvem, com o sol distante o suficiente a oeste para não me fazer apertar os olhos. O azul encheu minha visão, bloqueando todo o resto. Tentei fechar os olhos, pois era uma perversão ter tal sentimento em um lugar daqueles. Mas não havia o que eu pudesse fazer. Eu estava de costas naquele campo desolado, meu corpo reduzido a nada, desejando que a morte tivesse piedade de mim, e ainda assim meu coração estava cheio de esperança. Ele não ia me deixar morrer, aquele azul. Duas semanas depois, o campo foi liberado. Quer saber como sobrevivi, Fegelah? Foi assim. Não havia Deus naquele lugar, nem razão, nem piedade. Só o céu.

Sentamos lado a lado, Flo enxugando os olhos com um lenço.

– Você já ouviu uma história assim na vida, Rachel? – Eu não tinha ouvido, não. Em silêncio, fumamos outro cigarro, cada uma de nós tentando não pensar no que a fumaça nos lembrava.

– Vê as nuvens? – disse ela após algum tempo, jogando a guimba em brasa pela janela. – Cúmulos-nimbos. Aí vem tempestade.

– Espero que acabe com essa onda de calor, que me deixou completamente esgotada.

Nós nos levantamos. Flo tomou minhas duas mãos nas suas, puxando-me para perto. Ela cheirava a tabaco e sabonete e álcool medicinal.

– Está tudo bem com você, querida? Eu estava querendo perguntar.

Imaginei, por um momento, como seria não guardar tudo que estava reprimido, mas se eu começasse a despejar tudo – Mildred Solomon, os raios X, meu tumor –, como poderia parar antes de revelar intempestivamente como estava solitária e por quê? Eu evitei os olhos de Flo.

– Não estou dormindo bem, só isso.

– Tem certeza? – Ela não me soltou.

– Estou bem, sério. Só cansada do calor. Vá para casa.

– Bom, você não precisa me pedir duas vezes. – Ela se dirigiu a seu armário. Levou apenas um minuto para ela jogar seu uniforme sujo no carrinho da lavanderia e entrar em seu vestido. – Você fecha meu zíper?

Eu fechei. Ela pegou a bolça no gancho e fechou o armário de metal.

– Você bate meu ponto de saída, por favor? E tenha uma boa noite.

– Vou tentar. – Vesti meu uniforme e fui me lavar. O espelho acima da pia mostrou-me um rosto de meia-idade com um corte de cabelo antiquado. Como quarenta anos já tinham se passado? Em meu último aniversário havia me deprimido pensar em como eu estava ficando velha, mas agora aqueles anos pareciam poucos demais. Como seria patético se meu próximo aniversário visse a ser meu último. Joguei água no rosto para afastar o pensamento.

Enfiei a mão na bolsa e peguei o frasco de vidro. A morfina em seu interior se agitou quando eu o envolvi em um lenço e o enfiei no bolso de meu uniforme. Era impressionante como uma coisa tão pequena detinha tamanho poder sobre a dor. Tudo ao meu redor estava desmoronando, mas me dava propósito saber que em relação àquilo, em relação à dor de Mildred Solomon, era eu quem estava no controle.

Gloria ergueu uma sobrancelha quando eu me aproximei do posto de enfermagem.

– Eu disse a Flo que cobriria o resto do dia – expliquei. – Terminei o que tinha de fazer mais cedo do que esperava, e não vi sentido em voltar para casa só para chegar lá e ter de voltar outra vez.

– Bem, vai ser uma noite longa para você, mas não posso dizer que sinto muito por ver Florence ir embora. Sempre escapando para a sala das enfermeiras. E seus prontuários são desleixados.

Pensei em Flo e sorri.

– Quer que eu vá lá e prepare as medicações?

– Isso não vai ser necessário. Acabei de terminar as rondas de meio-dia. Não confiei em Florence para terminar a tempo. Você pode fazer a das quatro.

Eu tinha perdido minha oportunidade com a dra. Solomon; teria de esperar a tarde inteira antes de poder retirá-la do efeito da morfina. Ela não estaria coerente até o início do turno da noite. Disse a mim mesma para ser paciente. Haveria bastante tempo para arrancar as desculpas dela.

Capítulo Quinze

— PRONTO, PRONTO — DISSE O HOMEM, ACARICIANDO AS COStas de Rachel. Ele pegou um lenço e o pôs na mão dela. Rachel se afastou e assoou o nariz. O lenço cheirava a poeira, mas estava duro e novo, como se tivesse acabado de sair do estoque.

— Você por acaso não seria Rachel, seria?

— Papa, você se lembra de mim! — Rachel sentiu que estava em uma cena de reencontro de filme, atores extáticos com sorrisos exagerados.

— Não tão depressa. Não sou seu pai. Seu pai, Harry, é meu irmão. Eu sou seu tio. E eu não teria conhecido você, exceto que seu irmão apareceu aqui do nada na primavera, e ele falou de sua irmã, então eu imaginei que você devia ser ela.

Rachel piscou. Como filme preso em um projetor, a mágica do momento se derreteu.

— Meu tio?

— Isso mesmo, tio Max. Seu irmão está na Silver Queen com Saul, que é o meu filho, seu primo. — Max puxou um relógio do bolso e o abriu. — Eles agora devem chegar a qualquer momento. Eu estava acabando de botar o jantar deles na mesa. Venha aqui atrás. — Ele pegou a mala dela e desceu pelo corredor.

A mudança rápida de emoções deixou Rachel atônita. Por um instante, ela achou estar nos braços do pai. Então revelou-se que ela tinha um tio e um primo, uma família da qual nunca ouvira falar antes. Como se caminhando contra a corrente, ela seguiu Max através da loja até uma porta coberta por uma cortina. Depois dela, havia uma cozinha pequena — pia, geladeira, armário de cozinha Hoosier. No canto, uma panela com ensopado fervilhava em um velho fogão de ferro. A mesa estava posta com três pratos, um pão e um jarro de chá gelado no centro.

– Sente-se. – Max puxou uma cadeira para Rachel, depois sentou-se em frente a ela. – Você está com fome?

Rachel sacudiu a cabeça. Apesar de fazer um bom tempo desde o café da manhã com a família Cohen, ela não estava no estado de espírito para comer. Sua mente era uma confusão de perguntas; ela fez a primeira que surgiu:

– O que é uma Silver Queen?

Max riu.

– A Silver Queen. É uma mina, a mais famosa em Leadville. Quando Sam apareceu, Saul já estava trabalhando na Silver Queen, então ele arranjou um emprego para seu irmão, lá, também. Na cidade, só se fala que eles vão fechar as operações no inverno. Não é que eles não possam continuar a exploração em qualquer estação do ano. Depois que você está lá embaixo, o clima não importa. O problema é que o mercado da prata está ruim.

Rachel ficou aliviada quando Max parou de falar para se servir de chá. Era muita coisa para absorver. Ele gesticulou com a jarra.

– Está com sede?

– Sim, por favor.

– Pronto. – Max encheu um copo e o empurrou na direção dela. – Melhor?

– Sim, obrigada, tio Max – disse ela, experimentando a expressão.

Max gesticulou para dispensar seu agradecimento.

– Por que você achou que eu era Harry lá atrás?

– Sam me escreveu daqui, para me dizer que estava em segurança. Ele não me falou do senhor nem de Saul. Mas quando eu vi Rabinowitz Artigos do Lar no envelope, achei que talvez fosse nosso pai. – Rachel baixou a cabeça. – Durante todos os dias no trem, tive esperança que fosse.

Max estava incrédulo.

– Você esperava que seu pai estivesse aqui? Depois do que ele fez com vocês, crianças? – Antes que Rachel pudesse responder, Max tinha outra pergunta que o incomodava mais. – Onde você conseguiu dinheiro para o trem de Nova York? Sam mandou para você?

Os olhos de Rachel desviaram para cima. No alto, uma lâmpada elétrica pendia de um fio no teto. Ela tinha pensado na pergunta, esperando que Sam a fizesse. Ela não podia admitir o roubo, mas agora que sabia quanto custava uma passagem, ele nunca iria acreditar que ela conseguira tanto dinheiro honestamente. Ela planejara dizer que conhecera os Cohens em Nova York e fora até Denver com eles, mas era uma história que ainda não tinha ensaiado. Demorou tanto para responder, que Max considerou seu silêncio uma confirmação.

– Eu imaginei. – Ele limpou os óculos na fralda da camisa, depois os pôs sobre o nariz, ampliando os olhos aquosos. – Bom, então, deixe-me dar uma olhada em você. Tire o chapéu.

Rachel congelou. Ela usava o chapéu cloche na cabeça durante todo minuto em que estava acordada desde que fugira do orfanato.

– Agora, não seja tímida. Sam me contou sobre sua queda de cabelo. Por algum problema médico, não é? Não se incomode com isso. Eu só quero ver minha única sobrinha.

Rachel tirou o chapéu e o pôs no colo. Max a avaliou como um item do estoque ao qual estivesse tentando botar preço.

– Nada mal. Soube que mulheres hassidistas raspam a cabeça quando se casam, para ficar feias para qualquer um que não sejam seus maridos.

Rachel baixou o rosto e curvou os ombros. *Feia*. A palavra ecoou em seus ouvidos, abafando o tilintar do sino.

– Isso, agora devem ser os garotos – disse Max.

– Tranquem tudo quando entrarem!

– Já trancamos!

Rachel reconheceu a voz de Sam. Ela ficou de pé tão depressa que o chapéu rolou para o chão. Ela foi pegá-lo, então ouviu passos se aproximando. Ela se aprumou, sem querer estar abaixada quando Sam a visse pela primeira vez. A cortina foi puxada para trás. Seu irmão parou na porta tão de repente que o primo bateu em suas costas, empurrando-o contra a mesa e balançando a jarra.

– Rachel? Que diabos você está fazendo aqui?

Sam parecia mais alto, mais velho, apesar de fazer apenas seis meses que ele tinha fugido. Ao pensar na última vez em que o tinha visto, todos os acontecimentos do baile do Purim retornaram à mente de Rachel. Uma sensação amarga amordaçou sua boca, e seu lábio inferior tremeu. Um som como uma nota desafinada de trompete escapou de sua garganta, e ela sentiu os joelhos vacilarem. Sam se aproximou e jogou os braços em torno dela. Rachel sentiu o atrito de poeira de prata em sua pele.

– Agora não, Rachel, não.

– Ela chegou antes do que você esperava, é isso? – disse Max. Sam olhou para ele, como se tão intrigado pelas palavras do tio quanto pela raiva em sua voz. – Vamos, filho. Vamos dar uma volta no quarteirão e deixar esses dois em seu reencontro.

Depois que o tilintar da porta lhes assegurou que estavam sozinhos, Sam pôs Rachel em uma cadeira. Ele se abaixou para pegar o chapéu e o pôs em sua cabeça.

– Melhor, agora? – perguntou ele. Ela balançou a cabeça afirmativamente. Ele puxou uma cadeira para perto da dela, de modo que seus joelhos se tocaram.

– Como você chegou até aqui? Como você nem sequer soube onde eu estava?

Rachel explicou sobre o envelope, depois relatou a história que ela não conseguira contar para seu tio.

– Eu não tinha um plano quando fugi, eu só fui para a estação Penn descobrir quanto custava o trem quando conheci essa família simpática – começou Rachel e terminou com: – A sra. Cohen chegou até a me pagar a passagem no trem postal para Leadville. Mas Max acha que você me mandou o dinheiro. Eu não disse que você mandou, mas não tive chance de dizer a ele que você não mandou.

Sam se encostou na cadeira, digerindo a história da irmã. Por fim, ele disse:

– Bom, fico feliz que você tenha chegado aqui em segurança. É bom ver você. – Ele sorriu e apertou a mão dela. Sua bondade extraiu a pergunta que Rachel estivera reprimindo desde que ele havia fugido.

– Como você pôde me deixar daquele jeito? – Ela se encolheu diante da petulância da própria voz. Por que tudo naquele dia era o oposto do que ela imaginara que seria?

– Droga, Rachel, eu não queria deixar você, eu tive que ir embora daquele lugar. Eu precisei partir.

– Mas por que não me levou com você?

– Eu não podia levar uma garota junto. A sra. Berger, ela olhou em meu arquivo, viu que havia um bilhete de um tio no Colorado perguntando o que havia acontecido conosco, mas era de anos atrás. Eu não sabia se ele ainda estaria aqui, mas eu não tinha nenhum lugar melhor para ir. Eles botaram alguns dólares em meu bolso, claro, mas não era nem de perto o bastante para uma passagem de trem. Eu peguei carona em um cargueiro para Chicago, economizei meu dinheiro. Não sabia quanto tempo ele teria de durar. Na verdade, ele não durou mais que dois dias.

Sam pegou uma bolsa de fumo no bolso da camisa e enrolou um cigarro. Suas mãos estavam com bolhas, as unhas tinham meias-luas negras. No Lar, pensou Rachel, ele teria sido repreendido por estar com mãos tão imundas. Ele acendeu um fósforo na sola da bota. Uma nuvem de fumaça se revirou em torno da lâmpada pendurada.

– Eu fui assaltado no vagão de carga antes de chegar a Illinois, roubaram tudo. Tive de brigar para ficar com os sapatos. Quando cheguei a Leadville, tinha uma semana desde que fizera uma refeição decente. Eu estava em péssima forma, vou lhe dizer. – Sam deu uma tragada profunda no cigarro. Rachel se lembrou do luxo do vagão-leito e se sentiu quase tão culpada quanto por roubar de Naomi. – Então Max acha que eu mandei o dinheiro para você vir para cá? Deixe que ele continue a acreditar. Isso vai fazer com que ele saia de cima das minhas costas por algum tempo, se ele achar que estou duro demais para me mudar.

– Como assim, se mudar?

– Estou poupando cada centavo que ganho para sair deste lugar antes da chegada do inverno.

– Mas para onde mais você iria? Nós não devíamos ficar aqui, com nossa família? – No fundo da língua, Rachel sentiu o gosto de geleia mexida em uma xícara de chá. – Talvez devêssemos tentar encontrar o papai.

Sam escarneceu.

– Por que diabos você ia querer encontrá-lo?

Rachel estava começando a achar que todo o resto das pessoas sabia alguma coisa sobre seu pai que ela não sabia. Ela queria perguntar a Sam o que era, mas ele tinha começado a falar outra vez.

– Max foi bem decente, e Saul é um sujeito legal, mas não tem nada para mim aqui. Max diz que os negócios andam muito ruins desde a última recessão. Todo o dinheiro dele está preso em estoque, e nada está girando. Quando a Silver Queen demitir os trabalhadores de verão, eu vou ser apenas peso morto por aqui. E agora vou ter de carregar você, também.

A porta tilintou. Max e Saul atravessaram ruidosamente a loja, com passos intencionalmente pesados, e entraram na cozinha. Saul se sentou em seu lugar à mesa, e Max trouxe a panela de ensopado. Os rapazes não aguentavam mais de fome depois de um dia de trabalho na mina. Enquanto Sam e Saul devoravam o ensopado, Max insistiu para que Rachel comesse um pouco. Os pedaços de carne não pareciam atraentes, mas ela percebeu que também estava faminta.

Entre os bocados, Saul enchia a cozinha falando sobre Sadie, a garota de quem estava noivo. Ele não se parecia muito com o irmão dela, observou Rachel, mas quando falava, a boca e orelhas se mexiam exatamente do mesmo jeito. Isso a fez gostar dele.

– Sadie se mudou para Colorado Springs com os pais na primavera passada, mas todos vão voltar em novembro para o casamento. – Ele olhou para o pai, que se ocupava com alguns pratos na pia. – O pai de Sadie abriu uma fábrica, ele tem um emprego esperando por mim e tudo. Eu disse a meu pai um milhão de vezes que ele devia vender este lugar e ir para Colorado Springs também, mas ele é teimoso demais para sair daqui. Nem sei dizer como fiquei feliz quando Sam apareceu, e agora com você aqui, também, Rachel, sei que meu pai vai ter toda a ajuda de que precisa. Você pode trabalhar na loja, e Sam pode fazer as entregas.

– Você tem tudo planejado, não é, filho? – disse Max, olhando para trás.

Pareceu perfeito para Rachel, mas seu irmão franziu o cenho, murmurando baixo:

– Que entregas?

Depois do jantar, eles fizeram uma celebração da chegada de Rachel com algumas partidas de cartas enquanto escutavam rádio. Havia apenas dois quartos no segundo andar – o resto do espaço era de armazenamento sem acabamento, então Max sugeriu que Rachel dormisse na cozinha, onde ela poderia ter alguma privacidade para se lavar na pia depois que todos os homens tivessem subido.

– Que é para onde eu vou agora mesmo – anunciou Max. – Vamos, filho. – Ele abriu uma porta que Rachel supusera ser uma despensa, revelando uma escada dos fundos íngreme. – Seu irmão pega para você qualquer coisa de que precisar. Boa noite, sobrinha.

– Boa noite, tio. Boa noite, primo. – As palavras familiares foram uma sensação nova na boca de Rachel.

Sam procurou pela loja e voltou carregando um cobertor e montou para ela uma cama de armar.

– Você vai precisar disso – disse ele, batendo a poeira do cobertor de acampamento. – Alto como estamos, de noite fica frio, até no verão. – Rachel se encolheu embaixo da lã que coçava e percebeu como estava exausta.

– Boa noite, Sam. – Ela estendeu o braço e apertou a mão dele.

– Boa noite, Rachel. – Sam apagou a lâmpada pendurada e mergulhou a cozinha em escuridão.

Depois do café da manhã, Sam e Saul saíram para a Silver Queen, com os almoços embalados em uma marmita. Rachel se lavou depois deles, em seguida foi até a loja e perguntou ao tio o que mais poderia fazer.

– Preciso fazer inventário do estoque – disse ele. – Não tive de fazer muitos pedidos ultimamente, só substituindo as coisas que vendo: sabão, linha e outras coisas. Faz tempo que não tenho uma boa ideia de tudo o que tem aí dentro. Acha que consegue fazer isso para mim, Rachel?

Ela examinou os corredores repletos, as estantes curvadas.

– Posso fazer isso, tio Max. O senhor tem um livro de controle aberto?

– Em algum lugar por aqui. – Max foi procurá-lo. Rachel decidiu trabalhar de cima para baixo, assim ao menos a poeira iria para o chão, e ela poderia varrê-la ao fim de cada dia. Ela subiu em uma escada para começar com a pilha desorganizada de produtos na prateleira mais alta. Max correu para ajudá-la, sua mão permanecendo algum tempo em seu quadril.

– Pronto – disse ele, entregando a ela o livro empoeirado. Enquanto ela fazia inventário, o tio ficou por perto, as mãos rápidas em se fechar em torno de sua cintura sempre que ela tinha de subir ou descer.

Max podia ter feito o inventário sozinho no mesmo tempo que passava conversando com ela, mas Rachel não se importou. Ela gostou de lidar com o estoque, limpar os produtos, comparar as contas com os números anotados no livro de Max. Ela nunca tinha visto a maioria das coisas que ele tinha na loja, não sabia para que servia a metade delas. Cozinhar, construir, acampar, caçar, pescar, minerar... todas eram atividades estranhas a ela. Por mais estranhos os objetos na sua mão, ela se satisfazia em separá-los, empilhá-los e botá-los em ordem.

– Vim para o Oeste quando tinha mais ou menos sua idade, Rachel. Quantos anos você tem mesmo? – Ela disse a ele que tinha acabado de fazer quinze. – Quinze, isso mesmo. No meu tempo, você já era um homem aos quinze anos, e muitas meninas eram mães, também. Harry, seu pai, ele ainda usava calças curtas quando eu resolvi me arriscar e vim para cá. Gastei cada centavo que consegui poupar em um pedido de casacos e os levei o mais para oeste que consegui chegar, e os vendi por cinco vezes o que paguei. Durante anos, fui e voltei até montar uma loja aqui permanentemente. Eu me casei com a mãe de Saul, que ela descanse em paz. – Ele limpou os óculos na fralda da camisa. – Nos anos 1890, eu lhe digo, Leadville era um lugar muito importante.

Quando Max disse que era hora de preparar um ensopado, Rachel o seguiu até a cozinha, mas não foi de nenhuma ajuda no fogão. No Lar, haviam lhe servido milhares de refeições, mas ela jamais vira sequer um ovo ser quebrado.

– Ah, bem, cozinhar não é tudo em uma mulher – disse Max, acariciando a mão dela. – Aprendi a cuidar de mim desde que a mãe de Saul faleceu. Há outras coisas que você pode fazer por nós, não é mesmo, Rachel?

Os rapazes chegaram em casa com a última luz do dia, empoeirados da mina, famintos pelo jantar. Depois da refeição, Rachel limpou tudo enquanto os homens fumavam e escutavam rádio, cansados demais para jogar cartas. Depois vieram a noite, e a cama de armar, e o som dos passos do irmão nas tábuas do assoalho acima dela.

O dia seguinte era sábado, e apesar de os rapazes terem de trabalhar, Max levou Rachel para conhecer o rabino. Na caminhada de ida e volta até a sinagoga, ele mostrou a ela a cidade. Não havia muito para conhecer. Toda família ou negócio digno de um prédio de tijolos ficava na Harrison. Ruas transversais terminavam em um ou dois quarteirões, casas com o madeiramento aparente davam lugar a barracos, ruas esburacadas viravam estradas de terra que se estreitavam em trilhas de mulas que seguiam para as montanhas. O domingo trouxe o sr. Lesser, fornecedor de Max de Denver, em seu caminhão de entrega barulhento. Depois de levar alguns minutos para descarregar o caminhão, os dois homens sentaram por uma hora em torno da mesa da cozinha, compartilhando preguiçosos notícias, sanduíches e charutos. Pelo que Rachel pôde ver, a visita era mais nostalgia que comércio, o pequeno pedido para a Rabinowitz Artigos do Lar mal valendo uma viagem semanal.

NAS SEMANAS SEGUINTES, com mais frequência mulheres iam à loja agora que aquela moça nova podia lhes entregar rapidamente aquelas agulhas de tricô ou aquele rolo de fita Carlisle que Max nunca conseguia encontrar. Um dia Rachel se surpreendeu ao ver Max arrancar setembro do calendário na parede. O mês tinha passado com tanta facilidade, a rotina da loja e da família a absorvendo como se ela sempre tivesse tido um papel a cumprir.

Antes que ela se desse conta, o casamento de Saul estava próximo.

– Vou embora com Sadie e os pais dela depois – disse Saul certa noite depois do jantar, olhou para seu pai junto do fogão, depois deu um sorriso caloroso para Rachel. – Fico tão feliz que você tenha vindo. Papai está feliz com sua companhia. Não está, pai?

– Eu estou o quê? – perguntou Max.

– Feliz por ter alguém que escute suas histórias o dia inteiro?

– Isso eu estou, filho. – O olhar de Max para Rachel foi tão penetrante que ela enrubesceu.

Sam, embaraçado pela irmã, pigarreou.

– Estão começando a falar pela cidade de um projeto grande, um palácio de gelo para atrair turistas de Denver. Dizem que isso vai botar Leadville de volta no mapa. – Os homens começaram a falar sobre o assunto, Max otimista em relação aos empregos que isso traria depois que a mina fechasse para a estação. Pareceu excitante para Rachel, mas seu irmão não estava convencido. – Quem diabos vai vir aqui no auge do inverno para ver uma casa feita de gelo?

Sadie e seus pais eram esperados alguns dias antes do casamento. Max arrolou a ajuda de Rachel para limpar os quartos de cima e rearrumar as camas.

– Eles só vão fazer o casamento aqui porque é mais barato – reclamou Max. – Se eles fizessem em Colorado Springs, Nathan, o pai de Sadie, teria de convidar a sinagoga inteira. Ele sempre foi sovina. Não vão nem ficar em um hotel quando estiverem na cidade. Por isso vamos botar Nathan aqui comigo e com Saul. Sadie e a mãe, Goldie, elas podem dividir o outro quarto. Sam vai ter de dormir na cozinha com você. Você não vai se importar, vai, Rachel?

Rachel sorriu.

– Não vou me importar nem um pouco, tio.

Os convidados para o casamento chegaram no último dia de outubro, e Rachel foi tomada pelos preparativos. Naquela noite, todos se reuniram em torno da mesa da cozinha para um jantar simples de frios e garrafas contrabandeadas de vinho, guardadas antes da Lei Seca. Os homens debateram as consequências do crash da bolsa de valores de Nova York na terça-feira enquanto as mulheres conversavam sobre véus e flores. Nathan propôs um brinde, e Rachel se juntou a eles, vendo arco-íris em seu copo de vinho onde ele recebia luz. Quando todo mundo subiu, a cabeça de Rachel doía e seu estômago gorgolejava devido ao álcool ao qual não estava acostumada. Ela se deitou cuidadosamente enquanto Sam desdobrava uma segunda cama de armar ao lado da dela. No escuro, ele acendeu um cigarro e o fumou, sonhador. O vinho o deixara nostálgico.

– Lembra como nós costumávamos dormir na cozinha embaixo da mesa?

Rachel procurou em sua mente. Havia o lado de baixo escuro da mesa, o arranhar de uma cadeira, os cadarços desamarrados de alguém.

– Eu me lembro, Sam.

Ele pegou o cigarro com o polegar e o indicador e o jogou no chão. Estendeu a mão através do espaço entre as duas camas e encontrou a mão da irmã. Seus dedos se entrelaçaram. Em pouco tempo, Sam começou a roncar. Rachel ficou acordada o máximo que pôde, saboreando as batidas de seu coração.

RACHEL ACORDOU E encontrou a cama do irmão vazia. Imaginou que ele tivesse ido trabalhar mais cedo que o normal. A loja estava movimentada naquele dia com velhos amigos passando para visitar Nathan e Goldie. À tarde, Sadie e Saul tiveram de ir à sinagoga.

– O rabino quer ter a conversa sobre casamento – sussurrou Sadie para Rachel. Max anunciou que iria com eles. Goldie aproveitou a oportunidade e subiu para um cochilo. Nathan saiu para dar uma volta. Rachel, sozinha na loja, andava pelos corredores, imaginando sua vida ali com o irmão e o tio depois que o primo estivesse casado e fosse embora.

Sam chegou em casa empoeirado de prata.

– Foi bom para Saul ter largado ontem, porque eles o teriam demitido hoje, de qualquer jeito – disse ele enquanto se lavava na pia da cozinha. – Demitiram um monte dos nossos. Eles vão fechar a mina mais cedo este ano, por causa desse negócio com a bolsa de valores.

– Vai ficar tudo bem, Sam, nós vamos simplesmente trabalhar para o tio Max. Ou talvez você possa trabalhar nesse palácio de gelo.

– Você acha que eu quero ficar neste lixo? Olhe ao seu redor! A Rabinowitz Artigos do Lar é uma piada. Se Max não fosse o dono do prédio, ele estaria na rua, falido. Não há futuro para mim, aqui.

– Mas, Sam, ele é família. Ele é o irmão de papai. Ele quer cuidar de nós.

Sam escarneceu.

– De você, talvez. Ele gostou de você. Mas de mim? Eu não estou ganhando a vida, sou apenas peso morto por aqui. A única razão por ele ter saído de cima de mim por causa de dinheiro é porque pensa que mandei todas as minhas economias para você. Veja o que vai acontecer quando eu disser que estou desempregado.

— Ele não é assim. E, de qualquer jeito, para onde você iria? – acrescentou ela com delicadeza. – Se nós soubéssemos onde está papai...

O rosto de Sam se contorceu como se ele tivesse comido algo estragado.

– Por que você insiste em tocar nesse assunto?

Desde que confundira Max com o pai dela, Rachel não conseguira se livrar da ideia de encontrá-lo. Ela queria perguntar a Sam por que ele ficava com tanta raiva sempre que ela mencionava o pai. Claro, ela diria, era terrível como ele os deixara, mas não era culpa dele, era? Ele não quisera fazer isso, Rachel tinha certeza. Ele estava com medo da polícia, só isso, que eles nunca acreditassem ter sido acidente.

Antes que Rachel pudesse dizer qualquer coisa, o sino da loja anunciou uma sucessão de retornos: Saul e Sadie, seguidos por Max, e alguns minutos depois, Nathan. O barulho fez com que Goldie descesse também. Nas conversas que se seguiram, não houve mais palavras particulares entre Rachel e Sam.

– Estamos a caminho do Golden Nugget – anunciou mais tarde Max. – Vamos nos despedir de meu filho com estilo. Você não esqueceu do salão dos fundos do Golden Nugget, esqueceu, Nate?

– Não me esqueci do quanto você odeia pagar uma rodada, Max.

– Não vão ser presos por beber – alertou Goldie. – Temos um casamento, amanhã.

– O xerife de Leadville nunca foi convencido de que aplicar a Lei Seca é exatamente seu trabalho – Max lhe assegurou. – É melhor se preocupar que o noivo consiga estar de pé amanhã na cerimônia.

– Mãe, o que acha de vermos o show no Tabor? – perguntou Sadie. – Tudo está pronto para amanhã.

Goldie pareceu melancólica.

– Faz muito tempo que eu não olho para aquele palco. E hoje é um espetáculo de variedades, não uma dessas óperas estrangeiras que Baby Jane costumava trazer para impressionar os Guggenheims. Claro, nós garotas vamos ao teatro. Rachel, isso significa você, também. Eu estou convidando.

Lá fora, a neve varria as calçadas. Apesar do frio, as mulheres não botaram casacos por cima dos vestidos, pois o teatro ficava ao lado. O espetáculo já havia começado, mas havia vários lugares disponíveis. Goldie, querendo evitar os mineiros barulhentos no primeiro piso, subiu com Sadie e Rachel até o terceiro nível e atravessou uma entrada fechada com cortina. O espaço mergulhou à frente delas. Rachel segurou a grade de proteção para se equilibrar. Goldie a conduziu ao longo da primeira fila, instalando Rachel em uma poltrona tão lateral ao palco que ela via o interior das coxias.

O Tabor jactava-se de ser o melhor teatro lírico a oeste do Mississippi; Rachel com certeza nunca tinha ido a nenhum lugar tão grandioso. O fato de aquela elegância estar na mesma quadra da loja empoeirada de seu tio a surpreendeu. Refletores a gás tremeluziam pelos assentos e iluminavam o palco, onde um mágico estava combinando e separando argolas sólidas de latão. Cada floreio e retinir das argolas faziam com que os violinos no fosso se acelerassem. Rachel quis perguntar como isso era possível, mas Goldie estava ocupada sussurrando que conhecera o velho Horace Tabor pessoalmente antes que a recessão da prata devastasse sua fortuna. Sadie sussurrou em resposta que Saul certa vez entregara produtos da loja para sua viúva, Baby Jane, que vivia como eremita na mina abandonada de Tabor, ficando mais louca a cada longo inverno.

Rachel inclinou a cabeça para ver quem estava esperando para subir ao palco em seguida. Semioculta na escuridão havia uma mulher magnificente em veludo roxo cujo decote reluzia sob os refletores. Um floreio final, uma revoada de pombos e uma salva de palmas marcaram o fim do número do mágico. Envolvendo-se de forma teatral em sua capa, ele deixou o palco. O holofote quente virou para a coxia oposta, afastando a escuridão. A mulher magnificente saiu quando o mestre de cerimônias anunciou:

– Dos maiores palcos da Europa, onde se apresentou para a realeza, madame Hildebrand!

A orquestra tocou uma ária enquanto madame Hildebrand seguia para fazer sua parte como a cultura do programa. Com a emoção de suas sobrancelhas e seus lábios exagerada pela maquiagem, ela emitiu notas de soprano sobre as cabeças da plateia. O olhar de Rachel acompanhou a mulher enquanto ela andava sobre o palco, mas ela não estava ouvindo a música. Era o cabelo da mulher que seus olhos devoravam. Era o mesmo vermelho fogo da trança escondida no fundo da valise de papelão de Rachel.

Ela quase tinha esquecido daquilo. Mas lá estava ele, o cabelo de Amelia na cabeça daquela mulher. Talvez ela fosse a verdadeira mãe de Amelia, não morta, mas fugida, como o pai de Rachel. A possibilidade girou em sua mente até a ária terminar, e aplausos removerem as notas do ar. A soprano fez uma reverência e retornou para as coxias de onde viera, seguida pelo refletor. Rachel se debruçou para ver sua saída. Escondida da plateia por uma cortina lateral, a soprano deu uma parada e moveu os ombros. Ela retirou algo do cabelo – um alfinete ou um enfeite? Não, ela enfiou o dedo por baixo da frente do cabelo e o retirou da cabeça. O refletor varreu o palco para pegar o artista seguinte no instante em que a soprano retirou a peruca.

Rachel estava agitada de excitação.

– Com licença, por favor, estou me sentindo tonta. – Sadie e Goldie se levantaram para deixá-la passar. – Só preciso de um pouco de ar fresco.

Rachel desceu as escadas correndo até o saguão do teatro, em seguida olhou ao redor à procura da entrada dos camarins. Não havia. Ela saiu pela frente e fez a volta. Nos fundos, havia um caminhão parado diante da entrada dos artistas aberta, pronto para ser carregado depois da apresentação. Rachel se abaixou e passou pelo motorista que cochilava. No interior, ela podia ouvir os risos abafados da plateia enquanto avançava pelo labirinto dos bastidores. Uma mulher empurrando uma arara de figurinos apontou quando Rachel perguntou onde ela poderia encontrar madame Hildebrand. Ela espiou através de uma porta parcialmente aberta. Lá estava a soprano em um robe de chambre, sentada diante de um espelho e retocando a maquiagem cenográfica. Havia cabelo castanho com fios brancos esparsos grudado em seu crânio. Ao lado dela em um suporte de peruca estava o cabelo tão parecido com o de Amelia.

Os olhos de Rachel se encontraram com os da madame no espelho.

– Não fique apenas aí parada, filha. Entre. – Rachel esgueirou-se para o interior do camarim. – O que você quer? Um autógrafo?

– A peruca que a senhora estava usando... – As palavras secaram em sua boca.

– O que tem ela?

Rachel tirou o chapéu cloche da cabeça, deixando que o couro cabeludo calvo expressasse seu desejo.

Madame virou-se para olhar com simpatia para Rachel, as joias pesadas aparecendo no interior do roupão.

– Venha aqui. – Rachel deu um passo à frente. – Qual delas você quer experimentar?

Rachel, então, percebeu que a peruca ruiva não estava sozinha. Além da que tinha visto no palco, havia mais duas: uma com uma massa cascateante de cachos negros, outra com tranças louras tão longas que envolviam o pescoço como um laço. Nenhuma era áspera e com aspecto de morta como a peruca que lhe tinham dado no orfanato.

– Esta ia combinar com sua coloração – disse a madame, gesticulando para o cabelo preto. – Eu a uso quando canto *Carmen*.

Mas Rachel se aproximou da peruca ruiva, estendendo a mão para tocar em um cacho chamejante.

– Posso experimentar esta?

Madame sorriu.

– Sim, essa é especial. De algum modo, ela sempre me deixa no clima para Mozart. Venha, sente-se. – Ela se levantou e ofereceu a Rachel a cadeira em frente ao espelho, que refletia a forma oval nua do rosto dela.

– Aqui. – A mulher pôs a peruca com delicadeza na cabeça de Rachel, puxando embaixo das orelhas até ela se encaixar no lugar. – Fica frouxa em você. Sua cabeça é menor que a minha. A sra. Hong faz cada peruca personalizada para encaixar perfeitamente. Pronto. O que achou?

Rachel estava maravilhada com a visão de tanto cabelo caindo em torno do rosto. Era como se o fantasma de Amelia tivesse vindo para devorá-la. Então ela se lembrou de Amelia sussurrando com Marc Grossman, e sentiu um gosto amargo na boca. Se alguém merecia ter o cabelo, era Rachel.

– Qual a sensação?

A peruca estava um pouco frouxa, e o cabelo era pesado, mas contra seu couro cabeludo ela era macia, reconfortante, estranhamente viva.

– É deliciosa. Não coça nada. A que me deram quando eu era pequena coçava tanto que eu não conseguia usar.

– Provavelmente forro de lã, e às vezes eles usam crina de rabo de cavalo. As meninas da sra. Hong fazem o forro de crochê de seda, e claro que ela só usa cabelo humano.

Sem tirar os olhos de seu reflexo, Rachel perguntou:

– Quem é a sra. Hong?

– Simplesmente a melhor peruqueira que eu já conheci. Todas as minhas perucas são da Casa das Perucas da sra. Hong, em Denver.

Os olhos de Rachel não saíam da imagem no espelho. Ela passou a mão pela cabeça, e envolveu o cabelo em torno do pescoço.

– Quanto custam?

– Ah, filha, infelizmente, não é nada com o que você possa sonhar. Mesmo eu só posso comprar uma por ano. – Madame Hildebrand estendeu a mão para pegar a peruca. Rachel encolheu os ombros, afastando-se dela.

– E se eu já tivesse o cabelo? – perguntou ela. Quando cortou o cabelo de Amelia, sua única motivação tinha sido vingança. Nunca soubera por que sua mão se fechara em torno da trança, por que a carregara através de meio continente. Agora Rachel compreendia. A peruca castanha que usara no baile do Purim a havia traído com falsas promessas de beleza, mas uma peruca feita com o cabelo de Amelia faria mais que mascarar sua feiura. Uma peruca dessas elevaria Rachel a igualar seu esplendor.

Madame Hildebrand olhou para os olhos ávidos de Rachel no espelho e sentiu pena dela. Achou que aquela garota estranha devia ter algum cabelo embrulhado em papel de seda, fios finos e oleosos de qualquer doença que a deixara calva. Escarlatina às vezes podia fazer isso, ela ouvira dizer.

– Sinto muito, querida. Não consigo imaginar quanto custaria. Eu nem sei onde fica a loja da sra. Hong. Ela sempre vai a meu camarim no Municipal Auditorium quando estou em Denver.

A mulher com a arara de figurinos surgiu à porta.

– Dez minutos, madame. Estou com seu figurino de cigana.

– Com licença, querida, preciso me preparar para minha próxima ária.

Madame tirou a peruca da cabeça de Rachel e a pôs de volta no suporte. O couro cabeludo de Rachel pareceu desolado. Ressentida, ela pôs o chapéu cloche, murmurou um agradecimento e refez seus passos até a porta dos artistas. Ela ficou parada no frio o máximo que aguentou, o hálito nublando o ar.

Goldie e Sadie estavam no saguão procurando por Rachel quando ela entrou. Sadie estava nervosa demais em relação ao dia seguinte para aguentar mais um ato, por isso elas voltaram para a loja. Estavam no segundo andar arrumando o vestido do casamento quando ouviram os homens cambaleando abaixo. Rachel desceu até a cozinha na esperança de uma chance de conversar com o irmão, mas Sam desabou na cama e começou a roncar sem nem mesmo tirar as botas. Rachel desamarrou os cadarços, tirou as botas dos pés dele e o cobriu com um cobertor.

Antes de rastejar para baixo das próprias cobertas, Rachel abriu a valise de papelão e tirou o cabelo de Amelia. Ela se lembrou da primeira vez que o vira, tão farto e bonito que fez com que a sra. Berger amasse a menina a quem ele pertencia. A trança, agora, pertencia a ela, e ela imaginou que, um dia, de algum modo aquilo a faria ser amada também.

No casamento, Rachel segurou o buquê de Sadie quando a noiva estendeu a mão para a aliança de ouro modesta que Saul enfiou no dedo. Então o copo foi estilhaçado com o pé, e gritos de *mazel tov* se misturaram com palmas. Depois da cerimônia, os judeus reunidos de Leadville permaneceram na sinagoga, oferecendo ao novo casal beijos e apertos de mão e lhes dando notas de dólar dobradas. Max dissera a Rachel que costumava haver tantos, que a sinagoga mal conseguia abrigar todos; agora eles tinham sorte de ter homens suficientes para um *minian*[2]. Goldie e Nathan convidaram todos para compartilhar do bolo de casamento. Como uma garrafa fora aberta pelo rabino por razões religiosas, todos saborearam copinhos de vinho.

Max se aproximou de forma hesitante de Rachel e a tomou pelo braço.

– Estou querendo lhe perguntar uma coisa. Você poderia vir aqui? – Ele a conduziu até o fundo do salão, onde duas cadeiras haviam sido puxadas para perto uma da outra. Quando eles se sentaram, os joelhos de Max bateram nos de Rachel. Ele puxou a fralda da camisa para limpar os óculos.

– O que é, tio? – perguntou Rachel, seus olhos seguindo o círculo de seu cabelo prateado do bigode à costeleta e fazendo a volta até o outro lado.

– Eu conversei com o rabino ontem, e ele me aconselhou a conversar com você, de forma simples e direta. – Ele limpou a garganta. – Então, é isso, Rachel. Será que você poderia algum dia pensar em mim como algo além do que seu tio?

Ela não teve certeza do que ele estava perguntando. Será que ele queria tomar o lugar de seu pai, adotá-la? Sua expressão incitou Max a se explicar.

– Sadie e Saul, eles vão se mudar e ir embora hoje. Meu filho, ele vai começar a própria família, agora. E o que me resta, sozinho em minha loja? Seu irmão, ele é um tipo inquieto. E se ele partir, tentar a sorte em algum outro lugar?

– Ele não pode trabalhar para o senhor, fazer entregas, como Saul disse?

– Eu mal tenho negócios suficientes para me sustentar. Mas você, Rachel, desde que chegou, tem sido bom trabalhar com você. Como quando conversamos quando você fazia o inventário do estoque. Disso eu preciso, alguém na loja, para ajudar com o estoque. E as freguesas mulheres, elas gostam de ter outra mulher com quem lidar. Mas o que elas vão dizer, uma moça e um homem adulto morando juntos, assim? Você não pode dormir em uma cama de armar

---

[2] Quorum mínimo de dez homens com mais de treze anos necessário pelas leis judaicas para cultos públicos e leitura da Torá. (N. do T.)

na cozinha o inverno inteiro. Mas, se fôssemos casados, podíamos ficar juntos, no andar de cima. Eu tomaria conta de você, Rachel, se fosse seu marido.

O coração de Rachel se encolheu de medo por trás de suas costelas. Ela teve de engolir em seco antes de conseguir falar.

– Mas o senhor é meu tio. O senhor é mais velho que meu pai.

– Não sou velho demais para ser um marido, nem um pai. – Ele empinou o nariz. O sol, entrando em diagonal pelas janelas da sinagoga, se refletia em seus óculos.

– Há muitos homens mais velhos que arranjam uma esposa jovem. O rabino diz que um homem mais velho é mais compreensivo e paciente. Em relação a eu ser seu tio, é verdade, não é muito comum aqui. Mas lá na nossa antiga terra, às vezes é isso o que acontecia, para manter uma família unida. E o rabino diz que vai abençoar o casamento.

Rachel permaneceu em silêncio. Max tinha mais um argumento a apresentar:

– Talvez comecemos logo uma família juntos. Você não gostaria disso, Rachel, ter um bebê todo seu?

O estômago de Rachel estava se revirando, mas sua mente funcionava como um relógio. Era revoltante contemplar se casar com o tio, mas a perspectiva de recusá-lo a fez perceber como era dependente daquele homem. Ela considerou e rejeitou todas as opções que pôde imaginar. Para ganhar tempo, ela simplesmente falou:

– Tio Max, não sei o que dizer.

– Pense sobre isso, Rachel. Talvez seja uma ideia nova para você, precisa se acostumar com ela. Vou até Colorado Springs esta tarde. Decidi deixar os móveis de quarto de meu próprio casamento para Saul e Sadie, por isso vou levá-los no meu caminhão. Achei que seria bom comprar uma cama nova. Para um novo começo? – Max fechou a mão em torno do joelho dela. – Eu não vou voltar esta noite, por isso você não precisa me responder até amanhã.

Rachel piscou.

– Amanhã?

– Eu posso esperar até você fazer dezesseis para se casar, se você quiser, aí nós só ficaríamos noivos, por enquanto. Mas, bom, eu não posso ter uma

moça morando na minha loja a menos que haja um entendimento entre nós.
– Max segurou a mão dela. Ele a puxou em sua direção e pressionou a boca contra seus lábios. Sob o pelo de seu bigode, Rachel pôde sentir a dureza de seus dentes seguida pela ponta úmida de sua língua. Ela foi atravessada por um calafrio como se alguém tivesse pisado em seu túmulo. Max se afastou.
– Além disso, para onde mais você poderia ir?

A voz de Nathan chegou acima dos murmúrios:
– Hora de ir para casa.

A palavra soou falsa aos ouvidos de Rachel. A Rabinowitz Artigos do Lar só podia ser sua casa se ela deixasse que o tio se tornasse seu marido. Então ela lembrou: Sam jamais concordaria com isso. Quando ela lhe contasse, ele a levaria embora. Eles viveriam juntos, talvez encontrar o pai, formar uma família de verdade para si mesmos. Um sorriso surgiu em sua boca enquanto saía com Max da sinagoga. Rachel pensou naquela cena nos filmes em que uma garota está amarrada aos trilhos e o trem está se aproximando. Ela saboreou a certeza de que Sam iria salvá-la.

– Talvez seja melhor assim – disse Sam naquela noite quando Rachel lhe contou sobre a proposta de Max. Todo o resto das pessoas tinha ido para Colorado Springs, os recém-casados no banco de trás do sedã de Nathan, Max seguindo com seus velhos móveis de quarto amarrados no caminhão. Sam estava reclinado na cama de armar na cozinha com um cigarro aceso entre os lábios.

Rachel não podia acreditar tê-lo ouvido bem.
– Ele quer se casar comigo, nosso próprio tio!
– Ele disse que esperaria até você fazer dezesseis anos, não disse? – Sam levantou e levou a mão ao topo do armário da cozinha, de onde tirou uma garrafinha. – O conhaque medicinal de Max. – Ele puxou a rolha com os dentes e deu um gole. – Nada mal. Nada mal, mesmo. – Ele tornou a se esticar na cama, alternando respirações e goles de bebida.

Rachel estava alarmada.
– Ele vai saber que você bebeu um pouco.
– Não me importo. Você só finja que não sabe nada sobre isso, deixe que ele ponha toda a culpa em mim.

Rachel se sentou ao lado do irmão na cama.

– Não vou fingir nada. Você tem de me levar embora daqui, Sam.

– Seu aniversário é daqui a quanto, nove meses? Isso poderia funcionar para nós, Rachel. Você sabe que eu quero ir embora daqui, e economizei bastante, mas não o suficiente para nós dois chegarmos a lugar nenhum e sobrar alguma coisa quando chegarmos lá. Além disso, eu quero um pouco de aventura, depois de todos esses anos recebendo ordens, todos aqueles sinais tocando toda hora do dia. – Sam sacudiu a cabeça como se houvesse água em seus ouvidos. – Me deixavam loucos, aqueles sinais. Mas para onde diabos eu ia, tendo que me preocupar com você? Agora que sei que ele vai cuidar de você, eu posso ir.

– Mas, Sam, é nojento! Você não pode me deixar aqui, para isso.

– Eu na verdade não vou deixar que ele se case com você, Rachel. Quando você fizer dezesseis anos, vou estar estabelecido em algum lugar e vou mandar buscá-la. Prometo. – Ele olhou para o teto, já perdido em suas aventuras imaginárias.

Rachel observou o cigarro esquecido na mão do irmão queimar. Ele devia salvá-la, não deixá-la para trás sem mais nada a que se aferrar que a memória de sua palavra.

– Você também prometeu que ia me tirar do Lar Infantil.

Sam se ergueu bruscamente.

– Eu era só uma criança pequena, Rachel. Eu não podia fazer nada em relação àquilo. Se quer culpar alguém, culpe a droga do nosso pai, o canalha, por nos deixar órfãos.

– Não, Sam, não foi culpa dele, fugir depois do acidente com a Mama. Ele só estava com medo. – Rachel segurou a mão do irmão. – Eu na verdade não culpo você, sabe disso. Você também não pode culpá-lo.

– Eu não posso culpá-lo? – Sam a empurrou para o lado e subiu as escadas ruidosamente. Ele desceu um minuto depois com uma mochila. – Você quer encontrar nosso pai tanto assim? Aqui! – Ele sacou um envelope amarrotado e o jogou para Rachel. Enquanto ela retirava uma folha surrada de papel e a alisava o suficiente para ler o que estava escrito, Sam atirou uma saraivada de palavras em sua direção. – Max escreveu para nosso amado Papa quando eu apareci aqui. Ele está morando na Califórnia, se você quiser procurá-lo. O endereço está bem aqui no envelope. Você sabe o que ele teve para me dizer quando soube que eu havia fugido do orfanato e chegado aqui sozinho?

Sam arrancou a carta das mãos de Rachel.

– "Querido filho" – leu ele, suas palavras inarticuladas pela raiva –, "é bom saber que você está em Leadville. Soube por Max que você foi parar no Lar de Órfãos Hebraico. Eu sabia que eles iam cuidar bem de você e de sua irmã, melhor do que eu poderia ter feito. Mas agora Max me diz que você está trabalhando na mina. Será que não podia me mandar alguns dólares? Ultimamente ando doente..." – Sam jogou a carta no chão. Ela flutuou para baixo da cama. Rachel ficou de quatro para recuperá-la. – Dinheiro! É isso o que ele quer de mim, depois de todos esses anos. Max diz que é sempre assim, com ele. Ele veio aqui, depois que mamãe morreu. Ficou por aqui, sugando Max, até que ele o expulsou. Max me disse para fazer o que quisesse, mas ele não ia mais desperdiçar dinheiro com o irmão.

Rachel estava lendo as palavras manuscritas no papel. A letra de seu próprio pai.

– Se ele está doente, Sam, nós devíamos ajudá-lo. Devíamos ir até lá. – Era como se as mentiras que ela contou aos Cohens e aos Abrams estivessem finalmente se realizando.

Sam acendeu um cigarro novo, e a chama se refletiu em seus olhos.

– Que ele morra, se está tão doente. Não vou lhe mandar um centavo do que eu ganhei, quebrando pedra embaixo da terra. Ele nos abandonou, Rachel. Nós não devemos nada a ele.

Rachel ia levantar uma objeção, mas Sam a interrompeu:

– Olhe, você faça o que você quiser. Não confia em que eu vá mandar buscar você? Está bem, então volte para o Lar.

Rachel pensou na palmilha enrolada do sapato de Naomi, o cabelo tosado de Amelia. Ela se encheu de vergonha.

– Não posso voltar para lá, Sam. Deixe-me ir com você, para onde quer que você esteja indo.

Ele sacudiu a cabeça.

– Eu tentei, Rachel, esses anos todos, eu tentei cuidar de você. Você não acha que eu teria fugido há muito tempo se não fosse por você estar no Lar? Não posso mais protegê-la. Eu nunca pude. Quero dizer, olhe para você! –

Ele moveu a mão na direção do chapéu cloche. A intenção era apenas de fazer um gesto, mas sem querer o derrubou de sua cabeça.

Rachel levou um susto, como se tivesse sido atingida.

– Ah, Rachel, desculpe. – Ele se abaixou para pegá-lo. – Essa não foi minha intenção.

Ela tomou o chapéu dele, segurou-o no colo e sentiu o reflexo da luz elétrica no couro cabeludo liso. Ela empinou o nariz e tentou encarar Sam nos olhos, mas ele voltou sua atenção para o chão. Rachel se lembrou de como os olhos de Sam tinham se afastado de seu rosto naquele primeiro dia na Recepção, quando ela confundiu Vic com o irmão. Todos aqueles anos ela achara que fora a culpa que tinha virado sua cabeça. Agora ela viu a verdade – que ele não aguentava vê-la.

– Vá em frente, Sam. Vou ficar aqui. Talvez eu mesma vá encontrar o papai. Ou talvez acabe me casando com tio Max, afinal de contas. – Para machucá-lo também, ela disse: – Não poderia ser pior que Marc Grossman.

O sangue subiu ao rosto de Sam, matizando sua pele.

– Não vai chegar a isso, Rachel. Eu prometo.

A palavra era uma mentira tão grande que Rachel apagou a luz para não ter de ver o rosto do irmão.

Se Rachel chegou a dormir, não percebeu. Ela escutou Sam, durante a noite, roubando suprimentos nas prateleiras da loja. Conhecendo o estoque de cor, ela podia adivinhar pela localização e a qualidade do som o que ele estava levando: sacola, cobertor, cantil, faca. Ele teria partido pela manhã, disso tinha certeza. Ela se virou na cama de armar, cobrindo as orelhas com o cobertor. Ela ouviu um tilintar abafado em algum momento antes do amanhecer.

De manhã, Rachel se sentiu estranhamente embotada ao ajustar os números do estoque para encobrir o roubo do irmão. Ela caminhou em silêncio pelo prédio, pegando um pedaço de fita que caíra do vestido de Sadie, espiando no interior do quarto empoeirado de Max. Por algum tempo, Rachel não sabia explicar a novidade daquilo. Então ela percebeu: nunca antes na vida tivera um lugar inteiramente para si. Sentada à mesa da cozinha, ela tornou a ler a carta do pai, depois espalhou o que restava do dinheiro roubado de Naomi. Podia ser suficiente para uma passagem de segunda classe para

Sacramento, mas iria chegar sem nada nos bolsos para encontrar um homem que ela não via em uma dúzia de anos. Um homem que estava doente e também precisava de dinheiro. Um homem que abandonara os filhos.

Rachel observou a loja. Ela gostava de trabalhar lá, de conversar com fregueses e organizar os produtos. Até gostava de Max, só que não para marido. Talvez ela ficasse um pouco mais. Aí pensou na língua de Max deslizando sobre seus dentes, as mãos na sua cintura sempre que ela subia as escadas. Ele podia dizer que esperaria até que ela fizesse dezesseis anos, mas, sozinhos na loja, ela não tinha certeza de que podia confiar na palavra dele.

Na cozinha silenciosa, Rachel percebeu que estava com saudade de casa. Não do irmão nem do pai de quem mal conseguia se lembrar, mas dos alojamentos, do refeitório e do pátio do Castelo. Sentia saudade da enfermeira Dreyer. Sentia saudade de Naomi. O dinheiro na mesa, a trança na mala: eles eram um muro entre ela e o lugar que tinha sido seu lar. Ela baixou a cabeça sobre os braços. Mesmo que quisesse, ela não podia voltar. Teria de escolher entre as promessas de seu irmão, a proposta do tio ou a perspectiva incerta do pai.

Ouviu o barulho de um motor. Esfregando os olhos com as costas da mão, olhou pela janela e reconheceu o caminhão do sr. Lesser. Claro, era domingo. Max, porém, não deixara um pedido. O sr. Lesser bateu na porta da cozinha. Rachel enfiou o dinheiro e a carta do pai no bolso, depois foi abrir a porta para ele. Ela podia ao menos lhe oferecer almoço até a chegada de Max. Ele tinha vindo de muito longe.

De Denver.

Capítulo Dezesseis

O TURNO DA NOITE SE REVELOU TÃO FÁCIL QUANTO Flo tinha prometido – eu podia ver por que ela o preferia. Apenas mais uma enfermeira da noite chegou ao Quinto. Lucia e eu nos conhecíamos de mudanças de turno e conversamos com facilidade sobre os pacientes até que ela se instalou atrás do posto de enfermagem com um trabalho elaborado de crochê; um vestido de batismo para a afilhada, disse ela. Gloria liberou todas as doses noturnas e trancou a sala de medicamentos antes de bater seu ponto de saída. Os médicos eram bons em prescrever sedativos para aqueles pacientes cujos opiáceos já não nos garantiam uma noite tranquila. Além de aplicar medicação e conferir leitos, nós não esperávamos ter muito a fazer até o amanhecer.

Assim que terminei de organizar meu carrinho para a ronda das oito horas, a tempestade que Flo previu finalmente desabou. O céu piscava como um letreiro de néon anunciando trovoadas. O vento entrava pelas janelas abertas, soprando chuva sobre os batentes e batendo portas. Trovões ribombavam sobre nossas cabeças. Os lustres balançavam. Lâmpadas quase se apagaram e se recuperaram. Alguém gritou.

Lucia e eu corremos para fechar as janelas nos quartos dos pacientes. Esbarramos uma na outra no corredor, seguidas por nossas pegadas molhadas.

– O sr. Bogan caiu, saindo da cama – arquejou Lucia. – Você me ajuda com ele?

– Deixe-me primeiro ligar lá para baixo e pedir um faxineiro. – Fiz isso, depois juntas levantamos o sr. Bogan. Enrolado em seus lençóis, ele tinha escorregado pelo lado da cama e afundado gradualmente até o chão.

– Graças a Deus o senhor não quebrou a bacia, sr. Bogan – disse Lucia enquanto nós o botávamos outra vez no colchão.

– Desculpem-me, precisei ir ao banheiro. Eu na-na-não queria causar ne--ne-nenhum problema.

Lucia viu que ele havia se sujado.

– O senhor não é nenhum problema, querido. Vamos limpá-lo. – Ela olhou para trás, para mim. – Eu dou conta, aqui, se você quiser verificar os outros.

Corri até o quarto seguinte. O chão já estava com uma poça de chuva. Seguindo pelo corredor, fechei janelas, acalmei pacientes agitados, estiquei lençóis, prometi voltar com remédios. Um faxineiro negro chegou, puxando seu balde de rodinhas com o cabo comprido do esfregão. Ele me seguiu pelo corredor, secando o chão de cada quarto após minha saída.

No quarto de Mildred Solomon, os gemidos da mulher idosa misturados com os estrondos dos trovões pareciam a trilha sonora de um filme de terror. Na ronda das quatro horas, eu ministrara apenas metade da dose prescrita, e agora ela estava se esgotando. Percebi que os lençóis estavam molhados pela chuva que entrara pela janela. Eu teria de mudá-los, e provavelmente a camisola e a fralda também. O pensamento me deu um calafrio. Agora que todas as janelas estavam fechadas, eu primeiro teria de pegar os medicamentos. Ao sair pela porta, quase colidi com o faxineiro.

– Vou começar a partir da outra ponta do corredor, depois deste quarto – disse ele.

– Muito obrigada. – Ele era um homem jovem e de aspecto tranquilo. Desejei saber seu nome, mas eu trabalhava à noite tão raramente que não nos conhecíamos.

Acho que ele leu minha expressão, porque disse:

– Meu nome é Horace.

– Obrigada, Horace.

– De nada, enfermeira...

– Rabinowitz.

– De nada, enfermeira Rabinowitz. – Horace enfiou o esfregão no balde e começou a empurrá-lo pela porta quando passei por ele. Então parou e seus olhos me seguiram.

– Tem mais alguma coisa, Horace?

– Se não se incomodar, enfermeira Rabinowitz, e não quero dizer nada demais com isso, mas não consegui deixar de reparar no seu cabelo. Estou estudando arte, sabe, durante o dia, e acho que nunca vi esse tom de vermelho em especial.

Os gemidos de Mildred Solomon estavam vazando para o corredor.

– Desculpe, tenho que buscar as medicações. – Eu me afastei de Horace assim que ele entrou no quarto.

O caos da tempestade havia me deixado nervosa. Bati o carrinho contra o posto de enfermagem, misturando os copinhos de comprimidos e fazendo rolar as seringas. Minhas mãos tremiam enquanto eu reorganizava os medicamentos. Tirando cabelo da frente dos olhos, examinei o carrinho para me assegurar de que não havia nada faltando. Ergui os olhos e vi Horace vindo pelo corredor. Depois de terminar de esfregar o último quarto no Quinto, ele estava conduzindo o balde na direção do elevador de serviço. Impulsivamente, abri uma gaveta e tirei uma tesoura.

Deixei o carrinho e caminhei depressa, soltando o cabelo enquanto caminhava. Uma madeixa grossa se soltou sobre meu pescoço como uma língua de lagarto. Afastei o cabelo da nuca e o estiquei. Com a tesoura pouco acima da orelha, pus o cabelo entre suas lâminas e cortei. O som do corte lembrou-me da primeira vez em que cortei aquele cabelo, como a tesoura mastigava através da trança em mordidas ávidas.

Enrolei o cabelo na palma da mão.

– Horace, espere.

Ele parou, o balde com rodinhas detido tão bruscamente que derramou água.

– Aqui. – Eu estendi a mão. Ele pegou o que ofereci. Os fios ruivos crepitaram ao se enrolarem em torno de seus dedos marrons.

– Não sei exatamente o que dizer, enfermeira Rabinowitz.

– É para seus estudos de arte. Não se preocupe – falei, voltando. – Na verdade, não é meu.

Horace pôs meu presente estranho no bolso do peito de seu macacão. Eu tornei a pegar o carrinho e o empurrei até o interior do quarto de um paciente. O trovejar ficou distante conforme a tempestade de verão seguiu para o mar.

A TEMPESTADE HAVIA perturbado as rotinas do turno da noite. Passava das nove quando todos os pacientes estavam secos, arrumados e medicados... todos menos uma.

– Vou levar isso para a dra. Solomon – afirmei. – Espero ficar algum tempo. Ela está nas últimas, eu acho.

– É muita bondade sua. Você sabe, ninguém mais a chama de doutora. Mas você a conhecia, não é? Gloria me disse que ela tratou de você quando você era pequena. Você esteve doente?

Segurei a necessidade de botar a verdade para fora. Em vez disso, simplesmente balancei a cabeça afirmativamente.

– Foi há muito tempo.

Lucia sugeriu que eu fosse lá e passasse a noite sentada ao lado da mulher moribunda.

– Leve a dose da meia-noite com você, também. Eu mesma faço o resto dessa ronda. A essa hora, a maior parte é só verificar as camas, mesmo. Quero dizer, se você quiser ficar com ela.

– Eu quero, obrigada. – Peguei outra seringa e marquei no prontuário, anotando um horário que ainda não havia passado. Lucia encostou-se à cadeira com seu crochê enquanto eu segui para o quarto da dra. Solomon. Minha mão envolveu o frasco de morfina não utilizada em meu bolso. Eu esperava que não estivesse cheio demais para o que eu iria reter, se bem que eu supunha que pudesse apenas jogar o que sobrasse na pia. Eu me perguntei por que não tinha feito isso desde o início. Para que eu achava que estava guardando aquilo?

No quarto da dra. Solomon, fechei a porta e me sentei junto da cama. Eu a havia negligenciado desde a tempestade. Coberta apenas com o lençol molhado, ela estava encolhida de lado, gemendo. Examinei a mulher, tentando avaliar a extensão de sua dor pelo movimento de sua mandíbula enquanto cerrava os dentes, o modo como os globos oculares giravam sob as pálpebras fechadas. Ela precisava muito de uma dose, mas primeiro eu precisava trocá-la e mudar a roupa de cama.

Enrolei os lençóis na direção da coluna da dra. Solomon. Debrucei-me sobre ela, passei os antebraços sob seu pescoço e seus joelhos e puxei o corpo em minha direção, expondo o outro lado da cama. Removi os lençóis molhados, enfiei secos, depois retirei a camisola molhada e removi a fralda suja. Nua, a dra. Solomon parecia um filhote de passarinho enrugado caído de um ninho. Pensamentos violentos tomaram minha mente enquanto eu a limpava e vestia, mas minhas mãos se moviam com uma delicadeza treinada.

– Assim está melhor – murmurou ela, fazendo-se confortável nos lençóis limpos. – Por que demorou tanto?

Ouvi-la falar, quando estava tão inerte em meus braços, me assustou. Ela devia estar fingindo, esperando até que eu terminasse de cuidar de seu corpo para revelar que sua mente estava alerta.

– A tempestade nos manteve ocupadas, mas agora estou aqui. A senhora se lembra de quem eu sou?

– Por que você insiste em me fazer essas perguntas tolas? Já lhe disse, não estou senil. É só essa porcaria de morfina. Ele receita demais. – Ela passou a língua pelos lábios. – Você tem um pouco para mim, não tem?

– Tenho sua dose, mas primeiro temos que conversar. – Dessa vez, eu estava determinada a fazê-la entender o que eu pensava. Arrancaria dela as palavras que eu merecia ouvir: *Eu estava errada, desculpe, por favor, perdoe-me.*

– Outra vez sobre os raios X? Isso foi há tanto tempo. Por que você não me pergunta sobre outra coisa? – Ela aprumou os ombros, esticou o pescoço. – Eu fui chefe de meu departamento, sabia disso? Fui a primeira mulher na cidade a ser chefe de radiologia. Não em um hospital universitário, não, não publiquei o suficiente para isso. Tantos cirurgiões queriam que eu lesse seus raios X que nunca tive tempo para fazer outro estudo. Os anos correm. Um dia fui ver, e três décadas tinham se passado. Eu não estava planejando me aposentar, você consegue me ver perdendo meu tempo em volta de um tabuleiro de mahjong? Foi o câncer que me fez parar. Eu só tenho sessenta anos. Minha carreira devia ter durado pelo menos mais dez anos. Pegue-me um pouco de água.

Ela era de dar raiva, reclamando de câncer aos sessenta quando ali estava eu, vinte anos mais nova, prestes a entrar na faca por causa dela. Levei o copo de água aos lábios dela. Enquanto ela bebia, meus dedos ficaram tão tensos que eu podia ter quebrado o vidro. Eu recebi a raiva com prazer, contava com ela para me abastecer durante a noite, justificar o que quer que eu tivesse de fazer para obter minhas desculpas. Depois que contasse à dra.

Solomon dos planos do dr. Feldman para mim, ela ao menos uma vez teria de pensar em outra pessoa que não em si mesma. Ela teria de me dar o que me era devido.

– Você trouxe meu pudim?

– O quê?

– Meu pudim de chocolate. Disse à outra enfermeira para falar com você que eu queria pudim de chocolate. Ela falou?

Eu tinha esquecido e, de qualquer modo, não tinha a intenção de fazer suas vontades.

– Não importa o pudim. Eu quero falar com a senhora.

– Aí recebo minha dose, certo? Eu também sei barganhar, sabia? Você pode me torturar o quanto quiser, mas não falo a menos que receba meu pudim. Até um condenado ganha uma última refeição. – Ela cruzou os braços, apesar de eu poder ver que o peso sobre as costelas era doloroso. Ela apertou a boca em uma linha dura e virou o rosto, toda a determinação e tenacidade que usara para abrir caminho em um mundo de homens aplicadas naquele pedido ridículo.

– É tarde demais, agora, as cozinhas estão fechadas. – Ela virou a cabeça, o queixo trêmulo com o esforço. – Ah, pelo amor de Deus, vou ver o que posso fazer.

Na cafeteria, peguei a última funcionária da cozinha enquanto montava uma travessa de sanduíches embalados em papel cera para a equipe da noite. Ela me levou até a cozinha. Em uma das geladeiras havia uma prateleira com tigelas de pudim que haviam sobrado cobertas com filme plástico. Eu peguei a mais cheia, disposta a deixar a dra. Solomon sem mais nenhuma desculpa. Ela podia estar morta antes que eu voltasse ao trabalho depois de três dias de folga, um último turno antes de minha cirurgia. Aquilo precisava acontecer naquela noite.

– Eu estava sonhando com isso – falou ela, comendo o pudim com uma colher em porções enlouquecedoramente pequenas, estalando os lábios após cada bocado. Meu braço se cansou de segurar a tigela embaixo de seu queixo. Entre colheradas, eu descansava a tigela em seu colo, minha mão em concha sob ele. Através das costas de minha mão, senti um espasmo conforme a dor irradiava de seus ossos.

Ela não havia terminado ainda quando a colher caiu no cobertor.

– Chega – disse ela, sem sequer agradecer, como se eu fosse uma garçonete em uma lanchonete. Ela deixou a cabeça cair no travesseiro e os olhos se fecharam lentamente enquanto a língua fazia uma volta sobre os lábios. – Esse sabor me leva de volta no tempo. Minha mãe costumava me fazer pudim de chocolate no café da manhã. Quando tive catapora, eu só conseguia comer pudim frio. Mesmo depois que melhorei, recusava qualquer outra coisa de manhã. Lembro-me dela parada junto do fogão depois do jantar, mexendo uma panela de pudim para deixar na geladeira de noite. Tem algum cheiro mais delicioso que leite pouco antes de ferver?

– Eu me lembro de minha mãe acendendo o fogão de manhã – respondi, então me detive. Compartilhar recordações com Mildred Solomon não estava em minha agenda. – Escute-me, agora. Eu tive uma consulta com um oncologista hoje de manhã. – Ela não respondeu. – Sobre meu tumor, lembra que a senhora o examinou?

– Eu me lembro, eu não estou senil. Ele achou que é maligno?

– Ele marcou a cirurgia para semana que vem. Vai examinar as células enquanto eu estiver na mesa de operação. Não vou saber até acordar o quanto vai restar de mim. – Pensei em mim, criança, presa à mesa dela, a dra. Solomon pingando clorofórmio na máscara. Eu segurei seu queixo em minha mão e a fiz olhar para mim. – É dos raios X que a senhora me deu. De seu experimento. A senhora fez isso comigo. O que tem a dizer em sua defesa?

O olhar dela não vacilou nem por um instante, apesar de suas pálpebras se contraírem e adejarem.

– Você acha que tudo é minha culpa. As mulheres têm câncer de mama o tempo todo. Então talvez você tenha câncer, isso é terrível, claro. Mas e eu? Eu provavelmente apliquei todos os raios X que botaram esse câncer em meus ossos. Eu não lamento por isso, como poderia? É perda de tempo se arrepender pelo passado. Além disso, você não tem certeza.

– Mesmo que não seja câncer, tive problemas por toda a vida. – Eu toquei minha peruca – Problemas por sua causa.

– Você acha que ser calva arruinou sua vida? E daí que você usa peruca? As ortodoxas também, e muitas mulheres. Olhe para você. Você é uma garota bonita. Tem um bom emprego, uma profissão. Você é casada? – Ela fez uma pausa para refletir. – Você conseguiu engravidar, depois dos raios X?

Por mais que eu me arrependesse de não ter tido filhos, sempre achei que fosse minha própria natureza que tinha me negado a maternidade. Agora eu me perguntava se Mildred Solomon não tinha me roubado isso também.

– Não sei, nunca tentei. – Hesitei, vacilando entre a verdade com sensação de mentira e a mentira com sensação de verdade. – E se eu for casada, o que a senhora tem a ver com isso?

Arrependi-me disso imediatamente. Ela se concentrou em minhas palavras.

– Então você teve algo que eu nunca tive. Eu nunca consegui me casar e manter minha carreira. Não podemos todas ser madame Curie, podemos? Sei o que aqueles outros médicos costumavam dizer às minhas costas, alguns deles até na minha cara. Você não sabe pelo que passei.

Eu não queria ver nada pelo ponto de vista dela. Isso turvava minha raiva, confundia meu sentido de justiça. Ainda assim, minha mente conjurou uma imagem da dra. Solomon como uma mulher jovem com aquela gravatinha no pescoço, abrindo caminho através de uma multidão de homens de jaleco branco. Eu sabia muito bem de que palavras eles deviam tê-la chamado.

Eu apertei meu seio.

– Mas e eu? O que vai restar de mim depois disso? A senhora não se sente mal por isso?

– Pelo menos você tem alguém que vai estar com você quando morrer. Quem eu tenho?

– A senhora tem a mim. – Eu tentei soar sinistra, querendo que a dra. Solomon percebesse como estava indefesa, como estava completamente em meu poder. Em vez disso, as cinco palavras foram apenas a reafirmação de um fato. Entre todas as pessoas do mundo para ter junto a seu leito de morte, ela estava reduzida a mim.

A boca de Mildred Solomon pendia aberta; ela estava arquejante de dor.

– Estou pronta para outra dose. – Ela falou como uma médica dando ordens. – Podemos conversar mais depois, Número Oito, mas só se você me der um pouco agora.

– Meu nome é Rachel, já lhe disse isso. Mas a senhora não se importa, não é? Mesmo agora, eu sou apenas um número para a senhora. Todas as crianças no Lar Infantil não passavam de números para a senhora. – Pensei na tatuagem no braço frágil do sr. Mendelsohn. – Apenas números, como nos campos de concentração.

Ela agarrou os lençóis.

– Como você pode dizer uma coisa dessas? Você estava em um orfanato, não em um campo de concentração. Eles cuidavam de você, alimentavam, vestiam você. Instituições de caridade judaicas financiam os melhores orfanatos, os melhores hospitais. Até este Lar é o melhor que pode haver para idosos como eu. Você não tem direito sequer de mencionar os campos.

Claro que o orfanato não era um campo de extermínio, eu sabia disso, mas eu não ia recuar:

– A senhora chegou a um lugar onde estávamos indefesos, nos deu números, nos submeteu a experimentos em nome da ciência. Em que isso é diferente do que fez Mengele?

A dra. Solomon se sentou, o movimento agonizante nos seus ossos do quadril. Ela apontou um dedo trêmulo para mim.

– Não ouse chamar-me de Mengele! Ele era um sádico, não um cientista, e afinal, como você foi parar no Lar Infantil? Você foi cercada por nazistas e enfiada em um vagão de carga? Claro que não. A agência estava apenas cuidando de você, para que você não fosse parar nas ruas. Você também podia botar a culpa no que quer que tenha matado seus pais. Minha pesquisa era sua chance de dar algo de volta à sociedade, por tudo que foi dado a você. – Ela se recostou, as mãos em concha em torno dos quadris. – Eu vi aqueles cinejornais, como todo mundo. O que nós fizemos não teve nada a ver com o Holocausto. Você não sabe do que está falando.

Mas eu sabia.

– Meu irmão estava em uma unidade que liberou um dos campos. – Eu baixei a cabeça, minha voz um sussurro. – Ele disse que todas aquelas mulheres com as cabeças raspadas, elas o lembraram de mim.

Se Mildred Solomon tivesse escolhido aquele momento para me oferecer o menor gesto de simpatia, um toque de carinho, eu teria me derretido em lágrimas em seus braços enrugados, a enchido de analgésicos, lhe servido pudim de chocolate em toda refeição. Tudo o que eu sempre quisera daquela mulher, percebi, era um leve eco de amor materno. Será que ela não podia sentir isso?

– Bobagem. Agora você me escute, Número Oito. Ou você me estrangula ou me dá morfina, porque, se não fizer isso, vou começar a gritar.

Derrotada, injetei no EV morfina suficiente apenas para calá-la. Seus olhos se recolheram à cabeça, a boca relaxou em uma forma ovalada frouxa. O que restou da dose encheu meu frasco. Eu sentei na beira da cama, observei a dor relaxar a pressão nos músculos tensos. Não ia durar muito. O que mais eu poderia fazer, que outras palavras poderia usar para arrancar daquela mulher sequer uma sugestão de contrição? Como ela podia me negar aquilo, mesmo depois de tudo que eu lhe dera, tudo o que ela me tirara? Não tivesse sido por mim e os outros órfãos que ela tinha usado como material, ela não poderia ter realizado o estudo com o qual conquistou uma posição cobiçada. Se ela não se arrependia de como havia nos usado, devia pelo menos ser grata. Afinal de contas, sua carreira tinha sido erguida sobre nossos corpos.

Mas ninguém olhando para a criatura frágil naquela cama a teria visto pelo que era: obstinada, egoísta e cruel. Toda encolhida, ela ocupava um canto pequeno do colchão. Que horas eram mesmo? O mostrador do relógio em meu pulso parecia borrado. Eu não tinha percebido como estava cansada. Eu me senti tombar para o lado. Meu ombro tocou o colchão, depois minha cabeça. Eu puxei os joelhos para cima e empurrei Mildred Solomon para o lado para abrir espaço para minhas pernas. Cruzei os braços sob a cabeça e dormi aos pés dela.

Capítulo Dezessete

RACHEL ESTAVA PARADA NA VARANDA DA ENTRADA DA CASA NA avenida Colfax, hesitante, tentando tocar a campainha. Ir ali parecera uma ideia tão boa quando lhe ocorreu. Ela pedira ao sr. Lesser para lhe dar uma carona em seu caminhão de entregas, inventando uma história sobre se encontrar com Max em Denver. Ela pôs um sanduíche na frente dele enquanto juntava suas coisas, pegando para si um casaco de lã e um par de sapatos resistente da loja, sem sequer se dar ao trabalho de encobrir o furto no livro de registros. Seu tio podia considerar aquilo um dote de casamento, pensou. Pela noiva que fugiu.

Quando a sra. Abrams abriu a porta, ela levou um momento para lembrar do nome da moça com o chapéu cloche e valise de papelão.

– É você, Rachel? Entre e saia do frio. – A sra. Abrams a levou até o foyer. Ela pôs a palma da mão na face de Rachel, preocupada. – Está tudo bem, querida?

Com o toque carinhoso, Rachel irrompeu em lágrimas.

– Meus pais morreram, sra. Abrams. Agora sou órfã. Não sei mais para onde ir.

A sra. Abrams abraçou Rachel em seus braços fortes.

– Coitada da minha menina querida. Sinto tanto pela sua perda.

Logo elas estavam sentadas perto do fogo com xícaras de café quente nas mãos. Rachel contou uma história convincente e simples para a sra. Abrams.

– Quando cheguei a Leadville, Papa estava em seu leito de morte. Mama tinha caído doente cuidando dele, e um mês depois, ela morreu, também.

Fiquei sozinha com o irmão de meu pai. Foi por isso que meus pais foram para Leadville quando meu pai adoeceu, porque meu tio estava lá. Depois que minha mãe morreu, achei que eu podia ficar com ele e cuidar da casa, mas ontem ele me disse que eu só podia ficar se me casasse com ele. Eu não quero fazer isso, mas eu mal tenho dinheiro, e ele diz que eu não tenho mais para onde ir. – Rachel olhou para baixo. – Eu não sabia mais com quem falar sobre isso, até que pensei na senhora.

A sra. Abrams ficou indignada.

– Meu Deus, Rachel, nenhum homem devia forçá-la a se casar com ele, muito menos seu tio. As mulheres têm o direito de votar, pelo amor de Deus, e fazem isso no Colorado há décadas. Olhe para mim, querida. – A sra. Abrams segurou o rosto de Rachel com as duas mãos. – Você é uma pessoa, Rachel, que tem o controle de sua vida. Você não precisa voltar para Leadville. Você vai ficar aqui conosco, no quarto da Hera, até decidir o que vai fazer em seguida.

Era mais do que Rachel tinha esperado.

– Prometo que vou encontrar trabalho e pagar minhas despesas.

– Bom, vamos ver isso depois. O dr. Abrams vai chegar logo em casa. Venha, ajude-me a arrumar a mesa.

Durante um jantar de carne com cenouras e kasha [prato russo com cereais cozidos], a sra. Abrams apresentou o problema de Rachel ao marido.

– Se Jenny quer que você fique conosco, então claro que eu concordo – disse ele. – Fico feliz em saber que você pretende conseguir trabalho. Sabia que o Hospital para Hebreus Tuberculosos é uma instituição de caridade? Com a quebra da bolsa, eu acho que vamos receber cada vez mais pacientes, especialmente com a chegada do inverno. Nossas enfermeiras vão precisar de toda a ajuda que puderem conseguir. Por que você não vem trabalhar conosco?

– Ah, muito obrigada, dr. Abrams, isso seria perfeito, aí eu poderia pagar pelo meu quarto.

– Você não precisa nos pagar, Rachel – disse Jenny Abrams. – Recebê-la é nosso mitzvah. Guarde seu dinheiro ou gaste-o como decidir. Esperamos que Althea venha no verão. Talvez então você queira viajar de volta ao Leste com a família dela. Por enquanto, porém, você tem um lar conosco.

– E, se trabalhar duro – disse o marido dela –, um emprego no hospital.

Rachel foi tomada de gratidão até que uma dúvida lhe deu um nó no estômago.

– Dr. Abrams, não sei o que a sra. Cohen lhe contou, mas não terminei meu curso de enfermagem quando vim para cá cuidar de meu pai. Eu estava só ajudando na enfermaria do orfanato, como aprendizado. Eu não tenho diploma.

O dr. Abrams ergueu as sobrancelhas.

– Althea pode ter exagerado suas credenciais, mas não importa. Você pode começar como auxiliar, e a enfermeira-chefe vai avaliar suas habilidades a partir do que você sabe fazer. Foi em Manhattan ou no Brooklyn seu aprendizado?

– Em Manhattan.

– Então deve ter sido no Lar de Órfãos Hebraico, estou certo?

Rachel ficou surpresa por ele saber; ela não tinha ideia de como o Lar era renomado nos círculos beneficentes. Ela balançou a cabeça afirmativamente sem considerar as consequências.

– Muito obrigada a vocês dois. – Ela ameaçou chorar outra vez, mas a sra. Abrams a impediu.

– Já basta, querida. Você agora é do Colorado. – Como se isso explicasse tudo. E, de certa forma, explicava.

Naquela noite, no quarto da Hera, Rachel se deleitou com o calor de um edredom. Mais uma vez Sam a deixara para trás, e mais uma vez ela conseguira dar seu jeito. Ela teve um pensamento cruel sobre onde o irmão estaria naquele momento... encolhido no canto de um vagão de carga congelante, ou quem sabe aquecendo as mãos em alguma fogueira num acampamento de vagabundos? Onde quer que estivesse, ela esperava que estivesse infeliz.

A sra. Abrams acompanhou Rachel até o hospital na manhã seguinte, levando-a no bonde que subia a avenida Colfax. Através de janelas que embaçavam, Rachel observou as mansões do centro ficarem mais pobres a cada quadra que passava. Elas deram lugar, finalmente, a uma confusão de lojas e padarias e uma sinagoga até que a cidade se abriu, plana e ampla.

– Aqui estamos – anunciou a sra. Abrams, puxando a cordinha. Rachel olhou ao redor à procura de um castelo grande como o Lar, mas não havia nenhum. Em vez disso, elas pegaram uma rua de terra com barracas grandes armadas ao longo de sua extensão. No fim da rua ficava o prédio principal do hospital, sem nenhum tipo de torre, apenas dois pavimentos, com uma varanda larga na qual havia camas enfileiradas. Em cada cama havia um paciente enrolado em um cobertor grosso, nuvens de respiração visíveis no frio.

A sra. Abrams percebeu Rachel olhando fixamente.

– Seu pai não fez helioterapia? – Rachel sacudiu a cabeça diante da palavra desconhecida. – Não é surpresa, então. É a única cura confiável para tuberculose. – Rachel se lembrou de ler na cópia da enfermeira Dreyer de *Essentials of Medicine* que o tratamento para a doença consistia de descanso, alimentação farta, ar fresco, luz do sol e, se possível, livrar-se de preocupações. Ela se perguntou como alguém com tuberculose podia ficar livre de preocupações.

A sra. Abrams apresentou Rachel à enfermeira-chefe antes de se desculpar.

– Tenho um milhão de coisas para fazer, hoje. Eu a vejo em casa para o jantar. Você se lembra da parada do bonde, não? – Rachel assegurou a ela que sim.

Depois de uma entrevista rápida, Rachel recebeu um uniforme e foi posta para trabalhar. Ela ficou aliviada ao descobrir que a touca de enfermeira tinha a forma de um capuz amarrado na nuca, cobrindo totalmente a cabeça. Ela passou a manhã lidando com urinóis e água sanitária. No almoço, foi chamada para levar bandejas para os pacientes. O alimento a confundiu até que ela entendeu que o Hospital para Hebreus Tuberculosos, diferentemente do orfanato, mantinha-se kosher. As refeições eram fartas e saborosas, naquele dia era leite integral com ovos quentes no almoço, costeletas de vitela e batatas assadas no jantar. As enfermeiras deixavam os casacos pendurados nos corredores quando saíam na varanda para cuidar dos pacientes, cujos rostos avermelhados ficavam virados para o sol de novembro. As barracas ao longo da rua, Rachel aprendeu, também abrigavam pacientes, o ar frio e seco usado como arma contra a bactéria escondida em seus pulmões.

Rachel seguiu alegremente as instruções das enfermeiras durante o dia, fazendo as tarefas que lhe eram designadas, tirando intervalos quando lhe diziam, comendo sanduíches e bebendo café disponíveis na cozinha dos funcionários. Apesar de as crianças criadas no Lar de Órfãos Hebraico reclamarem das regras da vida na instituição pelo resto de suas vidas, a maioria nunca foi tão feliz como quando tinha uma rotina a seguir. Rachel estava ajudando a empurrar para dentro camas com pacientes quando lhe disseram que o dr. Abrams queria vê-la em seu gabinete.

– Ah, Rachel, sim. A enfermeira-chefe me disse que você trabalhou duro, hoje.

– Sim, eu gosto muito do trabalho. Obrigada outra vez, dr. Abrams.

– É bom saber. Além disso, telefonei para o Lar de Órfãos Hebraico, hoje, e pedi para falar com a enfermaria.

Rachel congelou, a ansiedade borbulhando em seu estômago. O Lar parecia tão distante para ela que não havia lhe ocorrido que um simples telefonema podia conectá-los. Ela se preparou para a expressão de traição no rosto do dr. Abrams. Ela não passava de uma órfã fugitiva que havia se insinuado em seu lar com suas mentiras. Claro que eles iriam expulsá-la. Ela já estava planejando a que distância de Denver o pouco dinheiro que tinha poderia levá-la.

– Falei com uma srta. Gladys Dreyer. Tivemos uma conversa franca sobre sua situação, lá. – O dr. Abrams fez uma pausa; Rachel estava tonta por ser incapaz de respirar. – Ela fez uma excelente recomendação de você, disse que você era uma boa estudante de enfermagem e que nós tínhamos sorte de tê-la. – Rachel, atônita, balbuciou algo. O dr. Abrams conferiu seu relógio de bolso. – Você, agora, vá para casa. Por favor, diga à sra. Abrams que eu vou chegar às sete.

Quando Rachel fechou a porta do gabinete, seu alívio era tão grande que ela desabou em uma cadeira no corredor, com as mãos na cabeça até recuperar a compostura. Ela nunca esperara que a enfermeira Dreyer encobrisse suas mentiras. Isso só podia significar que Gladys não sabia que tinha sido Rachel quem roubara o dinheiro de Naomi e cortara o cabelo de Amelia, apesar de provavelmente ter adivinhado quem roubara seu chapéu. Será que Rachel tinha sido perdoada? Aliviada como estava por não ter sido exposta, a bondade a permitiu ter vergonha de si mesma. Ela jurou que ia tornar a falsidade da enfermeira Dreyer o mais verdadeira possível aprendendo tudo o que pudesse sobre enfermagem.

Quando a sra. Abrams abriu a porta e recebeu Rachel no interior da casa quente, ela se sentiu novamente culpada. Ela ajudou a botar a mesa, e em pouco tempo o dr. Abrams chegou, acompanhado por dois residentes que precisavam de uma refeição caseira. A sra. Abrams repreendeu-o por não lhe mandar aviso, mas a quantidade de comida que preparara deixou claro a Rachel que ela estava acostumada a receber convidados inesperados. Rachel passou o jantar em silêncio – os homens falando sobre medicina, a sra. Abrams participando quando a conversa se voltava para a política. Depois de ajudar a limpar a mesa, Rachel pediu ao dr. Abrams para levar um livro de anatomia de seu estúdio para o quarto com ela.

– Leve o de Henry Gray – disse ele. – Deixe-me a edição nova, mas há uma mais velha com a qual você pode ficar, se quiser. – No quarto, Rachel se deteve sobre as ilustrações, tão superiores aos desenhos no *Essentials* de Emerson, e estabeleceu para si um plano de estudos.

Antes do final do mês, Rachel tinha se encaixado em todos os padrões do hospital. O trabalho era mais satisfatório do que auxiliar na enfermaria, mais importante do que inventariar estoques. Em casa, Rachel se revelara sem jeito até mesmo para as tarefas culinárias mais simples, então se tornou seu trabalho botar e retirar a mesa, e a sra. Abrams sentava-se com o marido junto ao fogo enquanto Rachel lavava a louça.

No último dia do mês, Rachel foi chamada na secretaria do hospital.

– Assine aqui – a contadora apontou um livro-caixa, em seguida entregou a ela um envelope.

– Está tudo bem? – perguntou Rachel, sem saber ao certo o que a transação significava.

A contadora empurrou os óculos para cima e conferiu o livro-caixa.

– Garanto a você, está tudo aí. Você começou no dia quatro de novembro, correto? Pode conferir, se quiser. – Ao perceber que estava sendo paga, Rachel gaguejou que claro, ela tinha certeza de que estava tudo bem. Ela mal podia esperar para voltar para o quarto da Hera e abrir o envelope. Não era muito, era uma garota, afinal de contas, trabalhando como auxiliar de enfermagem para uma instituição de caridade, mas era mais dinheiro do que Rachel jamais ganhara honestamente. Isso fez com que se sentisse uma pessoa que controlava o próprio destino.

Guardando apenas o suficiente para pagar a passagem do bonde, Rachel escondeu o dinheiro na mala, junto da trança de Amelia, e decidiu, naquele momento, que não importava o quanto demorasse: ela economizaria o suficiente para pagar Naomi. Ela imaginou ir até a agência da Western Union com o dinheiro, as notas recém-passadas a ferro. Como Naomi ficaria surpresa ao receber o telegrama. Como Rachel, perdoada, poderia voltar para casa.

CHEGOU UMA PACIENTE nova que logo se tornou a favorita de Rachel. Mary não era como as imigrantes pobres que vinham de Nova York para se recuperar à custa da caridade do hospital. Ela era da Filadélfia, jovem e rica.

– Eu era, pelo menos – sussurrou ela com a voz rouca de tossir. Rachel tinha empurrado a cama até a varanda para passar o dia. Tremendo, Mary enrolou a estola de mink em torno do pescoço. – Mesmo antes da quebra da Bolsa, meu pai estava vivendo de crédito, acumulando dívidas, mentindo para seus clientes. Nós não sabíamos. Eu estava em um sanatório particular nas Catskills, muito elegante. Na semana passada, minha mãe apareceu. Precisava que eu estivesse em casa para o fim de semana, disse ela para eles, o funeral de minha avó, e que estaríamos de volta na segunda-feira, não havia necessidade de acertar a conta, que estava suspeitamente atrasada. Eu chorei por minha avó durante todo o trajeto até minha mãe me mandar calar a boca. – Mary fez uma pausa para recuperar o fôlego enquanto o ar frio devolvia o sangue à face pálida.

Rachel serviu o almoço de Mary de leite integral, ovos cozidos e pão com manteiga, mas ela estava sem apetite.

– Sei como eles são em lugares como este, ajude-me a comer ou eles vão me perturbar, depois. Apenas leve aquilo em que não toquei.

Rachel comeu um dos ovos e um pedaço de pão enquanto Mary falava.

– Minha mãe me pôs em um trem para Denver com meu baú de viagem como se eu estivesse de viagem para a Europa. Ela me entregou um vidro de xarope de codeína, disse-me para cobrir a boca e não tossir ou eu seria expulsa. Gastou seus últimos dólares na passagem. – Mary afastou o copo de leite pela metade. – Parece que meu pai tinha se trancado no estúdio e não saía havia dias. Ele finalmente confessou para minha mãe que estava arruinado. Então ela me mandou para cá, mais uma paciente de caridade no Hospital para Hebreus Tuberculosos. – Rachel limpou a refeição e deixou que Mary dormisse, com a pele puxada em torno do rosto, os cílios capturando um floco de neve eventual.

Nos dias em que Mary estava cansada demais para falar, ela implorava a Rachel que contasse a própria história. Não havia tempo enquanto trabalhava para conversas prolongadas, então Rachel começou a visitar Mary nos dias de folga. Era um alívio para ela ter alguém com quem pudesse falar a verdade sobre si mesma. Mary a encorajava, prometendo segredo total e absoluto.

– Juro, vou levar para o túmulo, Rachel.

– Isso não é engraçado, Mary. Você vai ver que estará boa na primavera. – Sentada na cama de Mary, Rachel sussurrava para manter as palavras entre as duas. Ela contou a Mary sobre os pais e o orfanato, sobre a fuga de Sam e como conheceu os Cohens em Chicago, sobre Leadville e Max, sobre ter sido recebida pelo dr. e a sra. Abrams. Mary se solidarizou com Rachel em relação a Sam, ficou horrorizada ao saber da proposta de seu tio e concordou que ela não devia ir procurar o pai. Um dia, Rachel chegou ao ponto de falar sobre o baile de Purim.

– Os homens são animais – disse Mary, o rubor em seu rosto daquela vez não se devendo ao frio. – Sempre fiquei tão longe deles quanto pude. Não era fácil, com minha mãe fazendo festas e me exibindo como uma debutante, arrastando os filhos repugnantes dos novos-ricos para preencher minha caderneta de danças. Eu quase fiquei grata quando os médicos me diagnosticaram. Pelo menos isso manteve longe os rapazes. Agora, conte-me mais sobre Naomi.

Rachel contou: Naomi defendia seu prato no jantar, visitava-a na enfermaria, batia em qualquer um que tentasse chamá-la de alguma coisa pior que Ovo.

– Por que eles a chamavam disso?

Rachel ficou surpresa com a pergunta. Com a cabeça escondida pela touca de enfermeira ou o chapéu cloche, Rachel tinha se esquecido de como poucas pessoas percebiam que ela era careca. O dr. e a sra. Abrams deviam ter percebido, mas eles eram indiferentes em relação a isso, sabendo que havia inúmeras razões médicas para alguém desenvolver alopecia. Com relutância, ela deixou que Mary a visse como era sem a touca.

– Aconteceu no Lar Infantil, por causa de raios X, foi o que me disseram. Na verdade, eu não me lembro.

– Explica suas sobrancelhas. Acho que eu tinha ficado curiosa em relação a isso. – Mary inclinou a cabeça, estudando-a. – É estranho, mas até bonito, de certa forma.

– É isso o que Naomi sempre dizia. – Rachel foi tomada por um rubor inesperado. Mary percebeu.

– Eu também tinha uma amiga no colégio para moças. Minha amiga particular. Ela não teve mais permissão de me ver depois que eu peguei tuberculose. Ela costumava escrever, mas sua mãe leu uma de minhas cartas e deu fim nisso. Disse que nossa amizade era anormal.

Rachel ficou pasma. Parecia impossível que a mesma acusação feita a Naomi se encaixasse em Mary, também. Ela devia querer dizer outra coisa, concluiu Rachel. Com mãos trêmulas, ela pôs a touca de enfermeira de volta e mudou de assunto. À procura de alguma coisa sobre o que Mary quisesse falar, ela perguntou sobre as roupas em seu baú de viagem.

– A única coisa de que eu gostava naqueles bailes eram os vestidos, Rachel. Eu tinha um de uma loja na avenida Park, cetim tão macio que parecia manteiga derretida. O baú está em meu quarto. Me empurre até lá dentro e me mostre minhas coisas. Vai fazer com que me sinta melhor.

Rachel obteve permissão da enfermeira-chefe, e as garotas passaram o resto da tarde revirando o baú. Enquanto Rachel erguia vestidos de qualidade mais fina do que qualquer coisa que ela poderia imaginar comprar ou escolher, Mary contava onde eles tinham sido comprados e quando ela os havia usado.

– Escolha algo para você, Rachel – sussurrou Mary. Toda a conversa estava irritando seus pulmões. Ela acenou com a mão enfraquecida dispensando as objeções de Rachel. – Faça isso por mim, para me deixar feliz.

Rachel escolheu o vestido mais simples, um de cintura baixa em lã verde. Mary insistiu para que ela o experimentasse, declarando o resultado um sucesso.

— Você praticamente parece uma melindrosa — disse ela, antes de sucumbir a um acesso de tosse. Durante as semanas seguintes, Rachel aceitou três vestidos e um par de sapatos costurados à mão.

Na noite após o Natal, o dr. e a sra. Abrams convidaram Rachel para acender as velas do *menorah* com eles e ficaram surpresos ao descobrir que ela não sabia recitar a mais simples das orações. O dr. Abrams lamentou os assimilacionistas do Leste que eram tão ávidos para serem americanos que se esqueciam de como ser judeus. A sra. Abrams disse ao marido para não se irritar.

— Vamos apenas ensinar a ela — disse, e em pouco tempo Rachel estava falando as palavras em hebraico e acendendo a *shammes* [vela que acende o *menorah* de Hannukah].

— O doutor e eu temos um presente para você — falou a sra. Abrams, entregando um embrulho a Rachel. Rachel não parecia saber o que fazer com ele. — Algum problema, querida?

— Acho que nunca abri um presente antes.

Ela desembrulhou o papel e encontrou uma edição nova em folha de *Essentials of Medicine*.

— Quando falei com a srta. Dreyer, ela disse que você o usava em seu aprendizado. Achei que gostaria de ter seu próprio exemplar — contou o dr. Abrams.

Rachel agradeceu aos dois, prometendo a si mesma decorar cada palavra. Sentada com o casal agradavelmente junto da lareira, com as velas do *menorah* queimando, usando o vestido e os sapatos de Mary, com seu presente ao lado, uma xícara de café na mão e um prato de bolo no colo, Rachel quase podia acreditar que havia um monarca do universo capaz de realizar milagres.

Certa manhã, durante o desjejum, a sra. Abrams disse:

— O aniversário de Simon é em fevereiro, e quero encontrar alguma coisa especial para mandar para ele. É seu dia de folga, por que não vem comigo? Vamos fazer disso uma aventura. — Rachel prometera a Mary visitá-la naquela tarde, mas a manhã estava livre, por isso aceitou o convite da sra. Abrams.

Rachel pegou um dólar de suas economias, querendo comprar ela também um presente para Simon. Encasacadas contra o frio, elas pegaram o bonde que subia a rua 16 e entraram e saíram das lojas na Market. A sra. Abrams comprou uma edição ilustrada do dicionário Webster para o neto, mas Rachel queria que seu presente fosse mais extravagante. Ao se lembrar de como Simon ficara fascinado pela história que o carregador contara para eles no trem, ela perguntou à sra. Abrams onde podia comprar um modelo ou uma escultura de cavalo.

– Se não contar ao dr. Abrams, levo você até a Hop Alley. Tem uma loja lá que vende esculturas, tudo o que você pode imaginar. Comprei um jogo de xadrez lá há alguns anos. – Ela conduziu Rachel mais acima da Market, em seguida entrou no beco que passava por trás da rua 20. Era estreito, apenas espaço suficiente para os fundos de prédios de tijolos encararem uns aos outros. As portas e janelas ao longo do beco eram cheias de placas escritas em caracteres chineses e cartazes decorados com dragões e flores. Dois homens brancos usando as cartolas da noite anterior saíram cambaleando de uma porta e saíram apressados pelo beco, escondendo o rosto. A sra. Abrams puxou Rachel para mais perto.

– É aqui.

Elas entraram em uma lojinha atulhada; as estantes balançavam abarrotadas do chão ao teto com esculturas em jade, quartzo e ônix. Rachel examinou as prateleiras até que os olhos bateram em um cavalo empinando, sua crina esculpida tão fina que a luz brilhava através da pedra. Ela o levou ao lojista. Ele deu um preço, e Rachel enfiou a mão no bolso para pegar seu dólar, mas a sra. Abrams a deteve. Apesar da aparente barreira de idiomas, o comerciante e a esposa do médico barganharam com entusiasmo, e no fim Rachel pagou menos da metade da soma original.

As mulheres voltaram pelo mesmo caminho, mas, logo antes de dobrar a esquina, Rachel viu, em uma vitrine, uma série de desenhos de mulheres com cabelos esvoaçantes: louros, ruivos, castanhos, negros. Um parecia tanto com a peruca que ela experimentara no teatro lírico Tabor que Rachel parou. Ela viu uma seta apontando para o alto das escadas de incêndio e, pintado em uma porta, um texto em inglês acima dos caracteres chineses: CASA DE PERUCAS DA SRA. HONG. Em uma janela no segundo andar,

Rachel pensou ter visto uma cabeça careca. Enquanto olhava, uma mulher pequena apareceu e pôs uma peruca no suporte.

– Vamos, Rachel, não queremos ficar por aqui – disse a sra. Abrams, olhando para outro homem jovem nervoso subindo o beco. Rachel a seguiu com relutância, seu coração batendo forte dentro do peito.

Na casa na Colfax, Rachel subiu correndo para o quarto. Ela puxou a mala de papelão de baixo da cama e a abriu. Pegou a trança grossa do cabelo de Amelia e a acariciou como um bicho de estimação. Ela pôs a trança sobre o couro cabeludo e imediatamente imaginou-se com uma peruca que rivalizava com a da madame Hildebrand. Depois de embalar cuidadosamente o cabelo de Amelia em jornal, ela tirou a escultura de cavalo do bolso e a substituiu pelo que restava do dinheiro de Naomi, além de tudo o que estivera economizando para pagar a ela, quase todo centavo de três meses de salário.

– Mande minhas lembranças para aquela garota simpática, Mary – pediu a sra. Abrams quando Rachel saía pela porta.

– Mando – mentiu Rachel.

Agora passava do meio-dia, mas a Hop Alley ainda parecia semiadormecida. Rachel ouvira os rumores e imaginou que negócios havia por trás das janelas fechadas por persianas – antros de ópio, casas de apostas, bordéis que atendiam maridos infiéis e homens chineses sem esposas. Rachel subiu os degraus da escada de incêndio, seus sapatos escorregando no metal liso. Na plataforma do segundo andar, ela puxou a maçaneta da porta. A porta estava travada, em seguida estalou e se abriu, jogando Rachel contra a grade de proteção. Por um segundo, Rachel achou que ia cair, imaginou a sra. Abrams lendo uma notícia no *Denver Post* sobre uma garota careca encontrada morta na Hop Alley.

Mas ela não caiu. Recuperou o equilíbrio e entrou na Casa de Perucas da sra. Hong. Não era um *showroom*. Rachel entendeu por que a sra. Hong sempre ia ao camarim de madame Hildebrand. Atrizes de teatro e socialites ricas não iriam pessoalmente àquele espaço sombrio. Tinta descascava do chão de tábuas, e gesso caíra das paredes de alvenaria, expondo áreas irregulares de tijolos. Lâmpadas expostas pendiam de fios como aranhas penduradas, aumentando a luz fraca que era filtrada por janelas nebulosas. Uma bancada de trabalho ocupava o centro da loja. Ao longo das paredes havia prateleiras de suportes de perucas etiquetadas com caracteres chineses. Rachel desejou conseguir decifrar os nomes das mulheres cujas cabeças elas representavam.

Uma cortina de contas de bambu se agitou e se abriu, e uma garotinha parou ao ver Rachel. Ela virou para trás e exclamou algumas sílabas excitadas, e em um instante a própria sra. Hong apareceu. Rachel tinha esperado uma figura mais imponente, mas a mulher era pequena, o cabelo trançado preso em torno da cabeça parecendo a trilha de um mapa do tesouro. Ela usava um casaco preto quadrado e uma calça sem forma que, Rachel supôs, ficava restrita ao espaço de trabalho – ela nunca vira uma mulher circular por Denver em um traje como aquele. Rachel pensou que se tivesse passado por ela na rua de saia e blusa, poderia ter confundido a sra. Hong com uma cherokee em vez de uma chinesa.

A sra. Hong mandou a menininha para os fundos através da cortina de contas. Especialista em avaliar uma mulher por suas roupas e porte, a sra. Hong avaliou Rachel. Percebeu a barra de um vestido elegante e os sapatos caros costurados à mão, mas não conseguiu entender o casaco de lã antiquado. Alguma coisa na garota não se encaixava. O chapéu, entretanto – a sra. Hong compreendeu imediatamente o que ele escondia.

– Bem vinda à Casa de Perucas da sra. Hong, mas, por favor, aqui nós fazemos as perucas. Não é lugar para uma dama vir. Podíamos marcar uma visita hoje, mais tarde, se permitir que eu visite sua casa. – A sra. Hong gesticulou na direção da porta.

– Não, espere. Madame Hildebrand me contou sobre a senhora. Eu a conheci em Leadville, no teatro Tabor. Ela me deixou experimentar uma de suas perucas.

As sobrancelhas escuras da sra. Hong se arquearam em pontes estreitas.

– Mas a madame Hildebrand nunca veio aqui.

– Não, eu sei, mas passei por aqui esta manhã e vi sua placa.

A sra. Hong relaxou seu braço estendido.

– Madame Hildebrand é uma cliente muito exigente. A senhorita também é cantora?

– Não, eu estava apenas na plateia. Eu a conheci nos bastidores. – Rachel estava nervosa demais para explicar direito. Ela tentou novamente. – Eu trouxe isso. – Rachel foi até a bancada e pôs seu embrulho sobre ela, abrindo o jornal. No escuro da oficina, o cabelo de Amelia brilhava e tremeluzia. – A madame Hildebrand disse que suas perucas eram caras, mas sabe, eu já tenho o cabelo. Quanto custaria para fazer uma peruca com ele?

A sra. Hong tocou a trança. O cabelo era maravilhoso. Ela podia ver pela compleição de Rachel que ele nunca tinha sido dela mesma, mas como ela o obtivera não era da conta da sra. Hong. O que ela sabia era que seria um prazer trabalhar com aquele cabelo. Ainda assim, ele precisaria ser lavado e penteado, dividido e costurado. Ele manteria as garotas ocupadas por semanas, sem falar em fazer o suporte e o forro personalizados. Ela sabia o preço que teria dado à madame Hildebrand em condições similares. Ela duvidava que aquela garota de Leadville tivesse condições, mas ela deu o preço mesmo assim, como faria qualquer mulher de negócios.

A pouca cor que havia no rosto de Rachel se esvaiu. O preço dado pela sra. Hong era o dobro do que ela podia ganhar em um ano inteiro. A madame estava certa; Rachel jamais teria condições de possuir algo tão bonito. A decepção a deixou sem fala, e ela começou a embrulhar a trança com mãos trêmulas.

A sra. Hong leu a autenticidade na reação de Rachel. Acostumada a episódios dramáticos de barganha por tudo, de rolos de seda a réstias de cebola, a sra. Hong esperara que seu primeiro preço fosse regateado, mas agora ela vira que o pusera alto demais e assustara a garota.

– Espere – pediu ela, botando a mão sobre a trança. O cabelo ganhou vida sobre sua palma, enrolando-se em torno de seus dedos. Ela deu outro palpite sobre Rachel. – Seu pai não quer pagar pela peruca, como presente para sua linda filha moça?

Rachel sacudiu a cabeça.

– Eu sou órfã. Trabalho como assistente de enfermagem no Hospital para Hebreus Tuberculosos. Economizei quase todo meu salário de três meses, mas... – A voz de Rachel silenciou-se enquanto pensava sobre a ninharia em seu bolso.

A sra. Hong, entretanto, perguntou:

– Quanto você tem?

Rachel percebeu que não a estavam recusando... a sra. Hong estava negociando. Ela repreendeu a si mesma por não barganhar como a sra.

Abrams tinha feito com a escultura de cavalo. Rachel tirou as notas do bolso e as pôs sobre a bancada de trabalho da sra. Hong. Era todo o dinheiro que tinha no mundo.

— E isso é o que você ganhou em três meses?

— Aí tem mais. Eu ganhei isso. — Rachel dividiu a pilha; o dinheiro que pegara de Naomi ainda estava vincado onde fora dobrado para caber no sapato. — E essas são minhas economias.

A sra. Hong fez cálculos. Como a garota estava fornecendo o cabelo, a soma no balcão cobriria as despesas iniciais de material, mas o que tornava a peruca tão preciosa era o trabalho e a habilidade profissional. Ela agora desejava transformar a trança flamejante em sua bancada em uma cabeleira, imaginando os negócios que poderia obter ao exibi-la, mas ela precisava ter algum lucro.

— Isso não é metade do que vai me custar, do meu próprio bolso, para fazer a peruca. Tenho um negócio, aqui, bocas para alimentar, aluguel para pagar. Isso não é uma obra de caridade.

Rachel tentou recuperar sua posição de barganha.

— Posso lhe pagar a maior parte do que ganho pelos próximos... — Ela fez algumas contas. — Pelos próximos sete meses, mas preciso da peruca em setembro. Vou voltar para o Leste para a escola de enfermagem, então ela precisa estar pronta no fim do verão. — Rachel se surpreendeu com as palavras que saíram de sua boca. Ela só quisera botar um limite no preço da peruca, mas, assim que expressou a ideia, foi arrebatada pela possibilidade.

A sra. Hong calculou o total e considerou a oferta da garota. Ela não ia perder dinheiro, mas mal teria lucro. Ela precisava de algo para melhorar o acordo. Desde a quebra da Bolsa de Valores, as pessoas estavam perdendo o emprego por toda parte. A sra. Hong se perguntou se a garota poderia perder o dela durante a primavera e o verão. Talvez. Talvez não. Era uma aposta que a sra. Hong estava disposta a fazer.

— Vou lhe dizer uma coisa, órfã de Leadville. Você me dá agora tudo o que você tem, como depósito, e vou começar a fazer a peruca. Se você fizer os pagamentos todo mês. Com seu último salário em primeiro de setembro, a peruca vai estar pronta, e ela vai ser sua.

A alegria se espalhou pelo rosto de Rachel. A sra. Hong se perguntou se a garota sabia como era bonita.

— Sim, claro, eu vou fazer isso, sra. Hong, eu venho aqui no mês que vem e todos os meses.

— Tem mais uma coisa. Esse é um preço muito especial. Se madame Hildebrand ou qualquer de minhas clientes souber quanto eu a deixei pagar, vão ficar furiosas. Estou tirando comida de minha própria boca para lhe fazer essa oferta. E vou fazer todo o trabalho antes que você termine de pagar. E se você não me pagar, no final das contas? Eu preciso de alguma proteção. — A sra. Hong fez uma pausa. — Se você deixar de pagar um mês ou não pagar tudo até setembro, eu fico com o cabelo e a peruca e tudo o que você tiver pagado até então. Concorda?

Rachel concordou, ansiosa. O que era dinheiro para ela se podia ansiar ter o cabelo de Amelia para si? A garotinha foi chamada de trás da cortina de contas e mandada correndo pelo beco. Ela voltou em minutos com um homem enrugado que trazia um rolo de papel e uma caixa contendo tinta e caneta. Em cantonês, ele escreveu duas cópias dos termos do acordo entre a sra. Hong e a órfã de Leadville. A sra. Hong pegou a pena de caligrafia para criar o ideograma de seu nome, e Rachel também assinou.

— Agora, então, vamos trabalhar.

Horas depois, Rachel deixou a Hop Alley nas últimas luzes do dia de inverno. Todo o seu dinheiro e o cabelo de Amelia estavam com a sra. Hong. No bolso, uma folha incompreensível de papel era toda a promessa que ela tinha de que iria receber aquilo pelo que barganhara.

No dia seguinte, Mary perguntou a Rachel por que ela não a havia visitado. Excitada demais para guardar aquilo para si mesma, Rachel contou a Mary tudo sobre o teatro lírico, madame Hildebrand e a Casa de Perucas da sra. Hong. Sem mencionar o roubo da trança de Amelia, ela contou a Mary que na véspera fora à loja e barganhara duramente com a peruqueira, fechando em um preço que podia pagar pela peruca feita de cabelo ruivo escuro.

— Por que ruivo? — perguntou Mary. — Você pareceria mais natural morena.

— Ela tinha umas tranças de cabelo para eu escolher, e essa me pareceu tão viva.

Demorando-se com a bandeja de almoço de Mary, Rachel contou o resto da tarde passada na loja da sra. Hong.

– Ela me fez sentar em uma cadeira e uma das meninas...

– Coma isso, por favor? Eu não toquei. Qual o nome das meninas?

– Não sei, a sra. Hong sempre fala com elas em chinês. Vou perguntar a ela no mês que vem. Enfim, ela me sentou em uma cadeira. Você conhece esse creme, vaselina? Bem, a sra. Hong esfregou isso por todo meu couro cabeludo. Depois uma das meninas entregou a ela tiras de gaze embebidas em gesso, que ela enrolou em minha cabeça como uma múmia. Tive de ficar ali sentada por muito tempo até o gesso secar, aí ela o cortou da minha cabeça com tesouras.

– Você não ficou com medo?

– Fiquei, mas a menina segurou minha mão, e a sra. Hong disse: "Não se preocupe, órfã, nada vai machucar você". Aí, depois que ela tirou o molde de gesso, a outra menina lavou minha cabeça. As duas eram muito adoráveis. Eu comecei a cantar a música do alfabeto só para distraí-la, e ela cantou junto! Eu não sabia que ela sabia falar inglês. Então a sra. Hong a mandou para a sala dos fundos. Ela é muito rígida com as meninas.

– Elas são filhas dela? – Mary cobriu a boca com o guardanapo. Ele voltou manchado de sangue. Ela o escondeu embaixo do travesseiro.

Rachel tinha se perguntado isso também. A sra. Hong dava ordens para as meninas como se fossem criadas, mas não era pior do que as monitoras no orfanato. O que Rachel sabia, afinal, sobre como mães tratavam filhas?

– Não sei. Vou ver se consigo descobrir isso, também.

Pelo resto do mês, os dias de trabalho de Rachel passaram voando. Suas tardes livres eram passadas visitando Mary, e toda noite de sexta-feira ela ajudava com o jantar do sabah, a mesa cheia de residentes do hospital convidados para o círculo acolhedor da casa na Colfax. No dia seguinte em que recebeu seu envelope de salário, Rachel pegou novamente o caminho até a Hop Alley para fazer seu pagamento à sra. Hong. Ela se demorou na oficina, encorajada por sua curiosidade a fazer perguntas sobre as meninas.

– Essa eu chamo de Pardal, porque ela fala o tempo todo, e aquela eu chamo de Jade, para torná-la forte. Agora vão, façam seu trabalho! – As meninas correram para a sala dos fundos. – Elas me chamam de "tia", mas não são nada minhas. A mãe delas me paga para cuidar das meninas, ensinar a elas um ofício. Seus pais eram clientes, homens chineses, mas ela não sabe quais.

Rachel afastou a cortina de contas para observar as meninas trabalhando. Pardal estava penteando fios compridos de cabelo, e Jade, a mais velha das duas, operava uma máquina de costura, cozendo camadas de cabelo e tiras de linho. O modo como trabalhavam fez Rachel pensar em garotas em uma fábrica de roupas, apesar de não saber ao certo de onde vinha essa impressão.

Em abril, a sra. Hong pediu a Rachel que se demorasse na loja.

– Preciso de você para uma prova. – Ela ergueu um forro bem ajustado de um suporte de gesso e o pôs sobre a cabeça de Rachel. Com uma agulha comprida e fio de seda, a sra. Hong puxou o forro, ajustando-o para envolver a parte de trás da cabeça de Rachel e abraçar suas têmporas.

Enquanto a sra. Hong trabalhava, Rachel perguntou a ela como veio a ser dona da loja de perucas. Em vez de responder de forma direta, a sra. Hong deu início a uma história evasiva.

– Quando os homens chineses chegaram na América para construir a ferrovia, eles não tinham permissão de trazer suas mulheres e crianças. Depois que a ferrovia ficou pronta, alguns deles foram para casa, outros ficaram aqui. A estrada de ferro atravessou território indígena, e alguns chineses montaram postos comerciais na fronteira. Às vezes, uma mulher índia ficava com o homem chinês, para trabalhar no posto comercial. Se o chinês resolvesse vir para Denver abrir uma lavanderia, a mulher podia deixar seu povo para segui-lo, lavar suas roupas, ter seus filhos. Os brancos escrevem as leis para que o homem chinês não possa trazer a própria esposa para cá, mas eles não se importam que ele viva com uma mulher índia com quem nunca vai se casar. – Surgiu uma dureza na voz da sra. Hong, e ela pareceu falar mais para si mesma que para Rachel. – As pessoas brancas, elas acham que tanto chineses quanto índios são sujos, não importa o quanto deixemos suas camisas limpas.

Depois de um minuto de silêncio, Rachel perguntou:

– O que aconteceu com o sr. Hong?

A sra. Hong aprumou as costas.

– O que faz você pensar que eu alguma vez já fui casada? Mulheres casadas se matam de trabalhar, todo seu dinheiro vai para os maridos que o perdem no jogo. Por que eu iria fazer isso comigo? Eu me chamo de senhora porque meus clientes gostam de pensar que eu sou uma viúva respeitável. Damas sempre desconfiam de uma mulher que não é esposa de algum homem.

Antes de Rachel sair, ela parou na sala dos fundos para se despedir com um aceno das meninas. Ela achou triste que elas não fossem à escola, e cruel quando Jade sussurrou como sua tia as mantinha trancadas na loja quando saía para fazer alguma entrega ou para receber um pedido. Não havia ninguém para resgatar as meninas se a sra. Hong as explorasse, nenhuma apelação se elas fossem tratadas com crueldade. Será que devia mencionar isso para a sra. Abrams? Aí Rachel reconsiderou Pardal e Jade, seus traços orientais demais para passarem por brancas, suas peles claras demais para ocultar a linhagem mista. Rachel pensou na profissão da mãe delas e soube que a sra. Hong as estava salvando de um tipo de vida pior.

Enquanto viajava de bonde de volta para a casa confortável na Colfax, Rachel imaginou onde, se não fosse a agência, ela e Sam poderiam ter ido parar: em becos e vagões de carga, em filas de distribuição de sopa perto de cortiços erguidos durante a Depressão. Rachel frequentemente se perguntara como teria sido se a mulher da agência tivesse encontrado um lar adotivo para ela e Sam. Eles podiam ter dado sorte – um apartamento aconchegante com uma família simpática, uma mãe adotiva boa como a sra. Berger, um pai adotivo generoso como o dr. Abrams. Ou talvez, não. Em quem ela teria se transformado se, nesse apartamento aconchegante, vivesse um garoto como Marc Grossman? Pela primeira vez, Rachel começou a apreciar aquilo de que havia sido poupada pelo orfanato.

Capítulo Dezoito

O PEITO DE MILDRED SOLOMON ESTAVA APERTADO CONTRA MInhas costas; a parte de trás de minha cabeça estava apoiada em sua clavícula. Ela me envolvia com seus braços. Nossa respiração suave se erguendo e descendo em uníssono. Eu senti um puxão. Será que ela estava puxando meus dedos, querendo mais morfina? Olhei para baixo e vi uma agulha com linha grosseira como crina de cavalo atravessando os tendões de minhas mãos.

Acordei com um susto, o sonho pior que nunca. Eu podia sentir a ardência de água do mar no fundo da garganta. Limpei a saliva da boca, sentei na cama e ajustei a peruca. Focalizei meu relógio e vi que passava da meia-noite. Mildred Solomon gemia e se contorcia em um sono espasmódico. Que sonhos, eu me perguntei, a assombravam? Duvidei que eu estivesse neles.

O quarto estava sufocante, a janela fechada desde a tempestade. Eu levantei e a abri, desejando ter um dos cigarros de Flo para passar o tempo até que a dra. Solomon acordasse outra vez. Agora não ia demorar.

Aquela conversa sobre campos de concentração me lembrou de Sam e da história que ele me contou depois de voltar da guerra. Lembrei dele ligando do telefone público na avenida Amsterdam, sua voz na linha instantaneamente familiar, fazendo com que os anos desde que ele fora para a guerra desmoronassem. Eu disse a ele que o teria recebido no cais se soubesse quando o navio dele ia chegar.

– Estava uma loucura na baía – contou ele. – Eu não queria você metida naquilo tudo. – Será que ele estava preocupado que eu fosse agarrada e beijada por um soldado de regresso, ou que minha peruca fosse arrancada na multidão que se acotovelava?

– Sabia que eles transformaram o Lar em alojamentos? – disse ele. – Eu não acreditei quando o caminhão parou aqui para nos desembarcar. Estamos no F3, você pode imaginar? Eu nunca nem vi o interior de um alojamento feminino durante todo o tempo em que morei aqui. Por que você não vem me ver?

Fiz isso, correndo daquele velho apartamento no Village até a estação de metrô mais próxima, a linha Broadway parecendo rastejar na direção de Uptown enquanto eu contava os segundos até ver meu irmão outra vez.

Disse ao guarda na entrada quem eu ia encontrar. Em pouco tempo, Sam surgiu do Castelo. Era estranho vê-lo sair por aquelas portas de carvalho, um homem adulto em vez de um garotinho. Ele caminhava com propósito, quase arrogância. Fiquei com tanto medo durante a guerra que ele fosse ferido ou morto, como fora Simon Cohen. Mas lá estava Sam, inteiro e bonito. O emblema de arco-íris de sua divisão estava vívido em seu ombro, mas o verde desbotado de seu uniforme fazia seus olhos reluzir como aço. Sam se levantou em um abraço que durou tanto que alguns outros soldados começaram a assoviar. Embaraçados, atravessamos a rua e sentamos em um banco embaixo de uma árvore de nogueira-do-japão, de frente para nosso antigo Lar.

– Consegue imaginar isso, Rachel? Fujo deste lugar para Leadville, viajo sem rumo pela Costa Oeste de alto a baixo, acabo em uma fazenda de maçãs no estado de Washington, volto para Nova York para me alistar, sou embarcado para a Europa e, depois de tudo isso, onde eu acabo? Exatamente onde comecei. – Ele fez sombra nos olhos para olhar para a torre do relógio. – De certa forma, faz sentido. Alojamentos militares não são muito diferentes de estar no Lar. Só que, na época, eu era só uma criança. Pelo menos no serviço militar, sou um homem, posso me defender. – Ele cerrou os dentes, e vi, por baixo de sua arrogância, o órfão ferido que saiu escondido do Castelo tantos anos atrás.

Não sabíamos como começar a falar sobre o que tínhamos visto e feito desde nosso último encontro. Não é surpresa que tenhamos lutado para nos reconectar. Não foi só a guerra – meu irmão e eu tínhamos levado vidas separadas desde que aquela mulher da agência nos separou. Outros irmãos crescidos tinham um lar para onde voltar, pais para visitar nos feriados, avós para organizar o *seder*[3]. Sam e eu não sabíamos agir como uma família. Nossa conversa voltou-se para fotos do Japão publicadas na revista *Life*: roupas derretidas sobre corpos nus; pele dissolvendo sobre feridas borbulhantes; bebês nascendo deformados. Quando li que as pessoas que escaparam da explosão atômica estavam ficando doentes devido à radiação, com queda de cabelo, não consegui evitar sentir uma solidariedade estranha. Na época, tudo o que eu sabia era que os raios X que eu tinha recebido quando criança me deixaram careca. Naquela noite, no quarto de Mildred Solomon, eu me perguntei se o câncer mesmo naquela época já estava crescendo em mim.

Para Sam, eu disse:

– Às vezes eu me pergunto se há algum limite para o mal que as pessoas podem fazer umas às outras.

– Não – respondeu ele. – Não há limite. – Ele mirou o outro lado da rua, com olhos distantes, como se estivesse assistindo a um filme projetado na lateral do prédio. – Quando nossa divisão liberou Dachau, foi como se tivéssemos entrado no inferno. Você viu os cinejornais? – Balancei a cabeça afirmativamente, visualizando os sobreviventes esqueléticos conduzidos para campos de realocação, mantidos ali até que o mundo pudesse decidir o que fazer com os judeus que restavam na Europa. – Acredite em mim, eles não mostram tudo, nem de longe. Tivemos de chamar um batalhão de engenharia para remover os corpos, de tão alto que estavam empilhados. Imagine isso, depois o fedor de podre, merda e fumaça. – Sam apertava tanto os joelhos que estava ficando com os nós dos dedos brancos. – Não, não imagine. Eu vou ter isso em minha cabeça por tempo suficiente para nós dois.

Pensei que tinha visto o pior de tudo no hospital. Soldados com membros faltando ou olhos vazados, cicatrizes que serpenteavam por todo o corpo de um homem como um mapa do Mississippi. Mas as coisas que Sam estava dizendo embrulharam uma parte tão profunda de meu estômago que eu nem sabia existir. Cobri a mão dele com a minha. Ele virou a palma para cima para aceitar o gesto. Ficamos um longo tempo sentados assim, sem importar mais se parecíamos namorados.

---

[3] Jantar cerimonial na primeira ou nas duas primeiras noites do Pessach. (N. do T.)

– O que você vai fazer depois de dar baixa? – Eu me referia a trabalho; imaginei que ele fosse ficar em Nova York. Eu já estava planejando convidá-lo para jantares na sexta-feira à noite, lembranças do *sabah* com os Abrams tomando forma em minha imaginação. Não que eu fosse tentar cozinhar, se quiséssemos alguma coisa comestível, eu teria de comprar um frango assado na delicatéssen da esquina, mas não importava. Dessa vez íamos conseguir ser uma família de verdade.

– Eu queria falar com você sobre isso. Sabe, quanto mais eu penso nisso, mais parece que toda minha vida estava me preparando para apenas uma coisa. Quero dizer, depois de andar sem rumo por todos esses anos, quando a guerra estourou, eu fiquei feliz por ter uma razão para servir. Foi bom, porém, ter voltado até aqui para me alistar. Soube por meu único amigo no Oeste que ele passou a guerra inteira guardando um campo de internação de japoneses em Wyoming. Que desperdício de tempo isso teria sido. Lutar me deu um propósito, e eu era bom nisso. Mantive a maioria dos meus homens vivo, matei muitos dos deles. É bem simples. – Sam fez uma pausa, soltou minha mão para sacar um cigarro do maço que tirou do bolso. Ele me ofereceu um, mas sacudi a cabeça. Apesar disso, quando ele o acendeu, eu inspirei profundamente, querendo me lembrar de tudo sobre aquele momento. – Eu vou para a Palestina, Rachel. Eu vou passar por aqueles malditos campos de detenção britânicos e me juntar ao Haganah. Eu vou lutar até que tenhamos nosso próprio país.

Eu abaixei a cabeça, atônita. Sam estava me abandonando, de novo. Minha ideia de nós como uma família era uma fantasia infantil à qual eu me aferrava porque meu irmão era a única pessoa no mundo que real e verdadeiramente pertencia a mim. Eu podia estar vivendo como uma mulher casada, mas não existia nem um pedaço de papel que atestasse que ela e eu éramos uma família. Não importava com que frequência nós jurássemos nossa fidelidade uma à outra, ela nunca poderia ser mais que minha amiga, minha colega de apartamento.

Sam estava de partida, mas pelo menos dessa vez estava me dizendo aonde ia, e por quê. Ele falou sobre as Nações Unidas e a política de separação com tamanha paixão que soube que não adiantava discutir com ele. Em vez disso, tentei memorizar o modo como seus cílios adejavam ante a luz do sol e como suas orelhas se moviam de leve quando falava. Sabia que levaria muito tempo até vê-lo de novo. Ao relembrar aquela noite, enquanto olhava para a rua escura da cidade abaixo da janela de Mildred Solomon, ocorreu-me que talvez eu não vivesse o suficiente para visitar meu irmão, conhecer minha cunhada, ver meu único sobrinho.

– E você? – perguntou Sam, pegando minha mão. – O que pretende fazer agora?

Respirei fundo. Eu me arrependia das coisas que não dissera quando ele foi para a guerra, prometera a mim mesma que se tivesse outra chance iria contar a meu irmão a verdade sobre mim mesma. Ele se encolheu quando usei a palavra *lésbica*, mas eu não queria que houvesse nenhum mal-entendido. Meu coração batia com tanta força que me senti tonta. Estava com medo que ele ficasse com vergonha do que eu era, do jeito que tinha vergonha de minha aparência. Tinha medo que ele achasse que aquilo, também, era de algum modo sua culpa, resultado de sua falha em me proteger. Ele levou algum tempo para me olhar nos olhos, mas, quando fez isso, disse:

– Quem sou eu para julgar, desde que você esteja feliz.

Eu não tinha percebido como essas palavras não ditas eram pesadas até elas saírem de cima de mim.

– Eu estou feliz, Sam, eu garanto.

– Tem uma coisa que eu devia ter lhe dito há muito tempo também. Desculpe, Rachel, sobre o tio Max. Eu não devia tê-la deixado com ele. Eu simplesmente não sabia outra forma de cuidar de você.

– Não se culpe, Sam. Eu não te culpo. Bem, no início, sim, mas, agora, não. Nós devíamos ter pais para cuidarem de nós, mas não tivemos. Não foi nossa culpa. Enfim, eu consegui me cuidar, não foi? Só me prometa que você vai fazer o mesmo e tentar ficar em segurança.

– Não vou para a Palestina para ficar em segurança, Rachel. Eu vou lutar. – Sam apertou minha mão antes de soltá-la para acender outro cigarro. – Vou lutar por nós dois. Nenhum judeu jamais vai estar realmente seguro até termos uma terra natal. – Parecia-me que Sam tinha razão em relação a isso. Sem um Estado, nosso povo era tão vulnerável quanto órfãos sem lar.

– Liberar aquele campo me mudou, Rachel. Nós não estávamos preparados para aquilo, ninguém poderia estar. Eu me lembro de pensar que ninguém teria me botado lá dentro sem luta.

– Mas na verdade é exatamente isso, não é? Todo mundo que resistiu já tinha sido morto. – Ouvi pessoas dizerem que elas não podiam entender como os nazistas conseguiram isso, o assassinato de milhões, mas isso não começou com os vagões de gado e as câmaras de gás. Eles começaram tudo revivendo a ideia medieval de identificar e separar os judeus. Fomos demonizados, desumanizados, colocados em guetos, tudo antes de sermos transportados para os campos, os crematórios fora de vista até o último trecho de trilho. A cada passo ao longo do caminho, os tipos como Sam que saíam da linha eram eliminados, sua resistência transformada em exemplo.

– Acho que você tem razão. – Sam deu um trago profundo em seu cigarro e soltou a fumaça pelo nariz. – Os outros caras, todos se perguntavam o que havia com os judeus para os alemães fazerem isso com eles? Quanto mais entrávamos no campo, mais víamos os soldados judeus de nossa divisão começarem a olhar para mim, sabe, porque eu era mais velho, como se estivessem esperando para ver o que eu ia fazer em relação a tudo aquilo. Sabe o que eu fiz? Eu peguei um daqueles nazistas no cercado onde nós os havíamos reunido. Eu o arrastei pela lama e o botei de joelhos. E eu disse (eu queria gritar, mas disse bem baixo, quase um sussurro, então ele na verdade inclinou a cabeça para cima para me ouvir): *Ich bin Jude*. E então atirei nele. – Sam largou a guimba de cigarro e a apagou com a ponta do coturno. – Depois disso, os caras enlouqueceram, começaram a executar nazistas por toda parte, até que um oficial apareceu e deu um fim àquilo.

O que eu temia, enquanto Sam estava na guerra, era que ele fosse morto. Não me incomodava a ideia de ele atirar em um inimigo em batalha. Isso era algo que ele tinha de fazer para salvar a si mesmo e a seus homens, para ganhar a guerra. Mas o que ele tinha acabado de descrever era assassinato, não era? Ainda assim, eu não fiquei chocada com sua confissão. Para Sam, aquela morte era justificada pelos horrores que o cercavam. Eu estava pensando, porém, no prisioneiro nazista de Sam, ajoelhado na lama. Se ele tivesse olhado ao redor para as ilhas de corpos em decomposição e tomado consciência da magnitude monstruosa de seus atos, será que não teria preferido a aguilhoada rápida de uma bala a uma vida inteira de culpa e vergonha? Para mim, o tiro de Sam não soava como um assassinato, mas misericórdia.

– Cheirava a ferrugem, todo aquele sangue – disse Sam. – Isso é o que você pode lavar, não o sangue em si, mas o cheiro.

– Conheço o cheiro, eu sou enfermeira, lembra? – Baixei os olhos para os dedos de minhas mãos, entrelaçados em meu colo. – Você não é o único que já sujou as mãos de sangue.

Sam puxou um joelho para cima do banco e virou para ficar de frente para mim.

– Desde que vi aqueles campos, não paro de pensar que podia ter sido eu, sabe? Eu e você. Se estivéssemos vivendo na Alemanha ou na Polônia, ou em qualquer droga de lugar de onde veio nosso povo, teríamos sido nós. Isso fez com que eu me sentisse mais judeu do que o Lar jamais fez. Na época, era tudo hebraico isso e hebraico aquilo, bandas marciais e times de beisebol, mas na verdade não tem nada a ver com isso. Também não tem nada a ver com Deus, nem com a Torá. É sobre sobrevivência. – Havia um desafio nos olhos de Sam que eu reconheci da noite em que ele se recusou a pedir desculpas ao superintendente, um brilho que fazia o aço reluzir. Se estivéssemos na Europa, Sam e eu, ele teria lutado até a morte antes de permitir que fosse conduzido para um daqueles trens. E havia pessoas como eu. Era possível que o resto de nós, como órfãos em uma instituição, estivesse tão acostumado a obedecer a ordens que tornávamos mais fácil do que deveria ser para nos encurralar.

Nós nos despedimos, fingindo não ser para sempre. Observei Sam desaparecer pelas velhas portas de carvalho quando o Castelo o engoliu. Para o que ele estava planejando, uma dispensa oficial não fazia diferença. Ele logo largou o uniforme americano e embarcou em um navio com destino ao Mediterrâneo. Desde aquele dia, tudo o que eu tinha dele cabia na gaveta de luvas de um velho baú de viagem: os postais que eu guardara, as cartas que ele mandara, aquele rolo de filme.

No escuro às minhas costas, Mildred Solomon gemeu enquanto dormia. Ela dissera não haver comparação entre seu trabalho no Lar Infantil e aqueles experimentos terríveis nos campos. E ela tinha razão, claro que tinha. Mas será que as crianças na mesa do dr. Mengele se sentiam diferentes do que eu me senti na dela? Independentemente de seus motivos, a forma como ela nos usou foi a mesma. Não era surpresa que não conseguisse se desculpar. Admitir fazer aquele tipo de mal não era algo que destruiria uma pessoa?

Eu devia ter ido em frente e lhe dado uma dose inteira. Não tinha razão para deixar que Mildred Solomon voltasse outra vez à consciência. Eu agora sabia que ela jamais iria me dar o que eu queria. Não haveria desculpas nem remorso. Eu devia ter esvaziado a seringa e a deixado dormir enquanto saía daquele quarto para o corredor iluminado, encerrando o passado às minhas costas.

Só que, para mim, era impossível deixar o passado para trás. Ele estava se multiplicando dentro de mim, o tumor gerando novas células a cada minuto. Depois de minha operação, se eu acordasse para ver meus seios extirpados, um fio negro amarrado através de meu peito, seria como se a própria dra. Solomon tivesse brandido a faca.

Fiquei de costas para ela, olhei pela janela para as luzes da rua, as janelas acesas, os faróis eventuais. Acima, o brilho da cidade deixava cinza o céu negro. As luzes fizeram com que eu me desse conta de que era a indiferença, não a escuridão, que tornava a noite perigosa. Atos cometidos na calada da noite na cidade não eram tão escondidos de vista quanto ignorados, como se os poucos de nós acordados na madrugada tivéssemos concordado em olhar para outro lado. Era como as pessoas naquelas cidadezinhas na direção do vento dos campos de extermínio. Não era como se elas não pudessem sentir o cheiro da fumaça; apenas fingiam não saber o que estava acontecendo. Ocorreu-me que eu poderia fazer qualquer coisa despercebida entre a meia-noite e o amanhecer.

Se não conseguisse obter a contrição que eu desejava, por que não obter, em vez disso, justiça, como fizera meu irmão? Mildred Solomon estaria morta em muito pouco tempo, não importava o que eu fizesse ou não fizesse. Por que não transformar o inevitável em algo intencional? Por que eu devia deixá-la morrer, sozinha e ignorada, dentro de alguns dias ou semanas, quando a morte dela, naquela noite, testemunhada, podia significar tão mais? Uma vez, ao menos, eu podia defender a mim mesma, uma adulta, agora em vez de uma criança, minha arma uma injeção de morfina em vez de uma pistola. Eu podia fazer isso agora, antes que a velha acordasse. No meio daquela noite indiferente, ninguém iria perceber se eu tirasse a vida de uma mulher.

Subitamente tonta, segurei-me no batente da janela para não cair de costas no quarto. A ideia pulsava por minhas artérias, latejando em meu pescoço. Agora eu via que reter a morfina de Mildred Solomon podia ser elevado de um ato egoísta a um esforço nobre. Que ópera perfeita aquilo daria! A cortina sobe com uma criança presa com correias e anestesiada com clorofórmio como um animal, depois cai com uma mulher de idade abatida como um cachorro velho demais para ser animal de estimação.

Em algum lugar em meu cérebro privado de sono estavam todas as razões por que matar Mildred Solomon jamais iria me trazer paz, mas eu estava exausta demais para reconhecê-las. Peguei o frasco de morfina em meu bolso e o sopesei na mão. Seria tão simples encher a seringa e apertar o êmbolo. Não havia nada para me deter. No fim do corredor, Lucia com certeza estava dormindo em cima de seu novelo de linha. De manhã, a enfermeira do dia que descobrisse que uma paciente terminal havia morrido durante a noite não acharia nada demais puxar o lençol para cobrir o corpo. Não haveria perguntas, não haveria investigação, não haveria autópsia. Ninguém saberia.

Nem mesmo Mildred Solomon.

Eu me afastei da janela. Não ia valer a pena se Mildred Solomon não soubesse. Eu queria ver a compreensão em seus olhos, queria que a médica soubesse o que sua boa menina, sua paciente mais corajosa, estava prestes a fazer. Eu tinha sido sua cobaia para ela fazer o que quisesse. Agora era eu quem estava no controle. Se ela não conseguia sentir remorso pelo que tinha feito comigo, então, pelo menos ia saber, antes de morrer, como era ter sua vida nas mãos de outra pessoa.

Tateando a parede, encontrei o interruptor e acendi a luz. Pisquei diante da claridade súbita. Molhei um pano na pia e o levei ao rosto daquela mulher de idade.

– Hora de acordar, dra. Solomon.

Capítulo Dezenove

Rachel chegou à Sociedade Filantrópica encharcada após uma tempestade que atrasou os bondes e a fez se atrasar. Ela estava animada para contar a Mary o que soubera com a sra. Hong, para discutir seus pensamentos sobre Pardal e Jade. Devido à chuva, todos os pacientes estavam no interior em vez de nas varandas. As respirações entrecortadas e tosses fortes ecoavam pelos corredores.

Rachel entrou no quarto de Mary. A cama estava vazia; o colchão, enrolado, com arames retorcidos expostos. No início, ela achou que Mary devia ter sido transferida. Depois a verdade tornou-se evidente. Ela sentou na grade de ferro da cama, atônita demais para chorar. A enfermeira-chefe a viu ali.

– Sinto muito, Rachel, eu não queria que você descobrisse assim. A febre de Mary subiu muito ontem. Seu coração simplesmente não aguentou. Sei que você gostava dela, mas temos outro paciente aguardando transferência das tendas. Você desinfeta a cama para mim? – Em silêncio, Rachel balançou a cabeça afirmativamente. A enfermeira pôs a mão quente em seu ombro. – Isso faz parte do trabalho. Nós nunca nos acostumamos, mas aprendemos a suportar.

Rachel lavou a cama com desinfetante, tentando decifrar o mistério de como uma pessoa podia estar viva em um minuto e morta no seguinte. Ela tinha visto acontecer, quando a mãe morreu. Aquele era um momento do qual ela ainda conseguia se lembrar, a mudança nos olhos de sua mãe, de ver para não ver. Ela teria odiado testemunhar aquela mudança em Mary, mas ainda assim ela desejou ter estado com ela no fim. Rachel ficou arrasada por Mary ter morrido sozinha, tão longe da família e dos amigos. O Hospital para Hebreus Tuberculosos notificaria os pais de Mary, ela supôs. Havia um cemitério perto, com despesas de enterro cobertas pela instituição beneficente, mas dependia das famílias enviar dinheiro para uma lápide. Pelo que Mary lhe dissera, Rachel duvidava que seu túmulo jamais tivesse seu nome. Com a ajuda de outra enfermeira, ela botou um colchão novo na armação. Antes do fim do turno de Rachel, uma mulher que não falava inglês foi alojada na cama de Mary. Agitada e arquejante, ela falava em iídiche, os sons guturais cuspidos de seus lábios com saliva.

Na escuridão da noite, Rachel deixou que o bonde a levasse pela avenida Colfax. Estava tão perdida em pensamentos que passou direto pela casa dos Abrams e teve de voltar caminhando da parada seguinte. Quando abriu a porta, encontrou a sala de jantar iluminada com velas e cheia de vozes... ela havia se esquecido de que era *sabah*.

– Venha, sente-se conosco, Rachel – eles a convidaram, mas ela sacudiu a cabeça em uma negativa e se esgueirou escada acima até o quarto. Quando a sra. Abrams foi ver como estava, encontrou Rachel olhando fixamente pela janela riscada de chuva.

– Eu soube de Mary. Sinto muito, querida. Você sabia que ela quis que você ficasse com todas as suas coisas lindas? Normalmente elas seriam doadas de volta para o hospital, mas o dr. Abrams pediu que os residentes trouxessem o baú de viagem dela para você. Vou pedir a eles que tragam aqui para cima antes de irem embora. – Ela fez uma pausa. – Você sabe, eu convido os residentes tanto por você quanto por eles. Achei que você pudesse gostar de algum deles. Rapazes tão bons. Foi assim que Althea conheceu David, afinal de contas. E eles não são velhos como seu tio! Houve alguém de quem você gostou?

Rachel deu de ombros. Não lhe havia ocorrido prestar atenção a eles.

A sra. Abrams recomendou um banho quente. Rachel aceitou a sugestão, afundando embaixo d'água para abafar os sons da conversa que vinham do andar de baixo. Depois, quando voltou para seu quarto, Rachel encontrou o baú de pé no meio do chão. Quase da sua altura, ele parecia maior ali do que no hospital. Ela soltou as fivelas e soltou as alças. Ele se abriu como um livro em sua lombada. De um lado havia uma pilha organizada de gavetas fechadas, cada uma com um pequeno puxador de vidro; do outro, uma cortina atrás da qual ficavam pendurados os vestidos. Rachel abriu a cortina, como tinha feito antes sob instrução de Mary, e deslizou suas mãos pelo conteúdo familiar. Sentiu a lã refinada e o cetim, seda e linho engomado. Embaixo dos vestidos ficavam os sapatos, quatro pares, todos no lugar. Rachel se debruçou no interior e inalou um cheiro anterior à tuberculose e ao hospital: talco perfumado e couro engraxado.

Rachel tirou a camisola do orfanato com a intenção de experimentar os vestidos e os sapatos, um atrás do outro, como sabia que Mary gostaria que fizesse. Então se deu conta de que aqueles vestidos não eram feitos para serem usados sobre um tronco nu, que os sapatos machucariam seus pés descalços. Ela sentou no chão e começou a abrir as gavetas à procura de uma combinação e meias. A menor gaveta no alto tinha grampos de cabelo e pentes, alguns anéis e um colar de pérolas falsas. Na seguinte, havia luvas e lenços, depois roupa íntima. Ela encontrou combinações com as calcinhas e echarpes de seda. As meias estavam embaixo disso. Rachel se perguntou o que restava para a última gaveta. Pegou com dois dedos o puxador de vidro, puxou-o e a abriu.

Cartas, fotografias e fitas. Um diário fechado com um fecho trancado. Uma boneca de porcelana com braço quebrado. Um bordado inacabado ainda em sua argola, a agulha com linha enfiada no tecido esticado. Uma concha.

Rachel tratava as coisas de Mary como um tesouro encontrado, respeitando o diário trancado, ouvindo a concha, segurando no colo a boneca quebrada. Ela folheou as fotografias, reconhecendo Mary quando criança montada em um pônei malhado; mais velha posando com a mãe em um círculo de flores; como debutante; acompanhada pelo pai, o smoking dele um contraste escuro com seu vestido reluzente. Havia uma fotografia de Mary e outra garota, de braços dados em uma trilha sob as árvores. Lá estavam elas de novo na praia, suas pernas trançadas dissolvidas nas ondas. E mais uma vez, de mãos dadas em um balanço de varanda, os pés para o alto, as cabeças jogadas para trás de tanto rir.

Aquela devia ser a amiga mencionada por Mary. Sua amiga particular. A garota era bem bonita, mas nem de perto tão atraente quanto Mary. Rachel segurou a fotografia mais perto. Enquanto a câmera destacava a forma dos traços de Mary, a outra garota parecia indistinta, as linhas de seu queixo e do cabelo e o nariz se turvando juntos. Mas seus olhos, eles eram o que evitavam que ela fosse sem graça. Grandes e expressivos, os olhos estavam sempre fixos no rosto de Mary. A forma como olhava para Mary foi algo que Rachel reconheceu. Era como Naomi olhara para ela naquela última noite no Lar.

Rachel raramente se permitia pensar naquela noite, na forma como Naomi a tocara, como elas se beijaram. Lembrar lhe deu um aperto no coração, um embrulho no estômago com a culpa. Para se distrair, Rachel recolocou as fotos na gaveta, pegou o maço de cartas e desamarrou a fita.

Todas eram escritas para Mary, os endereços variados mapeando seus movimentos: em casa vinda do colégio interno para as festas, aos cuidados da White Star Line durante uma viagem ao exterior, e finalmente para o sanatório nas Catskills. O endereço da remetente também mudava, mas o nome era sempre o mesmo. Sheila Wharton. Não havia nenhuma carta de Mary para Sheila – as cartas que a mãe de Sheila encontrou e queimou antes de proibi-la de tornar a ver Mary.

Rachel sentiu um calafrio. Ela puxou o edredom da cama e o envolveu em torno do corpo nu. Ajoelhada em frente ao baú aberto, ela retirou uma carta do envelope. Mary fez com que a mãe de Sheila achasse que sua amizade fosse *anormal*. Era a mesma expressão que a monitora usara para alertá-la sobre Naomi, mas Rachel não podia acreditar que Mary e sua amiga tinham feito o que ela e Naomi haviam feito. Se tinham, Rachel estava certa de que elas jamais teriam escrito sobre isso. Ela nem sabia que palavras elas poderiam ter usado.

Rachel desdobrou a primeira carta. O papel cheirava a flores. Ela olhou para a página de caligrafia perfeita, à procura de uma frase à qual uma mãe poderia se opor. *Quando passo a língua em meus lábios, ainda posso sentir seu gosto.* As palavras nadaram diante dos olhos de Rachel. Ela teve de piscar com força, para botar as linhas em movimento outra vez em foco. Ela prendeu o papel no chão e começou outra vez, desde o princípio.

Era meia-noite antes de Rachel dobrar cuidadosamente todas as cartas, amarrá-las outra vez e fechá-las na gaveta. Ela fechou o baú e depois os trincos, em seguida o empurrou para um canto do quarto, arranhando o chão. Rastejando para a cama, ela apagou a luz. Sheila havia escrito para Mary sobre amor e beijos, sobre o tipo de coisas que Rachel e Naomi tinham feito e mais, coisas que Rachel sequer imaginava. Esses pensamentos agora monopolizavam sua mente, como um filme projetado no interior de suas pálpebras.

Das centenas de garotas no orfanato, algumas delas tinham amizades que podiam ser anormais, mas Naomi era a única que Rachel conhecia. Agora ela sabia com certeza de outra garota – não, duas garotas – que eram do mesmo jeito. Mas para Mary e Sheila, era mais que se beijar em segredo. Elas tinham planos de viajar para a Europa juntas: desenhar em Veneza, caminhar pelos Alpes, visitar Paris, explorar Londres. Sheila mencionava outras garotas nas cartas, também, apesar de Rachel desconfiar de que algumas delas fossem personagens de histórias e não garotas reais que ela conhecia. Mesmo assim. Havia uma nova espécie de vida revelada naquelas cartas, uma vida que Rachel jamais conhecera o suficiente para imaginar, uma vida onde duas melhores amigas podiam ter, entre elas, tudo o que importava no mundo.

Rachel, então, se permitiu lembrar como foi estranho, naquela noite com Naomi, não ter sentido nada estranho. As mãos e a boca de Naomi em sua pele pareceram a coisa mais natural do mundo. Além dos confins de uma cama estreita de orfanato, com que tipo de vida ela e Naomi podiam ter sonhado? Não com a Europa, claro, mas estar juntas, dividir um apartamento, ir ao cinema. A foto de Mary e Sheila na praia lembrou Rachel do dia em que Naomi a levou à Coney Island. Aquele devia ter sido o dia quando ela encontrou a concha; Rachel imaginou Sheila dando-a de presente para Mary, Mary prometendo guardá-la para sempre. Mas o que Rachel tinha feito com Naomi? Roubado o dinheiro da anuidade que seu tio e sua tia tinham dado a ela e fugido no meio da noite. Era imperdoável.

Naomi devia odiá-la. Sam a havia abandonado. E agora Mary estava morta. Embaixo do edredom, a enormidade de suas perdas se abateu sobre Rachel como corvos sobre carniça.

Rachel não queria sair da cama na manhã seguinte. A sra. Abrams levou para ela uma xícara de chá com torradas e disse que o dr. Abrams ia avisar à enfermeira-chefe que ela não estava se sentindo bem.

– Foi um golpe muito forte para você a morte de Mary, não foi? O dr. Abrams tenta não se apegar, mas eu vejo que isso o afeta, também, a perda de um paciente. Você gostaria que eu a ajudasse a arrumar as coisas dela?

Rachel entrou em pânico com a ideia de a sra. Abrams ver as cartas de Mary, imaginou-a se retraindo com asco.

– Não, obrigada, sra. Abrams. Eu já olhei o baú. Tem apenas roupas, mais nada. Vou me arrumar para o trabalho.

– Está bem, querida. Desça quando estiver pronta. – Ela deu um beijo na testa de Rachel, o que deixou Rachel se perguntando se ela a teria tratado com tanto carinho se soubesse da verdade, que Rachel era uma ladra e uma mentirosa; que também era anormal.

Quando Rachel finalmente se levantou para se vestir, ela se olhou no espelho, lembrando-se dos nomes de que tinha sido chamada no Lar: marciana, lagarto, ovo cozido. Só Naomi já a achara bonita. *Tão lisa e bonita*. Rachel entendeu, pela primeira vez, o que Naomi devia sentir por ela. Não era proteção paga. Era mais que amizade. Podia ter sido amor, se Rachel não tivesse estragado tudo.

Ela devia ter mandado cinquenta dólares para Naomi assim que ganhou o suficiente para completar a diferença, com uma carta explicando o quanto estava arrependida. Em vez disso, ela gastou tudo na peruca. Rachel então se deu conta de que todo sofrimento que ela impingira a Amelia havia apenas ricocheteado, e pior, sobre si mesma. Que tragédia ela traria sobre sua própria cabeça quando começasse a usar o cabelo de Amelia? Mas, se ela parasse de fazer pagamentos agora, perderia tudo o que investira. Rachel esperava ficar bonita quando tivesse a peruca, mas se perguntava que bem isso iria lhe fazer. E daí que os internos em torno da mesa da sra. Abrams começassem a prestar atenção nela, começassem a conversar com ela sobre assuntos que ela estava decorando do *Essentials of Medicine*? E se um deles a pedisse em casamento, como o dr. Cohen fizera com Althea? Althea e sua mãe jamais entenderiam por que Rachel recusaria se tornar esposa de um médico, cuidar de sua casa, ter seus filhos.

Naquela noite, depois do trabalho, Rachel ignorou o baú, tentou não pensar em Naomi nem nas cartas de Sheila para Mary, mas achou difícil se concentrar em sua leitura. *Em corte transversal, o pulmão tubercular, devido a sua combinação de cores branco, cinza e verde lembra belas contas de vidro*. Ela refletiu outra vez sobre os residentes. Mary dissera que todos os homens eram animais. Rachel sabia que isso não era verdade. Era porque

Mary nunca tivera um irmão, concluiu Rachel. Sam a decepcionara, verdade, mas entre eles havia uma conexão que jamais poderia ser quebrada. E Vic sempre tinha sido bom para ela. Ela pensou nas tardes de domingo na Casa de Recepção, ele a tirando para dançar, como a beijara no rosto naquele último dia em que conversaram. Rachel pensou, também, na admiração e afeto que o dr. Abrams demonstrava pela esposa, o respeito com que tratava todas as enfermeiras. Mas mesmo que um dos residentes tivesse sido tão protetor quanto Sam, tão gentil quanto Vic e compreensivo quanto o dr. Abrams, ela sabia que sempre haveria um local solitário dentro dela que só poderia ser alcançado por uma garota como Mary ou Sheila. Uma garota como Naomi.

Como devia ter machucado Naomi, depois do que elas haviam compartilhado naquela noite, pensar que Rachel só fora a seu quarto para roubá-la. Rachel temia que Naomi achasse que ela usara sua afeição como distração, sabendo que Naomi jamais poderia reclamar sem se implicar. Era em parte verdade, Rachel tinha de admitir, mas não realmente, não no fundo. Quando ela finalmente apagou a luz, a imaginação de Rachel sobrepôs as imagens evocadas pelas cartas de Sheila às memórias de Naomi. Suas mãos exploraram o próprio corpo enquanto visualizava as coisas que ela e Naomi poderiam ter feito. Ainda poderiam fazer, no futuro, se Naomi um dia a perdoasse. Se Rachel um dia voltasse para casa.

Na manhã seguinte, Rachel decidiu que era covardia se esconder no Colorado, permitindo que os Abrams a cobrissem de uma bondade inexplicável, deixando que Naomi pensasse o pior. Enquanto se vestia para o trabalho, Rachel prometeu a si mesma que, depois que a peruca ficasse pronta, ela voltaria para Nova York, encontraria trabalho em um dos hospitais beneficentes da cidade. Calculou de forma otimista o quanto poderia esticar seus rendimentos parcos, em quanto tempo conseguiria pagar a amiga. Em relação à viagem, ela soubera que as ferrovias estavam engatando os velhos vagões de imigrantes no fim dos trens, oferecendo assentos simples em bancos duros por preços da Depressão. Depois do último pagamento para a sra. Hong, ela teria de trabalhar mais alguns meses antes mesmo de poder pagar até a passagem mais barata – ou a sra. Abrams tinha dito que

Althea viria no verão? Talvez ela pudesse viajar para o Leste com eles. Se os acompanhasse até Chicago, o dr. Cohen talvez até lhe comprasse a passagem para Nova York.

DIAS E SEMANAS se passaram enquanto Rachel empurrava camas para dentro e para fora do sol, trocava urinóis, servia refeições, limpava sangue e catarro dos queixos. Em abril, Rachel ficou surpresa no jantar de *seder* ao perceber que era a mais jovem da mesa. Lendo envergonhada as perguntas diante dos Abrams e dos residentes, ela não conseguiu evitar comparar a ocasião sincera e um tanto entediante com a agitação dos Pessachs no Lar, a refeição ritual apressada para se adaptar ao ritmo do toque dos sinais.

Quando a primavera se aproximava do verão, o Hospital para Hebreus Tuberculosos ficou cada vez mais cheio. No Leste, imigrantes empobrecidos, enfrentando tempos difíceis, estavam adoecendo de tanto trabalhar ou se preocupar. Encobrindo a tosse e dando cor ao rosto com beliscões, pacientes tuberculosos gastavam suas últimas moedas em uma passagem até a cidade que, eles esperavam, iria curá-los.

Althea, isolada da balbúrdia em seu vagão-leito, chegou com as crianças a tempo do Dia da Independência, mais uma vez sem sua babá. Rachel soubera a partir de conversas ouvidas por acaso que o dr. Cohen tinha ficado com a babá em casa no ano anterior por razões diferentes de doença, que Althea tinha descoberto isso recentemente, que a babá havia sido demitida, e Althea voltara para a casa da mãe. Embora sentisse pelo sofrimento de Althea, Rachel gostou da distração de uma casa cheia de crianças. No jantar, a mesa estava cheia demais agora para residentes; depois que os pratos eram retirados, a família passava as noites fazendo quebra-cabeças e escutando rádio. Em seus dias de folga, Rachel enchia as horas que antes passava com Mary levando Henry, Simon e a pequena Mae, que agora corria com confiança impetuosa, até o lago Sloan. Entre o hospital movimentado e a agitação na casa na Colfax, os longos dias de verão passaram depressa.

Em agosto, Rachel mais uma vez levou seus vencimentos até a Hop Alley. A sra. Hong, calculando o progresso na peruca para casar com os pagamentos de Rachel, assegurou-lhe que ela estaria pronta em primeiro de setembro, quando o contrato seria cumprido. Antes de deixar a loja de perucas,

Rachel passou a mão pelo cabelo de Amelia, os fios pareciam querer tocar seus dedos. Apesar de agora saber que devia ter pagado Naomi em vez de investir na peruca, ela não conseguia evitar ficar hipnotizada por sua beleza, excitada pela perspectiva de ficar ela mesma bonita. Naomi podia achá-la bonita como ela era, mas Rachel sabia que o resto do mundo não a via desse jeito. Ela disse a si mesma que Naomi não ia se ressentir dela por aquele pedaço de beleza roubada.

A sra. Hong observou Rachel ir embora pela escada de incêndio. Ela desejou ter pedido mais dinheiro, para poder ter mantido a peruca em exibição por mais alguns meses. Seus pedidos haviam aumentado desde que passara a levá-la como amostra para exibir a suas clientes, uma das quais ofereceu a ela três vezes o que Rachel conseguira pagar. Mas a garota mantivera sua parte do acordo, e a sra. Hong era deveras fiel à sua palavra.

Rachel mencionou seu aniversário de dezesseis anos para a sra. Abrams, que insistiu em servir um bolo com velas, o primeiro de Rachel, para alegria dos meninos, que a ajudaram a soprá-las. Enquanto comiam pedaços de bolo e bebericavam café, Rachel ficou satisfeita ao ouvir planos para o fim do verão serem discutidos. Ela havia se preocupado que Althea jamais perdoasse ao dr. Cohen, arruinando sua ideia de viajar com eles. Mas, na semana anterior, Althea havia recebido uma carta arrependida do marido, seguida por um telegrama de desculpas, e finalmente, naquela manhã, por um telefonema interurbano suplicante. O dr. Abrams, profundamente traído pela infidelidade de seu antigo residente, ofereceu outra vez para que Althea se mudasse de volta para casa com os filhos. Mas a sra. Abrams, apesar do compromisso com os direitos das mulheres, sabia o que era melhor para a filha. Althea precisava ser a esposa de alguém, precisava do braço de um homem ao qual se agarrar. Se esperasse demais, a contrição do dr. Cohen podia se transformar em ressentimento.

– Você devia ir para casa, querida – disse à filha Jenny Abrams. – Mas, se quer meu conselho, você e David viajem juntos, só os dois, por algum tempo. Ele precisa se lembrar por que se casou com você, e você precisa lembrar a ele que é mais que a mãe de seus filhos.

– Mas você é nossa mãe! – protestou Simon.

– Quem vai cuidar de nós? – perguntou Henry.

Althea olhou a mãe nos olhos. Todo o problema começara com a babá. Rachel ergueu os olhos de seu bolo para ver os olhos deles sobre ela.

– Eu adoraria ajudar com as crianças – disse ela, arrancando vivas de Simon e Mae; até Henry sorriu. – O que quero dizer é que seria um prazer ajudá-la quando viajar para Chicago, sra. Cohen. – Ela tentou explicar que iria para Nova York, mas a sra. Abrams interrompeu.

– Ora, isso é perfeito! Aí Rachel pode ficar com as crianças enquanto você e David fazem uma bela viagem. – Rachel engasgou ao engolir e teve um acesso de tosse que a impediu de se opor enquanto Simon falava sem parar sobre todas as coisas que iria mostrar a ela em Chicago.

– Por que simplesmente não fazer de Rachel nossa nova babá? – perguntou Henry.

– Que menino esperto você é, Henry – disse Althea, virando-se para Rachel. – O dr. Cohen lhe pagaria o dobro do que está ganhando no hospital. Você não vai conseguir uma oferta melhor que essa.

– Infelizmente eu não poderia trabalhar para a senhora em Chicago. – Rachel sabia o quanto ela soaria egoísta e ingrata ao recusar, e sob que pretexto? Althea jamais iria acreditar que ela preferiria esvaziar urinóis em um hospital beneficente do que ser babá para a família de um médico bem-sucedido do Hyde Park. Rachel não podia simplesmente dizer que estava ansiosa para voltar para a garota que, ela esperava, iria amá-la. Ela buscou a desculpa que tinha usado com a sra. Hong. – Resolvi voltar para Nova York para terminar a escola de enfermagem. Sinto muito por lhe dizer isso, dr. Abrams, mas vou deixar o hospital.

– É um belo plano, Rachel, fico feliz em saber disso – disse o dr. Abrams, então captou o olhar da esposa do outro lado da mesa. – Minha filha teria sorte de tê-la como babá de seus filhos, mas você se tornou uma auxiliar de enfermagem habilidosa e eu a congratulo por querer completar sua educação.

A sra. Abrams estava nitidamente desapontada.

– Você poderia estudar à noite em Chicago, não poderia?

– A garota é de Nova York, Jenny – disse o dr. Abrams. – Não a pressione se ela deseja ir para casa.

– Mas você viaja conosco no trem? – perguntou Althea.

– Sim, é claro, apesar de estar esperando que...

– Pelo menos isso está combinado. Vamos partir no dia 30. Henry começa na escola nova este ano e precisa estar em casa antes do Dia do Trabalho.

Por mais que Rachel gostasse da ideia de voltar para Nova York, ela precisava primeiro ganhar o dinheiro de Naomi antes de poder pensar em pagar o custo da escola de enfermagem. Depois que a mesa foi limpa, Rachel foi até a porta do estúdio do dr. Abrams.

– Posso ter uma palavra com o senhor?

– Entre, Rachel. Sente-se. – Ela afundou em uma poltrona de couro em frente à dele. – O que é?

– Estava querendo saber se a escola de enfermagem é muito cara.

– Depende. Você resolveu onde vai se inscrever? Eu sugeriria a escola de Enfermagem do Hospital Mount Sinai. Minha recomendação teria influência lá, eu treinei vários de seus residentes ao longo dos anos, e eles têm alojamento para suas estudantes de enfermagem.

– O senhor acha que se eu trabalhasse, como faço agora, eu conseguiria pagar o curso?

– Há alguns empregos no hospital para estudantes, mas você vai estar ocupada demais para trabalhar muitas horas.

– Nesse caso, vou precisar de um emprego por alguns anos antes de poder pagar pela escola de enfermagem. O senhor poderia me dar uma referência para isso?

– Estou confuso. Se você precisa trabalhar, então por que não trabalhar para Althea? Tem medo de não haver economizado o suficiente?

– Eu não economizei nada, dr. Abrams. Atualmente, não tenho nem o dinheiro para a passagem de Chicago para Nova York.

Ele franziu o cenho.

– Eu não entendo, Rachel. Sei que você não foi frívola com seu dinheiro. Você mal gastou um centavo, pelo que posso ver. Eu supus que você estivesse economizando tudo. Onde ele foi parar?

Rachel hesitou, mas não havia como evitar a verdade.

– Estou investindo tudo em uma peruca. Eu barganhei muito com a sra. Hong, ela é a peruqueira, e consegui um bom acordo, mas ainda assim é terrivelmente cara porque é personalizada. Dou à sra. Hong praticamente todo meu salário todo mês, e ainda falta dar um pagamento.

O dr. Abrams pareceu não acreditar.

– Você gastou todo o seu dinheiro em uma peruca?

Rachel o odiou por achar que ela era uma garota vaidosa e tola. Ela se perguntou se ele não podia perceber o que isso significava para ela porque ele na verdade nunca a vira sem a cabeça coberta. No início, ela imaginara que ele não tivesse interesse, mas passara a acreditar que ele fosse educado demais para perguntar sobre sua calvície. Ela levou a mão à cabeça e tirou o chapéu cloche. Ele tentou esconder, mas Rachel o viu se encolher.

– Agora percebe por que eu preciso dela, dr. Abrams?

– Desculpe, Rachel, eu supus que você estivesse acostumada a isso, mas você é uma moça, claro que quer parecer normal. – Ele gesticulou para que ela pusesse o chapéu de volta. – Você se importa em me dizer há quanto tempo sofre com essa sua condição?

– Minha condição?

– A alopecia. Quando ela começou?

– Sempre fui assim. É dos tratamentos de raios X que fiz no Lar Infantil.

– O Lar Infantil? Por que você esteve em um orfanato?

Rachel havia esquecido, por um instante, a mentira que estava vivendo com os Abrams. Ao perceber o que acabara de revelar, o medo apertou seu estômago, e um rubor subiu por seu pescoço e tomou seu rosto. Seu cérebro foi lento demais para inventar outra história. Aceitando o inevitável, ela confessou que era órfã muito antes de aparecer na porta deles. De cabeça baixa, ela se preparou para a raiva do dr. Abrams.

– Diga-me, sua história sobre esse seu tio querendo se casar com você, isso era verdade?

Nisso, pelo menos, Rachel estava sendo sincera.

– Era, isso era, sim. Ele é dono de uma loja, em Leadville, a Rabinowitz Artigos do Lar. Assim que cheguei lá, achei que ele fosse meu pai que fugiu quando minha mãe morreu. Depois que meu irmão foi embora, ele disse que eu só podia ficar com ele se ficássemos noivos.

O dr. Abrams balançou a cabeça afirmativamente.

– Fico feliz que você finalmente tenha sido honesta comigo, Rachel. A enfermeira com quem eu conversei quando verifiquei suas referências me explicou sobre você e seu irmão terem fugido do Lar de Órfãos Hebraico.

Ela ficou muito feliz em saber que você estava em segurança. A sra. Abrams e eu tínhamos esperança de que você viesse a confiar em nós o suficiente para contar a verdade.

Rachel não tinha ideia de como responder. Ela resistiu à vontade de jogar os braços em torno do pescoço dele. Tudo o que pôde dizer, com lágrimas nos olhos, foi:

– Obrigada, dr. Abrams.

– Em relação ao resto, deixe-me pensar sobre as coisas por algum tempo. Vamos conversar outra vez dentro de alguns dias.

Desorientada, Rachel se retirou para o quarto. Ele não a havia acusado, não havia gritado com ela, não havia lhe dado um tapa. Rachel pensou no superintendente Grossman, seu rosto vermelho e suado ao levantar a mão contra Sam. Pensou no pai, naquela faca em sua mão enquanto lutava com a mãe dela. Ela pensou no tio, a ponta da língua forçada entre os lábios dela. Rachel só podia imaginar que o modo como o dr. Abrams a estava tratando fosse o que outras pessoas queriam dizer quando usavam palavras como *pai* e *família*.

O DR. ABRAMS estava em seu gabinete no Hospital para Hebreus Tuberculosos com um estetoscópio pendurado relaxadamente em torno do pescoço, olhando através dos óculos de armação de metal. Ele estava outra vez lendo sobre o experimento de M. Solomon com amídalas. Ele pedira a um de seus residentes, no dia após a conversa com Rachel, que fosse à biblioteca da universidade ver se havia algo sobre o Lar Infantil Hebraico e raios X, e ali estava aquele artigo perturbador sobre sua escrivaninha. Usar crianças saudáveis em um experimento tão perigoso lhe pareceu uma violação de confiança. Ele agora entendia, o que não ocorria com Rachel, o quanto tinha sido desnecessária a radiação excessiva que causara a alopecia dela. Ele achara um desperdício ela ter gastado todo o dinheiro em uma peruca personalizada cara, mas agora sentia que havia uma dívida com ela. Sem seu conhecimento nem consentimento, ela já dera muito e para quê? Era uma ideia grandiosa sugerir que amidalectomias pudessem ser substituídas por raios X. Quando o dr. Abrams se recusou a tratar seus pacientes tuberculosos com raios X dos pulmões, houve alguns que o acharam antiquado, mas ele se revelara estar certo: onde tinham sido usados, os raios X apenas aumentaram o enfraquecimento dos pulmões. O dr. Abrams entendia que os avanços médicos precisavam de experimentação, mas usar de modo tão irresponsável crianças tão novas o irritou. O residente disse que aquele era o único artigo publicado de M. Solomon; o dr. Abrams só podia esperar que aquele M. Solomon, quem quer que fosse, não trabalhasse mais com crianças.

Quando, alguns dias depois, ele chamou Rachel em seu estúdio, decidiu guardar para si essa informação. Aquilo iria apenas machucar ainda mais a garota, se soubesse o quão desnecessariamente tinha sido desfigurada. Que ela continuasse a acreditar que sua calvície foi a consequência infeliz de algum tratamento que lhe salvou a vida, enquanto ele assumia para si a responsabilidade de recompensá-la, o máximo que pudesse. Ele tinha feito ligações telefônicas, escrito cartas em nome dela, retirado dinheiro da própria conta. O dr. Abrams só iria apresentar o fato consumado.

Rachel começou a dizer, mais uma vez, o quanto estava arrependida de ter mentido para ele e para a sra. Abrams. Ele a interrompeu, botando a mão sobre o joelho dela, o toque foi breve e reconfortante.

– Não se desculpe, Rachel. Acredito em julgar as pessoas por seus atos mais que por suas palavras. Você provou ser prestativa e trabalhadora. Todas as enfermeiras do hospital falam bem de você, você foi de muita ajuda para Jenny, e meus netos a adoram. Então você quer voltar para Nova York e entrar para a escola de enfermagem, certo?

Mais uma vez, Rachel tinha se acuado no canto por não dizer a verdade. Ela percebera que ele estava certo... se o objetivo dela fosse recuperar o dinheiro de Naomi, trabalhar por um ano para Althea seria a melhor opção. Fazia sentido ganhar o dinheiro da anuidade assim, também, apesar de sua vontade de voltar para Nova York ser tão insistente quanto uma campainha. Ela queria dizer ao dr. Abrams que decidira por Chicago, sabendo que isso iria lhe agradar, mas ele a interrompeu.

– Você sabia que o Hospital para Hebreus Tuberculosos financia uma bolsa de estudos no Mount Sinai? A condição é que, depois de completar o curso, o beneficiado venha trabalhar aqui, mas você já fez isso, não fez? Então a inscrevi para a bolsa, e estou feliz em dizer que fui informado esta manhã que você foi selecionada. A bolsa de estudos vai cobrir a anuidade e a hospedagem, com uma pequena ajuda de custo para livros e despesas. Quando você chegar, o reitor vai testá-la para ver o quanto você aprendeu por sua conta e colocá-la nas aulas apropriadas. Não me surpreenderia se você terminasse em um ano. Você seria bem-vinda se quisesse voltar, mas, como eu disse, isso não é uma condição.

Rachel mal podia acreditar no que ele estava dizendo.

– Mas por quê?

– Por que o quê, Rachel?

– Por que o senhor e a sra. Abrams são tão bons para mim? O que eu fiz para merecer isso?

Ele pareceu achar graça.

– Se o bem só acontecesse para aqueles que merecessem, o mundo seria um lugar gélido. Em seu caso, porém, nossa bondade foi amplamente recompensada, e com muito pouco esforço de nossa parte. É nosso prazer saber que você vai ser uma cidadã produtiva, cuidando de outros, capaz de cuidar de si mesma. Você conhece a expressão hebraica *tikkun olam*? – Rachel sacudiu a cabeça em uma negativa. – Tenho certeza de que é o princípio por trás do orfanato que cuidou de você. É a crença por trás do Hospital para Hebreus Tuberculosos, também. Significa que é responsabilidade de todos ajudar às outras pessoas, pelo bem de todos. Você tornou mais fácil para nós agir de acordo com essa crença, Rachel.

Rachel disse toda expressão de gratidão em que pôde pensar até que o dr. Abrams a fez parar. Eles conversaram por mais alguns minutos sobre a escola de enfermagem e as matérias que ela faria. Rachel finalmente se levantou para dar boa noite, achando que o dr. Abrams devia ter outras coisas para fazer. Quando estava de saída, ela virou para trás na porta.

– Desculpe-me, mas eu estava me perguntando sobre meu último pagamento. Como a sra. Cohen planeja viajar no dia 30, seria possível, o senhor sabe, que eu recebesse meu salário antes disso?

– É claro, Rachel, só informe ao escritório de contabilidade que seu último dia vai ser o 29.

– O senhor iria se importar muito se meu último dia fosse o vinte e oito?

O dr. Abrams a dispensou com um aceno.

– Apenas diga ao escritório da contabilidade. Ah, e assegure-se de que o dr. Cohen pague sua passagem até Nova York.

Rachel deixou o estúdio e subiu para o quarto, sua mente saltando com planos. Ela faria o último pagamento à sra. Hong no dia seguinte a receber o último salário, em seguida partiria para Chicago com a sra. Cohen e as crianças. Ela chegaria à Nova York praticamente sem um centavo, mas seria apenas uma noite antes do início da escola, talvez ela pudesse passar em um banco no saguão da estação Penn. Anuidade e alojamento com um salário... ela mal podia acreditar nisso. Era ainda melhor que se a enfermeira Dreyer a tivesse sugerido ao Comitê de Bolsas de Estudo. E estava realmente agradecida, embora mais confusa que nunca sobre como tornaria a ganhar o dinheiro de Naomi. Rachel se perguntou quanto tempo demoraria, se ela fosse muito frugal com sua ajuda de custo, até poder comprar o perdão de Naomi.

Agosto galopou para o fim, esporeado pelos preparativos de Althea para a partida. Antes que percebesse, Rachel estava recebendo o salário do mês. No dia seguinte, seu último em Denver, exasperou Althea, que contava com o tempo de Rachel com as crianças, quando disse à família que não podia ajudá-los a fazer as malas.

– Há uma coisa que preciso fazer antes de partirmos – disse ela, a excitação e a ansiedade aparentes no rosto.

Depois que Rachel saiu correndo da casa, a sra. Abrams disse para a filha:

– Se eu não soubesse a verdade, diria que ela estava escapando para se despedir de algum rapaz.

Quando Rachel chegou à Hop Alley antes do esperado, a sra. Hong segurou sua frustração. Ela estava planejando mostrar a peruca naquela noite para uma nova cliente, uma oportunidade para usar o cabelo maravilhoso como uma propaganda de sua habilidade. Ainda assim, ela não relutou a cumprir com sucesso o contrato com a garota. A sra. Hong chamou o calígrafo como testemunha e fez um gesto teatral ao atear fogo ao documento com suas assinaturas, os três amontoados na saída de incêndio, o papel em chamas pairando até o beco estreito de tijolos.

Para marcar a ocasião, Rachel tinha usado um dos vestidos de verão mais bonitos de Mary, linho que provocava uma sensação de frescor contra a parte de trás das coxas. A sra. Hong sentou Rachel diante de um espelho e ajustou a peruca sobre o couro cabeludo. Ela emoldurou o rosto pálido, destacando toques de rosa em suas bochechas e partículas de ouro nos olhos escuros. O cabelo de Amelia parecia feliz por ter sido libertado da cabeça daquela garota arrogante e entregue àquela destinatária que exprimia muito mais apreço.

– A srta. Rachel está muito bonita – sussurrou Jade. Pardal bateu palmas.

– Mais uma coisa – disse a sra. Hong, erguendo o queixo de Rachel. Ela desenhou sobrancelhas com um lápis de cera marrom avermelhado.

Rachel virou-se outra vez para seu reflexo. Pela primeira vez na vida, ela viu beleza. A mão da sra. Hong descansava em seu ombro. Rachel virou e beijou os dedos dela. Em resposta, sentiu um aperto secreto, em seguida a sra. Hong se afastou.

– Por que vocês, meninas, não estão trabalhando? – repreendeu ela. Pardal e Jade deram um pulo.

– Esperem. – Rachel as deteve. – Para vocês – disse ela, botando na mãozinha de cada uma, com as pontas dos dedos já calejadas, um pedaço reluzente de fita de cetim. As meninas fecharam a mão em volta do tesouro simples, em seguida olharam para a sra. Hong.

– Está bem, está bem, agora voltem ao trabalho – disse ela. As meninas saíram apressadas, o bambu se agitando com sua passagem.

– Eu vou com ela para casa. – Rachel ficou de pé. Enquanto a sra. Hong botou o suporte dentro de uma caixa cilíndrica e a fechou com uma tampa redonda, ela instruiu Rachel a sempre guardar a peruca corretamente, a escová-la e cuidar dela. Pegando as alças trançadas da caixa, Rachel se despediu e desceu ruidosamente a escada de incêndio. O chapéu cloche ficou esquecido na bancada de trabalho.

A sra. Abrams e Althea ficaram maravilhadas ao ver Rachel voltar da rua usando a peruca. Sem admitir que ela mesma cortara o cabelo, finalmente explicou como gastara tantos de seus dias de folga, assim como todos os seus ganhos. A pequena Mae tentou tocá-la, mas pela primeira vez Althea interveio e puxou a mão grudenta da filha.

– Você parece uma dama de verdade – disse Simon, embora Rachel não soubesse dizer se isso era um elogio ou uma reclamação.

– Você está linda, querida – disse a sra. Abrams. – Mas, afinal, você sempre foi.

Naquela noite, no quarto, Rachel pôs a peruca no suporte e dobrou o vestido de Mary sobre o baú para que não amarrotasse. Várias etiquetas presas à tampa do baú faziam parecer que Rachel tinha atravessado o Atlântico em um navio a vapor e viajado de trem pela Europa. Pelo menos ela podia acrescentar sua própria etiqueta de Denver para Nova York. Ela demorou muito para dormir. Com a cabeça nua sobre o travesseiro, sentiu o couro cabeludo desejando a peruca.

De manhã, Rachel aguardou enquanto Henry ajudava o dr. Abrams a carregar o baú de viagem para baixo. Ela estava absurdamente preocupada que ele caísse aberto, as gavetas tombassem para frente e derramassem as cartas. Mas as correias e fechos seguraram, e o baú foi mandado para a estação com o resto da bagagem de Althea. Rachel deixou sua velha valise de papelão embaixo da cama e emergiu carregando em vez dela a caixa de chapéu. Da cabeça aos pés, não havia nem uma peça que fosse originariamente dela.

– Agora você está no controle de sua vida, Rachel – lembrou-a a sra. Abrams quando ela deixava a casa na Colfax, seus braços fortes puxando Rachel para perto para um abraço. Rachel conseguiu entender o que aquilo significava e balançou a cabeça afirmativamente. O dr. Abrams acompanhou a família até a estação. Simon crescera e deixara de ser o menininho que apenas um ano antes segurara a mão de Rachel. Ele foi andando na frente enquanto a pequena Mae era levada em seu braço, e Althea cuidava do garotinho que não parava de se mexer, não mais um bebê.

Na estação Union de Chicago, o dr. Cohen foi até a mulher e os filhos com o chapéu em uma das mãos e flores na outra. Althea tentou se segurar firme, mas a forma como ela se afundou em seus braços mostrou com ela precisava que ele a amasse. Como prometido, o dr. Cohen presenteou Rachel com uma passagem de trem. Simon a alertou sobre viajar sozinha.

– Não confie em ninguém, Rachel, especialmente homens com máscaras pretas.

– Você tem escutado rádio demais, Simon. – Sabendo que ele queria um beijo, mas se achava velho demais para isso, Rachel estendeu a mão. Eles se despediram como amigos, com um aperto vigoroso e promessas de manter correspondência.

No trem para Nova York, Rachel treinou sua nova identidade. Pela primeira vez, as pessoas a viam sem pensar no que causara seu nada liso oculto sob a peruca. Ela percebeu os olhos das pessoas encontrando seu rosto e seu cabelo, viu os rostos enternecerem, as bocas se curvarem em sorrisos. Ela correspondia os sorrisos, satisfeita por ser vista como bonita. Uma excitação estranha se acendeu nela, impedindo que dormisse. Embora tivesse de se submeter a um ano de escola e depois quem sabe quantos meses de trabalho antes de conseguir pagar Naomi, ela sentia a cada quilômetro que passava que estava chegando mais perto de onde pertencia.

Capítulo Vinte

— **H**ORA DE ACORDAR, DRA. SOLOMON.

Na iluminação dura da luz do teto, a pele ressequida de Mildred Solomon parecia cinzenta. Ela piscava e se contorcia com a dor penetrando em seus ossos. Na mesa de cabeceira, botei a seringa para a dose de meia-noite ao lado do frasco cheio. Ela era médica, ao ver a quantidade de morfina que eu reunira, ela entenderia seu potencial letal. Era isso que eu queria ver... a expressão que Sam vira nos olhos daquele nazista: medo, reconhecimento, rendição. Lembrei-me de como a dra. Solomon costumava se debruçar sobre meu berço, o modo como ela olhava para mim enquanto tramava seus experimentos. Como eu a mirava, faminta por atenção, satisfeita e orgulhosa porque ela me escolhera. Botei a mão sobre o seio, lembrando-me dos dedos amarelados do dr. Feldman, sabendo que foi Mildred Solomon quem atravessara o tempo para plantar aquele câncer em mim. Ela disparara o cronômetro de toda a minha vida, em uma contagem regressiva dos anos, meses, minutos. Quantos me restavam? Muito poucos, por causa dela. Ela me roubara minha porção, extirpara décadas que deviam ter sido minhas. A vida que lhe restava podia ser medida em horas. Por menor recompensa que fossem, essas horas agora pertenciam a mim. Eu só precisava reclamá-las.

— Água — disse ela com voz rouca, a ponta da língua passando por toda a volta dos lábios rachados. — Estou com sede.

Eu a levantei, levei um copo à sua boca e o inclinei para que ela pudesse beber

— Melhor?

Ela deu de ombros.

Aquele ciclo irregular de morfina a estava desgastando – demais, o suficiente, pouco. O pulso em seu pescoço vibrava, o peito ossudo adejava. Seus olhos percorreram preguiçosamente o quarto, confusos, perplexos.

– Sabe onde está, dra. Solomon?

– Claro que sei. Não estou senil. É aquela droga de médico, ele receita demais. – Ela se concentrou em mim. – Você é a Número Oito, não é? Lembro-me de você. Você trouxe meu pudim?

– Trouxe. Isso já acabou. Olhe para mim, dra. Solomon. Lembra-se do que lhe mostrei? – Levei a mão ao meu seio, apertei os dedos sobre o calombo.

– Seu tumor, sim. Eu me lembro. Não estou senil. Você acha que é minha culpa, por causa daqueles raios X, mas está errada. O meu câncer é dos raios X que eu apliquei. Você tem pena de mim? Não, não tem. Você podia ter câncer do mesmo jeito. Podia ter sido atropelada por um ônibus a caminho de casa. Isso seria minha culpa, também? – Ela estremeceu e apertou o cobertor. – Quando eu era pequena tive catapora. A única coisa que eu comia era pudim de chocolate. Minha mãe fazia para mim toda noite, botava na geladeira para meu café da manhã.

Seu olhar se perdeu, ficou vago. Por um momento, o tempo se dobrou sobre si mesmo, e ela era uma menina, pequena como eu no Lar Infantil, uma garotinha doente na cama. Eu me imaginei mãe por um segundo, cuidando de meu próprio filho. Por conta própria, minha mão se estendeu e acariciou seu cabelo. Ela virou o olhar triste para mim.

– Posso comer meu pudim, agora?

De repente, o feitiço foi quebrado. Ela não era um monstro, apenas uma mulher moribunda reduzida aos desejos simples de uma criança. Eu era igualmente patética, também moribunda, reduzida por autopiedade aos impulsos petulantes de uma criança pequena. Eliminar os poucos dias que restavam a ela não iria me render nada além de vergonha.

Um soluço grande e profundo irrompeu de minha garganta. Cambaleei até a janela enquanto todas as emoções dos últimos dias convergiam em tristeza. Eu nunca tinha sido mais solitária que naquele momento. Se eu pudesse apenas mandar meu espírito flutuando acima das estrelas até Miami, teria deixado de bom grado o corpo como um saco vazio no chão.

Em vez disso, estava sozinha com Mildred Solomon. Senti os olhos dela em minhas costas arquejantes. Não tinha sido minha intenção que ela testemunhasse a dor que me causara, queria apenas impingir a ela essa dor. Uma semana atrás, eu teria defendido que o mundo estava dividido entre os capazes de causar dor e os destinados a serem machucados, que Mildred Solomon e eu estávamos em lados opostos desse desfiladeiro. Agora eu sabia que qualquer uma de nós podia atravessar para o outro lado. Não era algo inato – apenas as escolhas que fazíamos determinavam de que lado vivíamos. Dependendo de que ponto se começava, seguir pela ponte frágil era um risco, suas tábuas amarradas juntas com cipós, o balanço no meio assustador. Por mais excitante que tivesse sido ficar suspensa acima daquele abismo, as regras do tempo e do espaço, do certo e do errado todas despencando, uma olhada para baixo fora suficiente para deixar-me sóbria. Eu tinha corrido de volta para meu ponto de partida, incapaz de terminar a travessia.

Enquanto eu me acalmava, ouvi Mildred arfante. Olhei para trás, vi lágrimas distorcendo seus olhos. Por um segundo, ainda, imaginei que ela chorasse por mim, mas não. Da dra. Solomon não viria nenhuma palavra de carinho lançada através do quarto.

– A dor está demais. Preciso da morfina, agora.

Afastei-me da janela e peguei a dose de meia-noite de Mildred Solomon, já há muito atrasada. Olhei fixamente para a seringa em minha mão. Era a dose completa prescrita pelo médico – mais do que suficiente para reprimir sua dor. Mais do que ela queria. Peguei o frasco de vidro, com a intenção de ajustar levemente sua dose, esquecendo-me de que ele estava cheio.

Foi a primeira vez que a dra. Solomon o viu. Seus olhos se arregalaram.

– Por que você tem tanta?

– É para a senhora – minha voz estava calma. – Toda vez eu guardei um pouco, para fazê-la chorar, fazê-la sofrer. Guardei a sobra, até ter o suficiente.

– Suficiente para quê?

– Suficiente para matá-la – sussurrei. As palavras pareceram um diálogo dito por uma atriz que perdera a motivação. Duvidei se ela teria sequer me ouvido. Não que eu estivesse preocupada que ela contasse a alguém. Se mantivesse sua dose receitada, era improvável que ela jamais voltasse a falar coerentemente.

Respirei fundo. Desisti de me intrometer. Ia seguir as ordens médicas. Depois daquela injeção, deixaria Mildred Solomon em seu sono sem dor. Ia sentar no posto de enfermagem até o fim do meu turno, depois trocar o uniforme e ir embora do Lar Hebraico de Idosos. Eu não tinha desejo de ver o futuro além daquilo.

– Quanto? – Sua voz estava trêmula de excitação.

– O quê? – Eu não entendi a pergunta.

– Quanta morfina?

Olhei para baixo, como se eu já soubesse a resposta.

– O frasco é para extração de sangue, ele contém 200 mg.

– E tem mais na seringa?

Mostrei a ela, o líquido até a linha que marcava cinquenta. Ela sorriu, seus lábios secos se estendendo tanto que racharam.

– Como você me disse mesmo que era seu nome, Número Oito?

– Rachel Rabinowitz. A senhora não está pensando em me entregar, está?

– Entregar você? Não, Rachel, não, eu não quero entregar você. Quero que você me aplique. Tudo. Quero que isto termine. Quero isso mais que qualquer coisa. Agora, enquanto ainda consigo falar com você e lhe dizer o que quero. Agora, enquanto você pode ficar comigo, para que eu não esteja sozinha.

Franzi o cenho, inclinando a cabeça. Será que eu podia estar ouvindo aquilo direito?

– Não diga não, Número Oito. Por favor. Você sabe que eu não tenho muito mais tempo. Quero eu mesma tomar a decisão. Esse médico nunca vai me deixar decidir nada. Mas você, você é uma boa menina, você vai me ajudar, não vai? – As palavras de Mildred Solomon tropeçavam umas sobre as outras. – Por favor, isso vai acontecer dentro de tão pouco tempo, você não pode imaginar a dor.

– Por que eu devia me importar com sua dor? Você se importou com a minha? – Eu disse as palavras, mas elas eram apenas sons vazios.

– Nós já passamos por isso. Não importa. Considere isso sua vingança, se a deixa feliz. Agora, por favor, me dê isso, dê tudo para mim, agora.

– Não por vingança, não. Não vou fazer isso. Eu queria, a senhora sabia disso? Podia ter feito. Mas não fiz.

Lágrimas de frustração umedeceram seu rosto.

– Então prove que você é uma pessoa melhor que eu. E daí que conheci Marie Curie, se ela apertou minha mão? Eu estava errada, é isso o que você quer ouvir. Desculpe. Pronto, eu disse. Digo qualquer coisa que você quiser, Número Oito, mas, por favor, faça apenas isso por mim. – Suas palavras estavam saindo rápido demais para que eu processasse o ardil de seu significado. – Se não quer fazer, permita-me, deixe que eu mesma faço isso comigo.

A dra. Solomon pegou o frasco e a seringa. Minhas mãos foram lentas. Eu nem precisaria me envolver. Podia deixar que acontecesse sem ser responsável. Mas ela estava atrapalhada com a seringa, as mãos trêmulas demais para manobrar a agulha. Mesmo que conseguisse extrair mais morfina, ela não conseguiria alcançar a válvula no tubo endovenoso. Eu me perguntei o que ela faria em seu desespero. Enfiar a agulha através de sua pele fina? Eu imaginei a perfuração a esvaziando.

Peguei de volta a seringa e o frasco. Ela não teve a força para resistir. De mãos vazias outra vez, a mulher de idade chorou como um bebê.

– Ninguém me escuta. Ninguém faz o que eu digo.

– Tem certeza de que é isso o que a senhora quer?

Ela fez silêncio.

– Tenho, tenho, sim.

Eu sabia em meu âmago que ela estava falando a verdade. Agora aquilo era sua escolha, não minha. Que escárnio estavam fazendo com minhas intenções. Sem mais uma palavra, enfiei a agulha através da tampa de borracha do frasco, enchi a seringa completamente e injetei a morfina em seu tubo endovenoso.

– Toda, Número Oito. Toda.

Tornei a encher a seringa, empurrei o êmbolo. Observei minhas mãos injetarem a dose fatal como se outra pessoa controlasse suas ações, depois eu me sentei na beira da cama. Mildred Solomon agarrou minha mão.

– Você vai ficar comigo, não vai?

– Vou.

– Boa menina – disse ela, dando tapinhas nas costas dos meus dedos. – Boa menina. – Suas palavras pareciam vindas de longe.

Eu observei sua respiração ficar rasa e entrecortada. Logo o diafragma estaria dormente demais para aspirar ar; depois, o coração faminto por oxigênio para manter seu ritmo. O fim seria tranquilo. Eu não precisava ficar para saber o que ia acontecer.

Mas eu fiquei. Até a artéria carótida parar de pulsar. Até o rosto ficar inerte, os olhos afundando no crânio. Até que o amanhecer suspendesse a escuridão.

Só então deixei o corpo de Mildred Solomon, fechando a porta ao sair. Disse a Lucia que a paciente recebera a medicação e estava descansando tranquilamente. Ao me ouvir dizer essas palavras, fiquei surpresa ao notar como soavam verdadeiras. Marquei o prontuário e pus as seringas no autoclave. Mais tarde, quando fui à sala das enfermeiras me trocar, pus o frasco vazio, enrolado em meu lenço, no chão. Como um noivo em um casamento, dei um pisão e estilhacei o vidro.

A MANHÃ CLARA fora do Lar Hebraico de Idosos me cegou. Esperei nos degraus que os pontos negros de sol desaparecessem de minha visão. A caminho do metrô, minhas pernas pareciam líquidas. Eu achava que pareceria diferente para as pessoas por quem passava. Marcada pelo que fizera. Mas ninguém fixou um olhar acusador. As ruas seguiam com o mesmo trânsito; as calçadas, os mesmos pedestres que tinham ontem e que teriam amanhã. Olhei ao redor da multidão à espera na plataforma, perguntando-me se alguma outra pessoa entre nós havia tirado uma vida. Aparentemente, isso não era perceptível.

No subsolo, não precisei esperar muito por um trem. Tentei descansar os olhos enquanto ele sacolejava pelo caminho, mas temia ceder rápido demais ao sono. Na baldeação na Times Square, fiquei satisfeita ao ser distraída por uma família que sentou à minha frente. O marido estava lutando com uma variedade confusa de cestas de vime e bolsas de praia. O chapéu de palha da mãe foi derrubado pelo filho menor que não parava de se remexer. O chapéu rolou em minha direção enquanto o trem avançava. Eu o peguei e entreguei ao filho, um menininho com um boné de beisebol. Parecia que a mãe havia bordado nele o escudo dos Yankees.

– O que se diz para a senhora simpática? – falou o pai dele.

– Obrigado, senhora – agradeceu o menino com uma voz bonita, tufos de cabelo ondulado escapavam dos confins do boné. Ele parecia ter quatro ou cinco anos de idade. A mesma idade que eu tinha no Lar Infantil. A mesma idade que meu sobrinho tinha agora.

– De nada – falei, resistindo a uma vontade forte de envolvê-lo nos braços.

Eles se instalaram, a família com as cestas e bolsas arrumadas ao redor dos pés, o menor enfiado entre os pais, o menino ao lado deles. Ele virou para olhar pela janela, apesar de não ter nada para ver além de escuridão que passava veloz enquanto seguíamos por baixo da cidade. O pescoço dele era tão delgado que sua fragilidade me assustou. Um cadarço desamarrado pendia abaixo de suas perninhas com os joelhos com furinhos. Eu fiquei morrendo de vontade de me ajoelhar à frente dele e amarrá-lo com um laço.

Conforme o metrô balançava em seu caminho pelos trilhos, não consegui mais evitar a sonolência. Quando o trem emergiu para atravessar o rio, a claridade forçou meus olhos a se fecharem. Virei o rosto para pegar um pouco de brisa pela janela aberta, a cabeça repousando contra o vidro que vibrava.

– Senhora. – Eu senti uma cutucada. – Senhora, acorde, é o fim da linha.

Eu afastei as pálpebras. O menino estava puxando minha manga.

– Todo mundo precisa desembarcar agora, senhora.

– Está bem, muito obrigada, estou acordada. – Minha cabeça estava latejando; a visão, nublada. Através das portas abertas do vagão do trem, vi o pai dele com as bolsas de praia, a mãe segurando a mão do filho menor. Eles chamaram o menino.

– Tenho que ir agora, senhora.

– Está bem, divirta-se – falei, porque era para isso que as pessoas iam para Coney Island em uma manhã de verão. Eu me levantei um pouco tonta e me encaminhei à plataforma, apertando os olhos contra o sol. Caminhei praticamente como uma sonâmbula pela avenida Mermaid, esbarrando nas pessoas enquanto andava lentamente, afastando-me do passeio de madeira e da praia cheia. Os prédios residenciais modernos que haviam substituído os velhos armazéns e oficinas agora se erguiam à minha frente, nosso edifício entre eles.

Verifiquei se havia alguma carta ou postal, mas nossa caixa estava vazia. Não fosse pelo nome dela no cartão, talvez eu tivesse começado a acreditar que eu a havia inventado. Eu ia ligar, prometi a mim mesma, e dessa vez ela atenderia. Eu ia ligar assim que descansasse um pouco. Tinha medo de ter um surto se ouvisse a voz dela agora em meu estado de completa exaustão.

Apertei o botão do elevador e fiquei de olhos fechados por apenas um instante. Enquanto esperava a campainha do elevador, ouvi a porta do saguão se abrir. Olhei e vi Molly Lippman carregando uma sacola de compras. Afastei-me e fingi impaciência, preparando um comentário sobre decidir ir de escada. Mas era tarde demais para evitá-la. O elevador chegou quando Molly chegou ao meu lado. Entramos juntas. Eu esperava que ela visse como eu estava cansada e não falasse comigo hoje.

– Rachel, querida, você parece estar dormindo em pé. Você dobrou no trabalho? Os idosos devem exigir demais.

Murmurei alguma coisa enquanto via a luz do elevador piscar ao passar por cada andar. Desejei que ele se movesse mais rápido.

– Minha mãe, abençoada seja, era tão boa que era quase como uma doença, mas, em seus últimos dias, ela se tornou uma pessoa difícil de lidar. Então, quais as novidades?

O elevador deu um solavanco e parou, e a porta deslizou e abriu, mas o tormento ainda não havia acabado. Balbuciei algumas palavras sobre trabalho e o tempo enquanto caminhávamos lado a lado até as portas adjacentes de nossos apartamentos. Pesquei minha chave de dentro da bolsa e a ergui, pronta.

– Conte-me – disse ela, botando a mão em meu braço. – Você teve aquele sonho outra vez? Não parei de pensar nisso, foi tão interessante. – Molly pôs a sacola no chão, ficando confortável para uma conversa extensa. Enfiei a chave na fechadura, o som de minha fuga.

– Preciso correr, Molly – falei, girando a maçaneta. – Cuide-se. Até logo.

– Mas Rachel, querida, eu queria contar a você quem vi na mercearia...

Fechei a porta, abafando as palavras de minha vizinha. Estava aliviada por ter escapado de Molly, mas relutante em encarar o apartamento vazio. Na última vez que eu passara por aquela porta, estava indo ver o dr. Feldman, e ainda havia um fio de esperança ao qual eu podia me agarrar. Mal podia acreditar que tinha sido apenas na manhã da véspera. Aonde tinham ido todas aquelas horas? Meu último aniversário e aquele logo iam se encaixar como a barra dobrada de um lençol, os meses entre eles eliminados ao serem passados. Eu os queria de volta, agora, aqueles dias imperceptíveis.

Em relação ao futuro, eu não conseguia ver nada além do sofá do outro lado da sala. Nos passos que levei para chegar até ele, tirei o vestido, descalcei as sandálias e baixei as meias. De combinação, eu me estiquei sobre o estofado, o tecido áspero se esfregando contra minha pele. Devia ser desconfortável, mas, de algum modo, não era, como coçar uma coceira. Eu vi a luz do sol entrar em diagonal na sala, cortada em fatias pelas persianas da janela. Em cada faixa iluminada, rodopiavam fios e partículas.

Fechei os olhos, observando a treliça rosada no interior de meus olhos. Não queria nada além do esquecimento do sono. Em vez disso, visualizei a mulher na parede do dr. Feldman, seu rosto indiferente às linhas tracejadas que cruzavam seu peito. Ele dissera que eu tinha sorte de meu tumor ainda ser operável, mas eu não me sentia nada agradecida. Minha mente repassou uma vida inteira de maneiras como eu era azarada. Foi quase o mesmo que contar carneirinhos.

Estava quase dormindo quando um barulho de chave me assustou e deixou alerta. Tinha de ser Molly usando a chave extra que uma vez eu trocara com ela. Eu me amaldiçoei por nunca tê-la pegado de volta.

Capítulo Vinte e Um

A ESTAÇÃO PENSILVÂNIA ERA UMA ESTUFA, O SOL IMPLACÁVEL SObre o teto de vidro das plataformas cobertas. Ela deixou o baú e a caixa de chapéu no guarda-volumes e saiu para a rua com as mãos livres. Houve a emoção de emergir na Oitava avenida, o barulho e a energia de Nova York tornados novos outra vez pelo tempo que passara no Oeste. Rachel tinha o dia para matar e uma noite para atravessar antes que pudesse se apresentar à escola de enfermagem. Ela decidira que a estação era o lugar mais seguro para passar a noite, mas não queria chamar atenção para si mesma instalando-se cedo demais em um banco. Sem nenhum destino em especial em mente, ela começou a caminhar na direção de Uptown. Com as roupas de Mary e o cabelo de Amelia, ela procurava seu reflexo nas vitrines, sempre surpresa por ser realmente ela a garota bonita que via.

Os gritos dos trompetes e rufar dos tambores de uma banda marcial atraíram Rachel para a Times Square. Multidões ocupavam as calçadas, bloqueando sua visão. Depois de abrir caminho entre as pessoas, ela viu o desfile do Dia do Trabalho descendo pela Broadway. Apoiada em um poste de luz, ela decidiu que ver o desfile seria um belo jeito de passar o tempo. Seu estômago protestou quando um carrinho de comida passou. Ela gastou os últimos centavos do bolso em um pretzel, os quadradinhos duros de sal foram triturados entre seus dentes, e um sorvete italiano, a doçura congelada um alívio para sua sede enquanto sindicatos profissionais e grupos escolares e políticos passavam desfilando.

Quando ela viu o porta-bandeira carregando um estandarte à frente da banda do Lar de Órfãos Hebraico, Rachel esticou-se de pé e girou a cabeça, procurando um lugar onde se esconder – o impulso de uma fugitiva. Então, ela relaxou, lembrando a si mesma que ninguém no Lar estava mais a sua procura. Enquanto observava a banda marcial se aproximar, foi tomada por nostalgia. Depois de um ano longe, as injustiças e os rigores do orfanato foram temporariamente esquecidos enquanto Rachel recordava o companheirismo familiar de mil irmãos, o conhecimento reconfortante de que um sinal sempre tocaria para lhe dizer o que fazer. Como era confortável... nunca ter de se preocupar de onde viria sua próxima refeição ou onde dormiria à noite.

O desfile parou para uma performance. A banda do Lar de Órfãos Hebraico posicionou-se à frente dela, o líder que comandara o baile de Purim foi até a frente das crianças para erguer sua batuta. Os espectadores em torno dela murmuraram com ternura diante dos órfãos adoráveis em seus trajes humildes e elogiaram a precisão com que tocavam seus instrumentos. Rachel pensou nas muitas horas de ensaios no pátio, levantando a poeira enquanto marchavam pelo cascalho. Eles não tinham outra escolha além de serem perfeitos.

Do outro lado da rua, parado longe da multidão, ela viu Vic, os braços cruzados sobre o peito, supervisionando a banda enquanto eles tocavam. Claro, pensou Rachel, ele agora era conselheiro. Era seu trabalho marchar junto e manter os olhos nas crianças, depois conduzi-las de volta pela Broadway após a conclusão do desfile. Os olhos de Rachel dardejaram ao redor, à procura de Naomi. Mas não. A banda era apenas de meninos, e as meninas do F1 eram pequenas demais para o pelotão da bandeira. As garotas de Naomi deviam ter assistido ao desfile bem mais acima na Broadway, depois voltado para o Castelo. O alívio foi rapidamente seguido por desejo quando Rachel sentiu o quanto estava ansiosa para ver a amiga.

Pela milésima vez, Rachel repassou aquilo na cabeça, dessa vez descobriria uma maneira mais rápida de poupar o suficiente para reparar sua amizade. Mais uma vez, o cálculo levou a um período de pelo menos um ano, mais provavelmente dois, antes que Rachel pudesse acumular o preço do perdão. Temia que Naomi tivesse descoberto até lá, entre as moças do Teachers College, uma nova amiga, uma amiga particular, Rachel rebaixada nas lembranças de Naomi a uma paixão adolescente terminada em traição.

A banda do Lar de Órfãos Hebraico tocou seu floreio final. Por um instante, o desfile ficou em silêncio, à espera do sinal dos que marchavam à sua frente para tornar a se mover. Rachel percebeu algumas pessoas tirando vantagem da imobilidade para atravessar a rua correndo. Impulsivamente, ela também desceu do meio-fio e atravessou o calçamento largo, agachando-se por trás do diretor da banda e evitando o estandarte do porta-bandeira. Quando a banda ficou em posição de sentido, pronta para recomeçar a marchar, Rachel alcançou Vic. Ele era a única pessoa em Nova York que lhe dava a sensação de família, e essa familiaridade sugeria a Rachel uma possibilidade. Ela podia explicar para ele sobre pegar o dinheiro de Naomi, que tinha sido apenas para ir atrás de Sam, dizer a ele como ela estava arrependida, que tinha a intenção de pagá-lo de volta. Ela podia perguntar a ele se Naomi a odiava. Talvez ele pudesse fazer a mediação entre elas, convencer Naomi a aceitar as desculpas de Rachel. Elas poderiam ser amigas, Rachel trabalhando para pagá-la mesmo enquanto passavam os dias juntas. Rachel agora sabia o tipo de amizade do qual elas eram capazes. Com um *frisson* de esperança, aproximou-se de Vic, bloqueando sua passagem enquanto ele seguia o caminho do desfile, seus olhos azuis examinando à frente.

— Com licença, senhorita – disse ele, dando a volta nela.

— Espere. – Ela o segurou pela manga e o virou de costas.

Vic olhou diretamente para Rachel. Ela se lembrou de quando se conheceram, como ela supusera por seu sorriso amistoso que ele fosse seu irmão, não o menino emburrado ao seu lado. Tão poucas pessoas no mundo a conheciam havia tanto tempo quanto Vic. Seu olhar era como voltar para casa. Ela sorriu para ele.

— Você não devia estar no meio da rua, senhorita. – Ele puxou e soltou o braço, virou o rosto na direção de Downtown, correu para alcançar a banda. Rachel, chocada, ficou afastada do meio-fio até que um policial montado se aproximou, e o movimento da cabeça do cavalo a expulsou dali de volta à multidão.

Ele não a reconhecera. É claro, disse Rachel a si mesma. Era por causa da peruca e das roupas novas. Ela devia ter dito algo antes que fosse tarde demais. Ainda assim, o olhar inexpressivo dele a havia abalado, como se ela tivesse virado fantasma. Mesmo que ele a tivesse reconhecido, que chance havia de que Vic conseguiria curar o racha entre ela e Naomi? Pagando ou não a Naomi, era uma fantasia para Rachel pensar que poderia reverter o dano que provocara.

Sentiu a multidão se apertar em torno dela. Alguém esbarrou em seu ombro, girando seu corpo. Rachel ouviu um murmúrio de desculpa, mas não conseguiu ver com clareza suficiente para distinguir quem falara. A pressão das pessoas, o calor do sol, o barulho do desfile, tudo se tornou demais. Rachel sentiu o vazio de uma entrada de metrô e desceu. No subsolo, ela parou ao lado da roleta, com intenção apenas de recuperar a compostura, quando viu uma ficha caída no chão imundo. Abaixou-se para pegá-la e pensou que podia muito bem passar as horas seguintes indo de um lado para outro sob a cidade. Pelo menos haveria a ilusão de progresso. Quando um trem chegou ruidosamente à plataforma, ela atravessou suas portas abertas sem olhar para ver se ele ia para Uptown ou Downtown. No interior do vagão, ela foi segurada durante os balanços e sacolejos pelas pessoas amontoadas ao seu redor. Quando os passageiros se reduziram o suficiente para que alguém lhe oferecesse um assento, ela se jogou nele, a noite sem dormir de Chicago alcançando-a. Quando o trem emergiu do subsolo, a luz do sol tremeluziu sobre os olhos fechados de Rachel. Ela observou as manchas líquidas flutuando através de suas córneas. Se lhe restasse algum desejo, era que o trem nunca parasse de andar.

– Fim da linha, senhorita, todos os passageiros têm de desembarcar na avenida Surf.

Uma mão no ombro de Rachel a despertou. Um condutor uniformizado estava debruçado sobre ela, a aba de seu quepe deixando o rosto dele na sombra. Ela levantou e balançou um instante, e segurou uma correia de apoio. Com cuidado, ela cambaleou até a plataforma. Quando foi conduzida pela roleta, percebeu seu erro. Ela devia ter trocado de trens em uma estação de transferência livre, dar prosseguimento a sua jornada sem objetivo, esticar o valor da passagem encontrada pelo máximo possível de horas até finalmente voltar à estação Penn. Seus olhos turvos vasculharam o chão, mas não havia outra ficha para ser encontrada.

Ao emergir da estação, Rachel não tinha ideia de onde estava até ver o círculo característico da roda-gigante Wonder Wheel, os trilhos ondulados da montanha-russa Cyclone. Entre todos os lugares, Coney Island. Ela devia ter dormido mais do que se dera conta para ter chegado até o final da linha Beach. Uma pontada fresca de pesar a atingiu. A felicidade prometida naquela foto de Mary e Sheila junto ao mar jamais pertenceria a ela. Ela parecia destinada a permanecer sozinha no mundo, sempre uma órfã.

Um sinal de trânsito ficou verde e ela atravessou a rua, levada pelo embalo das pessoas à sua volta na direção do passeio de madeira. Música jorrava das portas abertas de estabelecimentos caindo aos pedaços. Ambulantes anunciavam seus produtos enquanto pais berravam com os filhos. O cheiro de açúcar queimado do algodão-doce misturado com o aroma de carne de cachorros-quentes e o travo de vinagre de chucrute provocaram o estômago de Rachel e a lembraram de sua pobreza. Ela mantinha os olhos baixos, examinando as tábuas de madeira em busca de uma moeda caída, mas não viu nada.

Rachel resolveu descer até a praia. Lá podia tirar os sapatos, passar uma tarde melancólica olhando as ondas ou cochilando na areia, protegida do escrutínio das multidões do feriado. No caminho, passou pelo carrossel. Reconheceu os cavalos esculpidos na oficina do tio Jacob de Naomi, as cores fortes pintadas como trabalho manual de Estelle. Tudo o que via parecia projetado para provocar seu arrependimento, exibir outra vez para ela a felicidade que poderia ter tido. O operador a viu ali parada e abriu o portão, com a mão estendida, mas Rachel puxou os bolsos e mostrou as mãos vazias, indicando que não podia pagar pelo brinquedo. Ela viu os olhos dele estudarem seu vestido, seu rosto, seu belo cabelo. Com um movimento do queixo, ele indicou para que ela entrasse. Aparentemente, garotas bonitas andavam de graça, uma economia da beleza com a qual Rachel jamais tivera intimidade. Ocorreu a ela que era assim que voltaria à estação Penn: uma garota bonita perto da roleta com uma história sobre perder o moedeiro na areia inspiraria alguém a botar uma ficha em sua mão. O estado de espírito de Rachel melhorou por um instante enquanto ela se agarrava a uma barra e se alçava à plataforma giratória. Ela montou na sela de um cavalo, que subia e descia, rodando e rodando.

Música de parque de diversões ecoava em seus ouvidos. Ela sentiu a brisa do oceano no rosto, o sabor vago do sal na língua. Cada vez que o cavalo subia, a cabeça dela sentia-se mais leve. Cada vez que descia, seu estômago se apertava. Tonta, ela observou o mundo ao seu redor passar por ela em um borrão. Nesse borrão, destacava-se uma figura. Na volta seguinte do carrossel, ela esticou o pescoço para olhar. Ali. Cabelo curto enfiado atrás das orelhas. Um cinto apertado em torno do vestido. Rachel sentou-se ereta, agora impaciente com a plataforma em movimento que a afastava do que ela achava ter visto.

Quando fez a volta outra vez, Rachel apontou os olhos para o ponto, mas não havia ninguém ali. Uma onda de decepção apertou sua garganta. Ela devia ter imaginado. Mas sabia que não. Ali, caminhando em sua direção contra o sentido do carrossel, a mão pousando momentaneamente em cada crina que passava, estava Naomi, a gola levantada tremulando branca em meio aos cavalos pintados.

Rachel observou Naomi se aproximar, preparando-se para a raiva que, tinha certeza, estava por vir. Mas lá estava Naomi, agora perto o suficiente para ser tocada, parecendo intrigada, surpresa, feliz – qualquer coisa, menos com raiva. Aí ocorreu a Rachel que Naomi, como Vic, podia não reconhecê-la. O pensamento foi aterrorizante. Por mais envergonhada que estivesse, a ideia de Naomi não reconhecê-la era devastadora. Ela puxou a peruca da cabeça e expôs a curva lisa de seu crânio.

– Sou eu, Rachel.

Naomi pôs a mão no rosto de Rachel, seu braço se movendo com as subidas e descidas do cavalo. Ela sorriu.

– Claro que é você. Sempre foi você. Não sabe disso?

Rachel deslizou da sela de seu cavalo, balançando quando os pés tocaram na plataforma em movimento. Naomi passou o braço em torno de sua cintura para equilibrá-la e a conduziu através das crianças que riam até um dos bancos entalhados que abraçavam o círculo interno do carrossel. Elas sentaram juntas, a peruca derramando seus fios sobre o colo de Rachel. Naomi levou a mão até ela. Rachel esperou que Naomi pegasse a peruca de cabelo roubado e a jogasse nas engrenagens oleosas do carrossel. Era o que ela merecia.

– Então foi isso o que aconteceu com o cabelo de Amelia. – Naomi riu um pouco. – Você devia ter ouvido os gritos dela quando acordou naquele dia. Você não dormia no alojamento havia tanto tempo que ninguém jamais pensou que tivesse sido você. Sempre houve gente com inveja daquele cabelo. Os monitores as repreenderam por uma semana, mas ninguém confessou. Mas sabe de uma coisa? Acho que, no fim das contas, ela gostou de se livrar dele. Ela adotou um corte curto, que ficou maravilhoso, é claro. – Naomi pôs a peruca outra vez na cabeça de Rachel. – Onde você conseguiu que fizessem uma peruca com ele?

– Na Casa de Perucas da Sra. Hong, em Denver. – Rachel se perguntou como tantos meses podiam caber em tão poucas palavras.

– Colorado? Então Vic estava certo. Ele achou que você tinha ido atrás de Sam. Você o encontrou?

Rachel balançou a cabeça afirmativamente. Como Naomi podia estar tão calma e conversadora depois do que Rachel fizera com ela?

– Ele estava em Leadville, com nosso tio. Mas nada foi como eu esperava que fosse.

Ela não devia saber, pensou Rachel. Mas como Naomi podia não saber que fora Rachel quem roubara seu dinheiro? Ela não sabia quem cortara o cabelo de Amelia, e as crianças estavam sempre roubando umas das outras – o sumiço de moedas, fitas ou doces era epidêmico no orfanato. Quando Naomi verificou o sapato e descobriu que o dinheiro havia desaparecido, ela não devia ter desconfiado de Rachel. Era a única explicação. De que outra forma Naomi podia estar sentada ao lado dela, com a mão na mão de Rachel, os quadris apertados juntos pelo giro do carrossel? Todas as razões que ela pensou para que Naomi estivesse perdida para ela desapareceram. Naomi não sabia a verdade. Rachel, aliviada, finalmente sorriu.

– Então me diga. Cinquenta dólares foram suficientes para você chegar até o Colorado?

O rosto de Rachel corou e ficou quente de vergonha. Naomi sabia de tudo. Agora ela ia rejeitar Rachel, devolver sua traição. O rosto de Rachel foi do vermelho ao branco. Ela se preparou para o golpe.

– Você podia ter me contado – disse Naomi. – Mas sei que você estava apenas me protegendo ao não me contar o plano inteiro. Quando me perguntaram se eu tinha dado o dinheiro a você, a ajudado a fugir, nunca tive de mentir. No início, fiquei tão arrasada que eles puderam ver que eu estava falando a verdade. Aí a enfermeira Dreyer convenceu o sr. Grossman a me reembolsar com o dinheiro de sua conta, e foi quando percebi que você sabia o que fazia o tempo inteiro.

Rachel disse a si mesma para balançar a cabeça, para sorrir como se soubesse do que Naomi estava falando, esperando que sua confusão não transparecesse. Ela conseguiu dizer:

– Se foram suficientes?

Naomi assentiu.

– Não sei quanto você tinha do seguro de sua mãe, mas acho que ainda deve restar algum. Entretanto, o orfanato fica com tudo, me contou a enfermeira Dreyer. O que quer que haja na conta de uma criança, fica com o Lar se elas fogem. Pena que Sam não tenha descoberto uma maneira de pegar sua parte do seguro como você fez. – Naomi pareceu estar à espera de uma resposta. O cérebro de Rachel congelou entre tentar entender o que acabara de acontecer e ficar simplesmente maravilhada. Era como testemunhar um truque de mágica.

– Não contei a você porque pensei que você ia tentar me convencer a não fugir – disse Rachel. Isso seria suficiente? Ela esperava que sim. Se Naomi nunca soubesse a verdade, elas poderiam ser amigas. Podiam ser como Mary tinha sido com Sheila. Frases de suas cartas se desenrolaram pela mente de Rachel. Pensar nelas com Naomi a seu lado deixou Rachel com dificuldade de respirar

– Acho, então, que você tinha razão, eu teria tentado convencer você a desistir. Depois do que fizemos naquela noite, a última coisa que eu queria no mundo era perder você. Não posso dizer o quanto senti sua falta e me preocupei com você. Parece que pensei em você todo dia.

– Pensei em você também – respondeu Rachel, lendo a mágoa nos olhos de Naomi.

– Ah, bom, você agora está aqui, voltou para mim, no fim das contas. – Naomi pôs as mãos nos dois lados do rosto de Rachel. – Você voltou para mim, não foi?

Foi fácil assim. Tudo o que Rachel teve de fazer foi deixar que Naomi acreditasse na mentira. Ela não se importava mais de ser anormal. Agora tudo o que queria era ter uma vida com Naomi, como Mary e Sheila nunca haviam conseguido. Ela se inclinou para frente e beijou seus lábios, seus rostos ocultos pelas laterais entalhadas do banco.

– Eu estou aqui, não estou?

O sorriso de Naomi era como o Sol surgindo através das nuvens.

– Então vou ter de perdoar você.

Foi mais que um truque de mágica, pensou Rachel. Foi um milagre.

– Tenho outra conselheira para me cobrir, hoje. Estou a caminho da casa de minha tia e meu tio. Como você soube onde me encontrar?

O que Rachel podia dizer, que fora um acidente, sem intenção?

– Vi Vic no desfile.

Naomi balançou a cabeça afirmativamente, como se isso explicasse tudo. Ela puxou Rachel de pé e a conduziu pela plataforma do carrossel. Parada na beirada, ela segurou a mão de Rachel e contou até três. Rindo, elas saltaram juntas e seguraram uma à outra quando o chão parou de girar.

Capítulo Vinte e Dois

A PORTA SE ABRIU. LÁ ESTAVA ELA, LUTANDO PARA RETIRAR A CHAve, uma sacola de compras pesando seu braço. Achei que estava sonhando. Eu me sentei. Ela me viu, largou a sacola, chutou e fechou a porta, correndo até mim.

– Onde você esteve a noite inteira? Estava morta de preocupação. Quase liguei para a polícia.

Seus dedos envolveram meu braço. Senti os crescentes de suas unhas se cravarem em minha pele. Ela não era um sonho... ela era real, e estava de volta.

Algo que estivera preso em meu interior o dia inteiro, a semana inteira, o mês inteiro, o verão inteiro se soltou. Dei um suspiro tão profundo que fiquei tonta. Repousei a cabeça em seu ombro.

– Você está mesmo em casa, Naomi?

– Estou aqui, não estou? Onde você esteve, isso é o que quero saber. – Ela me segurou com os braços estendidos e me olhou de cima a baixo. – Parece que você não dorme há dias. E o que você tem aí é o cabelo de Amelia? Quando você começou a usar essa peruca velha de novo?

Eu a tirei e a larguei no chão. Meu couro cabeludo sentiu-se liberado. Ela se abaixou para pegá-la.

– Deixe aí – pedi. – Eu estou farta dela, agora.

– Só me deixe guardá-la.

Eu dei um tapa em sua mão.

– Eu disse para deixar!

– Rachel, qual o problema com você?

Não foi como eu imaginara recebê-la em casa. Ela não percebeu pelo modo como eu estava agindo, mas vê-la me deixou extremamente feliz. Sua pele estava seca pelo sol da Flórida, pequenas rugas saindo dos cantos de seus olhos, e seu cabelo escuro estava com fios grisalhos, mas eu ainda podia ver em seu rosto a menina que ela costumava ser. Naomi estava ainda mais bonita do que era aos dezoito. Eu queria dizer a ela tudo isso, mas o pensamento deixou-me à beira das lágrimas.

– Nada. Tudo. – Eu limpei a garganta. – Quando você voltou?

– Ontem. O tio Jacob estava se sentindo tão melhor que mudei minha passagem e voltei antes.

– Ontem? – Eu não podia acreditar. Em qualquer momento de minha noite longa e terrível, eu podia ter deixado Mildred Solomon, chamado um táxi e ficado na cama ao lado dela. Eu mal conseguia compreender. – Por que você não me disse que estava voltando para casa, Naomi? – Minha voz estava carregada de pesar. – Liguei e liguei, mas ninguém atendeu.

– Eu só queria lhe fazer uma surpresa. Isso é um crime tão grande assim? Enfim, os últimos dias foram bastante agitados. O vizinho do tio Jacob nos convidou para um jantar de despedida, e ele quis que eu fosse com ele até o escritório de seu advogado antes de partir. Escute isso: ele nos deu o apartamento, Rachel.

Ela esperava empolgação, mas meu estado de espírito estava muito sombrio.

– Você quer dizer deu para você.

– Bom, tecnicamente, com certeza, ele o transferiu para mim. Mas isso não é maravilhoso? Não é mais apenas uma sublocação gratuita. Sabe, ele ganhou muito quando vendeu a oficina para a incorporadora, foi por isso que nunca nos cobrou por assumir o apartamento quando ele se mudou para Miami. Acho, porém, que estar tão doente o fez pensar. Ele sempre quis deixá-lo para mim, mas não queria que eu pagasse nenhum imposto de herança, por isso decidiu me dar o apartamento agora.

– Então nós não precisamos viver aqui? Nós podemos vendê-lo, mudar de volta para o Village?

Ela sorriu para mim, como uma professora cujo aluno tinha finalmente encontrado a solução de um problema.

– É isso o que eu estou tentando dizer a você. Agora me diga, onde você esteve a noite inteira? Achei que você estivesse trabalhando, por isso liguei para o Lar Hebraico de Idosos, só para perguntar quando você largava, mas a recepcionista disse que ontem não era seu turno.

Eu estava tentando entender.

– Que horas foi, então, que você ligou?

– Assim que cheguei em casa, por volta de uma da tarde. E depois, quando você ainda não estava, liguei outra vez para perguntar a Flo, para ver se ela sabia onde você podia estar, mas ela não estava de plantão ontem à noite.

Eu enfiei um fio grisalho atrás de sua orelha.

– Nós trocamos de turnos, só isso. Flo trabalhou ontem de dia, e eu, ontem à noite. Foi meio que de última hora, acho que a recepcionista não sabia.

Ela revirou os olhos.

– Como eu pude não ter pensado nisso? Eu sabia que estava sendo tola, me preocupando que você estivesse ferida, ou algo assim. Achei que você devia ter ficado em Manhattan. Estava prestes a começar a ligar para nossas amigas para ver se elas tinham ouvido falar de você.

– Você devia ter pedido à telefonista para transferi-la para o Quinto, se queria falar comigo. Já falei a você mil vezes para não ligar pra Gloria.

– Ah, bom, você agora está aqui. Vamos começar de novo, está bem? Rachel, surpresa, eu voltei!

Tive que rir.

– Ah, Naomi, estou tão feliz em vê-la! – Então nos beijamos e nos abraçamos. Eu me senti encaixar nos contornos de seu corpo. A pressão macia onde nossos seios se tocavam lembrou-me do que me aguardava, e me afastei.

– Tem alguma coisa errada, não tem? Qual o problema, Rachel?

Por onde começar... no Lar Infantil, com tudo que agora eu sabia ter acontecido comigo lá? Estava cansada demais para voltar a esse início. Podia ganhar algum tempo, dizer apenas que estava aborrecida porque uma paciente morrera em meu turno, mas ela ia saber que eu não estava dizendo toda a verdade. Eu não quis confessar o que eu fizera à noite. Regras de certo e errado não pareciam se aplicar quando ajudei Mildred Solomon a morrer, mas à luz do dia, e se misericórdia soasse como assassinato?

Respirei fundo. Ia começar com o consultório do dr. Feldman. Tinha sido apenas ontem de manhã. Mildred Solomon podia entrar na história mais tarde. Eu só precisava começar com a dor que sentia, o caroço que encontrei. Entreabri os lábios, mas não consegui me fazer dizer a palavra. *Câncer...* soava como uma maldição. O tumor teria de falar por si, decidi. Puxei as alças da combinação do ombro, levei as mãos às costas para desabotoar o sutiã. Puxei sua mão para perto do seio doente, preparando-me para sua reação. Sua mão tomou a forma da curvatura familiar.

– Ah, Rachel, eu sei, faz tanto tempo. – Ela me deitou sobre o sofá. Seus lábios encontraram minha têmpora, minha bochecha, meu queixo, depois desceram por meu pescoço e ombro, parando no mamilo erguido com um gemido.

Eu queria empurrá-la dali, dizer a ela que não, que não era isso que eu queria dizer. Mas no momento que levou para minhas mãos encontrarem seus ombros, a sensação que se espalhava de meu mamilo tinha se espalhado até o interior dos joelhos e pontas dos dedos, provocando faíscas entre minhas pernas. Um momento antes, eu estava tão exausta que meu corpo parecia mais feito de água que de osso. Agora estava reanimado pelo desejo, com um objetivo próprio.

Percebi o quanto eu queria aquilo, uma última vez sem que ela soubesse. Entregando-me a meu corpo, puxei-a para perto. Sua mão esquerda apertou a parte baixa de minhas costas, arqueando meu peito. A direita seguiu a linha de minha perna até seus dedos encontrarem seu lugar favorito. Fechei os olhos e assisti às luzes coloridas nadando diante de minha visão.

Seus beijos viajaram de meu joelho a meu umbigo, e de volta outra vez, bochechas e dentes tocando as curvas de minha coxa. Então ela passou minha perna por cima do encosto do sofá e mergulhou a cabeça. Sua língua e seus dentes exploraram minha paisagem interior, navegando por suas fendas, escalando seus picos, circundando seus afloramentos. Há um lugar onde o teto de uma caverna se torna o fundo de um mar, flexível ainda que duro. Ela o encontrou. Imaginei-me uma borboleta presa, abrindo e fechando as asas, tentando sair do alfinete que me fixava. Meus ouvidos se encheram com o barulho da arrebentação. Gozei em ondas que estremeceram meus músculos.

Ela subiu em cima de mim e me beijou. Lambi seus lábios, ávida pelo gosto de oceano em sua boca. Ela se balançou contra mim até gozar, seu grito abafado em meu ombro. Ela mudou de posição e repousou a cabeça na dobra de meu braço. Nossos pés se entrelaçaram juntos. Eu me senti livre de meu corpo em uma maré crescente de sono. Conforme o esquecimento me recebia, perguntei-me se aquela seria a sensação de morrer.

* * *

Acordei sozinha no escuro com um lençol ao meu redor sobre o sofá. Fiquei pasma com o número de horas que tinha dormido – ela devia ter andado na ponta dos pés pelo apartamento o dia inteiro. Não a culpei por finalmente ir para a cama. O sofá não era lugar para uma boa noite de sono, como a dor no quadril e a rigidez no pescoço estavam me dizendo. Quando eu trabalhava em turnos, Naomi chegava em casa das aulas exatamente às quatro da tarde todo dia, sem jamais saber ao certo se eu estaria acordada e disposta a conversar, ou ferrada no sono de trabalhar a noite inteira. Eu ensinei a ela a me deixar como me encontrasse, para seguir sua própria rotina em qualquer horário que eu estivesse.

Eu gostei do tempo para mim mesma. Eu me levantei enrolada no lençol e andei até o banheiro. Parei diante da porta de seu quarto para me reassegurar de que ela estava mesmo ali. Discerni sua forma quente na cama, ouvi o ruído tolo de seu ronco. Resisti à vontade de me aconchegar em torno dela como um filhote de cachorro. Agora que minha mente descansada estava alerta e calma, eu precisava organizar os pensamentos antes de falarmos outra vez. Fechei a porta para que meus devaneios não a acordassem.

Tomei uma ducha de água fria, lavando o suor e a preocupação dos dois dias anteriores. Evitei tocar o seio, não levantei demais o braço – os gestos que permitiram que eu ocultasse a verdade de mim mesma por quem sabe quantos meses. Eu era tão mais feliz, então, sem saber. Mas minha ignorância não havia desacelerado as células renegadas, que se dividiam e se multiplicavam precipitadamente tivesse eu consciência disso ou não. Se Mildred Solomon não tivesse subido, quanto tempo teria durado minha ignorância... até que as células em metástase ulcerassem meu seio?

Eu ainda culpava a ambição egoísta de Mildred Solomon, ainda amaldiçoava os raios X por causarem aquele tumor, mas tinha de reconhecer que fora sua chegada ao Quinto que me levara a descobrir o que tinha sido feito comigo. Se eu não tivesse encontrado o artigo do dr. Feldman, até que tamanho teria crescido meu tumor antes que eu o sentisse? Além do ponto de cirurgia, tive de admitir. Fiquei com dor de cabeça de equilibrar os dois pensamentos ao mesmo tempo: que eu tinha de agradecer a Mildred Solomon por revelar o câncer que ela mesma tinha me dado.

O espelho do banheiro refletia meu corpo de volta para mim. Deixei que minhas mãos seguissem suas curvas e depressões, enchendo-se e esvaziando, o brilho de minha pele lisa mostrando cada furo e imperfeição, cada elevação e toque de rosa. Imaginei minhas cicatrizes depois da cirurgia, bandoleiras de pontos cruzando meu peito. Eu ficaria parecida com o monstro de Frankenstein. Aí a voz de Naomi surgiu em minha cabeça, como se ela estivesse parada atrás de mim e falando por cima de meu ombro, dizendo, não, um monstro, não – uma guerreira amazona. Ridículo, ainda assim a ideia fez com que eu endireitasse a postura. Por que não deixar que ela a mencionasse? A realidade seria a mesma, de qualquer modo. Meu corpo já tinha sacrificado tanto em nome da ciência, e sem boa razão. Dessa vez, haveria uma recompensa para a carne que ela entregaria à faca do cirurgião: Rachel Rabinowitz viva por mais algum tempo.

Meu estômago roncou, e tive de rir de minha digestão, ignorante de seu destino, preocupada apenas com o agora. Amarrei um robe em volta do corpo e fui até a cozinha. Eu preparei o filtro de café e olhei para ver se Naomi tinha comprado leite na mercearia. Ela tinha, e mais: a geladeira aberta revelou um tesouro de pastrami e salada de repolho; um saco de papel na bancada tinha pãezinhos com sementes de papoula. Comi à mesa, meus olhos seguindo os redemoinhos da Formica enquanto eu desfrutava do sabor e da textura da comida na boca.

Levei o café para a sacada. O céu estava escuro o suficiente para mostrar algumas estrelas, apesar da competição do brilho das lâmpadas das ruas. Aquilo me deixou em um estado de espírito filosófico, e fiquei observando por um bom tempo, minha mente considerando conceitos semicompreendidos como a relatividade, distância e tempo. Eu poder ver uma estrela significava que sua luz tinha viajado dos limites do universo para aterrissar naquela noite, naquele momento, em meu olho. Uma coincidência aleatória – ou eu sempre fora seu destino, meu rosto virado para o alto naquela sacada em Coney Island previsto milênios atrás? Não, esse modo de pensar não era para mim. Como o sr. Mendelsohn, eu não acreditava em sorte nem em destino. Outras pessoas encontravam conforto ao imaginar Deus puxando as cordas de suas vidas, mas eu ficaria louca se tentasse compreender Suas razões inescrutáveis para tudo.

Nos meses seguintes, tanta coisa estaria além de meu poder, mas havia outras as quais eu podia esperar com avidez. Mudar de volta para o Village era uma delas. Não haveria tempo antes de minha cirurgia para Naomi vender aquele lugar, mas ela e eu podíamos tirar um dia para sair à procura de apartamento perto da Washington Square, deixar um depósito em um lugar com janelas claras e água que não fosse marrom. Nós nos mudaríamos assim que eu me sentisse melhor. Nossas velhas amigas iam começar a aparecer outra vez, nós duas livres para sermos nós mesmas. Iríamos a nossos restaurantes favoritos, o eventual cliente que chegasse da rua sem ter ideia do verdadeiro significado de tantas mesas ocupadas por duplas de mulheres. Caminharíamos pelas calçadas estreitas, à procura daqueles casais de homens andando um pouco perto demais, as costas das mãos se tocando como se por acidente. Quando o tio de Naomi se mudou para a Flórida, ela tinha me convencido de que era uma boa nos mudarmos para cá, e tinha de admitir que o dinheiro que poupáramos agora ia ser útil, mas ela sabia o que aquilo significava para mim – e tinha descoberto o que significava para ela, também – saber que nós não estávamos sozinhas no mundo.

Havia mais uma coisa que eu estava adiando por tempo demais. Depois da mudança, depois que eu recuperasse as forças, eu iria visitar meu irmão em Israel. Eu sabia que Naomi não ia gostar que eu ficasse tão longe, mas teria de deixar que eu aproveitasse a chance de ver Sam, Judith e Ayal antes que fosse tarde demais. Eu queria encontrar essa mulher que era minha irmã, sentir o peso de meu sobrinho no colo. Pensei no muro que eles haviam construído em torno de seu kibutz, encimado de arame farpado e patrulhado por soldados, tanto homens quanto mulheres. Eu esperava que a paz chegasse logo. Odiava pensar em Ayal crescendo por trás de muros como nós crescemos. Sam devia saber melhor que ninguém que nenhuma criança devia crescer assim.

Achei que voltaria a trabalhar depois disso, embora soubesse, assim que a ideia me passou pela cabeça, que jamais poderia voltar para o Lar Hebraico de Idosos, nem mesmo para um último turno. Não que temesse ser descoberta pelo que fizera com Mildred Solomon – sabendo das rotinas e dos regulamentos, tinha certeza de que jamais desconfiariam de mim. Podia até imaginar encarar Gloria e Flo outra vez. Afinal de contas, eu não tinha prática em lhes contar falsidades? Não, era mais simples que isso. Eu estava cheia de lares. Em vez disso, procuraria um emprego em um consultório, como Betty tinha com o dr. Feldman: mais burocracia que cuidados, nada de levantar pacientes pesados e colocá-los para fora da cama. Desejei poder contar a verdade sobre mim mesma para não ter de desperdiçar energia com mentiras, mas uma palavra em falso podia arruinar a mim e a Naomi. Era uma coisa tão pequena dizer colega de apartamento ou amiga em vez de amante ou mulher. Tentei não deixar que isso me exigisse demais.

As estrelas estavam começando a se apagar à medida que a escuridão perdia seu domínio do céu. Um motor funcionava na rua abaixo enquanto uma pilha de jornais matutinos era jogada na calçada diante de nosso prédio. O zelador ia sair logo, trazer a pilha, cortar o barbante, caminhar pelos corredores e deixar as notícias nas portas. Olhei para a forma emergente da Wonder Wheel e projetei na mente o futuro que o dr. Feldman disse que a operação poderia me comprar: cinco anos, talvez mais. Jurei para mim mesma que iria vivê-los bem.

Entrei e preparei um bule fresco de café. Era hora de contar tudo a Naomi. Levei duas xícaras para o quarto, botei-as na mesa de cabeceira e acariciei seu braço para acordá-la.

– Que horas são? – murmurou ela, sentando-se.

– É cedo. Eu fiz café.

– Posso sentir o cheiro. – Ela se remexeu sob a luz e levou a borda aos lábios, soprando-a antes de beber. Olhamos uma para a outra, eu limpa e arrumada, ela desgrenhada de sono. Ainda parecia um milagre tê-la de volta. Quando nossas xícaras estavam vazias, eu respirei fundo. Não haveria mais como evitar as lágrimas que estavam à nossa espera, hoje.

– Tenho de conversar com você sobre uma coisa, Naomi.

Meu tom deve tê-la alertado.

– O quê? Há algum problema?

A palavra – *câncer* – se prendeu em minha garganta, aquele C difícil preso como um osso engolido. Lutei para expeli-la, gaguejando como o sr. Bogan. Eu procurei algo para substituir a palavra que eu queria dizer, algo que correspondesse ao nível de preocupação em seus olhos.

– Colorado – falei, evitando-a ainda mais uma vez. – Você se lembra de quando eu fugi do Lar, para o Colorado?

— Claro. — Ela franziu o cenho, perguntando-se, sem dúvida, onde aquela conversa ia levar.

— Tem algo que nunca contei a você sobre isso. — Fazia tantos anos que não poderia mais importar, e ainda assim senti aquela onda de vergonha. — Quando levei seu dinheiro, não sabia nada sobre minha conta. Não tinha ideia que você seria reembolsada. Na verdade, eu o roubei. Roubei de você.

Naomi me estudou por um bom tempo, como se tentasse decifrar o rosto em um quadro de Picasso.

— Nunca quis acreditar nisso, mas talvez eu sempre soubesse. Quero dizer, foi isso o que eu pensei primeiro, e isso fez com que me sentisse mal demais, como se você tivesse me usado e depois dispensado depois de terminar comigo. Fez com que eu me sentisse tão mal comigo mesma quanto com você. Mas quando a enfermeira Dreyer arranjou para que eu fosse reembolsada, foi a única coisa que fez sentido, acreditar que sempre tinha sido sua intenção. Quero dizer, era a única coisa que se encaixava com o que eu sentia por você, como achava que você sentia por mim.

— Fazia sentido, mais do que o que eu fiz. Olho para trás, agora, e é como se eu fosse uma versão hipnotizada de mim mesma. Eu estava tão desesperada para encontrar Sam, encontrar minha família, que isso bloqueou todo o resto. Até você.

— Quando você voltou, devia esperar que eu estivesse com raiva de você.

— Achava que você nunca poderia me perdoar. Achei que tinha arruinado qualquer chance que tivesse com você.

— Mas você voltou assim mesmo. — Ela envolveu a parte de trás de meu couro cabeludo nu com a mão em concha. — Isso foi corajoso.

Quanta confissão uma conversa exigia? Em vez de explicar a coincidência casual de como fui parar no carrossel naquele momento naquele dia, simplesmente assenti.

— Eu teria perdoado você, você sabe disso, bastava você pedir.

— Mas eu nunca fiz isso. Deixei que você acreditasse em uma mentira por todos esses anos.

— Não é tarde demais, é? Peça, agora.

— Naomi, me desculpe por ter roubado seu dinheiro. Desculpe por ter mentido para você. Por favor, me perdoe.

Ela sorriu e me beijou.

– Está perdoada. Agora, tem mais café? Ou havia alguma outra coisa sobre o que você quisesse conversar?

Eu tinha parado para respirar fundo quando ouvi a pancada surda do jornal atingindo a porta de nosso apartamento.

– Só um minuto, quero conferir uma coisa. – Saí correndo para buscar o jornal, descobri a hora do nascer do sol, chequei o relógio. Faltava menos de uma hora. Seria meu último adiamento antes de lhe contar tudo.

Voltei ao quarto e a puxei pelo braço.

– Escute, vamos conversar mais depois, mas quero que você acorde. Quero que venha à praia comigo.

– À praia? Mas ainda está escuro, lá fora.

– Não está, não, está clareando. Quero ver o sol nascer. Por favor?

– Por que você não vem simplesmente para a cama? – Ela tornou a puxar os lençóis, convidando-me a entrar. Em qualquer outro dia eu ficaria tentada.

– Vai ser meu presente de aniversário, esse nascer do sol, está bem? É tudo o que eu quero.

Naomi fez bico.

– Isso não é justo, você está me subornando.

– Eu sei. – Eu a puxei para fora da cama e a empurrei na direção do banheiro. – Só jogue qualquer coisa no corpo. – Troquei meu robe por shorts e um top, sem mesmo me preocupar com uma peruca. – Precisamos correr.

Podíamos ver muito bem no amanhecer sem sombras a luz prateada que vinha à frente do sol como um pregoeiro. O passeio de madeira estava deserto. Nossas sandálias bateram contra as tábuas e descemos os degraus até a praia. Agora descalças, a areia recém-varrida entrava por nossos dedos. Sentamos perto da água, o horizonte uma linha distante. A onda de calor tinha amainado, e o ar que vinha do oceano estava fresco. Eu não tinha pensado em pegar um suéter.

– Aqui, divida comigo – disse ela. Cada uma de nós enfiou um braço em uma manga, o tricô de algodão esticado sobre nossas costas.

O planeta girou na direção do sol como sempre faz. Deitamos na areia enquanto as cores tomavam o céu: primeiro rosa, depois púrpura e, por fim, azul.

Agradecimentos

Meus mais sinceros agradecimentos por terem lido e comentado os rascunhos do romance vão para Art Berman, Neil Connelly, Caterine Dent, Misun Dokko, Anna Drallios, Margaret Evans, Marie Hathaway, Alex Hovet, Stehanie Jirard, Helen Walker, Karen Walborn, Petra Wirth e Rita van Alkemade. Esta história não existiria sem a inspiração de meu falecido avô Victor Berger, que cresceu no Hebrew Orphan Asylum de Nova York, e sua mãe, Fannie Berger, que trabalhou lá como conselheira da Casa de Recepção. Também tenho uma dívida com minha avó Florence Berger, guardiã da história de nossa família; com Leona Ferrer, coordenadora de divulgação da Jewish Child Care Association; com Susan Breen e Paula Munier, da Algonkian Pitch Conference; com Jeff Wood da livraria Whistlestop; e com a Shippenburg University da Pensilvânia. Sou profundamente grata a todos na William Morrow, em especial a Tessa Woodward, que sem a orientação este romance não seria o que é hoje.

Referências

Aqui estão algumas das fontes – livros, museus, arquivos – que inspiraram e forneceram informação para *Órfã #8*.

Abrams, Jeanne E. *Jewish Denver 1859-1940*. Chicago, Illinois: Arcadia Publishing, 2007.

Beloff, Zoe, org. *The Coney Island Amateur Psychoanalytic Society and Its Circle*. Nova York, Nova York: Christine Burgin, 2009.

Bernard, Jaqueline. *The Children you Gave Us: A History of 150 Years of Service to Children*. Nova York, Nova York: Jewish Child Care Association, 1973.

Blair, Edward. *Leadville: Colorado's Magic City*. Boulder, Colorado: Fred Pruett Books, 1980.

Bogan, Hyman. *The Luckiest Orphans: A History of the Hebrew Orphan Asylum*. Chicago, Illinois: University of Illinois Press, 1992.

Caprio, Frank S., M. D. *Female Homosexuality: A Psychodynamic Study of Lesbianism*. Nova York, Nova York: Citadel Press, 1954.

Donizetti, Pino. *Shadow and Substance: The Story of Medical Radiography*. Nova York, Nova York: Pergamon Press, 1967.

Emerson, Charles Phillips, M. D. *Essentials of Medicine: A Text-book of Medicine for Students Beginning a Medical Course, for Nurses, and for All Others Interested in the Care of the Sick*. Filadélfia, Pensilvânia: J. B. Lippincott Company, 1925.

Friedman, Reena Sigman. *These Are Our Children: Jewish Orphanages in the United States, 1880-1925*. Hanover, New Hampshire: Brandeis University Press, 1994.

"Gilded Lions and Jeweled Horses: The Synagogue to the Carousel". American Folk Art Museum, 45 West Fifty-third Street, Nova York, Nova York. 2 de fevereiro de 2008.

Gordin, Michael A. e Leonard H. Glantz. *Children as Research Subjects: Science, Ethics, and the Law*. Nova York, Nova York: Oxford University Press, 1994.

Hales, Carol. *Wind Woman*. Nova York, Nova York: Woodford Press, 1953.

Hebrew Orphan Asylum, arquivos da American Jewish Hystorical Society, 15 West Sixteenth Street, Nova York, Nova York.

Hess, Alfred F., M. D. *Scurvy Past and Present*. Filadélfia, Pensilvânia: J. B. Lippincott, 1920. Disponível online através da *HathiTrust Digital Library*.

Howe, Irving. *World of Our Fathers: The Journey of the East European Jews to America and the Life They Found and Made*. Nova York, Nova York: Harcourt Brace Jovanovich, 1976.

Jessiman, Andrew G., M. D. e Francis D. Moore, M. D. *Carcinoma of the Breast: The Study and Treatment of the Patient*. Boston, Massachusetts: Little Brown and Company, 1956.

Jewish Consumptives Relief Society Collection, Beck Archives, University Libraries, University of Denver, Denver, Colorado.

Lesbian Herstory Archives, 484 Fourteenth Street, Brooklyn, Nova York.

Lower East Side Tenement Museum, 103 Orchard Street, Nova York, Nova York.

Mould, Richard F. *A Century of X-rays and Radioactivity in Medicine: With Emphasis on Photographic Records of the Early Years*. Filadélfia, Pensilvânia: Institute of Physics Publishing, 1993.

Museum of the City of New York, 1220 Fifth Avenue, Nova York, Nova York.

New York Academy of Medicine Library, 1216 Fifth Avenue at 103rd Street, Nova York, Nova York.

Nyiszli, Dr. Miklos. *Auschwitz: A Doctor's Eyewitness Account*. 1960. Prefácio de Bruno Bettelheim, 1960. Tradução de Richard Seaver, 1993. Nova York, Nova York: Arcade Publishing, 2011.

The Unicorn Book of 1954. Nova York, Nova York: Unicorn Books, 1955.

Wesley, J. H., M. D. "The X-Ray Treatment of Tonsils and Adenoids." *The Canadian Medical Association Journal* 15.6 (junho de 1925): 625-627. Disponível online através de *PubMedical Central*.

Yezierska, Anzia. *Bread Givers*. 1925. Nova York, Nova York: Persea Books, 1999.

Sobre a autora
2 Conheça Kim van Alkemade

Sobre o livro
3 As histórias verídicas que inspiraram *Órfã #8*
17 Guia para leitura em grupo de *Órfã #8*

P.S.

Insights,
Entrevistas
& Mais

*

Sobre a autora

Conheça Kim van Alkemade

KIM VAN ALKEMADE nasceu na cidade de Nova York e passou a infância nos subúrbios de Nova Jersey. Seu falecido pai, um imigrante da Holanda, conheceu sua mãe, descendente de imigrantes judeus do Leste Europeu, no Empire State Building. Kim fez faculdade em Wisconsin, obtendo um doutorado em Inglês da Universidade de Wisconsin-Milwaukee. Ela é professora na Shippensburg University e vive em Carlisle, Pensilvânia. Seus ensaios criativos de não ficção foram publicados em revistas literárias como *Alaska Quarterly Review*, *So To Speak* e *CutBank*. *Órfã #8* é seu primeiro romance.

As histórias verídicas que inspiraram *Órfã #8*

Sobre o livro

Aprovada moção para comprar perucas

Em julho de 2007, eu estava pesquisando sobre minha família no Center for Jewish History em Nova York, consultando material que solicitara dos arquivos da American Jewish Historical Society. A ideia de escrever um romance histórico era a coisa mais distante de minha cabeça quando abri a caixa 54 da coleção do Hebrew Orphan Asylum e comecei a folhear as minutas das reuniões de seu Comitê Executivo.

As minutas revelavam vislumbres íntimos do funcionamento diário de um orfanato que, nos anos 1920, era uma das maiores instituições de cuidado infantil do país, abrigando 1200 crianças em seu prédio enorme na avenida Amsterdam. Em 9 de outubro de 1921, o comitê autorizou US$200 (mais de US$2.000 em valores atualizados) para fantasiar crianças no "Desfile da Americanização". A questão dos instrumentos da banda consumiu grande parte da atenção do comitê: em outubro de 1922, a decisão ▶

O Lar de Órfãos Hebraico foi inspirado pelo verdadeiro Hebrew Orphan Asylum de Manhattan. Inaugurado em 1884, ele ocupava duas quadras até sua demolição nos anos 1950. Em seu lugar hoje existe o Jacob Schiff Playground. Foto da coleção da autora.

As histórias verídicas que inspiraram *Órfã #8*

de mudar de instrumentos de sonoridade aguda para os de sonoridade grave foi deferida em abril de 1923. US$3.500 foram aprovados para equipar a banda com instrumentos de sonoridade grave; em janeiro de 1926 o furto dos novos instrumentos da banda foi informado à comissão de diretores. A sífilis também era uma preocupação, com o Comitê instruindo o superintendente em janeiro de 1923 a trabalhar com o médico em relação a casos de sífilis; até outubro de 1926, dezenove casos de sífilis foram diagnosticados no orfanato, catorze deles em meninas.

Mas foi uma moção, em 16 de maio de 1920, que chamou minha atenção e se tornou a inspiração para *Órfã #8*. Nesse dia, o Comitê aprovou a compra de perucas para oito crianças que tinham desenvolvido alopecia em consequência de tratamentos com raios X aos quais foram submetidas no Home for Hebrew Infants por uma doutora Elsie Fox, formada pela Faculdade de Medicina de Cornell. Perguntas cascateavam em minha cabeça. Quem era essa mulher que ministrava raios X? Por que o orfanato tinha uma máquina de raios X, e do que as crianças estavam sendo tratadas? O que poderia ter acontecido com uma dessas crianças carecas depois de crescer no orfanato? Como isso teria influenciado o curso da vida delas?

Minha descrição da sala de raios X do Lar Infantil Hebraico foi inspirada por essa fotografia de 1919 da sala de raios X do Vancouver General Hospital – onde nenhuma pesquisa envolvendo crianças foi realizada. Cortesia de Vancouver Coastal Health.

Então me lembrei de uma história que minha bisavó, Fannie Berger, costumava contar sobre o período em que trabalhou como conselheira da Casa de Recepção no Hebrew Orphan Asylum. Ela foi contratada pelo superintendente em janeiro de 1918 quando foi ao orfanato entregar seus filhos para a instituição depois que seu marido a abandonou. Um dos trabalhos de Fannie era raspar as cabeças de crianças recém-admitidas como precaução contra piolhos. Era uma tarefa da qual não gostava, mas que se recusou a fazer apenas uma vez.

Costumávamos ir de carro até o Brooklyn quando eu era pequena, minha mãe, meu pai, meu irmão e eu, visitar minha bisavó Fannie. Costumávamos encontrá-la em um banco em frente ao seu prédio, conversando com outras senhoras. No apartamento pequeno dela, nós nos empoleirávamos desconfortavelmente no sofá-cama quando a visitávamos – agora não consigo imaginar uma criança com a paciência para uma tarde dessas. Lembro-me de Fannie contar uma história sobre a vez em que uma menina com cabelo bonito foi enviada para o orfanato. Pode ser minha imaginação em vez de minha memória que faz essa cabeleira em especial tão extraordinariamente ruiva. Fannie ficou tão cativada pelo ▶

O alojamento de Rachel no Lar de Órfãos Hebraico foi inspirado nesta fotografia de um alojamento no Hebrew Orphan Asylum. Cortesia da Biblioteca da Academia de Medicina de Nova York.

As histórias verídicas que inspiraram *Órfã #8*

O time de beisebol do Hebrew Orphan Asylum, por volta de 1920. Meu avô, Victor, está sentado à frente do irmão Seymour, o "esteio" do time. Foto da coleção da autora.

cabelo dessa menina que se recusou a raspá-lo e levou sua solicitação até o superintendente, que finalmente lhe deu autorização. Segundo o relato de minha bisavó, foi um momento único de coragem, uma recusa em raspar o cabelo daquela única menina.

No Center for Jewish History, lendo sobre crianças que passaram por tratamento de raios X no Hebrew Infant Asylum, eu me perguntei o que teria acontecido se aquelas crianças carecas estivessem sob o cuidado de minha bisavó quando essa outra menina chegou à Recepção, a menina com cabelo tão maravilhoso que Fannie desafiaria a autoridade para preservá-lo? Imaginei o contraste entre essas duas garotas se transformando em rivalidade, o próprio cabelo se transformando em seu campo de batalha. Foi neste momento que Rachel e Amelia foram criadas, e com seu surgimento, a ideia para um romance começou a emergir.

Fornecedor de blusas

Há algum mistério em torno do desaparecimento de meu bisavô, Harry Berger, um fornecedor na indústria de roupas femininas nascido na Rússia em 1884 e que chegou a Nova York em 1890. No formulário de admissão no orfanato, está registrado que o "Pai é tuberculoso e está atualmente no Colorado com o irmão", o que dá a impressão de que a doença e a incapacidade de trabalhar estavam por trás da decisão de Harry de deixar a mulher e os três filhos pequenos. Mas a história que me lembro de ouvir é que Harry engravidou uma moça italiana que trabalhava para ele. Quando a família dela ameaçou expulsá-la, Harry perguntou à esposa se a garota podia viver com eles. Fannie recusou, mas não estava preparada para que ele partisse. Décadas depois, sofrendo de demência, Fannie reviveu o dia em que ele partiu, implorando de seu leito na casa de repouso ao espírito do marido: "Não vá embora, Harry. Pense nos meninos. Guarde a mala, nós vamos superar isso."

Imaginei que a Rabinowitz Artigos do Lar fosse bem parecida com a Isaacs Hardware Store em Leadville, Colorado. Cortesia dos Beck Archives, Special Collections, University Libraries, Denver University.

Eles não superaram isso. Harry fugiu para Leadville, no Colorado. Fannie não podia voltar para a casa dos pais porque desafiara o pai ao se casar com Harry – diferentemente da irmã obediente de Fannie, que foi casada pelo pai com um tio rico. Depois da partida de Harry, Fannie vendeu seus móveis e utensílios pelo total de US$60. Em desespero, ela podia ter se voltado para a prostituição – muitas mães abandonadas faziam isso – ou tentar sobreviver de caridade. Em vez disso, foi até o Hebrew Orphan Asylum, como milhares de pais antes dela que, por razões de morte, abandono ou doença não tinham condições de cuidar dos filhos.

As histórias verídicas que inspiraram *Órfã #8*

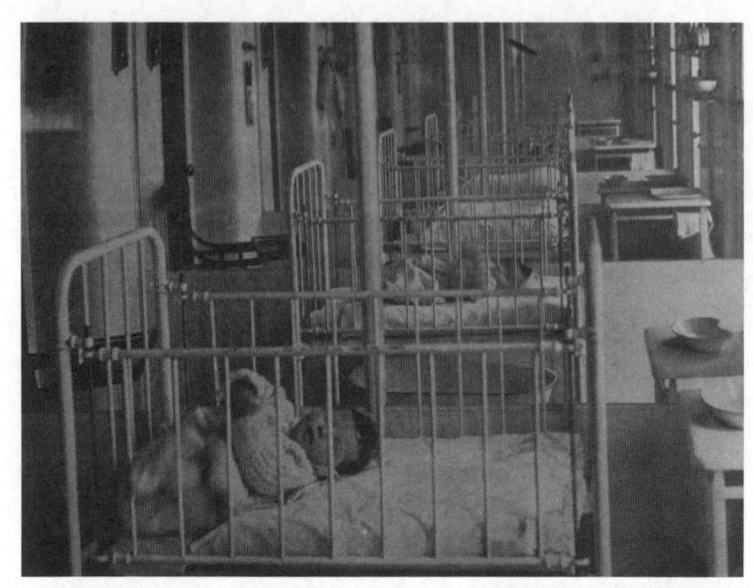

O Lar Infantil Hebraico, onde a dra. Solomon realizou sua pesquisa, foi inspirado pelo Hebrew Infant Asylum real. Esta foto mostra os bebês atrás do vidro na enfermaria de isolamento. Cortesia da Biblioteca da Academia de Medicina de Nova York.

Como muitos internos do Hebrew Orphan Asylum, meu avô Victor e seus irmãos, Charles e Seymour, não eram realmente órfãos, e sem dúvida não estavam disponíveis para adoção. O inusitado foi que sua mãe acabou morando na instituição para a qual ela os entregara. Em 1918, o orfanato estava experimentando uma séria escassez de mão de obra. Com tantos homens nas Forças Armadas, mulheres tinham maiores oportunidades de trabalho, fazendo dos empregos no orfanato, com seus baixos salários, jornadas longas e exigência de residir no local, serem de pouco interesse. Fannie sempre disse que foi um milagre o superintendente ter lhe oferecido o posto exatamente no mesmo dia em que seus filhos foram admitidos na instituição, também é verdade que sua pobreza e desespero para estar perto dos filhos fizeram dela uma candidata ideal.

Quando Fannie começou a trabalhar no orfanato como doméstica na Casa de Recepção, Charles tinha apenas três anos de idade – novo demais para o Hebrew Orphan Asylum. Ele foi mandado para o Hebrew Infant Asylum, onde logo pegou sarampo. Quando Fannie foi visitá-lo, não permitiram que entrasse na enfermaria e pôde apenas ficar no corredor, ouvindo seus gritos. Quando Charles se recuperou, Fannie ameaçou se demitir a menos que o filho tivesse permissão de morar com ela na Casa de Recepção. Quando Charles teve idade suficiente para se juntar aos irmãos no prédio principal, Fannie foi promovida a conselheira, e seus deveres incluíam ajudar a processar novas admissões. Toda criança que chegava ao orfanato passava semanas de quarentena na Recepção. Além de ter a cabeça raspada, elas eram examinadas por um médico que avaliava a condição delas; faziam testes de difteria; eram vacinados e faziam exame de vista, dentário e cirurgia de remoção das amídalas e adenoides. Minha bisavó Fannie costumava deixar que as crianças traumatizadas chorassem até dormir à noite em seus braços.

O garoto sempre eficiente do orfanato

Mesmo antes de minhas descobertas no Center for Jewish History, queria saber todo o possível sobre a instituição onde meu avô Victor crescera – uma instituição tão grande que era seu próprio distrito no censo. Eu lera *The Luckiest Orphans*, a história mais completa do Hebrew Orphan Asylum já escrita, e gostei tanto dos insights que ele me deu sobre a infância de meu avô que escrevi ao autor, Hyman Bogan, uma carta de agradecimento. Aparentemente, ele não estava acostumado a receber cartas de fãs. Fiquei pasma ao atender ao telefone uma noite de 2001 e ouvir uma voz masculina estranha dizer: "É Kim? Você me escreveu sobre meu li-li-li-livro." Ele me disse depois que sua gagueira começara depois de levar um tapa em seu primeiro dia no orfanato.

Perguntei se podia encontrá-lo em Nova York para uma entrevista, e ele ficou encantado com a ideia. Juntos, passeamos pelo Jacob Schiff Playground, o parque público na avenida Amsterdam onde antes ficava o enorme orfanato. Grande parte de minha descrição fictícia da vida no Lar de Órfãos Hebraico foi inspirada pelas palavras e lembranças de Hy. Graças a ele, consegui imaginar a vida de Rachel no orfanato, dos clubes e bailes à solidão e às perseguições.

Fannie e Victor no Hebrew Orphan Asylum. Foto da coleção da autora.

As histórias verídicas que inspiraram *Órfã #8*

Minha pesquisa sugere que meu avô Victor prosperou no Hebrew Orphan Asylum. No último ano do Ensino Médio, ele era um capitão assalariado – apenas uma posição abaixo de conselheiro – assim como vice-presidente do Conselho dos Meninos, membro do Comitê do Baile de Máscaras, secretário da Sociedade da Serpente Azul e membro do time de beisebol. Ele era o "energético jovem gerente administrativo" da *The Rising Bell*, revista mensal do orfanato. Ao se formar na DeWitt Clinton School, Vic foi elogiado por sua "firmeza" e "personalidade agradável". "Um futuro brilhante no mundo exterior" foi previsto para aquele "garoto sempre eficiente do orfanato". Apesar de raramente falar da infância no orfanato, ele expressava gratidão pela instituição na qual viveu dos seis aos dezessete anos.

Mas eu sabia haver outro lado das lembranças da infância de Victor. Em 1987, meu pai estava desaparecido; por dois meses, não tivemos ideia de seu paradeiro. Quando Victor disse: "Quero conversar com você sobre seu pai", eu estava esperando os mesmos lugares-comuns otimistas que estava ouvindo havia semanas. Que tudo ia ficar bem, como eu era corajosa, forte. Eu não podia estar mais enganada. "Seu pai a deixou. Você simplesmente se esqueça dele de agora em diante." Eu sabia que a atitude de Victor estava equivocada – se tínhamos certeza de alguma coisa era que meu pai não tinha fugido para começar vida nova em outro lugar –, mas meu avô chamou minha atenção. "Meu pai nos deixou, também, quando eu e meus irmãos, seus tios Seymour e Charles, éramos crianças pequenas." Eu então entendi. Victor estava me oferecendo conselho, de um órfão para outro, sobre como uma criança lida com sua vida sem ter pai: simplesmente se esqueça dele.

"Uma vez recebemos uma carta de meu pai, sabia disso?" Isso era novidade para mim. Eu sempre imaginara que meu bisavô tinha desaparecido, paradeiro desconhecido. Até começar a pesquisar a história de minha família, eu não sabia nem seu nome. "Quando sua bisavó Fannie trabalhava na Casa de Recepção do orfanato, costumávamos visitá-la aos domingos, eu e meus irmãos. Uma vez, ela nos leu essa carta que tinha recebido da Califórnia, que nosso pai estava doente e se podíamos mandar dinheiro para seu tratamento. Ela perguntou a nós, garotos, o que devíamos fazer. Dissemos a ela para não lhe mandar nem dez centavos. Alguns meses depois, ela recebeu outra carta

O refeitório do Lar de Órfãos Hebraico, onde se realizou o baile do Purim, foi inspirado nesta foto do jantar de Ação de Graças no Hebrew Orphan Asylum. Cortesia da Academia de Medicina de Nova York.

dizendo que ele morrera, e se mandaríamos dinheiro para uma lápide. Eu e meus irmãos dissemos que não. Ele nos deixou, como seu pai deixou você. Nós não devíamos nada a ele, e nem você deve nada. Lembre-se disso."

O que me impressionou mais que a revelação das cartas foi a raiva de Victor. Ela emanava dele, como calor subindo do asfalto. Setenta anos tinham se passado, e ele ainda estava com raiva do pai por torná-lo um órfão. Em abril, o degelo das neves revelaria o corpo de meu pai, e que eu era a filha de um suicida, resultado do qual eu suspeitara todo o tempo. Sem dúvida, isso foi diferente de como Harry Berger deixara a família. Mas, independentemente da maneira como eles nos deixaram, Victor e eu éramos crianças abandonadas.

Entretanto, em vez de seguir o conselho de meu avô para esquecer, fiquei extremamente curiosa para saber mais. Comecei a pesquisar a história de minha família, aprendendo tudo o que podia sobre Harry Berger, o homem que deixou a mulher, forçando-a a entregar os filhos para o Hebrew Orphan Asylum. No fim, essa pesquisa levou às descobertas que me inspiraram a escrever *Órfã #8*.

As histórias verídicas que inspiraram *Órfã #8*

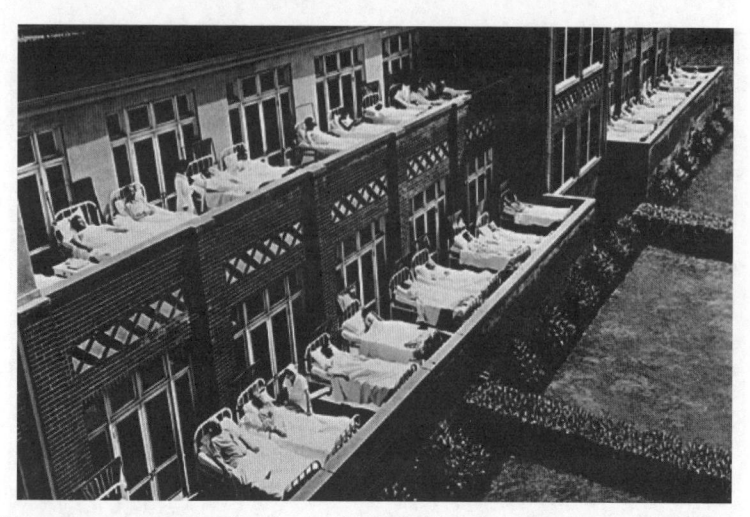

Esta foto mostra pacientes sofrendo de tuberculose sendo tratados com helioterapia na Jewish Consumptive's Relief Society, minha inspiração para o Hospital para Hebreus Tuberculosos. Cortesia do Beck Archives, Special Collections, CJS and University Libraries, University of Denver.

Doenças em meio a animais

A pergunta que permanecia era sobre a mulher que conduzira os experimentos com raios X que deixaram as crianças carecas. A dra. Mildred Solomon é um personagem totalmente imaginário, diferentemente de sua contrapartida no romance, o dr. Hess. Ele foi inspirado no verdadeiro dr. Alfred Fabian Hess, médico do Hebrew Infant Asylum durante os anos em que se passa meu romance, e onde realizou pesquisas sobre doenças nutricionais infantis, entre elas raquitismo e escorbuto. Sua enfermaria infantil de isolamento foi elogiada em um artigo de 1914 no *New York Times*. Ele ressaltava que a "grande vantagem das paredes de vidro" era que "nem enfermeira nem médico precisam fazer muitas visitas às crianças sob seus cuidados".

No romance, os diálogos de meu personagens foram inspirados nos próprios textos do verdadeiro dr. Hess; na verdade, o trecho longo que Rachel lê na biblioteca médica é uma citação direta. E, sim, ele era casado com a filha de Isidor e Ida Strauss, que naufragaram com o *Titanic*.

O verdadeiro dr. Hess costumava ser assistido pela srta. Mildred Fish, coautora em alguns de seus estudos sobre nutrição e minha inspiração, junto com a dra. Elsie Fox, para a dra. Solomon. Minha pesquisa me levou

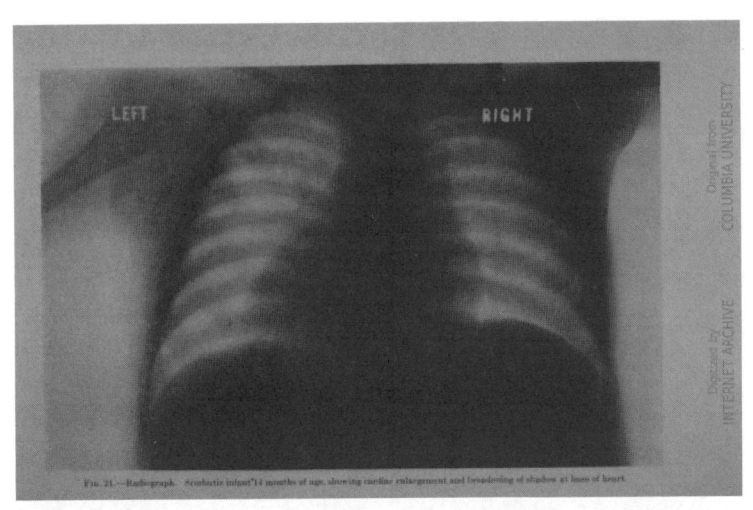

Raio X de um bebê de 14 meses com escorbuto e um coração aumentado, retirada de Scurvy: Past and Present, *do dr. Alfred Hess (Filadélfia, Pensilvânia: Lippincott, 1920).*

à Academia de Medicina de Nova York, onde comecei a entender melhor a personagem de Mildred Solomon – as dificuldades que ela deve ter passado, as pressões à qual estava submetida, os objetivos a que aspirava. O confronto da dra. Solomon com Rachel dá à mulher idosa uma chance de defender o trabalho de sua vida e seus atos.

No início do século XX, o campo da medicina estava se tornando mais científico, e a pesquisa tornou-se cada vez mais privilegiada. Descobertas incríveis parecem justificar quaisquer métodos necessários para alcançar vacinas e tratamentos milagrosos que debelaram doenças e deixaram condições como o raquitismo e o escorbuto para as páginas da história americana. Hoje, a ética de muitos desses experimentos foi condenada: o teste da vacina de pólio em crianças em um orfanato; o estudo de sífilis não tratada em prisioneiros; a esterilização de pessoas empobrecidas ou com deficiências intelectuais. Infelizmente, pessoas privadas de direitos sempre foram "material" para experimentação médica.

Entretanto, agora parece impossível olhar para trás, para experiências como as realizadas pela dra. Fox e o dr. Hess, e não vê-las pelas lentes distorcidas do Holocausto. Ao contar às pessoas sobre o que é *Órfã #8*, descobri que as palavras "crianças judias" e "experiências médicas" na mesma frase são quase garantia de provocar um comentário sobre nazistas.

As histórias verídicas que inspiraram *Órfã #8*

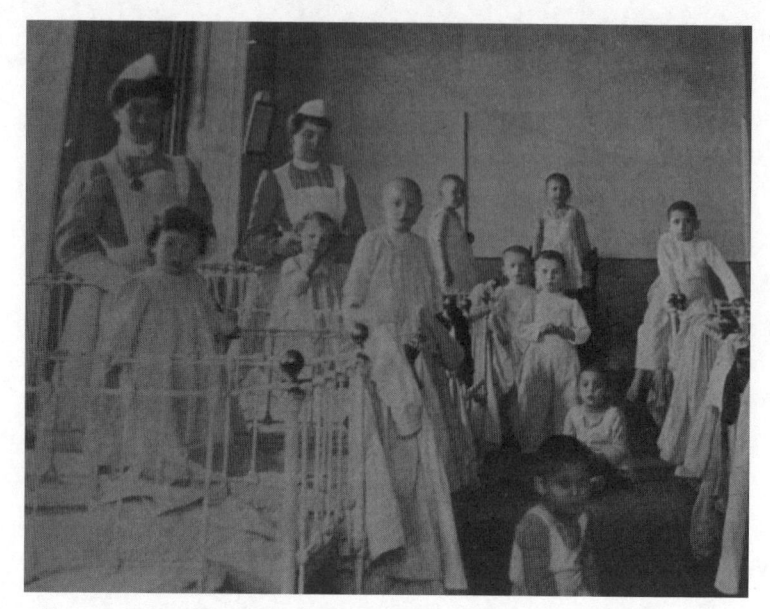

Uma enfermaria no Hebrew Infant Asylum, por volta de 1908. Cortesia da Biblioteca da Academia de Medicina de Nova York.

Pareceu inevitável que a própria Rachel, ao olhar para sua infância, fizesse a mesma comparação, e apenas justo permitir que a dra. Solomon se defendesse dessas acusações.

Um muro que elas não conseguem ver

Joan Nestle, uma das fundadoras do Lesbian Herstory Archives, veio a Milwaukee fazer uma palestra quando eu fazia pós-graduação lá. Ela nos leu uma carta dada aos arquivos escrita por uma mulher que passara por humilhação e medo de uma batida policial em um clube lésbico nos anos 1950. Quando imaginei o relacionamento de Rachel e Naomi, no início não pensei em nada além de seu reencontro romântico no carrossel. Mas ao desenvolver o romance, percebi como era importante explorar os modos como os personagens teriam reagido à era repressora em que viveram. Como uma lésbica escrevendo na época explicou, "Entre você e outras amigas mulheres há um muro que elas não conseguem ver, mas que é extremamente aparente para você. A incapacidade de apresentar seu rosto verdadeiro para aqueles que você conhece acaba por desenvolver certo desvio que é danoso a qualquer caráter básico que você possa ter. Quando se finge sempre ser algo que não é, as leis da moral perdem o significado".

Nos anos 1950, a psiquiatria nos Estados Unidos propunha que a homossexualidade era um distúrbio psicológico que podia ser curado por meio de análise e terapia. Na visão científica predominante, como expressa pelo dr. Frank Caprio em *Female Homosexuality: A Psychodynamic Study of Lesbianism* (Nova York, Citadel Press, 1954), a homossexualidade resultava de uma "neurose profundamente estabelecida e não resolvida". Caprio explicou: "Muitas lésbicas dizem ser felizes e não experimentarem conflito sobre sua homossexualidade, simplesmente porque aceitaram o fato de que são lésbicas e vão continuar a viver um tipo lésbico de existência. Mas isso é apenas uma superfície de pseudofelicidade. Basicamente, elas são solitárias e infelizes e têm medo de admitir isso, iludindo-se a acreditar que estão livres de quaisquer conflitos mentais e são bem ajustadas a sua homossexualidade."

Como adultas, Rachel e Naomi teriam vivido com a experiência dúplice de seu relacionamento ser ao mesmo tempo invisível (como solteironas que moravam juntas) e perigoso. Professoras e enfermeiras lésbicas em especial temiam perder seus empregos e reputações. Morar no Village teria ajudado a aliviar seu sentimento de isolamento. Como Caprio observa proveitosamente: "A área do Greenwich Village na cidade de Nova York há muitos anos é conhecida como centro onde lésbicas e homossexuais masculinos costumam se congregar, em especial aqueles com talento artístico." Mas quando Jacob, tio de Naomi, lhes oferece seu apartamento sem cobrar aluguel, a mudança para Coney Island exacerba seu sentido de isolamento.

A Sociedade Psicanalítica Amadora de Coney Island devia ser um grupo onde a homossexualidade não era condenada. As visitas de Sigmund Freud, em 1909, à Dreamland, ao Luna Park e ao Steeplechase Park o levaram a confidenciar em seu diário que "as classes mais baixas de Coney Island não são tão sexualmente reprimidas quanto as classes cultas". A visita de Freud a Coney Island foi inspiração para a formação em 1926 da Sociedade Psicanalítica

Cartão-postal de Photobelle W.I. Cortesia da coleção de fotografias dos Lesbian Herstory Archives, pasta de imagens descobertas.

As histórias verídicas que inspiraram *Órfã #8*

Amadora, que tinha reuniões mensais e realizava a noite anual de premiação Dream Film – filmes caseiros que dramatizavam sonhos significativos e apresentavam a análise correspondente do sonhador. Um deles, "My Dream of Dental Irritation", de Robert Troutman, explora abertamente um tema gay. Segundo Zoe Beloff, editora de *The Coney Island Amateur Psychology Society and its Circle* (Nova York, Christine Burgin, 2009): "Troutman diz que foi atraído para a Sociedade Psicanalítica Amadora de Coney Island quando era um adolescente lutando para lidar com sua homossexualidade."

Como adultas, Rachel e Naomi teriam morado e trabalhado em uma sociedade que difamava e maldizia a sexualidade delas. Entretanto, no orfanato a atmosfera talvez fosse mais permissiva. Um homem, recordando seus anos no Asilo de Órfãos Hebraico em resposta a uma pesquisa, observou sem rodeios: "Em relação à homossexualidade, acho que acontecia bastante. No meu caso, masturbei vários garotos, e eles fizeram o mesmo comigo." Para as garotas, paixões amorosas intensas – incluindo bilhetes de amor, intrigas de ciúmes e demonstrações de afeto – eram comuns, embora esses relacionamentos fossem em geral entendidos como substitutos imaturos para atrações heterossexuais que, esperava-se, iriam substituí-los. A menos, é claro, que as meninas escolhessem corajosamente viver "um tipo lésbico de existência".

– Kim van Alkemade

O carrossel no parque de diversão de Coney Island nos anos 1950. Escultores de madeira do Leste Europeu criaram muitos desses cavalos. Detalhe de uma fotografia da coleção da autora.

Guia para leitura em grupo de *Órfã #8*

1. Harry Berger estava errado ao fugir? O que poderia ter sido diferente caso ele tivesse ficado?
2. O que poderia ter sido diferente se Rachel pudesse ter contado à amiga Flo a verdade sobre seu relacionamento com Naomi.
3. A dra. Solomon estava errada em usar Rachel em seu estudo experimental sobre amidalectomia por raios X?
4. De que maneiras o Lar de Órfãos Hebraico beneficiava as crianças que cresciam ali? Como as crianças eram afetadas por essa experiência?
5. Foi egoísmo de Sam deixar Rachel em Leadville? Por que você acha que Sam sempre abandona a irmã?
6. Se o dr. e a sra. Abrams soubessem que Rachel era "anormal", você acha que eles ainda teriam sido bondosos com ela?
7. O que acha do modo como a sra. Hong trata Pardal e Jade?
8. A dra. Solomon tem culpa de causar o tumor de Rachel, ou ela devia ser agradecida por levar Rachel a descobri-lo a tempo de se submeter a tratamento?
9. Como as atitudes dos médicos em relação ao tratamento de mulheres com câncer de mama mudou desde a época do dr. Feldman?
10. Rachel teria justificativa por dar à dra. Solomon uma overdose de morfina por vingança?
11. Como acha que Naomi vai reagir quando Rachel contar a ela que tem câncer e sobre sua cirurgia próxima?
12. Que outros muros os personagens construíram em torno uns dos outros, ou de si mesmos, no romance?

Impressão e Acabamento:
INTERGRAF IND. GRÁFICA EIRELI